U0627875

云南丰富多彩的民族文化是中华民族文化的重要瑰宝。——习近平

作者名单（按本书编写顺序排列）：

余嘉华　左玉堂　史军超　杨　炼　张海珍

陆保成　古文凤　纳文汇　高志英　沙丽娜

苏翠薇　赵秀兰　杨福泉　黄贵权　金黎燕

章忠云　玉罕娇　罗洪庆　胡文明　曹先强

李金明　王阿章　戴　英　陈瑞琪　潘　春

听「云之南」的故事

——云南民间故事中小学读本

主 编　杨福泉

副主编　左玉堂

云南出版集团

云南人民出版社

图书在版编目（ＣＩＰ）数据

听"云之南"的故事：云南民间故事中小学读本 /
杨福泉主编 . -- 昆明：云南人民出版社，2015.11
ISBN 978-7-222-13865-0

Ⅰ.①听… Ⅱ.①杨… Ⅲ.①民间故事—作品集—云
南省 Ⅳ.① I277.3

中国版本图书馆 CIP 数据核字 (2015) 第 257227 号

听"云之南"的故事 ——云南民间故事中小学读本

出 品 人：刘大伟	主 编：杨福泉	
策 划：刘诚林	副主编：左玉堂	
郭 垒	出 版：云南出版集团 云南人民出版社	
代彩虹	发 行：云南人民出版社	
蔺培超	社 址：昆明市环城西路 609 号	
王 欢	邮 编：650034	
责任编辑：刘诚林	网 址：www.ynpph.com.cn	
陈艳芳	E-mail：ynrms@sina.com	
装帧设计：窦雪松	开 本：889×1194 1/32	
王雪晶	印 张：14.25	
责任校对：刘 海	字 数：300 千	
杨 涓	版 次：2015 年 11 月第 1 版第 1 次印刷	
责任印制：洪中丽	印 刷：昆明富新春彩色印务有限公司	
	书 号：ISBN 978-7-222-13865-0	
	定 价：68.00 元	

本书在选编过程中参考的部分资料因收集整理时间较久，或原编者
与整理者联系方式不详，若有线索，请及时与作者或责任编辑联系，以便
致谢。责任编辑联系电话：0871-64180778。

序　言

杨福泉 [1]

同学们：

我们编这本书给大家作为课外读物，是出于这样的一些想法。

中华民族的文化是 56 个民族多元一体的汇聚，要了解中华民族文化，我们就有必要对除了汉族之外的其他 55 个少数民族的文化也有所了解。现在汉文化的经典作品和民间故事进校园的已经比较多，而其他少数民族一些脍炙人口的神话、传说和故事等进入课堂的则还很少，我们编这本《听"云之南"的故事——云南民族故事中小学读本》，就是想弥补一下这方面的不足。通过这样的阅读，有助于同学们加深对各民族文化的了解，从而达到"美人所美，美美与共"的阅读境界，为今后进一步深入了解各个民族的文化奠定一定的基础。

"彩云之南""云之南"是云南古老而诗意的美称，七彩云南，构成了云南各民族文化的精彩纷呈与神奇的多样性。在全国 56 个民族中，人口在 6000 人以上的云南就有 26 个，其中，80% 以上人口分布在云南的有 15 个。在全省 129 个县（区）中，没有一个县是汉族单独居住，也没有一个县是某一少数民族单独居住。

---

① 杨福泉，中国民族学学会副会长、云南省社会科学院二级研究员、博士、博士生导师。曾主持过丽江多个培养民间文化传人和乡土教材的编写工作。

习近平主席说，讲好中国故事，传播好中国声音。千百年来，中国各民族祖先口耳相传流传下来很多故事，这些都是中国优秀传统文化的载体。我们既要学习历史上各民族哲人、作家写下或流传下来的经典作品，也应了解各民族口耳相传流传下来的民间故事，我们这里说的故事包括了各民族的神话、史诗、传说等。这些故事是各民族智慧的结晶，它们反映了各民族祖先对大自然、人的来历、人与环境、人与人等各种关系的思考。

云南的故事是"中国故事"中的精彩篇章。过去，在我们的小学和中学里，讲述"云之南"的故事比较少，特别是讲述25个少数民族的故事则更少，这本《听"云之南"的故事》，就是想让同学们在紧张的功课之余，听听云南各民族一些代代相传的故事，来了解云南各民族文化的一些片段。

这本书的内容由各民族的资深学者或作家选编，并按云南省2010年第六次人口普查统计数据顺序编排。选编中侧重于选择在各民族中脍炙人口、流传较广的经典故事，有一定的代表性。里面所选的云南各民族的故事，有的是有文字记载的，如纳西族的《东巴经》、傣族的《贝叶经》等；而很多少数民族并没有文字，所以更多故事的流传主要靠的是各民族代代口耳传承，它们是云南文化的重要构成部分。云南的汉族也有很多经典作品，我们这次选编了"大观楼长联""金马碧鸡故事"等。

云南各民族的故事丰富多彩，其中有的是神话故事，讲述各族先民对天地山川、日月星辰、人类动物的出处来历。与汉族的盘古开天地等故事主旨相类似。有些故事的主题是敬畏自然，感恩自然，善待自然，是对本民族生活的名山胜水的礼赞。比如云南藏族的神山卡瓦格博雪山和纳西族的神山玉龙雪山，与这两个民族的精神和物质生活密切相关。很多民族的故事都反映了人与大自然应该友好相处的理念和民俗。

有的故事是本民族的历史传奇，反映了缅怀英雄祖先的民族情结。有的故事歌颂了本民族历史上的英雄和奋发向上、百折不挠的民族精神。不少故事的主题是惩恶扬善或以智斗恶，或者是"善有善报，恶有恶报"的理念，这在各民族中都是比较普遍的观念。

有的故事流传在不同的民族中，显然是在历史上所产生的民间文学作品的传播。比如某个恶神、头人或后妈后爸想方设法刁难故事主人公的情节在好几个民族中都有，如纳西族《创世纪》中是天神刁难纳西族祖先崇仁利恩，在布依族的神话《为民除害感动美女结良缘》中，则是后爸刁难孩子，砍树林种地等情节都很相似。其中反映了人们不畏艰险困难，努力解决难题的人生态度。有的民族故事里的神怪主角与其他民族相同，比如布依族故事里的玉皇大帝，显然就受了汉族故事的影响。

不少故事讴歌善良、勤劳的美德，告诫人们要善良，正直，不能投机取巧。有的警示做人不能陷害别人，否则反过来会害了自己。有的故事反映了各民族的社会和家庭矛盾，比如讲后妈或后爹的不好，但最终的结局，都是告诉人们，做善事会有好报，而作恶则迟早会受到惩罚。

有的故事赞美人们凭自己的聪明智慧，战胜妖魔鬼怪。有的故事反映了青年男女冲破门第观念大胆相爱，生死不渝的感人故事，比如白族的《望夫云》、傈僳族的《孤儿与鱼姑娘》等；有的故事反映了各族人民在生产生活中的智慧；有的反映了人民对自然界和与自己朝夕相处的狗和猫等动物的呵护关爱之情；有的故事动物拟人化的特色很突出，表现了民间文学的突出特点。

同学们在繁重的学习和功课之余，抽空读一读这些云南各民族的故事，听听"云之南"这些带着山野气息的声音，既能对各民族的民间文学作品有一些初步的了解，又能感受到云南民间文学和一些经典作品的独特魅力。为今后深入了解彩云之南的文化，讲好云南的故事，乃至创造当代新的云南故事奠定一点基础。

祝愿同学们以后也谱写好自己的故事，让它也融汇到"云之南"的美好声音中。

2015 年 9 月 27 日（中秋节）于昆明

目 录

汉 族

汉族简介

  根据 2010 年全国第六次人口普查统计，云南的汉族有 30,617,580 人，占全省人口的 66.63%，其中，男性人口 16,017,198 人，女性人口 14,600,382 人。云南汉族居住在全省 129 个县（市、区），主要聚居在城镇和交通沿线，河谷与坝区。也有少部分居住在山区或半山。

  汉语属于汉藏语系藏缅语族汉语支，云南汉语方言属于北方方言区，各地的语音相差较大。云南汉族有悠久的历史，先秦时期就有汉族先民在云南的活动记载。在春秋战国时期，楚国将领庄蹻率兵入滇，这是进入云南的较大的汉族移民集团。

昆明市南屏街金马碧鸡坊（余嘉华　供图）

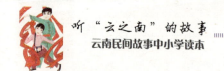

秦时修"五尺道"到云南，设置官吏进行直接统治。汉代设置郡县移民屯田，唐王朝和南诏国在经济文化上有较多交流，当时也有汉人进入云南。明朝前期，数十万汉族军民从内地各省进入云南屯垦，改变了云南的民族人口结构，汉族人口超过了少数民族人口。抗日战争期间和中华人民共和国成立后，又有大批部队、军垦、支边汉族人士来到云南。内地汉族将不少发达的生产方式、农耕技术、科学知识、汉文化带进云南，促进了云南经济社会的发展，促进了汉文化教育的发展。云南汉族文化受到儒学的深刻影响，云南有建筑规模仅次于山东曲阜孔庙的建水孔庙。云南的汉族以信仰汉传佛教者居多，也有信仰道教、基督教的。云南的滇戏和花灯是地方特色突出的汉族戏剧，特别是花灯，现在依然流行于民间，并流传到一些少数民族中。

汉族的传统节日有春节、中秋、端午、清明、冬至等，以春节最为隆重，云南很多民族也接受了这些汉族的节日习俗，云南各个少数民族都产生了很多以汉文写作的文人学者。而很多地方的汉族，也学习和接受了本地少数民族的一些文化习俗，形成了民族之间和睦相处、互帮互补的和谐局面。

昆明大观楼长联

导读：大观楼长联是乾隆年间名士孙髯翁登大观楼所作，全联共180字，句式长短相间，灵活自如，对仗工整，词采斐然，气势磅礴，为对联创作开了新生面。

一、简介

对联，俗称"对子"，它是中国最普及的文学形式之一。它上下联字数对等，词性平仄相对，结构平衡相应，形对意联。一般每支五、六、七、八、九、十一字，比较短小。大观楼长联的作者大胆吸收了古典诗词、骈文的优点，运用于对联创作，将叙事、写景、抒情、议论熔于一炉，驰骋想象，纵论古今，以广阔的社会生活入联，给对联创作开拓了新的境界，扩大了对联创作的视野。为了表现丰富的社会内容，在体制上大胆突破5~11字的陈规，每支字数达90字，全联共180字，句式长短相间，灵活自如，对仗工整，词采斐然，气势磅礴，为对联创作开了新生面。毛泽东称道"从古未有，别创一格"。上联定登楼远望徐徐入目的滇池及四周景色，将优美的历史传说和绚丽的自然风光融为一体，以动定静，充满生命的活力，景物多，却布局严谨，极有层次；由于"看""趁""更""莫辜负"等字词运用贴切精工（下支的"想""尽""都""只赢得"等字词亦然），使得全联首尾贯注，一气呵成。在这幅雄浑、壮丽的图画中，充溢着对家乡、对生活的炽热感情。对联的下支，通过有关云南的几件史实，从一个侧面，对几千年封建社会的历史进行了概括的否定和批判，预示了它的没落。陈毅曾作《船舱壁间悬孙髯翁长联读后喜赋》诗："滇池眼中五百里，联想人类数千年。腐朽制度终崩溃，新兴阶级势如磐。诗人穷死非不幸，迄今长联是预言。"值得注意的是："汉习楼船"等几句渲染封建帝王的功勋，显得轰轰烈烈，"尽"字以下笔锋一转，描绘出帝王"只落得断碣残碑，都付与苍烟落照"的下场，气氛昏暗凄惨，前后形成鲜明的对比。这种欲抑先扬的艺术手法，加强了艺术效果。

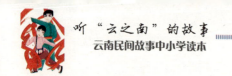

接着 "只赢得几杵疏钟" 四句，凄风冷雨的气氛一层比一层浓厚。字字看来皆是景，句句深味总是情，含蓄隽永，意味深长。这副长联不仅上下支文词对称，用典相对，在感情色彩上也是两种不同的境界：上联喜，下联悲；上联色调暖，下联色调冷；上联绚丽多姿，下联凄清昏暗，一正一反，互相对照，更加强化了感情色彩，深化了作者所要表达的思想内容；上联横扫，视野宽广；下联纵写，哲理深邃；一纵一横，囊括空阔幽远的时间与空间。

昆明大观楼长联的作者孙髯 (rán)，字髯翁，号颐庵，生活于康熙后期至乾隆时期。祖籍陕西，自幼随在云南任武职的父亲生活，在盘龙江边读书，博学多识，有文才，拒绝参加科举考试。后来家道中落，陷入困顿之中，时常断炊。在广西州（今弥勒县）经商的儿子（一说女婿）接他去住，去世后葬于弥勒。此副长联作于乾隆中期，当时的文人登大观楼，有的写滇池风光，有的抒写离愁别绪，有的歌功颂德，粉饰太平盛世。寒士孙髯，以强烈的忧患意识，一扫他人俗唱，写出不同凡响的大观楼长联。由友人陆树堂书写，余璞捐资刊刻，悬于楼前。1857 年楼毁于战火，同治五年（1866 年）重建，因水灾部分损坏，1883 年重修，时任云南总督的岑毓英（广西西林人）嘱在他幕府中任文书的赵藩重书大观楼长联，于光绪十四年（1888 年）戊子春正月二日重立，这便是今存的 "岑制长联"，原为木刻，1999 年改为铜铸。字为颜楷，刚健雄浑，工整严谨，蓝底金字，主体突出。

二、简注

五百里滇池，1 奔来眼底，披襟岸帻，2 喜茫茫空阔无边。

天下第一长联

看：东骧神骏，3 西翥灵仪，4 北走蜿蜒，5 南翔缟素。6 高人韵士，7 何妨选胜登临。8 趁蟹屿螺洲，9 梳裹就风鬟雾鬓；10 更蘋天苇地，11 点缀些翠羽丹霞，12 莫孤负 13 四围香稻，万顷晴沙，九夏芙蓉，14 三春杨柳。

15 数千年往事，注到心头，把酒凌虚，16 叹滚滚英雄谁在？17 想：汉习楼船，18 唐标铁柱，19 宋挥玉斧，20 元跨革囊。21 伟烈丰功，22 费尽移山心力。尽珠帘画栋，卷不及暮雨朝云；23 便断碣残碑，24 都付与苍烟落照。25 只赢得几杵疏钟，26 半江渔火，27 两行秋雁，28 一枕清霜。29

简注：1. 五百里滇池：极言滇池水域宽广。古代滇池水域比现在宽。元代初年今昆明巡津街一带还是船舶停靠的码头，"千艘蚁聚于云津"（王升《滇池域》）。官渡是云水乡中的系船处，翠湖是滇池的一个港湾。由于开凿海、围海造田等原因，水面逐渐缩减。至今，湖最大时仅 330 平方公里，且仍有下降的趋势。

2. 披襟岸帻：敞开衣襟，推高头巾。岸：推高；帻（zé）：头巾。

3. 东骧神骏：东面金马山像马昂首奔驰。骧（xiāng）：马首昂举。

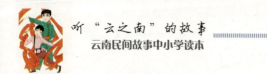

4. 西翥灵仪：西面的碧鸡山犹如凤凰迎风展翅。翥（zhù）：飞翔；灵仪本指凤凰，这里指传说中的"碧鸡"。

5. 北走蜿蜒：北面的陆山，山势蜿蜒而来似长蛇曲折前进。

6. 南翔缟素：南面的白鹤山，如白鹤在蓝天飞翔。缟为白缯，素为生帛，象征洁白。这里用缟素代指白鹤。

7. 高人韵士：泛指有高风亮节的人或诗人。

8. 选胜：选一个美好的日子，或选一个美丽的地方。

9. 趁蟹屿螺洲：踏上如蟹似螺的小岛，或踏上蟹及螺壳堆积成的小岛。屿：小岛；洲：水中高地。

10. 风鬟雾鬓：薄雾般轻软的鬓发和美丽的发鬟。鬟（huán）：环形发鬟；鬓（bìn）：耳旁垂发。这里用风鬟雾鬓形容绿林垂柳。

11. 蘋天苇地：连天的水草遍地的芦苇。蘋（pín）：水草之一，顶端生四小叶，亦称四叶菜、田字草。苇：芦苇。

12. 翠羽丹霞：翠绿色的小鸟映衬着红色的云霞。

13. 孤：与辜字通用。

14. 九夏芙蓉：夏季九十天盛开的荷花。芙蓉：荷花别称。

15. 三春杨柳：春季三个月，或阳春三月，从柳枝吐芽，绿叶渐长，至柳枝飘拂，生机勃勃。

16. 把酒凌虚：举起酒杯，面对太空。

17. 滚滚英雄：指相继不绝，人数众多的帝王显宦。杜甫《醉时歌》中有"衮衮诸公登台省"之名，"衮衮"与"滚滚"相通。衮：古代皇帝或上公的礼服。

18. 汉习楼船：公元前 122 年，汉武帝听从出使西域归来的张骞的建议，派王然于等来西南探寻从四川经云南、印度到阿富汗一带的道路，被滇西的昆明族所阻。汉武帝决定在长安开凿昆明湖，周围四十里，建楼船高十多丈，操练水军，以备与昆明族水战。公元前 109 年，汉武帝派兵临滇，滇王降汉，在滇王治理的滇池地区设益州郡，并赐"滇王"金印。其后又击败昆明族，在其聚居区设叶榆（洱海地区），弄栋（今姚安、大姚、楚雄一带）等县，隶属益州郡。

19. 唐标铁柱：公元 680 年至 794 年间，吐蕃王朝进入云南洱海以北地区，其中公元 707 年，吐蕃在漾水（即漾濞江）、濞水（即备胜江）上架设铁索桥，与西洱河地区相通，并筑城垒为据点。唐中宗李显派御史唐九率兵回击，毁吐蕃建立的据点及铁索桥，并在附近建铁柱以记功，其点约在今漾濞县石门附近。

20. 宋挥玉斧：传说北宋初年，宁将王金斌平定四川后，曾献地图于朝廷，建议乘势攻取云南。宋代开国皇帝赵匡胤手执玉斧（文房古玩），沿着地图上的大渡河一划，说："此外非吾有也！"宋王朝虽未对云南实施行政领导权，但民间的经济文化往来却很频繁。

21. 元跨革囊：13 世纪初，位于中国北方的蒙古族逐渐强大，1252 年蒙古皇帝（可汗）蒙哥命令其弟忽必烈统帅十万大军进军云南，对南宋形成迂回包抄之势。1253 年忽必烈从宁夏经甘肃进入四川，分兵三路，西路由兀良合台率领，路经理塘、乡城、中甸一带；东路由抄合也只率领，途经木里、宁浪一带，抵金沙江后"乘革囊及筏以渡"，随即进军大理，消灭大理政权，进而统一云南。革囊：即皮筏。用整只的牛、羊皮密封充气作飘浮器材。

22. 伟烈丰功：伟大而众多的功业。烈：功业；丰：众多。

23. 尽珠帘画栋，卷不及暮雨朝云：化用唐王勃《滕王阁》诗三、四句："画栋朝飞南浦云，珠帘暮卷西山雨"，意在说明

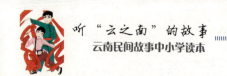

对封建帝王的"伟烈丰功",像"暮雨朝云"一样,边帘幕都拉不及,就很快消失了。

24. 断碣残碑:指记载帝王功德的碑唱,因风雨浸蚀,或年代久远而断残。碣:圆形的石碑。

25. 苍烟:傍晚灰暗的烟雾;落照:落日昏暗的光线。

26. 几杵疏钟:寺庙中传出的疏落的钟声。

27. 半江渔火:言渔火多、分布广,看去一大片。

28. 两行秋雁:深秋,天宇澄澈,碧空如海,西行秋雁,向南飞去,更显得天宇寥廓(liáokuò)、凄清。雁:是候鸟,春天,由南而北,秋天由北而南迁徒。飞时或排成人字,或排成一字,队形整齐。

29. 一枕清霜:一觉醒来,只见遍地寒霜。一枕清霜,套用"一枕黄粱"的句式。唐代沈既济的小说《枕中记》讲了这样一个故事:卢生幻想当官发财,总未达到目的。一日他在邯郸客栈里,向一位道士感叹自己的不得志,道士给他一个枕头,他便睡着了。这时,店主人正在蒸黄粱(小米)饭。卢生在枕上睡着后,梦见自己做了大官,享尽荣华富贵,福禄长寿。但一梦醒来,店主人的小米饭还没有蒸熟呢。枕:枕头。一枕:一觉、一梦的意思。

三、意译

五百里滇池,奔入眼底。(我)敞开衣襟,推高头巾,面对茫茫空阔、无边无际的碧波,深感欣喜!看:东面金马山像骏马昂首奔驰;西边碧鸡山犹如凤凰凌空飞舞;北面的蛇山似长蛇在蜿蜒前行；南方的白鹤山像仙鹤展翅翱翔。高雅的诗人，不妨选此盛景，登临远眺。踏上如蟹似螺的小岛沙洲，穿行在如风鬟雾鬓般秀丽飘逸的柳丝之中，还有那铺满天地的蓣叶芦苇，点缀着翠绿色的小鸟，映衬着片片灿烂的红霞。莫辜负这美好的景色：四围扬花吐香的稻谷，阳光温暖的万顷晴沙，夏季亭亭玉立的荷花，春天依依的杨柳。

数千年往事，涌到心头。举起酒杯面向天空，感叹那些显赫一时为数众多相继而来的英雄，如今在哪里呢？想：汉武帝刘彻在长安凿昆明池，以楼船训练水军，降服了滇王；唐中宗李显派唐九征击退吐蕃，在洱海区域建铁柱以记功；宋太祖赵匡胤手持文房古玩玉斧，面对地图，议论怎样处置云南；元世祖忽必烈率大军乘坐皮筏渡过金沙江，把云南收归元朝版图。为建树这些伟业丰功，他们费尽了移山心力。然而在历史长河中，他们都是来去匆匆，就像画栋周围的朝云、珠帘前的暮雨，连帘幔都来不及卷起就消失了，记载他们功绩的碑碣，也都残断了，倒在苍茫的烟尘和昏暗的落日余晖之中。只剩得古寺几杵沉重的钟声，若明若暗的半江渔火，萧瑟深秋两行南飞的大雁，一梦醒来，只见遍地严霜，凄寒彻骨。

《小河淌水》简介

这是一首具有民歌风格的歌曲，它表达一对青年男女互相思念的深情。开始的长音，似少女（或情郎）由远及近的呼唤，似春风徐徐而来。接着，以冉冉升起的月亮勾起思念之情，"亮

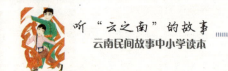

汪汪"既指月色的明朗，又融合着感情的纯洁。"哥（妹）像月亮天上走"映射出少女淡淡哀愁，音域的起伏，是心潮涌动的体现。"郎啊，郎啊，郎啊"饱含深情的呼唤，荡气回肠，动人心弦。结尾似"清幽幽"的小河远去，少女（情郎）的心绪逐渐恢复平静。整个乐曲由弱渐强，由强渐弱；由远及近，又逐渐漂向远方。"你可听见"的设问，加重了语气，产生了"言有尽而意无穷"的效果。歌词虽短而感情丰富，清纯柔婉的乐曲，引起不同时期、不同地域、不同民族的共鸣，唱遍中华，远播海外，被誉为"东方小夜曲"，以各种形式演奏。

现通行的《小河淌水》，是赵华（尹宣公）于1947年听同学的哼唱记谱填词，由江鹜定名刊登在南风合唱团油印刊物《教学唱》第二辑《民歌专辑》上，然后逐渐流传开来。尹宣公以他家乡弥渡优美的风光为背景，青年对爱情的渴望为主线，用富有地方特色的语言填的词。歌词最初只有一段，1953年黄虹、林之间等进京演出时，增加了第二段。原为女声独唱，后来有的改为男女声对唱。有的歌唱家在演唱中融入自己的心智和感情，在结尾处加上"哎，阿哥"，在渐弱的歌声中徐徐结束，与开始的长音相呼应，使曲调更为完美。

赵华所记的谱究竟出自哪里？近年经过调查，高粱于1943年在蒙自新县（屏边）创作的《大田栽秧秧边秧》，有演唱但未在书刊上发表。后被当成民歌记录。原歌词中有"大田栽秧秧苗黄""小妹爱哥把兵当""小哥爱妹会栽秧"等语，带有特定时代的烙印。后配的词抒发人类永恒真挚的爱情，有富于地域特色的意境，更有利于流传。这首歌曲在流传中得到不断完善，凝聚着多人的智慧与感情。

黄虹、朱逢博、龚琳娜、彭丽媛、谭晶、刘欢、李谷一等都曾演唱过该歌曲。

关于昆明流传久远的
金马碧鸡故事

余嘉华

公元前55年（五凤三年）的一天，在汉朝首都长安（今西安）的皇宫。汉宣帝刘询上朝，群臣齐集。有人来报：长乐宫东阙的一棵树上，栖息着很多鸾凤。皇帝与群臣前往观看，只见这些鸟五色斑斓，飞上飞下，自在欢快。有人说，这是祥瑞之兆。又有人说：听说益州郡（含滇池等24县）有金马碧鸡，可以通过祭祀，把他们请到都城来，并盛赞金马如何快，碧鸡如何美；一贯好奇寻异、喜欢骏马、敬仰神仙的汉宣帝听后大为心动。便下令让谏大夫王褒到益州①请金马碧鸡神。这个王褒是四川人，很有文才，曾为皇上写过《圣主得贤臣颂》、为太子写过《洞箫颂》，并得到皇上的赏识。此次受命，便准备了一篇《移金马碧鸡颂》，准备到益州祭祀时用。也许是长途跋涉、旅途劳累，王褒在途中病故，汉宣帝也深感惋惜。王褒虽然没能到益州，但他的祭文却流传下来了。

---

① 益州：中国古地名，古代九州之一，其范围包括今天的四川盆地和汉中盆地一带。包括今天的四川省、重庆市全境和陕西省南部，云南省西北部。有汉中、蜀、永安等郡，治所在蜀郡的成都。

金马碧鸡究竟是什么？汉代皇帝为什么这样重视？为什么两千年来流传不衰？让我们开启历史的大门，作些探访。

一、山民的幻想

金马碧鸡的传说，起源于秀丽的滇池之滨以及富饶的金沙江河谷大姚、元谋、会理一带。

传说一：在滇池西边的山上，常有一群碧玉般美丽的神鸡，

当地人不知道这是什么动物，称之为"碧鸡"。相传碧鸡飞过之处，有山皆绿，有水皆清，庄稼丰收。它鸣叫的声音悦耳动听，远近几十里都可听见。在滇池东面的山中，常有金光闪闪的神马出没，他还到

昭通晋代石刻——凤凰（余嘉华 供图）

滇池中洗澡，有次，当地人看到五匹神马，从滇池中飞出。这些神马如果与人间平凡的马交配，就可生出雄骏的"滇池驹"，能一天跑五百里。

传说二：在蜻蛉（今云南大姚）县、会无（今四川会理）县一带，常有金马碧鸡出现，碧鸡金马出行时，天上彩霞缤纷；它们所过之处，风调雨顺，收获时田野金黄，五谷飘香。它们常在禺同山歇息，又常出没于天马河。当地百姓在山下放马，仰卧在绿草如茵的草坪，恍惚见神马掠空而过。牧人养的马有

的产骏驹，相传可能就是天马的种子。

　　这个带着牧人的幻想、农夫的期望的传说产生后，很快就四处传扬，从民入宫廷。建立于公元前206年的汉王朝，在西北的劲敌是擅长骑射的游牧民族匈奴。狂风骤雨般席卷而来的铁骑，常令持盾握刀的汉朝步兵难以抵挡。汉王朝要巩固政权，安定边疆，迫切需要良马，建立强大的骑兵。他们通过各种途径寻找良马，并用心加以培育训练。公元前119年（汉武帝元鼎四年）秋天，有位在敦煌屯垦的人献了一匹马，说："从渥洼中得到神马。"（渥洼：水池）汉武帝大喜，写了《宝鼎天马歌》，"骋容与兮驰万里，今安匹兮龙为友。"把天马与龙相媲美。汉武帝太初四年（公元前101年），李广在战斗中斩了大宛王，获得汗血宝马，献给汉武帝，武帝又作《西极天马歌》，将天马与国家强盛、战斗胜利、四夷顺服联系在一起。汉武帝还命善相马的东门京铸铜马像立于鲁班门外，改称金马门。这金马又成了人才、贤士的象征。在汉武帝执政的54年中，始终挚爱天马，重视人才的选拔和使用，才有卫青、霍去病等一代名将，率领中原劲旅，转战大漠南北，击败匈奴，从根本上解除了匈奴贵族对中原地区的侵扰。汉宣帝（公元前73年至49年在位）执政25年中，遵循武帝的传统，认真寻访天马（骏马）。听说益州有金马碧鸡，便派大臣不远千里求之。王褒的祭文也秉承汉武帝诗"天马来""归有德"的旨意，写下"归来，汉德无疆"等句，并进一步炫耀：汉王朝的恩德影响面广阔，超过唐光虞舜，可以与天皇、地皇、秦皇（或伏羲、神农、黄帝）相比，碧鸡金马，快到德高望重的皇帝的身旁，与黄龙白虎为伴，何必在遥远的南荒之地久留呢！王褒以祭祀的方式求取金马碧鸡之宝，显然把金马碧鸡当作神来敬奉，传说成了神话，神话

愈传愈"神",信仰的人也愈来愈多。

二、文献的记录

由于金马碧鸡的神话流传久远,皇帝及王公大臣亦有人相信,史官便把它记录在正史里,文人将它写进著作中。汉代班固在永平元年至建初七年(58~82年)写成的《汉书》,记载公元前206年至公元24年230年间的要事。其中,多处记有金马碧鸡。在该书卷六四下《王褒传》中也记了益州有金马碧鸡之宝的传说。在同书卷二十五下《郊祀志》中也记录了益州有金马碧鸡之神的传说。这之后,成书于东晋永和年间(345~350年)的常璩所撰的《华阳国志》,对金马碧鸡的传说又写得比较具体,他在《南中志·晋宁郡·滇池县》条目下记录道:"长老传言,池中有神马,或交焉,即生骏驹。俗称之曰'滇池驹',日行五百里。"(老人传说,在滇池中有神马,如果这神马与凡间的马交配,就能生出骏马,每天的走五百里)。在《云南郡·青蛉县》条中这样记载:"禺同山上有碧鸡和金马,在飘忽的光影中,很多人都看见过。上面还有山神("禺同山有碧鸡金马,光影悠忽,民多见之,有山神。")南朝宋史学家范晔(398~445年)在文帝元嘉二十二年(445年)写成的《后汉书》中的《西南夷传》中也记录了滇池中出现了4匹神马的民间传说。又记载这里多鹦鹉与孔雀、盐池,土地肥沃、渔业发达。"青蛉县禺同山,有碧鸡金马光景时时出现。"北魏郦道元(?~527年)的《水经注·淹水》注中,也记载说:"青蛉县有禺同山,其山有金马碧鸡,光影悠忽,民多见之。"

三、佛教的熏染

唐代，佛教从不同的渠道传入云南。传教者为取得执政者

和民众的支持，尽量利用民间神话宣传佛教的"法力无边"。在大理编造《观音点化细奴逻》建立南诏国得十三传的故事，在滇池地区，又

敦煌莫高窟中的天马（余嘉华　供图）

用金马碧鸡神话来传播佛教。根据宋末元初人张道宗《记古滇说集》的记载，故事如下。

相传，中国周王朝后朝，印度有古国名为孔雀王朝，它的第三代王名阿育王（前272年至前232年执政），[1]是个虔诚的佛教徒，他当政时，大力扶持佛教，广建塔寺，派出僧团到各国传教，使佛教影响力大为增强。

阿育王生有三个儿子，长子名叫福邦，次子叫弘德，三子叫至德。三个儿子都勇敢健壮。阿育王有一匹神骥（神马），身高八尺，红鬃赤尾，毛色金黄，三个儿子都想得到它。到底给谁，阿育王难以决定。于是说："你们三个儿子，我都一样看待，给哪一个，都显得我偏心。这样吧，我把神骥放走，任它纵驰而去，谁能追上并抓住它，就是神骥的主人。"说完，

---

① 阿育王事迹据孙士海、葛维钧编著．《列国志·印度》，社会科学文献出版社2003年版，第70~71页。

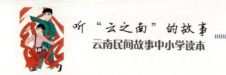
命令左右将神骥放出去,它一路向东奔去。阿育王的三个儿子各领部众争先恐后飞马追逐,前后都到了滇池边。长子福邦想:神骥跑久渴了,会到滇池边饮水,遂在西山脚滇池边守候,没有发现金马,却见山上有碧鸡群游嬉戏,光彩夺目,乐而忘返,遂为山主,后成山神,叫此山为"碧鸡山"。三子至德追到滇池东山,见金马藏在林中休息,取出嚼头就将金马络住,后来这座山被称为金马山,至德做了山主,后成了金马山山神。二子弘德后来才到,他预料神骥跑饿了会到坝子中找庄稼(草料)吃,就在坝子边守候,但没有等到,他后来成了岩头山神。

这些故事,经过佛教信徒的反复宣讲,受众面愈来愈广。观音点化细奴逻的故事,迎合了执政者君权神授,凡人不得动摇的期望。佛教首领王子成了金马碧鸡山神,而金马也是阿育王的神骥,那么,滇池地区百姓崇拜金马碧鸡也就要对佛顶礼膜拜了。佛教徒借神话宣扬佛教的用心一目了然,宗教如何利用民间文学,这个金马碧鸡的故事是一个典型的例子。

这些故事被录入各种书籍如《白左通》《南诏野史》、万历《云南通志·白国始末》、道光《昆明县志·杂志》等古籍中,保存了金马碧鸡神话的变异。

四、建筑的寄托

出于对碧鸡金马的喜爱和崇拜,滇池沿岸的居民从唐代起就兴建了一些纪念性、祭祀性的建筑。先是在滇西进入滇池坝子的山口建碧鸡关,立碧鸡祠;在昆明东山口建金马关、立金马祠。唐樊绰《云南志》(亦称《蛮书》)卷二,《山川江源》有记载:"金马山在拓东城螺山南二十余里,高百余丈，与碧鸡山东南、西北相对。土俗（本地习俗）传云：昔有金马，往往出现，山上亦有神祠。""碧鸡山在昆池西岸上，与拓东城隔水相对。"这两个神祠中，有塑像、有碑刻。明景泰《云南图经》卷一载"碧鸡山：在郡城西，周围数十里，峰峦碧色，石壁如削，下瞰滇池，为诸山之最。其北为美，曰碧鸡关。按：王升勤碑以为，昔有碧凤翔翊于此，讹为碧鸡，因以名山，理或然也。"明天启《滇志·祠祀》载有"碧鸡神庙……祀阿育王长子逐马至此，蒙氏（南诏）时建。"景泰《云南图经》卷一："金马山：在郡城东十里许，山不甚高而绵亘于东南数十里，有长亭，其下为美，曰金马关。旧传有金马隐现其上，因与碧鸡齐名……二山皆有祠。"元张道宗《记古滇说集》载："保和八年（831 年）昭成王（劝丰佑封号）幸善阐东京（今之昆明）树碑于金马，以记方物。"后世称此为《金马碑》。对此祠历代多有修葺，明巡抚陈用宾在金马祠左建"三贤祠"，祀汉谏大夫王褒、明演事刘寅(曾作《金马山赋》)、修撰杨慎。(见道光《昆明县志·祠祀志》)清代于寺中建"神骥亭"，塑金马。

　　为纪念金马碧鸡，求一方繁荣昌盛、吉祥安康，昆明百姓在纪念赛典赤的忠爱坊南修建金马、碧鸡二坊，东西相对，与忠爱坊呈品字形矗立于三市街。西坊均为三开四柱，柱下以高大的长方形石条为座，既防柱脚被地下湿气侵蚀，又使西坊显得高大雄伟。上部雕梁彩绘，金碧辉煌，中坊顶高约 11 米，西侧坊顶高约 5.8 米，弧形的屋脊，四角上翘，呈向上展翅腾空之状。二坊相距约数十米。民间传说：它构思奇巧，在特定的年份、季节的某一天，当红日西坠而未没，明月已悄悄爬上了东山，日光从西面照射，月光从东面辉映，日光月光同时照射二坊倒影于此，并渐次移动，最后金马碧鸡两坊倒影交接，

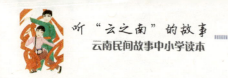

出现 "金碧交辉" 奇景。其间蕴藏的天文数字知识及建筑技术，值得探究。

与金马碧鸡二坊相比美的东西寺塔，据说建于 "唐文宗在位之年（827~841 年）"，由南诏弄栋节度使王嵯颠经手。史载王嵯颠卒于唐宣宗大中十三年（859 年），因此东西寺塔约建于公元 827~859 年之间。建塔的目的，一是为纪念佛祖释迦摩尼，供奉佛教灵物；二是为震慑传说中的孽龙，以减少水患。为此，这座 13 层密檐空心砖塔内 2 至 12 层四面设盒，供佛像；塔顶四角立有 4 只相传能降龙的金鸡（佛经称迦楼罗），以求平安吉祥。这 4 只金鸡，高约 2 米，均由铜皮做成，口角噙有一枚两头有孔的铜管，管内有金属弹簧片，鸡头、脖子、腹部全是空心的。每当劲风从特定的方向吹来，灌入 "鸡" 嘴内的铜管，经 "鸡" 腹腔，空气回旋振荡，便发出悦耳的鸣叫。从地面仰望，在蓝天白云的辉映下，金鸡昂首挺立，展翅欲飞，庄严的佛塔更显得富有生命的活力。这金光闪闪的金鸡，在百姓心目中，就是碧鸡的化身。

五、人文精神的熔铸

优美的金马碧鸡神话流传过程中，有人将它与世俗生活联系在一起，寄托了人们的感情与愿望。

金马、碧鸡两山隔着滇池，默默相对，引起百姓的无限遐想。明代前期昆明著名诗人郭文的《滇中竹枝词》中这样写："金马何曾半步行，碧鸡那解五更鸣。农家夫妇久离别，恰似西山空得名。" 明末清初诗僧担当在其《金碧谣》中亦写金马碧鸡 "相思面对三十里，碧鸡啼时金马嘶"。将金马、碧鸡两山比作一对声气相通、深情而难以相会的情人。民间还传说：金马是从太阳中出来的，是男性，碧鸡是从月亮里出来的，是女性。某年为解除昆明的旱灾死了，但它们的魂还舍不得离开这个地方，在百姓为它们建的金马、碧鸡坊，每隔六十年中秋晚上会出现"金碧交辉"的奇景，那就是金马碧鸡相会亲近的时候。

在历史上人们对金马碧鸡有种种解读，有的让幻想驰骋，描写他心目中最美的形象。如清初赵士麟的《碧鸡山》中这样写："彩云一片舞天鸡，五色光中望欲迷。化作青山千载碧，王褒空自渡巴西。"这以闪电般的速度在云中逐龙飞动的金马，在五彩缤纷的云霞中起舞的碧鸡，优美的姿态令人入迷，劲健灵动的身影，给人力量。有的常常将神话与自然中的某种相似的动物联系起来。如把金马、天马与滇马联系在一起，早在晋代相传与会无（会理）为邻的三绛县，因有天马出现后改名元谋县，"元谋"系傣语，"元"为飞跃，"谋"为马，意为天马、骏马栖息的地方。

南宋时期，为战争所需，在广西设市买大理国（今云南）出产的马，南宋绍兴二十七年（1157年）就买了3500匹。其中劲健奇异的好马，每匹值黄金数十两至百两。（宋周去非《岭外代答》）而明代徐渭《武录序》称云南马"即滇马，统谓之神马。"长期征战，使自幼从军的沐英对骏马十分喜爱。史载："黔宁王（沐英的封号）平居无所嗜，唯有马癖，尝与人曰：'天用莫如龙，地用莫如马'。"（诸葛元声《滇史》）为此，沐英在昆明九龙池（今翠湖）西建柳营，广畜战马，训练骑兵。每当天气晴和，雄骏千匹，沐于河中，马嘶人欢，水花四溅，既是地方安定和平的象征，也是威武之师的展示。后人称之为"柳营洗马"，

为九龙池八景之一。

其实，云南总兵官沐英的这一举措，是按皇帝朱元璋的旨意办的。洪武十七年（1384 年）二月二十六日，明军平定云南后，朱元璋手谕："这蛮子每只怕马，你每（行）到那里，大理有些银子，看有多少，就将那银子买上一万匹马，放在海子里放养操练。"这谕旨道出了朱元璋的战略眼光，不同凡响的识见。

云南马劲健有力、坚韧耐劳、忠诚勇敢，与忠良爱民、自强不息、进取向上的云南人民的精神息息相通。常常有人借马喻志，借马抒情。清代乾隆年间的钱南园喜画马，他的《垂鞭弹控图》骏马昂首、前蹄高举，马尾平伸，似在飞奔，骑马平视远方，帽常向后飘扬，右控鞭、风驰电掣，勇往直前。人与马姿态俱活。画上题字云："江村野苗争入眼，垂鞭弹空凌紫陌"，"乙未岁八月敬拟少陵先生遗像"，乙未为乾隆四十年，钱沣当时 36 岁，他于四年前考取进士，在国史馆供职，正思有所作为。在这幅杜甫（少陵）飞骑猛进的图画中，灌注着钱沣的感情与愿望。其后，他又在《自题画马》诗中倾吐感情："粗踏边沙岁月深，骨毛消瘦雪霜侵。严城一夜西风急，犹向苍茫吐壮心。"这饱经风霜、骨毛消瘦的骏马，仍渴望驰骋千里，为国奉献余生。这也形象写出钱沣晚年遭污蔑落职。仍葆老骥伏枥、壮心不已的精神。金马、天马、骏马，有的又常将它与人才涌现、文教兴盛、天下太平联系起来。清代白族诗人董正官以"学校盛兴瑞应神马"为韵，作《神马出滇池赋》，赞"滇池灵气所钟，为之推神马文祥之所应"，昆华苍洱"久著人才与历代"。人才如骏马，成批涌现。古人常以良骏、千里马喻人才和有为之士。

相传，古人在碧鸡山上看到的那只（或那群）以翠绿为主调色彩斑斓的碧鸡，有的说它是凤凰，土人（当地百姓）不识，误称碧鸡。其实，凤凰也是传说中的神鸟、瑞鸟，据说它出现会引来众鸟朝拜，有白鸟之王、百鸟朝凤之说。原来雄者称凤、雌者称凰，凤凰齐飞，是吉祥和谐的象征。在云南与东南亚地区，最接近传说中碧鸡形象的鸟是孔雀，在蓝孔雀、绿孔雀、白孔雀等品种中，又以绿孔雀为近似。绿孔雀羽色绚烂，以翠绿、亮绿、青蓝、紫褐等色为主，多带有金属光泽。尾上覆羽发达，羽支细长，犹如绿色的线绒，末端有众多的由紫、蓝、红、黄等色构成的大型眼状斑，开屏时，好像无数面小镜子在闪烁，光彩夺目。头顶上那簇高高耸立的长条形羽冠别具风度，它是美丽、华贵、善良、吉祥的象征。这与战国至汉代初年楚人所作的《山海经·南次三经》中所描述的凤凰形象相近："其状如鸡，五采而文，名曰凤凰。"[1]这是将碧鸡、孔雀、凤凰联系起来的原因之一。

　　孔雀又与佛教有多重联系：其经典中有《孔雀明王经》等；其神祀中有孔雀明王，亦称佛母大孔雀明王，通常这是一头四臂菩萨，一手执莲花，表示爱；一手执俱缘果，示调伏；一手执如意果，示增益；一手执孔雀羽，示消灾。明王乘骑孔雀，背后有雄孔雀尾羽彩蹄，威武而美丽。孔雀明王是佛祖的化身之一，崇拜孔雀明王既是崇拜佛祖。孔雀成了佛教的神鸟。

---

[1]　形状像普通的鸡，全身上下是五彩的羽毛，名称为凤凰。

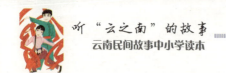

六、名城的象征

昆明市内金碧腾辉雕塑（余嘉华　供图）

金马碧鸡常被人们作为云南和昆明的标志：元代诗人王升在《滇池赋》中，将"碧鸡峭拔""金马逶延"列为昆明八景之一。元末，统治云南的梁王手下佞臣诬陷大理总管段功有"吞金马咽碧鸡"的野心，意指段功欲取代梁王统治云南，将金马碧鸡作为云南的代名词。明代在昆明郊区建金马碧鸡神庙，在城区建金马碧鸡二坊。清代亦曾在建。清初河阳（今澄江）名士赵士麟曾写有《金马山》和《碧鸡山》诗歌咏金马碧鸡。清代乾隆年间的孙髯在其名作《大观楼长联》中，以"东骧神骏，西翥灵仪"来展现金马碧鸡的动态美，让静止的景物"活"了起来。

由以上片段可知：金马碧鸡与昆明两千多年的历史紧紧相连，它是在莽莽群山、密林深谷、奔腾不息的江河湖畔、立体多样的生态环境中孕育出的精神花朵，它与中原的龙凤崇拜有联系，但又有鲜明的地方民族特点，有丰富的文化内涵。它既有先民古老的动物崇拜意识，又熏染着佛教色彩；既有美好爱情的寄托，又有厚重的人文意味；有吉祥平安、消灾增福、国泰民安的企盼，又有奋进不已、顽强拼搏、自强不息的精神灌注；是昆明乃至云南人民感情的凝聚，也是昆明这座历史文化名城的象征；与昆明历史文化息息相关。因此，经过多方酝酿，金马碧鸡的形象，经过艺术家的巧妙设计，成了昆明市市徽；雄伟壮丽的金马碧鸡二坊，屡毁屡建，于 1999 年又重建在了原址；当代艺术家袁晓岑创作的"金碧腾辉"青铜雕塑于 2001 年立于东风广场。此雕塑中的金马，为一匹昂首扬蹄长嘶奔腾的神骏，注重奔腾之动态，追求气势之磅礴，体现出阳刚之美。从后扭的头颈，高扬的前蹄，健美的躯干，弯曲的鬃毛，协调一致的将重心落到了坚实有力的后腿上，充满了向上的力量。与神骏动感相较，碧鸡则为一只悠闲的绿孔雀，翅尾斜拖，举首顾盼，一动一静，相互配合；一阳刚，一柔和，彼此协调，相得益彰，金马碧鸡焕发出新的光彩。

谚语选读

　　谚语，是在群众中间流传的固定语句，用简单通俗的话反映深刻的道理。它简练的形象，大多数是劳动人民创造出来的，反映人民的生活经验和愿望。

　　好的谚语是人民群众语言的结晶，它短小精悍、比喻贴切、形象生动、朗朗上口、便于记诵。它活跃在人民群众的口头上，被无数作者引述在他们的文章中，代代相传，历久不衰。

　　由于谚语创造者经历不同、行业各异、地域宽广，其内容涉及社会生活的方方面面，往往常有行业、民族、地方特点，并且或强或弱的带有时代的烙印，它随着时代的发展而丰富，随着人民文化素质的变化而提高。

学习方面

◎ 刀子不磨要生锈，人不学习要落后。

◎ 刀子要快石上磨，人要聪明世上学。

◎ 边学边问，才有学问。

志向方面

◎ 有志不在年高，无志空活百年。

◎ 不怕路难，只怕志短。

◎ 空花不结果，空话不成事。

实践方面

◎ 不怕山峰高，就怕不迈步。

◎ 爬坡才知山高低，下海方知水深浅。

◎ 参天大树是一枝一叶长起来的，

◎ 工作本领是在实践中一点一滴练出来的。

◎ 庭院跑不出千里马。

语言方面

◎ 吃菜先尝一尝，说话先想一想。

◎ 戥（děng）子可以量轻重，语言可以量人品。

◎ 米粉越磨越细，语言越学越精。

◎ 良言一句三冬暖，恶语伤人六月寒。

勤俭方面

◎ 懒惰的结果是痛苦，勤劳的结果是幸福。

◎ "细水长流年年有，大吃大喝不长久。

◎ 靠山吃山要养山，靠水吃水要护水。

◎ 镜子不擦蒙灰尘，人不勤劳成废人。

（余嘉华　选编）

彝　族

彝族简介

　　彝族自称诺苏、纳苏、聂苏、罗罗等。主要分布于滇、川、黔、桂四省区。据全国第六次人口普查报告，全国彝族的总人口有 8,714,393 人。云南有 5,041,210 人。聚居于楚雄彝族自州治、红河哈尼族彝族自治州以及无量山、哀牢山、乌蒙山和金沙江、澜沧江、红河、南盘江流域。

　　彝族族源多元，学术界认为是南迁的古羌人和土著的融合。

正在刺绣的南华县农村彝族妇女（杨福泉 摄于 2008 年）

中华人民共和国成立后，根据广大彝族人民的意愿，决定将"鼎彝"的"彝"作为彝族的通称。

　　彝族历史悠久，彝族毕摩（祭司）著述的彝文经典卷帙浩繁。

　　彝族信仰以祖先崇拜为核心的原始宗教。个别地区少数人信仰佛教、基督教。

　　彝族民间文学有神话、史诗、传说、民间故事、叙事诗等体裁。史诗、叙事诗已形成繁盛的史诗群、叙事诗群。史诗《查姆》《梅葛》《阿细的先基》和叙事诗《阿诗玛》，入选国家级非物质文化遗产名录。

三女找太阳

导读: 这是一篇太阳神话。歌颂了不辞艰辛为人间找回太阳的三个彝家姑娘。

连绵起伏的哀牢山, 有三座高山, 山峰像竹笋一样, 一座比一座高, 一座比一座挺拔, 一座比一座巍峨。这就是有名的三尖山。早晨, 三尖山捧出一轮火红火红的太阳; 傍晚, 余晖一缕缕洒落在三尖山上。居住在三尖山下的彝家人民中流传着一个美丽动人的故事。

相传, 古时候, 天上有七个太阳。哺育着大地上的万物。那时, 树木常青, 鲜花不败, 庄稼一年收七次, 牛羊一年怀七胎。人们的日子过得很幸福。

这样美好的生活不知过了多少年。后来, 出现了一只凶残的夜猫精。夜猫精生性喜欢黑暗, 害怕光明。因此, 它怨恨太阳。

有一天, 夜猫精变成一个很高大的鹰嘴铁人, 展开翅膀飞上了一座最高的山顶。当太阳刚一露出脸, 它便拔下身上的羽毛当成箭, 嗖嗖嗖地射太阳。第一个太阳射落了, 接着射第二个。第二个射落了, 又射第三个。第三个太阳射落了。就这样, 它一连射下了六个太阳, 第七个太阳就躲起来不出来了。

天上没有了太阳, 大地变成一片漆黑, 庄稼不熟, 牛羊不长, 草木枯萎, 鲜花也败了。人们在昏天黑地里过日子, 向着天空祈求, 盼望太阳早些出来。可是, 太阳始终没有出来。

夜猫精却在一旁得意忘形地笑。

"太阳啊, 你在哪里?" 人们呼唤着, 选出最有本领的人去找太阳。民家 (当地称白族为民家) 选去的人没有回来, 傣家选去的人没有回来，苗家选去的人也没有回来。汉家选去的小伙子倒是回来了，但满身都是伤痕，只说了"夜猫精"三个字就倒在地上再也没有爬起来。

正在人们焦急万分的时候，有三个彝家姑娘挺身站了出来。这三个姑娘漂亮、聪明、勇敢，像哀牢山上三朵最鲜最红的马缨花。三个姑娘说："看样子去找太阳的人都是被夜猫精害死的。只有先除掉夜猫精，才能找到太阳。"

"对啰！除掉夜猫精，找回太阳来。"人们齐声说。

于是，人们就用水去淹，没有淹死夜猫精；用箭射，箭又被夜猫精挡了回来，一箭也射不中它。彝家的三个姑娘便带领大家扎松明子火把。扎好了火把，每人举一支点燃的火把。一支支熊熊燃烧的火把，火光冲天，照亮了山山箐箐。夜猫精怕光怕火，没有地方藏身。人们从四面八方围堵，将作恶的夜猫精团团围住。最后，大家将火把堆了起来，把夜猫精烧死了。

除掉了夜猫精，大家又商议派人去找太阳。这时，三个彝家姑娘又挺身站了出来，要求去找太阳。人们看着三个姑娘，心里燃起了希望。大家为三个姑娘祝福，希望她们早日找到太阳，平安地回到哀牢山来。

三个姑娘辞别了亲人，告别了家乡，一直朝着太阳升起的地方走去。她们走啊，走啊，翻过九十九座高山，越过九十九个深箐，渡过九十九条河流。三个姑娘继续往前走，走啊走啊，不停地走，也不知走了多少年月。只见三个姑娘的头发长得拖到了地上，原先黑油油的头发变得雪花一样白，可是太阳还是没有找到。

"太阳啊！你在哪里？"三个姑娘大声呼唤着，继续往前寻找太阳。

一天，三个姑娘正走着，突然，天空"轰隆"一声雷鸣，树木震得发抖，电光中跃出一只斑斓猛虎挡住了去路。三个姑娘一步也不停，直朝猛虎走去，猛虎瞬间不见了。

"轰隆！"又是一声雷鸣，树叶震得唰唰直落。闪电中又滚出一条巨蟒，火红的嘴里吐出一条分岔的长舌头，像猎叉一样在三个姑娘的面前闪动。三个姑娘眼睛都不眨一下，直朝巨蟒走去，巨蟒瞬间又不见了。

"轰隆！"第三声雷又响了，闪电中出现了一位白发白须白眉毛的慈祥老人。老人对三个姑娘说："好心的姑娘，莫朝前走了，你们找不到太阳，快回家去吧！"

三个姑娘回答："老太爷，没有太阳，庄稼不熟，牛羊不长，鲜花不开。就是死，我们也要把太阳找回来。"

老人摇着头说："你们就是死也找不到啊，何必白白去送死呢！"

三个姑娘说："老太爷，没有太阳，没有光明。我们就是死了，前仆后继，还会有不怕死的人接着找，太阳总是会找到的。"

老人被感动了，点着头说："勇敢的姑娘，你们的心比白雪还纯净，你们的意志比岩石还坚硬。你们就在这里等着吧，到了立秋那天，有一个年轻小伙子会骑马来到这里，他就是你们要找的第七个太阳，也是最年轻、最明亮的一个太阳。"

果然，到了立秋那天，有一个满面红光的小伙子骑着一匹红马来到这里。可是三个姑娘那时已经很衰弱了，她们使出最后的力气对小伙子说："太阳啊！你不能离开我们。你离开了我们，庄稼就不会熟，牛羊就不会长，鲜花就不会开。太阳啊！快升起来吧！"

说完，三个姑娘因疲劳过度倒地献出了自己年轻的生命。

忽然间，在三个姑娘立足倒地的地方，幻化出三座高耸入云的山峰，托出一轮火红火红的太阳，金灿灿的阳光洒满大地。大地复苏，庄稼丰收，牛羊满山坡，百花盛开。人们重见光明，过着欢乐的生活。

直到今天，每逢立秋节，成千上万的人从四面八方拥来三尖山下，围成一圈又一圈，芦笙嘤嘤，弦子铮铮，人们欢快地歌舞，纪念为人间找回太阳的三个彝家姑娘。

者厚培搜集；唐楚臣、刘纯龙整理。

流传于楚雄市一带，选编自《彝族民间故事选》，上海文艺出版社1981年版。

石 林

导读：这是一篇风物传说。故事用拟人化手法描述了世界自然遗产云南石林的神奇及其由来。

在昆明市石林彝族自治县境内，有一片突起的石峰，有的像竹笋，有的像骏马，有的像雄鸡，有的像莲花，有的像利剑，一个接着一个直刺青天，千姿百态，气势雄伟，这就是闻名天下的石林！

穿越石峰中弯弯曲曲的小路，登"览峰亭"，攀"莲花峰"，俯瞰"剑峰池"，成为旅游者的一大快事。

如今，石林已成为中国著名的游览胜地之一。2007年8月7号被评为"世界自然遗产"。

这撒尼人聚居的石林，还有一个美丽动人的传说呢！

相传，很古很古的时候，哥自创世天神来到石林，看到彝家穿的是

石林县彝族撒尼人妇女（杨福泉　摄于 2012 年）

羊皮褂，吃的是包谷饭、苦荞粑粑，而且一日连三顿饭还吃不饱。过年了，还吃包谷粒粒，只掺杂上白花花的几粒大米。哥自天神看后感叹地说："啊呀！撒尼人太可怜了，让他们种上谷子，吃上大米吧！"

于是，哥自天神回去后立即赶着一大群石头，挑着一担土来了。他打算把长湖的水堵起来，淤成平坝，让这里的高山变成良田，让苦难的撒尼人种上谷子，也能吃上大米。

这天晚上，哥自天神拿着赶石神鞭子赶着石头，肩上挑着土，前面一匹小骡子也驮着土，悠悠缓缓地赶着夜路。他要在天亮鸡叫以前赶到长湖。

恰好这天晚上，有一位撒尼老阿妈半夜起来磨豆腐。她独个儿推着小磨吱——吱——地转动。突然，远处传来了轰隆隆、轰隆隆的声音。这声音越来越近，响个不停，把她的小茅草房震得抖动起来。老阿妈心中好生奇怪，把眼睛凑近门缝往外一瞧，啊！只见许多大石头遍地遍坳地滚着来了！轰隆、轰隆的响声越来越大，脚下的地在震动，小茅草房越发抖得厉害。老阿妈吓坏了，忙喊她的姑娘："阿因，阿因呀！"没有人答应。

原来姑娘与伙伴们到公房唱调子和玩耍去了，公房是彝族青年男女唱调子、娱乐和谈情的场所。老人家心里更是慌做一团，生怕这大石头滚过来砸了她的茅草房。她突然想起姑娘走时说过"只要大公鸡一拍翅膀我就回家来啦"的话。于是，她定了定神，急中生智，忙把大簸箕拿到正堂房里使劲嘭嘭嘭地拍打起来。

这时，大公鸡以为别的鸡扇翅膀了，也就扇翅膀"喔喔！喔喔喔"地啼叫起来。

"喔喔喔"的声音一响起，大石头一个个都停下来细听，想辨别到底是什么声音。恰好大公鸡又拍翅膀，"喔喔！喔喔喔"地啼叫个不停。这可把石头们吓坏了，一个个交头接耳地说："大公鸡在骂我们啦！它说我们'可恶，太可恶！'"大青石还竖起耳朵，它要听听大公鸡到底还在骂些什么……

见石头们都停下不走，哥自天神火冒三丈。他挥动长鞭子，朝石头们猛抽。大青石挨了鞭子，仍然认为大公鸡叫后是不能再走了，索性躺在地上赖着不肯走了。而今，石林的大青石腰间还留下哥自天神的鞭痕哩！

哥自天神的小骡子，也被大公鸡的叫声吓住了，呆苦木鸡似地站着，一动不动。久而久之，变成了狮子山。

哥自天神看着众石头赖着不肯走，气得"啊呀"地惊叹了一声，挑着土往前猛跨一步，担子一闪，只听得"咔嚓"一声响，扁担折断了。这样，哥自天神的那担土没有挑到长湖，日久，变成了双肩山，永远陪伴着雄伟的石林。

那些站着不动的大青石，就变成了今天的大石林。

那些像剑峰一样指向青天的石头，它们正一个个挺直了腰，似乎正呆呆地听着大公鸡的咒骂呢！

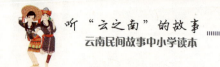

那坐在地上赖着不走的石头，就变成了周围的小石林，它们好像正在偷看那些大石头的脸色呢！

那些躺在地上不动的石头，就变成了附近那些大大小小的方石、圆石、条石……

有的大石头为什么会拦腰分成两段呢？那是怒气冲冲的哥自天神对这些顽石的严厉惩罚！

哥自天神的善良愿望虽然没有实现，但是撒尼人民看到这世间少有的东到天生关，南至蓑衣山，西到雨龙坝，北至摩和站，这一大片拔地而起的石林，纵然是吃包谷，种荞地，也永远忘不了哥自天神对他们的美意。

黄玉石讲述；思清整理。

流传于石林彝族自治县，选自《云南民族民间故事选》，云南人民出版社 1960 年版。

淌来儿

导读：这是一篇找幸福型故事。故事讲述了淌来儿外出寻找太阳姑娘的金发，中途遇见正为各种困难犯愁的人托他帮助打听解决困难的办法。他见到了太阳姑娘，达到了目的，也替别人一一找到了答案。

相传，从前有个皇帝，不管理国家大事，不关心老百姓的疾苦，天天只知道打猎。他的打猎马队一出去，就随便践踏老百姓的庄稼，还随便用弩射老百姓的羊群。老百姓敢怒不敢言。

有一天，皇帝又出去打猎，马队跟在他的后面。忽然，远远地跑来一只马鹿,跑到皇帝的马跟前,趐①回头就又往前跑了。

皇帝看见喜出望外,也顾不得招呼马队,就独个儿跟着马鹿追去。追过了九山十八箐,追过了十岭八匹梁,最后追到一个大树林子里,马鹿突然不见了。

这时,太阳落山了,看不见路了。皇帝急得像一只逃命的狼,乱摸乱钻,好容易才钻到一家烧炭人的家里。他对烧炭的老头说:"我是皇帝,你快快把我送回皇宫里去。"

烧炭老头听了,战战兢兢地说:"啊,我的天,今晚我的媳妇要生孩子了,我走不开,这里离皇宫又远,你就在这里住一晚,明天我遵命送你回去吧。"

皇帝住在烧炭人家的楼上。半夜,烧炭老头的媳妇生娃娃了。娃娃"唔哇……唔哇……"地哭。哭的声音像蜜蜂叫一样,多好听的。

皇帝在楼上仿佛听到有人在说话,他扒着楼板缝往下一瞧,又仿佛看见个仙人托着蜡烛在瞧那白白胖胖的娃娃。仙人好像在说:"这娃娃将来要做皇帝的女婿,还要当皇帝。"

皇帝听了,气呼呼的。他想:这小娃娃若不伺机除掉,让他长大了,将来一定要夺我的皇位,夺我的天下。于是,他悄悄地摸下楼来,残暴地把烧炭老头的媳妇一把扼死在床上。

第二天,烧炭老头端饭去给媳妇吃,喊了几声媳妇都不答应,娃娃哇哇地哭。老头急了,走近一瞧,原来媳妇已经死了。烧炭老头伤心地号啕痛哭起来。

这时,皇帝走下楼来,假惺惺地对烧炭老头说:"别哭,你把娃娃交给我,我把他当亲生儿子,把他带到皇宫里去吧。"

---

　　① 趐(xué):来回走;中途折回。

丽江市玉龙县玉龙山山村彝族
（杨福泉　摄于1993年）

烧炭老头不知道他的恶意，心想只要把娃娃养活，就交给他吧。

皇帝得了孩子，喜得心痒痒的，以为大计告成了。他一回到皇宫，就叫来一个老臣仆："快去拿口铁箱，把这小东西装起，丢进大河里去。办得好我赏你，办得不好我杀了你。"

老臣仆哪敢违令，硬着心肠照皇帝的话做了。

说来也奇怪，铁箱并不沉河底，在大河上漂呀漂呀，不知漂了多久，漂了多远，后来铁箱漂到一个渔村边，打鱼的老两口子把铁箱拉了起来，打开一看，啊！里面躺着一个小孩。老两口子年过六十还没有孩子，就把这个小孩当自己亲生的抚养起来。因为是顺水淌来的，于是他们给他取了个名字，叫"淌来儿"。

在老两口子的抚育下，淌来儿一年年地长大了，长得粗壮结实，很会干活。

十七年后的一天，皇帝打猎经过这渔村，他的马渴了，就叫村子里的人给他提饮马水。淌来儿送水去，皇帝看见了就顺便问老倌："这是你的亲生儿子吗？"老倌连忙回答："不是亲生也抵得上亲生的啰。十七年前我和我老伴在河上捡起他，我们就辛辛苦苦地把他抚养大啦。"

皇帝听了心里大吃一惊，表面上又装作满不在乎的样子，继续问道："怎么从河里捡起来的？"老倌说："不知是哪家造孽，把娃娃装进铁箱子里，幸好可怜的小命儿给我老两口子捡回来了。"

　　皇帝杀人之心不死，想的计策就更加狠毒了。他下马来急忙写了封信，要淌来儿送到皇宫里去。那信上说："这青年是我的仇人，接信后，不等我回来，立刻把他杀死。要紧要紧！"

　　淌来儿听见皇帝叫他送信，知道违抗不得，就把信揣在怀里，去向老倌辞别说："阿爹，皇帝要我送信，我不敢不去。我走了，阿爹不要过分挂牵。"老倌拍着他的肩膀说："爹不挂牵你，你也不要担忧，你好人路正，不要怕，只管去，记着快去快回。"

　　淌来儿走了三天三夜，还没看见京城的影子。

　　一天，淌来儿在一个黑树林里迷了路，正在着急的时候，忽然看见前面有座白庙。他走进去一看，见一个红光满面的白胡子老人走了出来。老人和和气气地招呼他，留他吃饭，留他住宿。淌来儿像回到自己家里一样，不一会儿，就呼噜呼噜地睡着了。

　　睡到半夜，白胡子老人悄悄地摸出了淌来儿身上的信，把它改写为：

　　"这青年是我的恩人，接信后，不等我回来，立即和我女儿完婚。要紧要紧！"

　　第二天，淌来儿醒来，发觉自己睡在一棵大树下，白庙和白胡子老人都不见了，摸摸身上，信倒还没有丢失。他爬起来，继续往前走。走到京城皇宫了，他把信递给皇后。皇后拆开一看，就急急忙忙给淌来儿和公主举行婚礼。

　　皇帝打猎回来，看见不但没有把淌来儿杀死，还让他做了自己的女婿，气得横眉鼓眼，就质问皇后。皇后说："完全照你的话做的嘛，不信，你的亲笔信还在这里呢。"皇帝抓过信来一看，非常奇怪，印章也是自己的，字迹也是自己的，只是意思完全变了。他就把淌来儿叫来问，淌来儿把路上遇到白胡子老人的话说了。

　　皇帝一听，知道这是早前那个仙人在卫护他。于是假意对淌来儿说："你是我的好女婿，我有一件事不知你做得到做不到？"淌来儿说："我一定做得到。"皇帝又假意微微一笑："我很想要太阳姑娘头上的金发，你快快去给我找三根回来吧，如果做不到，你就不要回来了。"

　　淌来儿听了，和新媳妇告了别就起身走了。淌来儿走到一条寂静的大河边，那儿只有一只小船，船上只有一个划船人，他问淌来儿说：

　　"出门人，你要到哪里去？"

　　"我要去找太阳姑娘头上的金发。"淌来儿回答。

　　"你到太阳姑娘那里替我问一问：我在这里划了二十多年的船，没有人来替换我，为什么？"

　　"好嘛，我回来就告诉你。"

　　划船人把淌来儿划过了河。

　　淌来儿又往前走，走到一座城边，城里的人问他："小伙子，你要到哪里去？"

　　"我要去找太阳姑娘头上的金发。"淌来儿回答说。

　　"你到太阳姑娘那里替我们问一问：我们这里有株长生果树，人吃了，老年会变成少年，可是它二十年没有结果子，问问看是什么原因？"

"好嘛，我回来时就告诉你们。"

淌来儿继续向前走，又到了另一座城里，那里的人也照样问他："小伙子，你要到哪里去？"

"我要去找太阳姑娘头上的金发呵。"淌来儿照样回答了他们。

"你到太阳姑娘那里替我们问一问：我们这里有个活命泉，人死了浇上泉里的水，死人就能活转来，可是它二十年没有出水了，问问看是什么原因？"

"好嘛，我回来的时候，一定告诉你们。"

第二天，淌来儿继续往前走。他走了很久，最后走到一座大树林里，树林里面有幢房子。这里就是太阳姑娘的家了。

淌来儿走过去敲门，太阳姑娘的妈妈走出门来，她一见淌来儿就说：

"啊！是淌来儿，我知道你要来找我姑娘头上的金发，是不是？"

"是的。"淌来儿笑着点头，并把一路上人家托他问的事情告诉她。

太阳妈妈告诉他："吃了晚饭你就要躲起来，不要让我的姑娘看见你。她如果看见你，会把你赶出去的。"

淌来儿吃过晚饭，太阳妈妈就用木缸把他藏起来。这时太阳姑娘回来了，一进门就问：

"阿妈，好像有人来过，你看见了没有？"

"哪里有什么人来过，你在高高的天上都没有看见，还来问我。"太阳妈妈装作不知道。

晚上，太阳姑娘靠在妈妈的膝头上睡着了。太阳妈妈轻轻地从她的头上扯下一根头发。太阳姑娘一下子惊醒了，她问："阿

妈，你为什么扯我的头发？"

太阳妈妈说："我做了一个梦，梦见一条寂静的河边，有个人划了二十多年的船，还没有人去替换他。"太阳姑娘说："只要有人到他那里过渡时，把桨丢给过渡的人，那过渡的人就会代替他划船了。"

太阳姑娘说完又睡着了。

太阳妈妈又从她的头上扯下第二根头发。太阳姑娘睁开眼睛又问："阿妈，你怎么又把我弄醒？"

太阳妈妈说："我又做了一个梦，梦见一座城，有一棵长生果树，二十年没有结果了，不知为什么？"太阳姑娘说："那是因为树根底下有一条蛇，把蛇打死就行了。"

说完后，太阳姑娘闭上了眼睛，微微打呼噜了。

太阳妈妈又扯下女儿的第三根头发。"阿妈，今晚你为什么不让我好好睡，明天我还要早早出去呀。"太阳姑娘有点生气了。

太阳妈妈说："怪得很，我今晚尽做怪梦。我又梦见一座城，有一股活命泉，泉里二十年没有水了，不知为什么？""泉的出口处有个金黄色的青蛙，把它打死，把泉洞掏一下，水就出来了。"太阳姑娘告诉妈妈说。

太阳姑娘和她妈妈谈的话，淌来儿在木缸里听得清清楚楚。

第二天早上，等太阳姑娘从窗子飞出去后，太阳妈妈就打开木缸。她把三根金发递给淌来儿，问道："昨天晚上的话你都听见了吗？"淌来儿笑着说："全都听见了，都记在心里了。"他走出木缸接过三根金发，给太阳妈妈作了揖，道谢后，高兴地往回走了。

淌来儿走到第一座城边，城里的人早已等着迎接他了。他告诉人们打死泉水出口处的青蛙，掏清泉洞。城里的人照着做后，果然清幽幽的活命水就淌出来了。大家感激淌来儿，给了他二十四匹黑马，二十驮白银。

淌来儿来到了第二座城边，那里的人也是天天在盼呀盼。淌来儿告诉他们打死树根下的蛇。说也灵验，大家把蛇打死后，长生果树就发绿叶了。城里的人谢了他二十四匹白马，二十驮黄金。

淌来儿最后来到了那条大河边，划船人问："你问了没有？"淌来儿说："问着了。"划船人急忙问："怎么说？"淌来儿想了一下说："你把我送过去我就告诉你。"

到了对岸，淌来儿对划船人说："这次不行了，下次有人来过渡时，你把桨丢给他，他就替换你划了。"

淌来儿回到京城，公主看见他喜欢得哭了；皇帝娘娘也直唠叨："好女婿，天天念你呀。"

皇帝哭笑不得。他看见淌来儿带回了黄灿灿的三根金发，还有那么多马匹、金银，心里也暗暗奇怪，忍不住问道："你告诉我，这些东西怎么弄到的？"淌来儿把出门后的事，从头到尾一一讲了出来。

皇帝听了，心想：我年纪也大了，不如去找点长生果和活命水来吃吃，我要永远当这个皇帝。皇帝越想越高兴，越想越按捺不住，便急急忙忙地往外走。他刚走到那条大河边，划船人就把桨丢给他。皇帝便成了船夫，永远在那里划船了。

佚名讲述；佚名整理。

流传于武定县，选自《云南民族民间故事选》，云南人民出版社 1960 年版。

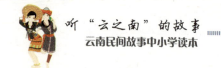
九兄弟

导读：这是一篇十兄弟型故事。故事讲述了一家九兄弟各具特殊本领，并各有一个相应的绰号。他们敢于起来与皇帝斗智斗勇的故事。

不知那是什么时候了，有一家人，夫妻两个，眼看都快老了，可是还没有孩子。丈夫心里很不愉快，妻子也一天到晚伤心地哭泣。

有一天，横心的妻子就跑到塘子边要寻短见。这时，女人面前出现了一个花白头发的老人。老人平和地问她："什么事叫你这样伤心，竟想寻短见呢？"

女人把自己的痛苦都告诉了老人。老人的脸上露出了慈祥的笑容，安慰她说："不要紧，我给你九颗药丸，你回去每隔一年吃一颗，一年就会生一个孩子，吃完九颗药丸，你就会有九个孩子了。"说完，老人把九颗药丸递给她，转眼就不见了。

女人回到家里，拿出老人给的药丸，她担心一年吃一颗不会见效，由于想孩子的心太切了，她把所有的药丸一次吃了。过了不久，女人果然怀孕。孕期满的那一天，她一胎生了九个儿子。孩子们一落地就哇哇地大哭。孩子多了，家里没吃的，也没穿的，夫妻俩眼看着可怜的孩子们受罪，很不忍心。

就在这时候，那个花白头发的老人又来啦。他还是那样露出了慈祥的笑容，平和地问她："又是什么事让你这样伤心呢？"女人把自己的为难事又告诉了老人。老人安慰她说："不要紧，好好照管他们，你的孩子们不会向你要吃，也不会向你要穿，他们自己会长大的。"说完，老人还给九个孩子一个个取了名字，他们叫：大力士、吃不饱、饿不死、打不死、长脚杆、烧不死、冷不死、砍不死、淹不死。九个孩子的名字取好了，老人就不见了。

九兄弟一年年地在一块儿长大了，他们长得一模一样。

有一天，皇宫里的一根龙柱子倒了，这根龙柱又大又重，没有人能抬动它。皇帝给天下传了一道圣旨说：要是谁能安好这根龙柱子，重重有赏。皇帝的圣旨传到九兄弟家里，兄弟九个就商量着让大力士去一趟。这天晚上，大力士来到皇宫。他神不知鬼不觉地就把龙柱子安好了。

第二天，皇帝看见了，大吃一惊，下令寻访是谁安好龙柱子的。有人告诉皇帝，是九兄弟当中的一个。皇帝不相信，叫人煮了好几斗米的饭，让安龙柱子的人来吃，若是他吃完了，就证明这是真的，若是吃不完，那就是假的，定要治罪。命令传到九兄弟家里，兄弟九个商量后就叫吃不饱去。吃不饱来到皇宫。一会儿工夫，那么多的米饭全被他吃光了。吃不饱还嫌不够，问皇帝还有没有饭。皇帝一听，害怕起来，赶快把吃不饱打发走了。

这以后，皇帝老是心神不定。他想：这样的人若不除掉，将来一定要夺我的天下。于是，他想了个恶毒的办法，下令把吃不饱抓来，要活活饿死他。

皇帝命令传到九兄弟的家里，兄弟九个商量后叫饿不死去一趟。

饿不死来到皇宫，皇帝马上下令：关起来。关了七天七夜，饿不死一点东西也没吃。皇帝以为饿不死被饿死了，谁知道饿不死跟七天前一样，像没挨过饿一样。

皇帝没有办法，只好放了他。皇帝坐卧不安，又想了个恶毒的办法，下令把饿不死抓来，要活活地打死。皇帝命令传到

　　九兄弟家里，九兄弟又商量：这回要打不死去一趟。

　　打不死来到皇宫，皇帝马上下令：捆起来，用乱棒打死。打手们一齐涌上来，棒子像雨点似的落在打不死的身上。打不死叫道："真舒服呀！你们给我抓痒。"棒子都打断了，可是没伤着打不死的一根汗毛。皇帝没有办法，又只好把他放了。

　　皇帝白天黑夜，苦思苦想，又想了个恶毒办法，下令把打不死抓来，推下山崖，活活地摔死他。这次长脚杆去了，当皇帝叫人把他推下山崖的时候，长脚杆一只脚踩在山崖脚下，另一只脚就踩在对门高山顶上。皇帝又失败了，怕得心惊胆战，他整日搜肠刮肚地想坏主意。他想：饿不死，打不死，摔不死，那就烧死他。这回烧不死去了，皇帝叫人用柴架了一堆大火，但是，没能烧断烧不死的一根汗毛。皇帝的大火对烧不死没有用。皇帝急了，下令把人丢到雪山上，活活地冻死。

　　这回冷不死去了，任凭雪山怎样冷，冷不死还是好好地回来了。皇帝的毒计也没有用，他急坏了，下令把人抓来，一刀刀的砍死。这回砍不死去了。皇帝的大砍刀，砍缺了不知有多少，砍不死不但没死，身上连一条刀口印子都

丽江市玉龙县文海村彝族母女三人
（杨福泉　摄于1993年）

没有。皇帝的大刀也没有用。这下皇帝不是着急而是发怒了。他下令把人抓来，丢下大江里去活活地淹死他。这次淹不死去了，他被丢下大江，可他像鱼一样自由自在地在江里游来游去，水灌不着他，也冲不走他。

皇帝见了，心惊肉跳。这时，淹不死衔一口江水向皇帝吐去。瞬间，皇帝一家连着他的宫殿一起滚进了大江，被江水冲走了。

九兄弟凭借他们奇异本领战胜了凶暴的皇帝，取消了压迫老百姓的苛政。从此，人们过着欢乐的生活，永远传颂着九兄弟的神奇故事。

流传于楚雄市、元阳县、建水县、峨山县等彝族聚居区，选自云南民族民间文学调查队搜集整理：《云南民族民间故事选》，云南人民出版社1960年版。

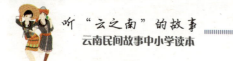

谚语选读

◎ 再破也是自己的土碗，再穷也是自己的家园。

◎ 老鹰在天上飞，看的东西多；青蛙在井里跳，想的事情多。

◎ 荞面不多，荞粑不厚；见识不多，知识不广。

◎ 怕飞的不是雄鹰，怕苦的不是好汉。

◎ 把欢乐奉献给别人的人，才是最欢乐的人；把幸福留给别人的人，才是最幸福的人。

◎ 数不尽的是沙粒，学不完的是知识。

◎ 十二岁的孩子，做了才想；六十岁的老人，想了才做。

◎ 聪明人偷学别人之长，愚蠢人不知自己之短。

◎ 一人只能搬一块石头，十人就能搬一座大山。

◎ 山歌不唱不晓得歌伴，月琴不弹不晓得知音。

选自《彝族文学史》，云南民族出版社 2006 年版。

（左玉堂　选编）

哈尼族

哈尼族简介

　　哈尼族是云南省特有民族。据 2010 年人口普查统计，全国哈尼族人口有 1,660,932 人，其中云南有 1,629,508 人，男性人口为 851,064 人，女性人口为 778,444 人。主要聚居在云南省红河、普洱、玉溪和西双版纳等州（市）。

　　哈尼族的族称有哈尼、窝尼、阿卡、碧约、卡多、腊密、艾乐等。哈尼族以耕种梯田闻名于世，红河哈尼梯田是哈尼族巧妙利用哀牢山立体气候创造的江河——森林——村寨——梯田四度同构的人与自然高度结合的生态农业系统，展现了人类文明创造的天才智慧。2013 年被联合国列为世界文化遗产。哈尼

与红河州元阳县文化名村箐口村的哈尼族儿童在一起（杨福泉　供图）

族民歌是世界上声部最多的民歌，现正在进行世界遗产申报。著名的普洱茶是以哈尼族家乡普洱命名的，是哈尼族人民的独特创造。哈尼族的迁徙史诗、神话古歌、故事传说风格古拙，内容丰富，形式生动活泼，充分反映了历代哈尼人开辟梯田、建设家园的历史事迹和美好高尚的道德情操，它们都是中国古典文学的瑰宝。

补天的兄妹

导读：这是一篇创世神话。哈尼梯田闻名于世，梯田上的彩霞壮丽如锦，你知道吗？它们竟是拯救人类的兄妹俩用鲜血染红的。

这个故事发生在哪个时候，连头发最白的阿波阿匹也说不清楚，可是，好听的故事还像甜笋的回味留在哈尼人嘴边。

传说那个时候，哈尼人的日子过得像香甜的冬蜂蜜，一山一山的梯田里，稻谷一年两熟，家家鱼塘里，鱼胖得像小猪。可是有一年山上有棵大树长得太高，一戳把天戳通了。天上下起了暴雨，哗啦哗啦，不停地下，下得山洪暴发，山也冲垮了，田也冲塌了，蘑菇房也冲倒了，人也冲死了，牛马牲口也冲跑了！

寨里缺了十七颗牙的老阿波把年轻人叫来，"小娃们，大雨再下三天，哈尼人就要死完了，只有把天补起来，才能救哈尼人！"

大家争先恐后要去补天。

他又说："不过，天洞太大了，补不好要送命的。"

这一说，大家不敢出声了。

老阿波叹了口气说："唉，看来只好让我这棵老棕树去补啰！"

"不，我们去！"这时候，两个年轻人走出来，对老阿波弯腰行礼说："年轻人的事让老年人去做，哀牢山的石头都会笑话哈尼人的。阿波，让我们去吧！"

大家一看，原来是艾浦艾乐两兄妹。

老阿波高兴地点点头，对他们祝福了一番，兄妹俩抓起一把泥土，就飞上天去了。

从哈尼山寨到天上路很远，他们飞了两天两夜才到天洞边。兄妹俩见大水轰轰轰地喷出来，忙用泥土去补，但是泥土太少，用完了，天洞还没补起一小个角来呢！

他们很急，商量半天还是想不出办法来。回去拿泥土嘛，路太远，也等不及了。艾浦说："阿妹，我下去堵吧，大水把我冲出来，你就使劲把我压下去！"

艾乐不愿意哥哥去补，要自己去。艾浦推开她，"扑通"跳进天洞里去了。他抓紧洞边的石头，拼命用身子去堵洞，霎时间，天上响起一阵巨雷，雷声过后，他变成了一块大石头。

艾乐很伤心，但她晓得阿哥是为了救哈尼人才变成石头的。她低头看看，啊呀，天洞还漏着一大块，水还是一个劲

哈尼族傻尼人青年（杨福泉 摄于1997年）

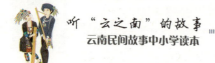
地喷着。她又看看地上,只见哈尼人在山洪中挣扎着,眼看就要被淹死了。她咬咬牙,"扑通"一声,也跳进了天洞。

这时候,天上响起了惊雷,扯起了耀眼的闪电,随着雷声和闪电,艾乐也变成了大石头,天洞终于补好了!

雷声歇了,电光熄了,暴雨住了,哈尼人得救了。

缺了十七颗牙齿的老阿波领着哈尼人爬上哀牢山最高峰,一起朝天上喊:

"艾浦——!艾乐——!"

天上没有回声,只见天边缓缓地出现一道道鲜红的彩霞。那彩霞映红了哈尼人的脸膛,映红了哈尼村寨,映红了哀牢群山,映红了天和地。

从此,哈尼人最爱和朝霞在一起,因为它是艾浦和艾乐的鲜血变成的。

大个子和小个子

导读:这是一篇神性英雄神话。外表看来强大的不一定比看起来弱小的人行,在这儿,杀死魔王的恰恰不是大个子,而是小个子。

在青蛙长胡子、石头会唱歌的年代,管理世界的是大神乌木,他手下有七八个弟兄,人人都有非凡的本领。

有一次,大神乌木带领弟兄们到远方去游玩,趁他不在的时候,不知从什么地方走来一个魔王,他专门捉人吃,不管老的、小的、男的、女的,捉住就活活吃掉。

吃来吃去,世界上的人被他吃了一半,连乌木的独儿子也被吃掉了。

魔王一边吃人，一边"噗、噗"地吐骨头，时间一长，骨头铺成一条白白的小路，弯弯曲曲地通到他住的地方。

大神乌木回来一看，啊呀，好悲惨啊，独儿子没有了，人也少了一半，这样下去，这神王也没法当了。

他赶快把弟兄们叫来，说："一定要杀死这个吃人的魔王，你们谁敢去呀？"弟兄们听说魔王厉害，一个推一个，谁也不敢去。

大神乌木不高兴了，发怒说："不准再推来推去的，你们比比，谁最高最壮就叫谁去！"他又说，"听着，谁把魔王的头扛回来，我就让谁当神王。"

弟兄们听见乌木这样说，就互相比较起来。量了量肩膀的宽度，别人只有五尺，唯独大个子查艾有十尺。大神乌木说："查艾兄弟，最高最壮的是你，力气最大的也是你，你去杀魔王吧。"

大个子查艾没有办法，只好去了。

大个子查艾顺着铺满白骨的小路走啊走，来到一片竹林边，看见最大的那棵竹王树上挂

元阳县箐口村的哈尼族小朋友

（杨福泉　摄于 2008 年）

着一片笋壳。笋壳对他喊道："尊敬的阿哥，我挂在这里，实在难受，请你把我放下来吧，说不定我能帮你什么忙呢！"

"你帮我的忙？别说笑话了，再说，我是尊贵的天神，怎么能干这种鸡毛蒜皮的小事情！"

大个子查艾边说边走开了。

走了一段路，来到一片瓜地边，他看见最大的瓜王吊在树上一摇一摇的，快要砸下来了。瓜王对他直喊："请你帮帮忙吧，好心的弟兄，请把我放下来，说不定我能帮你的忙呢！"

"瓜能帮什么忙，真是笑话！你还是自个儿在那里荡秋千玩吧！"大个子查艾说着大步走了。又走了一段路，他看见路旁的两棵树上挂着一张蜘蛛网，绳子一样粗的蛛丝上绊着一只黑蜂王，在呜呜地哭着说："救救我，尊敬的大哥，请把我身上的蛛丝解开，我的翅膀都快断了，往后说不定我会帮助你的！"

"我不要你的帮助，小虫子，你还是自己帮助自己去吧！"大个子查艾"哈哈"地笑着走了。

大个子查艾龇着牙咧着嘴做出一副恶狠狠的样子，闯进了魔王的家门。

魔王一看大个子查艾比自己高，比自己壮，有点心虚，就客客气气地说："哦，天神大哥，来玩吗？"

查艾见魔王比自己个子小，就神气起来，粗声粗气地说："是的，来玩！"

魔王笑嘻嘻地说："那么，请坐，请坐！"说着抬起一只脚，用脚丫夹起一扇石磨给大个子查艾。大个子查艾提了提，但提都提不动，只得将就坐下去。他看看魔王，吓坏了，只见魔王龇出三四颗比竹烟筒还粗的尖牙，望着他"嘿嘿"地笑呢！

坐着坐着，查艾害怕了，赶紧跑回去对大神乌木说："哦，不得了，不得了，魔王的牙齿比竹烟筒还长，用脚夹着这么大的一扇石磨给我坐，我提提，动都不会动，太可怕啦！神王呀，怎么办才好哇？"

大神乌木把弟兄们叫来商量。这个说："魔王的牙齿这样大，要想办法敲掉才好。"另一个说："没法敲啊，最好用石头把他的牙齿梗断掉。"第三个说："石头不行，不知道魔王吃不吃豆子，如果吃，我们炒一包豆子放在查艾的口袋里，另一边的口袋里装上铁砂子，查艾自己吃豆子，把铁砂拿给魔王吃，这样一定会梗断他的牙齿。"大家都说这样好，就依着办了。

第二天，查艾又来了，他坐下来，掏出豆子"嘎嗒嘎嗒"吃得很响。

"你吃的是什么？怎么这样香？"魔王问。

"昨天炒的豆子，剩下几颗，随便吃着玩玩。拿着，你也吃几颗！"大个子查艾抓了三把铁砂递过去。魔王接过铁砂，"咔嚓咔嚓"几下就吃光了，半颗牙齿也没梗断。

大个子查艾一看，赶紧又跑回来说："啊哟，他吃了三把铁砂，半颗牙也没梗断，我不敢去了，大神乌木！"

大神乌木又把弟兄们叫来商量：铁砂太小，换成铁砣吧。

查艾听了弟兄们的话，这边兜里装上几个桃子，那边兜里装上几个铁砣，第二天一早又去了。

查艾来到魔王家，掏出桃子来吃。魔王又问："天神大哥，你吃什么，这样甜？"

"嗯，半路上肚子饿，随便摘了几个桃子吃吃，你也吃几个玩玩！"

大个子查艾把三个铁砣递过去。

魔王看也不看，接过铁砣朝嘴里一丢，一边嚼，一边说：

　　"嗯，你的桃子太老了，一点也不好吃。" 说着 "卟" 地吐出一口铁砂，查艾只好又跑回来了。

　　到了乌木家门口，他看见一个又矮又小的人站在那里，这人也是乌木的弟兄，大神乌木派他出远门办事才回来，还不知道魔王的事情。他的名字叫乌麂，因为生得矮小，大家叫他 "小个子乌麂"。

　　"阿哥查艾，你急急忙忙上哪儿去呀？" 小个子乌麂问。

　　大个子查艾把事情说了一遍。

　　"哦，杀死魔王可以当神王，这是真的吗？" 小个子乌麂问。

　　"你也想杀魔王？你也想当神王？"

　　"可不是。"

　　"哈哈哈哈！我都没法杀死他，你这么个小东西也想去杀他？"

　　"你小看人？好，我这就去杀给你看！" 小个子乌麂气呼呼地说着，抬脚就走。

　　"当心别让他把你当午饭吃了！" 大个子查艾在后面讥笑说。

　　小个子乌麂顺着白骨小路走啊走，他看见路边竹王身上挂着的笋壳，笋壳对他提出了和对查艾同样的要求，他想，别人有难应该帮一把，就把笋壳放了下来，笋壳便跟在他后边和他做伴。后来，他又救了瓜王和黑蜂王，他们也跟在他后面一同上路了。

　　远远地看见了魔王的家，小个子乌麂对三个朋友说： "你们都回去吧！我要和魔王打仗，不要把你们打伤了。"

　　"朋友，你小看我了，我的绒毛比青苔还滑，能滑倒七头大象，哪还怕什么魔王！" 笋壳说。

"我砸下来连地神的头都砸得破，我帮你去杀魔王！"瓜王说。

"天神给我的箭比尖刀还锋利，我也帮你去杀魔王！"黑蜂王也说。

"好嘛，多一个人多一份力，我们一起去吧！"小个子乌麂说。

到了魔王家，魔王正在睡觉，笋壳躺在门口，冬瓜爬上门头，黑蜂王飞到床边。

小个子乌麂在门外拍着手叫："吃人的魔王，快出来打仗！"

魔王醒过来，睁开一只眼睛懒洋洋地问："谁在那里吵呀？嗡嗡嗡的，像蚊子叫一样！"

小个子乌麂生气了，放开嗓门吼了起来："你说我是蚊子？嘿，有本事就出来打一架！"他的声音像打雷，把魔王的耳朵也震聋了。

魔王从床上爬起来，从窗口望出去，什么也没有看见，因为乌麂的个子太矮了。

"你在哪儿？你这个小家伙！"魔王喊着，正想出去，黑蜂王瞄准魔王的左眼，"嗖"地一箭。魔王左眼马上肿得像个大桃子。

魔王哼哼着摸出门去，刚走到门边，一脚踩在笋壳上，"砰"一声摔倒在地上。瓜王看准魔王的脑袋，"咚"地砸卡来，把魔王砸得两眼直冒金星。乌麂走过来，用手一扭，"咔嗒"，魔王的脑袋被扭下来了！

"哈，这么好扭，我还以为你是铁打的呢！"小个子乌麂把魔王的脑袋扛在肩上，带着笋壳、瓜王和黑蜂王回去了。

到了乌木家门口，大个子査戈正坐在那里吸烟，他远远看

见魔王的头朝他走来，吓得转身就跑。

"阿哥查艾，是我呀！"小个子乌麾向他喊道。

"哦，原来是小个子乌麾兄弟呀！呃，你真的把魔王杀掉了，有本事！"大个子查艾打起主意来。"小个子乌麾兄弟，你杀了魔王又走了那么远的路，一定累坏了，来，大哥帮你扛着魔王的头，你歇歇。"

小个子乌麾把魔王的头交给大个子查艾，两人一起进去见大神乌木。

"哦，查艾大哥，你把魔王杀死了吗？真厉害，真厉害！"

那几个弟兄看见大个子查艾扛着魔王的头，都以为是他杀死魔王的。

"嗯，嗯，是的，是的！"大个子查艾边走边点头。

大神乌木也看见了，"查艾兄弟，祝贺你把魔王杀了，现在神王就让你来当吧。"大神乌木说。

"嗯，嗯，好的，好的！"查艾一直走到神王的宝座面前，刚要坐上去，脚下猛地一滑，"砰"地跌了一大跤，原来笋壳跑到他的脚底下，把他滑倒了。

他刚要爬起来，瓜王又狠狠地砸在他头上，他的头马上肿得像个大冬瓜。他正要看看是谁在捣乱，黑蜂王一下飞过来，把他的眼睛刺得直流泪水，肿得像个大桃子，他只好抱着魔王的头，躺在地上哼哼。

"你们为什么要欺负大个子查艾兄弟？"大神乌木问。

笋壳、瓜王、黑蜂王一起回答："因为他说了谎，魔王是小个子乌麾兄弟杀死的，不是查艾杀死的！"

他们把事情经过从头到尾说了一遍，大神乌木和他的弟兄们都说大个子查艾活该。

就这样，小个子乌麾当上了神王，大个子查艾什么也没有当，还落得个"爱说谎话的胆小鬼大个子查艾"的诨名。

瞎子和跛子

导读：这是一篇精怪故事。尖牙利齿的妖怪被瞎子和跛子杀死了，而不是被健壮的小伙子杀死，说明智慧和勇敢才是战胜困难的真正的力量。

在哈尼山寨里有两个人，大家叫他们"瞎子然龙"和"跛子山则"，因为然龙的眼睛是瞎的，山则的脚是跛的。有一天，然龙对山则说：

"山则兄弟，你脚不好，我眼睛不好，我们两个合起来不是和好人一样了吗？"

"是哩，是哩，我也是这样想的！"山则说。

他俩就一个扶一个，一个牵一个，今天这里帮帮人，明天那里帮帮人，做活一起做，吃饭一起吃，睡觉一起睡，比亲兄弟还亲。

一天，他们来到田边，见田埂上有个小伙子披着蓑衣，扛着犁耙，"嘿咮嘿咮"在前面走。他俩走上去，对小伙子说：

"兄弟，我们一起走好吗？"

小伙子斜着眼，对他们撇撇嘴：

"你们这么难看，还配和我一路走？"

然龙和山则说：

"兄弟，不要看不起人呀，我们虽然身体有点毛病，和你一起走走也不要紧嘛！"

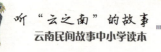
小伙子皱起眉头，嗫嗫嘴说：

"好吧，好吧，看你们可怜的样子，要和我一起走就一起走吧！"

他大步大步地朝前走着，不管然龙和山则跟得上跟不上。然龙和山则像小狗一样跟在他后边，忍着一肚子气，费力地跟着走。

小伙子问："喂，你们这两个可怜虫，是去投亲靠友呢，还是去讨饭呢？"

然龙和山则说："我们想去找点活儿干。"

小伙子哈哈大笑："凭你们俩这个样子还会干活儿？别丢人现眼啦，还是讨饭去吧，人家看你们的可怜样儿，说不定还会多给你们点饭吃吃呢！"

然龙和山则心里不服气，但是没有办法，只好闷声不出气。

他们走过田埂，走过小路，来到一个山洞口，这时候"哗啦啦"，天上突然下大雨了。他们见前面不远的地方有个山洞，就进去躲雨。"稀里哗啦！稀里哗啦！"大雨下个不停，直到天黑还是不停地下，他们只好在山洞里过夜了。

然龙和山则对小伙子说：

"兄弟，这个地方山高箐深的，恐怕会有野兽来，我俩行动不方便，请你搬些石头把洞口堵起来好吗？"

小伙子鼻子哼哼："哎呀，烦死人啦，你们两个，人又笨，胆子又小，我要像你们这样啊，早就撒泡尿把自己淹死了！我嘛，才不怕什么野兽不野兽的呢，不要说野兽，就是魔鬼来了我也不怕！哼，要堵你们自己去堵好了，我才不想堵呢！"

说完，他躺下来呼呼大睡。

然龙和山则没办法，只好自己去堵山洞。他们一个跛，一个瞎，看得见的走不成，走得成的又看不见，费了九牛二虎之力，才叠起一人高的石头墙，可是还剩两三拃高的洞没堵严。

睡到半夜，"呜呜呜"，突然刮起一阵大风，接着，走来一个妖怪。原来这个山洞是妖怪的窝，他们不知道，走进妖怪的家里来了。

妖怪来到洞口，见山洞被堵上了，觉得很奇怪：

"咦，我在这里住了好多年，从来没有人敢进我的家，今天是哪个把我的洞门堵起来了？进去瞧瞧！"

妖怪正要搬石头，听见里面有人呼呼地睡觉，就大叫一声："喂，洞里睡着的是哪个？哪个家伙吃了老虎胆，竟敢霸占我的窝？"

小伙子最先被吵醒，他悄悄跑到洞口一看，哎呀呀，外面站着个大怪物，浑身毛茸茸，脸皮黑灰灰，两只眼睛像两个小碗一样大，在月光下闪着蓝光。他"哎哟"一声，吓瘫在地上。

这时然龙和山则也醒了，山则见小伙子吓成这样，就扶着然龙走到洞口去看。一看，嗬，原来是这么大、这么吓人的一个妖怪！他的心口紧张得"咚咚"跳，但只过了一会儿就定下心来，悄悄地和然龙商量："外面站着个大妖怪，怎么办？"

然龙说："害怕也不抵用，还是想办法和它斗吧！"

山则说："好！"

他俩鼓起勇气，大声吼起来："吵什么，是我们，你要怎么样？"这声音在山洞里"嗡嗡"直响，好像打雷一样。

妖怪一听：啊呀，里面这家伙声音比自己的还响，口气比自己的还大，是个什么东西呢？晦，恐怕来头不小！

但是它又不甘心自己的窝就这样被别人白白占去，怎么办呢？它想，探探虚实再说。就从身上毛最旺的地方拔下一

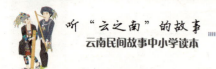
根来，举到洞口说：

"你们要占我的窝就先来比比本事好了，看，这是我的毛，你们也有这么粗、这么长的毛吗？"

小伙子这时候也定下心来，他抖手抖脚地走过去摸摸妖怪的毛，只见有猪鬃那么粗，那么长，吓得赶快回来。然龙和山则安慰他："莫怕，莫怕，毛长不一定本领大！"

他俩从小伙子的蓑衣上拔了一根棕毛，也举到洞口，一起说："不粗不粗，不长不长！喏，你也看看我们的毛吧！"

妖怪摸摸棕毛，吓了一大跳：

"哦哟哟，比我的还粗，比我的还长嘛！"

它还是不甘心，又把它的梳子举到洞口说：

"再看看我的梳子！"

小伙子走过去一看，那把梳子足有两拃长，吓得牙齿"咯咯咯"直打架，"扑通"一声跌倒在地上。

然龙和山则赶快把他拖过来，把小伙子的耙举到洞口，一起叫起来："才这么大点梳子，也好意思拿来比，瞧瞧，你有，我们还不是有！"

妖怪摸摸耙，心都凉了半截："妈呀，梳子都有这么大，还不知道他们的头有多大呢！"

但它还是不甘心，把自己的牙齿凑到石头上，"呛呛"磨了两下，又抬起下巴，把牙齿凑近洞口，说：

"梳子大不算本事，牙齿大才算，瞧我的牙齿！"

小伙子悄悄走过去一看，魂都吓飞了："完了，等下这几颗牙齿就要来嚼我的骨头了！"

然龙和山则赶快把他拉过来，把小伙子的犁举到洞口，一齐说："比牙齿就比牙齿，你看看我们的牙齿！"

妖怪一看："哦哟，比我的粗，比我的长，比我的快，我这个身子还不够他两口就嚼完了！"

它越想越害怕，逃吧，又怕被抓住不得好死，只好在外面"咚咚咚"地磕头，边磕边说："大哥大哥，今天得罪你们了，求你们饶我一条命吧！"

小伙子一听，既害怕，又高兴，哆哆嗦嗦地说：

"你……你……你就快……快些走……"

妖怪一听，发觉这声音像蚊子叫一样，胆子马上大起来："哼，你叫我走，我偏不走！"

它还没说完，然龙和山则也大声吼起来："好哇，我们正要找点下酒菜呢！"

这一吼，妖怪的胆子都吓破了，赶快求饶说："大哥大哥，饶命吧，我不敢了，只要你们放了我，我给你们两件宝。"

然龙和山则说："好，说说看是哪样宝，是好宝，就饶你，是坏宝，就不饶！"

妖怪把一支弩箭和一个装酒的葫芦递进洞来，说：是好宝，是好宝！这个弩箭，不管多恶的妖怪都射得死，这个葫芦里的酒，不管多重的病都治得好！"

山则接过弩箭，然龙接过葫芦。山则说："是好宝还是坏宝，我们要试试才相信！"

妖怪正要阻拦，被山则"嘎滴哩"一弩就射死了。然龙倒出葫芦里的酒，在眼睛上一抹，两只眼睛全好了，他又在山则的脚上抹了抹，山则的两只跛脚也好了。

这时候，小伙子爬起来，连连感叹说："两位大哥，佩服了，着实佩服了，以后我再不敢小看人了！"

天亮以后，他们搬开石头，高高兴兴地一路走了。

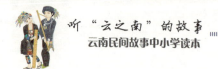

一罐银子

导读:这是一篇美德故事。坚持不懈的努力,你就能找到财宝,看看这哥儿俩是怎样在梯田里控出一罐银子来的吧!

在哀牢山上,有一寨哈尼人,在这些哈尼人里,其中有一家有两个儿子,这两个儿子嘛,一个比一个懒,他们的阿爸经常被他俩急得愁眉苦脸。左邻右舍都看不起这两个懒人,他们没有朋友,也没有欢乐。

慢慢的,他俩自己也苦恼起来了,问阿爸:"阿爸阿爸,大家总是不理睬我们,要怎么办才好呀?"

阿爸说:"我们哈尼人最恨游手好闲吃白饭的人,你们再不把懒脾气改掉,好好地栽田种地,人家更要瞧不起你们啦!"

元阳县集市上的哈尼族妇女(杨福泉 摄于 1998 年)

"好吧好吧，我们就跟你下田做活计去吧！"他俩勉勉强强地说。

他俩人下了田，力气却不肯出，阿爸一锄头挖下去，少说也要挖七八寸深，他们一锄挖下去，最多也只能挖两三寸深。舍不得出力，庄稼当然就长不好，所以他们的收成少得可怜，只好靠着阿爸吃饭。

后来，阿爸病了，病一天比一天重，最后没有希望了。

这天，阿爸把兄弟俩叫到床前面来，说："我的儿子们，阿爸要死了！阿爸没有什么留给你们，只有田里埋着的那罐银子。那罐银子嘛，是祖先留下来的，祖祖辈辈立下了规矩，不到时候不准告诉后代，现在我告诉你们，你们要用银子的话，就去挖好了，但是记住，银子埋得很深，不深深地挖是挖不着的！"

"噢，想不到我们这样穷苦的人家还会有银子！"兄弟俩很高兴。

后来阿爸死了，兄弟俩一办完丧事，就扛着锄头去挖银子。

到了田里，他们才想起一件事，不由得互相埋怨："呀，银子到底埋在哪个地方呢？阿爸在的时候忘记问他啦！"

埋怨归埋怨，银子还得挖，他俩打定主意，既然不知道银子埋在那儿，就从田头挖到田尾好了。

他们高高举起锄头，"嘿哟！嘿哟！"使劲地挖，每一锄都挖得很深，生怕哪锄挖浅了，漏掉了银子。今天挖，明天挖，一块田都挖完了，没有发现银子。明天挖，后天挖，又一块田挖完了，仍然没有发现银子。后来所有的田都挖完了，还是没有找到银子。

"哎呀，恐怕是阿爸哄我们的吧？"他们想，但是马上又

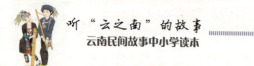

对自己说，这样想是不对的，因为阿爸一辈子老老实实，怎么会哄自己的儿子呢？

"那么一定是我们挖得不够深，阿爸不是说银子埋得很深吗？不深深地挖怎么会挖得着呢？"他们这样说。于是就把所有的田又深深地挖了一遍，但是银子还是没有挖到。他们泄气了，挂着锄头想不通银子到底在哪里。

这时候，他们看见左邻右舍的田已经放水栽秧了。就想：管他哕，反正田也挖了，总不能让它白白地闲着吧！就也放水栽起秧来。

秧苗抽薹了，长高了，他们也学着别人的样子去薅秧，因为栽也栽了，总不能让秧苗长不好吧？后来稻子抽穗了，低头了，成熟了，他们高高兴兴去收稻子，谁知一收收了一大堆。这样饱满、这样大、这样多的稻子，可是他们家从来没有过的呀！

兄弟俩坐在稻堆上，望着心爱的稻谷，越想越快活。

这时候，弟弟突然说："阿哥啊，阿爸说的那罐银子，是不是就是这堆稻谷呢？"

哥哥说："谁知道啊，让我来算算看！"

他算了算，如果把稻谷卖掉，换成银子的话，恰好有一罐。

"啊呀，原来这就是阿爸留给我们的银子啊！"兄弟俩围着稻谷，快乐地跳起罗作舞来，一边跳，一边唱：

"咿——呀咿！

阿爸的银子找着了，

我们的欢乐找着了！

哟——咿哟！

阿爸的财宝找着了，

我们的幸福找着了！"

朱小和、马浦成、杨批斗讲述；史军超记录。

选编自史军超编著：《中国少数民族民间故事精选》，人民教育出版社、中国大百科全书出版社 2003 年版。

谚语选读

◎ 不愁吃的东西——梯田。

◎ 最甜的水井——姑娘的眼睛。

◎ 竹筒不能当枕头，恶人不能当朋友。

◎ 一家人打伙放的黄牛——火塘。

◎ 一寨人使用的长矛——水槽。

◎ 一早能到天边跑千百个来回的快马——目光。

◎ 麂子是狗撵出来的，歌声是酒撵出来的。

◎ 吃也撑，不吃也撑的——背篓。

◎ 最平的地——水塘。

◎ 话不真不要讲，谷子不黄不要打。

朱小和、马浦成、杨批斗讲述；史军超记录。

（史军超　选编）

白　族

白族简介

　　白族是云南省特有民族，是我国西南边疆一个具有悠久历史和文化的少数民族。白族族源有"土著说""氐羌之后说""汉族之后说""多种整合说"等多种观点，至今没有定论。白族的先民，史称"僰""滇僰""叟""爨氏""白蛮""白人""民家"等。他称有"那马""勒墨"等。本族自称"僰子"（"白子"）、"僰儿子""白尼""白伙"，意为僰人或白人。1956年成立大理白族自治州，确定"白族"为统一族称。2010年第六次人口普查统计，我国白族共有 1,933,510 人，其中云南省有 1,564,901 人，其中男性 786,370 人，女性 778,531 人。主要分布在云南省大理白族自治州，其余分布在丽江、兰坪、保山、南华、元江、昆明、安宁、贵州毕节和六盘水、四川凉山、湖南湘西等地。

大理州周城镇的白族妇女在做扎染手工艺（杨福泉　摄于 2009 年）

使用白语，属汉藏语系藏缅语族，语支未定，有说白语支，有说彝语支。绝大部分讲本族语，通用汉语文。历史上曾使用过"僰文"（白文），俗称"汉字白读"，新中国成立后创制了拼音白文。白族有神话、传说、创世史诗、叙事长诗、故事、谚语、大本曲、白剧"吹吹腔"等文化经典类型。白族崇拜相当于村社神的本主，信仰佛教，佛教寺院遍布各地，洱海地区很早就有"古妙香国"的称号。在大致相当于唐宋两代的500多年间，白族先民在今天的洱海地区先后建立了南诏国（738~902年）和大理国（937~1253年）两个强大的地方民族政权，统一了西南边疆，并接受唐王朝、宋王朝的册封，为我国统一的多民族国家的发展做出了重要贡献。

艾玉的故事

　　导读：这是一则机智人物故事。在大理、洱源、剑川等白族地区，广泛流传着机智人物艾玉的故事。据说艾玉就是明代进士艾自修，他家境贫寒，自小就当长工，聪明好学，为人机智，考中进士后不愿为官而回归故里。艾玉利用自己的聪明才智，智斗官吏、财主和恶势力，维护了老百姓的利益。这里选编其中的一则故事：《称猫》。

　　老财为人吝啬，待帮工很刻薄。有一年大年三十，他买来三斤肉，说给帮工们打牙祭，好好过个年。帮工们高高兴兴接了肉放到厨房里，想着收工回来煮了吃。殊不知老财又悄悄把肉拿回去了。帮工们回来不见肉，就去问老财，老财说："肉被猫偷吃了！"帮工们没办法，就去找艾玉来帮忙。艾玉先把

猫捉来，放在秤上一称，刚好三斤。艾玉就对老财说："如果是猫偷吃了三斤肉，就应该称得是六斤啊，现在才有肉的重量，猫到哪里去了？老爷就不要和我们开玩笑了，还是把肉拿出来吧！"老财无言以对，只好借机下台阶说："对对对，我本来就是同你们开玩笑的啊，我去把肉拿来给你们。"

附：该故事系作者小时候听长辈讲述整理而成。整理时参照了李缵绪著：《白族文学史略》，中国民间文学出版社1984年版。

三月街的传说

导读：这是一篇节日传说。每年农历三月十五日至二十一日，在大理古城西门外中和峰麓，有一个闻名遐迩的大理三月街物资交流盛会。这是关于三月街来历的一个传说。

三月街古称"观音市"，相传在南诏时期，观音菩萨在大理传授佛经，僧徒们城西搭棚诵经，结棚为市，成为庙会。明代著名白族学者李元阳在《云南通志》中写道："三月十五日在苍山下贸易各省之货，自唐永徽年间至今，朝代累更，此市不变。"可见三月街已有一千三百多年的历史。三月街的传说故事有好几个，其中有一个《观音降罗刹》故事，本质上反映了佛教传入洱海地区之后与当地土著原始宗教的斗争。故事是这样讲的：

传说很久很久以前，现在的大理坝子被怪物罗刹霸占。罗刹喜欢把人的眼睛当作螺蛳一样剜了来吃，每天要吃一对人眼珠。因此，坝子里人越来越少，活着的人也多半成了瞎子，百姓不得安生。

观音菩萨知道后，决定要为人民解除苦难。观音变成一个老和尚，从西天来到苍山五台峰下，与罗刹相见，献上用螺蛳冒充的"人眼"。罗刹吃了后感觉味道非常好，就高兴地对老和尚说："我这里的东西，你喜欢什么？尽管对我说。"

老和尚笑了笑说："我很喜欢这里，只想向你借一块地盖个房子住下。"

罗刹问："要借多大的地？"

老和尚说："只要我的袈裟铺一铺，白狗跳三跳的地方就够了。"

罗刹爽快地答应了。

怕罗刹反悔，老和尚提出要立下字据为证。于是，在"朵兮博"（白族巫师）张敬的见证下，高傲的罗刹便和老和尚在洱海的金梭岛上立下契约，并决定在苍山中和峰下举行划地。

到了划地那天，只见老和尚取下身上的袈裟，轻轻一铺，就把整个苍山洱海间的坝子盖满了。接着小白狗跳三跳，第一跳从苍山脚跳到洱海东，第二跳从洱海东跳到了下关，第三跳又从下关跳到了上关，这样一来占据了苍山洱海间的所有地面。

罗刹一看，大吃一惊，想要违约，展开双翅飞往海东，但是观音现身降下铁雨，让罗刹无法飞行，并派来五百天兵天将制服了罗刹。

罗刹向观音哀求："求圣僧开恩，我的地都被你借完了，让我住哪啊？"

于是观音便在苍山莲花峰卜的上阳溪箐口找到一个石洞，

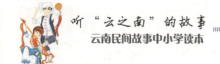

造了一个白玉为台阶、黄金铺满地的宫殿,同时把螺蛳变成人眼,把水变成美酒,把沙变成白米,让罗刹搬进去住。

罗刹一进入洞内,观音立即用一块巨石将洞口严严实实地封住。罗刹大惊失色,问观音什么时候可以出洞,观音说等到铁树开花就可以出来。观音还在洞顶上建了一座宝塔,把罗刹压在塔下,这就是罗刹阁。

后来,有几个秀才去游罗刹阁,因走得汗流满面,秀才们将红顶帽子挂在树上,罗刹以为铁树开花了,便伸着长长的舌头往洞外爬。观音请来当地铁匠烧了铁水往罗刹的舌头浇去,并用铁汁浇封洞口,让罗刹永远不能出来作恶。

罗刹不肯罢休,每逢春暖花开的时候,就在洞里伸展蜷动,想法往外爬。观音担心罗刹逃出来,每年三月,就让村民们在山下呐喊示威,罗刹听见人声喧哗,不敢轻举妄动。

据说,三月街街场就是当年观音与罗刹立字为约的地方。

剑川县石宝山传统白族歌会上,歌后和歌王在唱歌(杨福泉 摄于2007年)

观音收服罗刹后每年农历三月十五日都在此传授佛经。那天善男信女会集，搭篷礼拜诵经听法，称"观音会"，期间进行贸易，久而久之，逐渐演变为三月街盛会。

　　附：本文根据白族神话故事《观音服罗刹》（李缵绪著《白族文化》，吉林教育出版社 1991 年版）、《观音收罗刹》（李缵绪主编《白族神话传说集成》，中国民间文艺出版社 1986 年版）等编写而成。

望夫云

　　导读：这是一篇爱情故事。故事歌颂了青年男女打破门第观念，坚贞不屈至死不渝的爱情。

　　盛产大理石的苍山十九峰绵延百里，其中一座叫玉局峰。每到冬季，玉局峰上便出现一缕洁白的云彩，袅袅婷婷，宛如一个皎洁美丽的白族少女，亭亭玉立在玉局峰顶，深情地向洱海眺望。这朵云彩一出现，苍山洱海间往往就狂风大作，平静的洱海顿时白浪滔天，波涛滚滚，直到把海底的一块礁石吹得露出水面，风暴才停息下来。这朵神奇的云彩，有一个动人的名字——"望夫云"。《望夫云》是大理白族地区流传最广、影响最大的风物传说，这个优美的爱情故事，热情讴歌了古代白族青年男女为追求美满婚姻而进行的不屈斗争。该作品产生于南诏时期，一直流传到现在，在大理府、州、县志上有多种

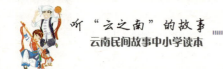
版本的该故事记载，当地民间白族人民口头流传的更有十几种之多，其中有一个是这样讲的：

相传在一千多年前的南诏国时期，国王有个美丽善良的公主，已经十九岁了，但还没有招上驸马。王孙公子争先向公主求婚，公主都觉得不称心，一个也没有答应。

有一年的春天，公主在一年一度的绕三灵（大理白族每年农历四月二十二日至二十五日朝拜本主段宗榜的本主节会，后演变为大理白族地区农闲时节规模盛大的群众性歌舞节日，现被誉为白族"狂欢节"）盛会上认识了一个年轻的猎人，猎人从小是个孤儿，独自住在玉局峰上的一个岩洞里。公主和猎人见面就喜欢上了对方。

自从看中猎人后，公主日日夜夜思念着他。有一天，南诏王突然告诉公主，已把她许配给了大军将（南诏国统军），择定吉日就成亲。听到这个消息，公主焦急得整整哭了一夜，两只眼睛都哭肿了。第二天清晨，晨雾刚刚散去，公主在窗前呆望着青翠的苍山，心如乱麻。这时不知从哪里飞来一只喜鹊，落在窗前的树枝上，喳喳叫个不停，叫得公主心更烦了，说："小喜鹊，小喜鹊，你知道我心中的忧愁吗？"

不料，小喜鹊轻轻地点了两下头。

公主连忙说："那就请你带个口信给玉局峰的猎人，叫他快来救我。"

小喜鹊又点了点头，飞走了。

小喜鹊一直飞到了玉局峰。这时猎人刚从云弄峰打猎回来，正要进洞。小喜鹊停在洞口的桂花树上，朝着猎人喳喳地叫。

猎人奇怪地问："小喜鹊，你有什么话要对我说吗？"

小喜鹊说："南诏王要把公主嫁给大军将了，公主要你赶快去救她。"

猎人认识公主后，也天天思念着她，现在听说公主就要嫁人了，心里急得像烧着一盆火，他背起弓箭就往山下奔去。走到半路，看见一个白发苍苍的老人，背着一只背箩，一瘸一拐地在前面走着。

猎人问他："老爷爷，你要去什么地方，你的腿怎么啦？"

老人回答说："我去山上采药，不小心摔坏了腿。唉，怕到天黑都回不到家啦！"

"老爷爷，我背你走吧！"

老人也不推辞，猎人背上他就急急忙忙往前赶路。走了一会，老人问猎人说："小伙子，你走得这么急，有什么事吗？"

猎人见这位老人挺和善，就把要去救公主的事告诉他。

"宫墙那么高，王宫的禁卫军又那样森严，你这样去怎么能把公主救出来呢？"

"老爷爷，那我怎么去救公主呢？"

老人想了一下，就对他说："凤眼洞（位于苍山龙泉峰上）陡峭的崖壁上长着一棵桃树，你只要吃了这棵桃树上的桃子，就有救出公主的本领了。可是摘取那桃子可不容易。还没有一个人摘到过呢！"

"只要能救出公主，再大的困难我也不怕。"

猎人刚把话讲完，突然觉得背上轻飘飘的，回头一看，背上的老人早已无影无踪了。他想，这一定是苍山神来帮助他了，朝山顶一拜，就直奔凤眼洞。

猎人到了凤眼洞，站在仙人床上往下望，只见笔直的峭壁直插进下面的万丈深渊。在陡峭的崖壁上真的长着一棵桃树，树上的桃子在绿叶中闪着红光。沿着峭壁往下爬，一失手就会

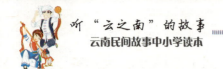

粉身碎骨。可是为了救公主，猎人毫不犹豫地下去了。他历经千险，终于爬到了桃树边，摘了一个又大又红的桃子就吃起来。桃子刚一下肚，浑身的疲劳立刻消失了。他轻轻抬起脚来，悠悠地飞上了天空。

就在这天晚上，猎人乘着月光飞进王宫，把公主带到玉局峰去了。

公主同猎人在玉局峰的岩洞中结成了夫妻。他们白天一起去打猎，一起开荒种地，晚上一起唱歌，一起跳舞。他们的洞口长满了会笑的龙女花、会跳舞的素馨花，还有杜鹃花，山茶花。他们生活得很幸福。

公主失踪后，南诏王天天派人去寻找，但一直没有找到公主的下落。南诏王心里很焦急，便请罗荃法师来商议。罗荃法师是大理海东罗荃寺的大和尚，为人奸诈，会施各种法术，他一进宫就告诉南诏王，他已在天镜阁（位于今大理海东玉案山）用神灯照见公主和猎人住在玉局峰上。

南诏王听了，气得半天说不出话。他想，我堂堂一个国王的公主私自嫁给一个打猎的，我这南诏王的脸往哪放呀？他越想越气，就要命令大军将率领人马到苍山捉拿公主和猎人。

罗荃法师对南诏王说："猎人有非凡的本领，兴师动众，不但拿不到他们，事情传开还要被百姓耻笑，还是让我用法术制服他们吧！"

于是罗荃法师就派了一只乌鸦去苍山传话。

这一天，猎人同公主正在岩洞口唱歌，突然飞来了一只乌鸦，抖抖翅膀就对他们说起话来，它自称是罗荃法师派来叫公主回宫的。它说："要是公主不回去，法师就要用大雪封锁苍山，让她和猎人活活冻死在苍山上。"

公主对乌鸦说:"我已同猎人结为夫妻,生死都要跟他在一起。"

乌鸦见话已传到,就往回飞走。不久,晴朗的天空霎时阴暗起来,北风呼呼直叫,接着,就飘起大片大片的雪花。雪越落越大,整个大理坝子都成了白茫茫的一片,整个苍山都被大雪所覆盖。公主和猎人住的岩洞口堆起了三尺雪,刺骨的寒风直往洞里灌。兽皮挂在洞口,都被大风刮走,木头挡在洞口,都被大雪压垮。暴风刮得柴火都烧不着了,公主在宫中生活惯了,怎么能耐得住这样的严寒呢,她冻得浑身直打哆嗦。

猎人心里很难过,他对公主说:"罗荃法师有件八宝袈裟,穿着它冬暖夏凉,我去给你拿来,就抵得住这暴风雪了。"

公主忧虑地说:"罗荃法师就是为了害死我们才用大雪封锁苍山,你去罗荃寺拿袈裟,岂不是自投罗网,还是不要去吧!"

猎人安慰公主说:"多少豺狼虎豹都死在我手下,那法师算得了什么!你不用担心,我很快就回来。"

猎人走到洞口,伸开双臂,猛地腾空而起,迎着暴风雪,一直向海东飞去。他飞到了罗荃寺,趁着法师不在,从罗荃法师禅座后面拿起八宝袈裟,拴在腰上就往玉局峰飞回来。当他飞到洱海上空时,罗荃法师也从寺里追赶出来,一边念着咒语,一边把蒲团朝猎人打去。蒲团正打在猎人背上,猎人就像中箭的大雁一样,从空中坠落下来,直落入海底,变成一只石骡子。

公主迎着风雪,在岩洞中等待丈夫归来。她从清晨盼到黑夜,从黑夜盼到天明,始终不见丈夫的踪影。正万分焦急的时候,罗荃派来的乌鸦告诉她:猎人已被罗荃打死身坠洱海,变成石骡子永远埋在海底了。公主非常痛苦,几天后,在洞里忧愤而

死。她死后，精气一直冲向玉局峰的顶端，化为白云，忽起忽落，好像在向洱海深处探望。这时，洱海上面也有白云飘浮，和峰顶白云遥相呼应，顿时狂风大作，掀起巨大的波浪，直到把海水刮开，现出石骡，风浪才停止。

从此以后，每年冬天，玉局峰上就会出现这朵白云，白族人民把它叫作望夫云。

附：该故事流传于大理市、剑川县、洱源县等地，由杨华轩口述；杨庆文记录。本故事收入李缵绪主编：《白族神话传说集成》，中国民间文艺出版社1986年版。

雕龙记

导读：这是一篇关于木匠的传说。剑川是电影《五朵金花》中阿鹏的故乡，有"白族文化聚宝盆"之称。剑川木雕历史悠久，源远流长，1996年，文化部命名剑川为"中国木雕艺术之乡"，2011年，剑川木雕被国务院列入第三批国家级非物质文化遗产保护名录。早在明清时期，剑川的木雕艺人就被征调至北京参加紫禁城、颐和园、圆明园等大型皇家园林的修建工程。因此，逐渐产生了许多有关鲁班和剑川木匠的传说故事。《雕龙记》就是其中的一个传说故事。该故事由白族作家欧小牧根据长期流传在剑川的民间"木匠斗恶龙"改编而成，故事描述了剑川木匠杨师傅用精良技艺雕刻出了木龙，战胜了恶龙。不仅颂扬了正义必然战胜邪恶的美好意愿，还以故事的形式表现了剑川木雕艺术工匠超人的智慧和艺术才华，向世人展示了剑川木雕悠久的历史和精妙绝伦的雕刻艺术风采。

很久以前，大理邓川漏邑村龙潭里盘踞着一条母猪龙，它每年农历六月二十四这天都要出来兴风作浪一次。它一出来，就掀起恶风暴雨，造成洪灾，吞没良田和房屋，打翻船舟，害得老百姓只好躲到苍山上住，吃树皮草根过日子。平时，这母猪龙又见不得铜铁器具，若有人不知忌讳，拿铜铁家什到潭里打水，它就伸出爪子，把人拖进龙潭吃掉。

　　剑川有位姓杨的木匠师傅，他技艺高超，不仅能盖四合五天井的大瓦房，还能建庄重肃穆的大牌坊，雕龙刻凤，栩栩如生。

　　这一年，杨师傅带着独生儿子七斤到保山帮人家盖房子。清明前夕，他和儿子赶回剑州祭祖。二人路过漏邑村龙潭附近时，走累了，便停下来休息。

　　当时正是中午最热的时候，杨师傅父子俩口干舌燥，小七斤便拎起煮饭用的铜锣锅到龙潭取水喝，不料眨眼间就被母猪龙拖下水去了，等杨师傅赶到，潭边只留下七斤的一只草鞋。父子俩千山万水从远方回来，快到家门口时儿子却不幸遇难，杨师傅抱着草鞋一直哭到日落西山。他一夜未眠，咬着牙关下了决心，一定要为儿子报仇，为百姓除害。

　　第二天，杨师傅从苍山上砍来了一棵千年古松，准备雕刻木龙，再用“木经”为它开光，把它变成真龙，打败母猪龙。杨师傅的决定得到了村民们的一致支持，他们供应他饮食，帮他建房砍柴，只求他能制服母猪龙，为民除害。有一对叫阿宝、阿凤的小兄妹，也跟着杨师傅一起干活。

　　六月二十四到了，杨师傅把雕好的木龙浑身涂满白色，木龙就像披了银甲一般。到了午时三刻，杨师傅咬破中指，为木龙点上五官。他默默祈祷，请求祖师爷鲁班保佑木龙战胜母猪龙。

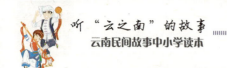

当太阳西下的时候，大家把木龙抬到了龙潭边，杨师傅叫人在龙潭四周插上火把，自己念动木经，把木龙送入龙潭中。只听得空中响了两声炸雷，两朵云从潭里冲上天空，白云在先，黑云紧随其后。接着狂风暴雨，两条龙便在半空里打斗起来。大家敲锣打鼓，为白龙助威。白龙身小力弱，渐渐招架不住。穷凶极恶的黑龙一把抓住白龙，把它撕成几截丢到了苍山上。

白龙虽然战败了，但大家并不灰心。乡亲们支持杨师傅继续雕龙，等到来年再战孽龙。这时，杨师傅碰上了老相识铁匠赵师傅，赵师傅说，白龙斗不赢，是因为没有装上铁甲、铁牙和铁爪，他表示愿意出手帮忙。杨师傅恍然大悟，更增添了制服母猪龙的信心。

就在杨师傅他们紧张地雕木龙的时候，母猪龙变成了一个剑川白族大妈，趁杨木匠不在，到他家送了一麻袋干粮、一把斧头和两个梨。杨木匠回来，拿起斧子一看，斧柄变成了蛇身，紧紧缠住杨木匠的臂膊；斧头变成蛇头，张开血口，直朝杨木匠的胸口咬去。杨木匠左手紧紧掐住蛇的七寸，右手用力抖蛇的身子，把蛇丢进火塘里烧掉。杨木匠打开麻布口袋一看，里面装的是被母猪龙斗败的那条木龙的鳞甲、爪子、骨节，原来它是想用这个来气死杨木匠。那两个梨呢，原是"天南星"，它想毒死杨木匠。

为了制服母猪龙，杨木匠和赵铁匠、阿宝、阿凤雕木龙的雕木龙，打铁爪的打铁爪，又干起活来。这时，母猪龙又变成了一个乞讨的老和尚，手牵一只黑狗，到他们那里要饭吃，晚上在他们那里过夜。半夜，老和尚趁众人睡熟，把木龙扯成几段，放火烧工棚，让那条狗去咬杨木匠的喉咙，幸得阿宝醒来，用铁锤敲死了黑狗，阿凤用斧去砍和尚，那和尚受伤逃走。随后，杨木匠他们日夜赶制木龙，并派人守着木龙。

第二年的六月二十四，新木龙雕成了。它浑身披着银光闪闪的铁甲，威武雄壮。杨木匠给雕好的带铁爪的大木龙和八条小木龙开光点血，黄昏时分，乡亲们抬着九条龙来到龙潭边，杨师傅念起木经，把九条木龙缓缓送入了龙潭中。顿时，炸雷响起，一条乌龙冲上了天空，九条白龙尾随其后，在天空中斗作一团，一时间狂风暴雨，天昏地暗。木龙同母猪龙从地上斗到天上，从坝子斗到苍山，母猪龙虽然身粗力大，但究竟经不起身披铁甲的大龙的冲撞和八条小龙的灵活突袭，渐渐筋疲力尽，簸箕大小的黑色鳞甲从空中飘落。乡亲们看到白龙已占上风，高兴得不得了，使劲敲锣打鼓给白龙助威。终于，母猪龙支持不住，最后掉入洱海。天上只剩下一片白云，云里的九条白龙看到母猪龙已经战败，便飞到龙潭里去了。

从此，龙潭就变成了白龙潭，漏邑村一带从此过上了安生的日子。乡亲们为了纪念杨师傅，就在潭边建了一座白龙庙，供着他的金身，两旁站立的童子便是阿宝和阿凤。大殿正中的金匾上盘着一条白龙，八条小白龙盘在两边的柱子上。大家也没有忘记赵师傅，白龙庙的厢房里供奉的就是他的塑像，他手里还握着铁匠用的锤子呢。

附：本文根据《白族》（王锋、杨翠微编写，收入《"五六一"文化工程——民族文化经典故事丛书》，外语教学与研究出版社 2011 年版）、《白族文化》（李缵绪著，吉林教育出版社1991 年版）、《白族文学史略》（李缵绪著，中国民间文艺出版社 1984 年版）等收录的《雕龙记》编写而成。

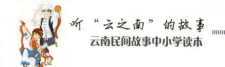

火把节的起源

导读：这是一篇关于节日的传说。故事讲述了白族火把节的来历，歌颂了忠贞而凄美的爱情。

　　白族的火把节在每年的农历六月二十五举行，对于白族来说，这是个仅次于春节的盛大节日，届时白族男女老少要聚集一堂祭祖，白天人们忙着扎制巨大的火把树，备办筵席，大宴亲朋，入夜则万人空巷地相聚火把树下，并通过拜火把、点火把、耍火把、跳火把等活动，预祝五谷丰登、六畜兴旺。景象之壮观正如元代诗人文璋甫描写的"万朵莲花开海市，一天星斗落人间"，年年如是，自古不渝。

　　白族的火把节何以如此隆重热闹？核心是其中有个"火烧松明楼"的传说，寄托着人们对一位民族女英雄坚贞不屈，不畏强暴的英雄行为的追思和景仰，这就是家喻户晓的白洁圣妃的故事。

　　相传唐朝开元年间，洱海地区分布着蒙舍诏、蒙巂诏、浪穹诏、邓赕诏、施浪诏、越析诏等六个部族小王朝。他们本来各自都受中央王朝的册封，各诏主也担任着各州刺使，受唐王朝剑南节度使管辖。后来，蒙舍诏日渐强大起来，攻下了河蛮部族，诏主皮罗阁顿生吞并五诏的野心，图谋独霸一方，便用金银珠宝贿赂节度使王昱，得到唐朝朝廷默许。皮罗阁心生一计，在都城建了松明楼，以六诏的年节六月二十五日共同祭祖为名，邀请五位诏主赴宴，意图用一把火剪灭五诏。

　　话说邓赕诏夫人慈善公主，自幼美丽善良而且聪慧贤淑，接到蒙舍诏松明楼祭祖的请帖，慈善夫人寻思，那皮罗阁素来野心勃勃，此番邀请，必定不怀好心，于是苦劝丈夫皮罗邆万万不可赴约。而皮罗邆却慑于蒙舍诏主的淫威，担心如若不去反遭欺祖的罪名。夫妻俩万般无奈，临行时，白洁夫人叹了口气，掏出一只铁镯戴在丈夫手腕上，说："你戴上这只铁镯吧，万一有个三长两短，我好凭这只镯子来认你的尸首。"夫妻俩抱头痛哭，依依不舍含泪而别。

六月二十五日这天，邓赕诏主皮罗邆、浪穹诏主铎罗望、施浪诏主施望千、蒙嶲诏主原罗等四位诏主都已到齐，只差越析诏主于赠远未到。松明楼灯火辉煌，舞乐声中，众诏主一个个喝得酩酊大醉。皮罗阁趁人不备，不知何时已溜之大吉，并命人把梯子撤去，然后在楼下点起火来，松枝搭成的松明楼霎时间火光冲天，四位诏主未及酒醒便全部葬身火海。

噩耗传回，慈善夫人心如刀绞，她命人点起很多火把，带领人马星夜赶往松明楼，可惜她们赶到时，现场已完全成了一

大理州剑川县的白族在跳传统歌舞（杨福泉 摄于 2007 年）

片灰烬。夫人呼天抢地，边哭边用双手在灰烬中刨认尸骨，直刨得十指鲜血淋漓，终于凭那对铁手镯认出丈夫尸首。

皮罗阁假惺惺地谎称松明楼失火是由于焚烧纸钱不小心引起，实为意外，并对慈善夫人说："夫人足智多谋，本王我早就喜欢你了，我要娶你为妻！"慈善夫人虽然很气愤，但只能装出有苦衷的样子说："我丈夫刚去世，怎能就嫁给你，等我把他安葬并守孝七七四十九天再说。"皮罗阁答应了。

慈善夫人回到邓赕，立即加固城池，聚积粮草，训练兵士，决心与皮罗阁决一死战。皮罗阁发觉中了缓兵之计，怒火中烧，立刻带兵攻打邓赕。慈善夫人亲自披挂上阵，带兵与蒙舍兵打了几天几夜。最后蒙舍兵切断了邓赕城供水的水源，城池终于被攻破，慈善夫人被俘。

皮罗阁再次逼迫慈善夫人嫁给他。慈善夫人提出三个条件：一是在洱海边设祭坛，祭奠松明楼死亡的丈夫；二是皮罗阁必须披麻戴孝；三是迎娶之日必须乘船走水路。皮罗阁一一答应了。

八月初八这天，只见慈善夫人穿一身纸做的素衣白裙，默默伫立船头。船到海心，突然风浪大作，慈善夫人趁势纵身投海，众人忙去拉时只抓住了一把纸屑。

慈善夫人死后，大理的白族人民钦佩她不畏权势、忠于爱情的壮举，就封她为"白洁圣妃"，把她尊为大理北门的本主。为了纪念她，人们每年农历六月二十五日过火把节。这便是白族地区流传千年的火把节的传说。这天，白族地区村村寨寨不仅要竖大火把，还要耍小火把，白族姑娘们用鲜红的凤仙花把十个手指的指甲染成红色，小伙子们要跑马，海边的渔民要举行船赛等等，都是对白洁夫人一举一动的纪念。直到八月初八，沿洱海的白族还要举行象征打捞夫人遗体的耍海会。

　　附：本文根据《火把节的起源》（王锋、杨翠微编著，《白族》，收入《"五六一"文化工程——民族文化经典故事丛书》，外语教学与研究出版社2011年版）、《火烧松明楼》（李缵绪著，《白族文学史略》，中国民间文艺出版社1984年版）、《白族火把节的传说》（尹明举撰，载于2009年8月19日《大理日报》）等传说故事编写而成。

蝴蝶泉的传说

　　导读：这是一篇关于名泉的传说。在白族民间传说中，歌颂舍生取义，为民除害的英雄行为是一个永恒的主题。蝴蝶泉的故事讲的就是白族英雄杜朝选斩蟒除恶的传说，并引出了一个凄美的爱情故事。

　　传说很久以前，有一天大理周城村两个白族姑娘结伴上山砍柴，她们来到苍山云弄峰一个崖洞前，只见一个年轻英俊的小伙子站在那里，热情地邀她俩进洞喝茶，她俩虽有些害怕，却又十分好奇，就跟了进去。谁知竟一去无回，家里人再也找不到她们的下落。

　　原来，苍山上出了个会变人形的大蟒蛇，不但吸食牛羊，还会吞吃人，两个姑娘是被大蟒蛇掠走了。

　　有个名叫杜朝选的年轻猎人，原本是洱海东面永胜人，他从小失去父母，跟着叔叔打猎为生，练就了一身好本领。叔叔因病去世后，他就四处周游打猎度日。

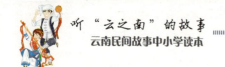

这一天，杜朝选从永胜来到宾川海东，想要乘船到海西苍山上打猎，正巧见一对年老的夫妇在海边整理网具，就走过去说："大爹大妈，能不能借你家的小船，渡我到海西去？"

两位看出他是个本分老实人，就说："我们正要到海西去下网，你上来吧！"

一路上，老人一面划桨一面问道："赛倒走（白族语"小伙子"的意思），你到海西做什么？"

"打猎谋生。"

"打猎谋生？"渔夫听了这话，不觉皱了皱眉头说，"苍山可去不得啊！"

"为什么？"

"哎！"渔夫叹了口气说，"前几年，苍山来了个怪物，是蛇精大蟒王，会变化，不但吸食牛羊，还常吞吃人呢！你最好另寻活路，切莫上苍山送命呀！"

杜朝选只当是老人吓唬他，微微一笑："管它什么蟒王蛇王，我打我的猎，与它何干？"

"不听老人言，吃亏在眼前，你可要小心啊！"

他们就这样讲着划着，不觉划到海西靠了岸。杜朝选摸摸身上，并无一文钱，怎么感谢两位老人呢？正着急，忽然看见渔夫手里的竹篙，不觉喜上眉梢："大爹，把竹篙给我。"老人不解地将篙递过去，杜朝选接篙在手，深深地朝海里插下去，嘴里念念有词，然后猛地一下将竹篙拔起。只听"哗啦"一声响，出现了一个深不可测的水洞。无数弓鱼在里面游来游去。他把竹篙还给老人说："大爹大妈，我没有什么感谢你们的，从今天起，你们天天在洞边撒网吧，这洞里有打不完的鱼呢。"从此，打鱼的老夫妇再也用不着下海撑船捞鱼了，他们天天守着那个小窟窿捞鱼，果真鱼越捞越多。老两口在靠捞鱼的小窟窿旁边搭起了个棚子，就搬进去住下了。以后，这个荒凉洱海西岸，慢慢成了一个小村庄，这就是现在周城附近的桃源村，这个鱼洞就是桃源村弓鱼洞（弓鱼，大理洱海独有的一种鱼）。

杜朝选来到海西，在周城附近的一个小村庄住下来。每天东方一发白，他便背起了弓箭，到深山老林去打猎；一直到太阳落山，才回村庄来过夜。

有一天夜里，杜朝选听见隔壁传来一阵悲切凄惨的哭声，他顺着哭声走去一看，只见一个妇女抱着个娃娃正在痛哭。他觉得很奇怪，上前问道：

"大嫂，你的娃娃又没有生病，为什么哭得这般伤心？"

再三寻问下，妇女说出了缘由：在这一带的深山里，有个神魔涧，那儿有个蟒蛇洞，洞里藏着一个会变人形的大蟒蛇。每年三月初三，那条蟒蛇就向这一方的老百姓要一对童男童女；要是不按时送到，这里的人就得遭殃。明天就是三月三了，该轮到送她家的娃娃了！

杜朝选说："大嫂，你不要着急，明天我去神魔涧看看，我有办法治服这个害人的家伙！"

第二天，杜朝选自己一个人向神魔涧走去，果真老远就瞧见一条白光闪闪的大蟒在沟里喝水。杜朝选立即张弓搭箭，"嗖"的一声射去，只见蟒蛇一阵痉挛蹦起三尺多高，然后便直钻密林深处去了，杜朝选一直找到天黑也不见蟒蛇的踪影。

第三天一早，杜朝选又到神魔涧寻找大蟒的下落，找来找去找不到蟒蛇的踪迹，却见山沟的泉水旁边，有两个年轻美丽的白族姑娘，抱着沾满血迹的白衣服在大石头上搓洗（当地人们传说，那块搓血衣的大石头，直到如今还染着鲜红的

血迹)。他心想:这儿数十里没有人烟,怎么会有这样漂亮的姑娘来这里洗血衣呢?莫非是恶蟒所变?想着,"唰"地抽出钢刀,大吼一声:"妖怪,看你往哪里躲!"正要砍下去,只见两个女子吓得面如土色,连声叫道:"大哥,为什么要杀我们?"

"蛇精,你还想化装成美女蒙混过去吗?"

"大哥刀下留人!"两个姑娘泪流满面,双双跪下,"我们俩是周城村的,有一天来山上砍柴,被恶蟒施妖法摄到这里,叫我们服侍它,受尽了苦啊!"

"既是这样,为什么不逃走?"

"大哥,你哪里知道恶蟒用尾巴画了一条界线,我们一出界线它就知道了,它说要是我们逃走,就把我们打成肉饼,这怎么逃啊!"

"噢,那你们洗的血衣是谁的?"

"昨天恶蟒下山吃童男童女,被一位英雄的神箭射穿左眼,鲜血淋淋逃回洞里,今天清早叫我们帮他洗血衣。大哥,你莫不会就是那位英雄么?"

杜朝选默默地点了点头,两个姑娘转悲为喜:"大哥要斩恶蟒,跟我们来。"杜朝选就跟着她们来到一个黑雾沉沉、怪石嶙峋的山洞旁边,刚要闯进去,却被两个姑娘拦住:"大哥切不可莽撞,恶蟒受伤回来,说要小睡三天养伤,它虽然睡着了,但是它有豹、虎、狮、蟒四个灵魂,还有一口八宝神剑,不先盗出这把剑,是很难把它四个灵魂杀了的。大哥在洞外等着,我们盗出宝剑后,你再进去杀它。"

杜朝选随着两个姑娘进去,只见大石门里有座用人骨砌成的大殿。一个怪物睡在一张青黑色的石床上,脚踩铁锤,头枕

神剑,正在"呼噜呼噜"地打着鼾。两个姑娘走到石床边轻轻地说:
"大王,往里睡一睡,小心跌下来。"蟒王往里一滚,一个姑娘趁势抽出宝剑,急忙往洞外跑。谁知,恶蟒灵魂已经惊醒,跳下床来夺剑,另一个姑娘急中生智,猛将湿漉漉的血衣一把丢过去,刚好裹住恶蟒的头,它不知飞来什么法宝,一时分不清南北东西。这时,杜朝选已接过八宝神剑,猛向恶蟒砍来,恶蟒慌忙举起两把铁锤相迎。杜朝选手里的剑好像闪电猛雨,只杀得恶蟒气喘如牛,只有招架之功,没有还之力,渐渐败下去,就地一滚,不见了踪影。杜朝选心中正在惊疑,忽见一只豹子迎面扑来。他不慌不忙取下弓箭,"嗖"的一声,利箭早已射透豹子心间。豹子刚刚死去,在黑暗中又有一只白额吊睛虎,张牙舞爪扑来。杜朝选将身一闪,飞起一脚,将猛虎踢倒在地,顺手把八宝神剑一挥,将老虎的五脏剖开。正当他在虎尸上擦着剑上的血,后面卷来一阵狂风,一头狮子拼命撞来,伸出钢铁般的利爪,和杜朝选扭打在一块。一来一往,杀得山洞颤抖、岩石崩塌。从洞里杀到洞外,在一个悬崖边,杜朝选猛地抓住狮子的鬃毛,将它摔下万丈深渊。

　　三个神灵已被杀死,杜朝选来不及喘口气,恶蟒又现出了真形。粗大的蟒蛇一直盘住十九道山岩,口中巨齿像尖刀一样锋利,喷出像乌云一样浓的毒雾,杜朝选面不失色,旋着宝剑砍来,杀得恶蟒又败回洞里。杜朝选紧紧追赶,恶蟒累得口鼻流血,又逃走,洞门却已被两个姑娘封闭。杜朝选又一阵猛砍猛劈,一片片蟒鳞飞起,一滴滴污血落地。鳞片化成一条条小蛇,将杜朝选缠起:污血变出一个个妖精,扯住杜朝选的手脚。这时,蟒王对着杜朝选狂笑:"你杀死我的三个精灵,今天我要吃你的心肝,吸你的脑髓……"蟒王笑声未落,杜朝选深深地吸了

一口气，将身子一挣，缠身的小蛇断成几节；脚一踢，手一摔，拉扯着他的妖精都碰死在岩壁上。恶蟒见了，正在惊慌，杜朝选伸出铁样手臂，将它的七寸紧紧掐起，只掐得恶蟒眼珠向上翻转，舌头拖到地面。眼看性命不保，恶蟒忙向杜朝选求饶："尊敬的勇士，饶了我吧，只要你留给我一条活命，我的金银随你拿，珠宝随你背，我愿当你的奴仆，世世代代服侍你。"

杜朝选哪里肯听它的花言巧语，狠狠一剑，直刺进恶蟒腹内，因为用力过激，宝剑已劈成两节，恶蟒终于被杀死。杜朝选和两个姑娘搬来一堆干柴，将蟒尸和它的宫殿一起烧毁，然后慢慢下山来。

两个女子亲眼看到年轻的猎人除去了这个眼中的祸害，满心佩服，她两人商量了一下，对杜朝选说："你杀死了我们这里吃人的妖蟒，又搭救了我两人的性命，你待我们的恩德深如大海，无法报答，我们做你的妻子你可愿意？"

杜朝选一听，一边摆手一面说："使不得，使不得，我杀了大蟒，替大家除害，是应该做的事，咋能让你两人做我的媳妇，耽误你俩前程呢？"

两个女子无论怎样求告，杜朝选硬是不依。他竟然头也不回，上山打猎去了。两个女子紧紧跟随在后面；哪里追赶得上。跟了一阵，她们终于被落下了。

天黑下来的时候，两个女子没处投宿，只得转回洱海西岸，宿在捉鱼的老夫妇家里（现在的桃源村）。次日，她们又趑回原路，一心要去寻找那个为民除害的杀蟒英雄。不知不觉来到苍山脚下，她们已经走得脚酸腿痛，再也不能向前移动了，就在一个龙潭的旁边歇了脚。她们一想起那个寻找不到的猎人，就很伤心，只好朝着龙潭哭了一阵；越哭越伤心，越伤心就越哭，直哭得山摇地动；千愁万恨，没法解开，两人扑通一声一起就跳进龙潭去了。

　　杜朝选打罢猎回到自己家里，心里总是记挂着蟒蛇洞里搭救的那两个女子。天一亮，他就到处去探问两个女子的下落，后来才听说她两人跳龙潭寻短见了。杜朝选一听，立刻赶到龙潭，到泉边一看，两个女子已经死在泉里，却还睁着期盼的双眼，他不由得悔恨交加，伤心不已，便一头扎进潭中，殉此不了之情。

　　杜朝选跳进了龙潭以后，龙潭里立即飞出三只美丽的彩蝶，两前一后，在龙潭的水面上飞上飞下，形影不离。

　　传说，杜朝选是在四月二十五日投潭身死的。年长日久，这三只蝴蝶一代一代传下来，每年一到这个时候，龙潭的前前后后，就聚来许许多多五颜六色的彩蝶，绕着龙潭飞来飞去，小的像铜元，大的像银元，龙潭周围立刻成了蝴蝶世界，人们就叫龙潭为蝴蝶泉。

　　龙潭的水清汪汪的可以看到潭底。潭底水珠成年累月地往上翻腾。在蝴蝶泉的旁边，有一棵大树，叫蝴蝶树，每年一到这个时候，树上开满金黄色的小花朵，散着清香的气味。蝴蝶树上有一根粗大的树枝，像把大雨伞，横遮在整个龙潭上。各色各样的彩蝶，一个叼着一个的尾巴，从蝴蝶树的各个枝头上，一串一串吊到龙潭的水面上。

　　周城村民为了纪念这位英雄，把他奉为本主，在离龙潭不远的山坡上修了一座小庙子，里面塑了杜朝选的泥像，塑像中手执断剑者即为杜朝选，两位姑娘被追封为本主娘娘塑在两旁。霞移溪内那块有红色斑纹的大石头也被称为"娘娘洗衣石"永为人们纪念。周城一带的老百姓，每到四月二十五日这天，都到蝴蝶泉来赶会，祭奠这位杀蟒英雄。

附：本文根据《猎神杜朝选》（李缵绪主编，《白族神话传说集成》，中国民间文艺出版社 1986 年版）；《杜朝选》；（李缵绪主编，《白族神话传说集成》，中国民间文艺出版社 1986 年版）《蝴蝶泉》（李缵绪主编，《白族神话传说集成》，中国民间文艺出版社 1986 年版）等传说故事编写而成。

谚语选读

◎ 长路是走出来的，聪明是学出来的。

◎ 不怕不识路，就怕不问路。

◎ 羊羔吃奶跪母前，乌鸦寻食喂母亲。

◎ 水泼捧不回，手拐咬不着。

◎ 云往北，晒大麦；云往南，大雨下。

◎ 勤快有好日子过，天晴有好时光享。

◎ 说出的话，种下的松。

◎ 割谷待黄，割麦待青。

◎ 雷鸣电闪雨点小，夸夸其谈本事无。

◎ 一锄挖不出一口井。

◎ 牛不吃水，压不得头。

◎ 纵然装入金杯，毒药还是毒药。

（杨烁　选辑）

傣　族

傣族简介

　　傣族是云南省特有民族。根据 2010 年第六次人口普查统计，我国共有 1,261,311 人，其中云南有 1,222,836 人，男性人口 609,021 人，女性人口 613,815 人。

　　傣族主要分布在云南省西双版纳傣族自治州、德宏傣族景颇族自治州。普洱市的景谷、孟连县，临沧市的双江、耿马县，红河哈尼族彝族自治州的金平和玉溪市的新平等县。此外，还有 50 多个县有傣族散居和杂居。

　　傣族有自己的语言和文字，傣语属于壮侗语系壮傣语支。有自己的文字写成的贝叶经。傣族有古歌、神话、创世史诗、

德宏傣族女子在表演传统歌舞（杨福泉 摄于 2012 年）

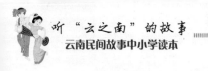

英雄史诗、叙事长诗、传说、故事、谚语等文化经典类型。

　　傣族源于古代百越族群，历史悠久。傣族普遍信仰南传上座部佛教，也保留许多原始宗教习俗。

泼水节的传说

　　导读：这是一篇节日传说。传说警示人们，只有顺应自然界的客观规律，才能创造一个和谐的生存环境。

　　在很早以前，人们过着没有规律的生活。干起活来没日没夜，一吃就是一整天，不懂种庄稼的节令，想什么时候种就种，也不会洗脸洗澡，成天蓬头垢面。因此，人们常常生病，寿命非常短。

　　天神坤桑从天上把这一切都看在眼里，他想让人们尽快结束这种浑浑噩噩的日子，过上一种有规律的生活，他坐在菩提树下闭目沉思了很久很久，终于想出了办法。

　　他驾着洁白的彩云降落在人间，在人群中到处宣讲他的主张。他把一个白昼加一个夜晚作为一天，每七天休息一天；把月升至月亏的三十天为一个月，十二个月为一年；又把一年分为热季、雨季和冷季。这就是傣族最初的历法。

　　他还教人们这样生活：日出而作，日入而息。每天吃两顿饭，每天清洁自己的身体，早上洗脸，白天洗澡，晚上洗脚。他又教人们种庄稼，规定在哪个月该种什么。大家听从坤桑的劝告，生活开始变得有条有理，人间渐渐荡漾起欢声笑语，大地上充满盎然生机。人们按节令播种收获，辛勤的劳动换来了丰衣足食。

　　每年五月二十日，是坤桑返回天上的日子。每到这天，洁白的云彩降落到人间，托起他冉冉升到天上。人们不知这样生活了多少年，渐渐地，坤桑制定的历法出现了偏差。因为每年总是比三百六十天多出几天，天长地久就成了这样：布谷鸟才叫，历法上却规定该收割了；历法上是热季，人们却冷得离不开火塘。

　　这样，庄稼年年歉收，但人们又不敢违背坤桑的历法。大地上的怨声传到天上，天神帕雅英心神不定，他命坤桑返回天上。可是，坤桑在人间待得太久，喝了人间的水，身体已经变得沉重，那轻轻的云彩已经载不起他。坤桑无奈，只好待在人间，听候帕雅英的处置。

　　帕雅英又派另一位天神坦迷嘎拉降落人间，来解救饥饿的人们。年轻又英俊的坦迷嘎拉重新把一年分为热季、雨季、冷季、风季，每隔几年多出一个月。他到处宣讲他的新历法，人们急于从饥饿和困苦中解脱出来，很乐意接受新的历法，大地上渐渐又恢复了的生机，怨声变成了笑声。坤桑心里很不服气，找上门去与坦迷嘎拉辩论，结果谁也说服不了谁。最后坤桑出了一道谜语请他猜："人一天中要调理自己的身体三次，早上做什么？白天做什么？晚上做什么？如果过了七天你还猜不出来，就让你死；你如果猜得出来，就让我死。"

　　坦迷嘎拉想了整整五天也没有猜出谜底。他急得躲进深山，躺在一棵大树底下发呆。这时树上飞来一对小鸟，这是帕雅英夫妇变的。那雌鸟问："这人在树下发什么呆呀？"

　　雄鸟答："他在猜谜语，再过两天还猜不出来，他的头就要离开身子了。"

　　雌鸟又问："那谜底是什么？"

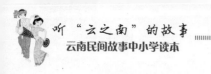

雄鸟答："早上洗脸，白天洗澡，晚上洗脚。"

听了小鸟的话，坦迷嘎拉高兴地跑下山去，将谜底告诉坤桑。这回，头将离开身子的是坤桑。可是，坤桑的头放在地上，大地上的一切将会被大火毁灭；放在水里，无边无际的海洋也会被火烧干；放在天上，千年万代也不会落下一滴雨水。

坦迷嘎拉只好去求坤桑的七个女儿，求她们可怜可怜天下的万物苍生，只有请她们把父亲的头抱在怀里，才能让人间免去这场浩劫。

坤桑的七个美丽的女儿，个个都有一颗善良的心，她们答应了坦迷嘎拉的请求。

坦迷嘎拉从坤桑的头顶上拔下那根致命的长发，做成生命之弓，用它勒断了坤桑的头颅，把头颅交给他的七个女儿。每个女儿抱一天，每换下一个人，人们都要用水帮她洗去身上的血污。杀死坤桑那天就是新年——"桑刊"。泼水节里那冲天而上的高升，就是在把坤桑的灵魂送上天。

康朗三扁讲述；张海珍整理。

假英雄

导读：这是一篇生活故事。通过艾罕几次遇险并逢凶化吉的经历，生动地讲述了好大喜功的假英雄和机智多谋的妻子依亮的故事。

从前，有对夫妇，丈夫叫艾罕，妻子叫依亮。一天，艾罕和妻子上山去砍柴，艾罕突然听到有树枝折断的声音，抬头一看，只见一头黑熊离他只有几步远了，他大叫一声："熊来了！"

傣族孔雀舞传人约相（杨福泉　翻拍于 2012 年）

急忙往后跑，被树桩绊了一下，跌跌爬爬地滚下山去了。

妻子听到喊声，想跑已经来不及，只能随手抓起一根尖头扁担冲过去，顶住熊的肚子。熊想往前蹿去抓她，她就紧紧地抓住扁担不松手。熊想往后退脱离她的控制，她又大步顶上去，这样拖过来推过去，把黑熊激怒了，又是咆哮又是气喘，吼声像打雷一般震耳。依亮就像一个火枪药尽，长刀脱手的猎人，沉着地应付着眼前的危险，不让黑熊抓到自己。不知过了多长时间，她的发髻被挂散了，衣服也挂破了，她把熊拖到一个土堆旁，急中生智跃上土堆，看准黑熊松开爪子的机会，把尖头扁担朝黑熊张开的大口捅进去，用尽力气往下压，黑熊两爪乱抓扁担，挣扎着跌到箐沟里去了。

她筋疲力尽地坐在地上，直到太阳落山才起来，吃了她包来的饭，感觉有些力气了，才收拾东西，扛起死熊回家去。一路上她不知歇了多少次，到寨子已经是深夜了。

她把死熊抛在楼梯脚，上楼去推门，门顶得死死的，她喊了一阵才听见艾罕说："妻呀！我晓得你被老熊吃了，明天我会好好整点东西去赕①你，我怕……"

妻子忍不住笑了："我不是鬼，我还活着，快起来，看我还抬回来一头死熊呢！"

艾罕起来点了根明子，哆哆嗦嗦地走出来，看见门外的妻子才打开门。依亮向丈夫讲述了经过，引他去看死熊。艾罕高兴地把熊翻来翻去地看了一遍，抬头对妻子说："你的力气真大！可是……这……"

"说话痛快点，不要把舌尖的话和唾沫一起咽下去！"妻子不耐烦地说。艾罕为难地搓着手说："要是明天人家来问这熊是谁打死的，要怎么回答？"

依亮见丈夫那副德行，不由好笑，对丈夫说："就说是你打死的吧！谁能想到一个做丈夫的会把妻子留下给熊吃？我要是不告诉别人，人家怎么会晓得。"

第二天，天刚麻麻亮，对门大嫂来借谷子，看见火塘边横着头死熊，一问是艾罕砍柴时用扁担捅死的，急忙回去告诉家人，不多时这消息就轰动了整个寨子。

这消息像长了翅膀，很快就传遍了整个坝子。艾罕家就像一片早熟的稻田吸引麻雀那样，引来了各寨的男女老少。这个寨子比赶摆②都热闹，人人都想看看这个用扁担捅死老熊的英雄，到底是怎样一条好汉。人们看看倒悬在院子里的死熊，异口同声地夸赞艾罕。

---

① 赕（dǎn）：傣族称布施为赕。对逝去亲人的祭奠，也以到佛寺布施的方式进行。

② 赶摆：节日的大型文艺集会。

消息传到王宫，傣王的传令官带着几个兵丁骑马来到艾罕家，叫艾罕进宫去。艾罕呆呆地看着几个兵丁把死熊抬上马背，心里像装着一只象脚咕咚咚直响，一声不吭地跟在马屁股后走了。

到了傣王跟前，他扑通一声跪下，双手合十，头也不抬。傣王问了经过后，用眼睛示意了一下大臣就进去了。大臣说："艾罕听命，傣王念你勇敢不怕死，赏赐你白银一百两，封你为"布憨眯"①，往后你要好好为国效力！"艾罕听说没有危险，还得到傣王的赏赐，赶紧磕头谢恩。

转眼到了第二年的雨季。一天，傣王的专用水井里爬进一条大蟒蛇。头人来向傣王禀报。傣王大发雷霆："进了大蟒蛇还不快给我除掉，要是断了水，当心我治你的罪！"

头人说："大蟒蛇会吃人，没人敢去。"

大臣跟傣王咬了一会儿耳朵，傣王顿时舒展了眉头，传令立即召见布憨眯。

艾罕小跑着进了王宫，大臣命他一天内除掉大蟒蛇，不得违命。艾罕垂头丧气地回到家里，哭丧着脸对妻子说："傣王叫我去除掉水井里的大蟒蛇，这不是叫我去送死吗？"

妻子说已经为他想好了办法，她拿来一个竹篓系在他的腰间，艾罕不明白带它有什么用处。妻子说："带着总比不带的好，听我的话，到时候你让其他人站在远处等你，你走到井边，猛地往下蹲就行啦。"

艾罕记住妻子的话，领着一队人来到山上。离傣王的专用水井二十来步远，艾罕让随行的人停下，他特别交代了几句，

---

① "布憨眯"：傣语，意思是战胜黑熊的英雄。

又喝了几口酒壮壮胆,独自走到井边,双脚才踏上井口,未等站定就猛地往下一蹲,那系在腰间的竹箩顶着地,把他弹了起来,于是,他落进井里。井下方圆只有一扁担宽,井水齐腰深,艾罕惊恐未定就看见了大蟒蛇,蟒蛇也受惊抬起头来。他吓得双手扼住大蟒蛇的七寸,大声喊了起来:"来人哪,我抓住大蟒蛇啦!"那蟒蛇呼地一下子缠住了他的腰,随行的人听见喊叫,一拥而上,七手八脚地把他弄了上来,把蟒蛇装进备好的笼子里。

人们簇拥着这位英雄回王宫报喜。这消息轰动了整个勐,大家都来看大蟒蛇。傣王赏了他几百两银子,封他为"布憨中安"①,他的名声传得更远了。

三年的时光转眼就过去了,眼看又临近傣历年泼水节了。各寨的贡品都齐了,唯独不见种瓜果的寨子送瓜果来,已经派人去催了,直到泼水节的前一天,那个寨子的头人才来禀报:运瓜果的河道里有一条巨大的鳄鱼,河里早就不能通船了,旱路得绕几天,瓜果不鲜又怕傣王怪罪,只得从水路边探边行,遇到鳄鱼不敢下来,请求傣王派胆大如虎,力大如牛的英雄去除掉鳄鱼,好运贡品进宫。

傣王立即差人传命,要艾罕马上带人去除掉鳄鱼。艾罕听到命令,脸吓得比纸还要白,他拉着妻子的手说:"妻啊,眼看明天就要过年了,我这回怕是回不来了,求你到佛寺里赎赎佛,好让我的灵魂升天。"妻子说:"不要怕,等你到了有鳄鱼的地方,命令船一直向前开,就有办法了"。

艾罕带着几个扛火药枪的人乘上一条船,沿着河道前去除鳄鱼。船越往上走,河道越窄,两边的山就越高,阴森森地让

---

① "布憨中安":傣语,意思是战胜大蟒蛇的英雄。

人毛骨悚然，船到了一处，两岸是峻峭的悬崖，中间的一湾水仅能通过一条船。站在船头的人突然喊起来："鳄鱼！鳄鱼！"艾罕听了大声命令："不准停船，一直往前开！"而他自己却被那条大鳄鱼吓得骨头都酥了，一个劲地往后退。站在船头的人无可奈何，只得一起朝鳄鱼的血盆大口开火，那鳄鱼在水里翻了几下，肚皮朝天地浮在水面上死了。

这时，人们才看见艾罕在船尾缩成一团，急忙把他搀扶起来，谁知，他被吓得屎都拉出来了。艾罕见裤脚下面掉出一团屎，脑筋一转，谎话脱口而出，他大喊道："谁叫你们开枪打死鳄鱼的？我正准备拿这团麻药去喂它，打算活捉它呢，真可惜！"

人们把死了的鳄鱼装上船，打道回府。回到宫里，艾罕抢先进去向傣王报告。傣王大喜，又赏了他一匹高头大马，封他为"布憨达缺"①。艾罕的英雄事迹越传越远，歌手还把他的故事编成歌到处传唱。

又是三年轻松地过去了，小王国里平安无事，艾罕也过得悠闲自在。谁知，邻国跟他们闹起了纠纷，事情越闹越大，还发兵打过来了。刀对刀剑对剑地干了几天，双方死伤无数，但邻国的军队还在步步逼近。傣王急得像热锅里的蚂蚁团团转，召集大臣进宫商议，最后决定让艾罕去领头冲锋，不打退敌人不准回还。

艾罕接到命令，感到脖子上已经架上凉冰冰的刀，急忙跑回家去找妻子。一进家就跪在妻子的面前说："我从来没打过仗，前方那么多人都打不退敌人，我去了还不送死啊？妻子啊，

---

① "布憨达缺"：傣语，意思是战胜鳄鱼的英雄。

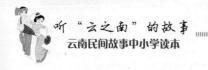

这回我真的是回不来啦"！

妻子二话不说，下楼牵来马，备好鞍子让他骑上去，用绳子连人带鞍地固定在马上，边拴绳子边对丈夫说："我知道傣王早晚会把你召去打仗，早为你想好了办法，到时候你只管往前冲，保险摔不下来。愿佛祖保佑你得胜归来！"

艾罕率兵出征了，虽然他深信妻子的主意，每次都能让他平安归来，但阵前横尸遍野的景象，让他像打摆子似的，连骨头缝里都生出阵阵寒气。咚咚的战鼓敲得他心发慌，他开始冲锋了，身后是扛着大刀的士兵。距离敌军阵地还有两百多步远，他看见敌军的大刀寒光闪闪，就不由地腰一软，连人带鞍地转到马肚子下面。只见他头朝地地大声呼救，惊得马像离弦的箭一般朝敌军阵地冲去。

敌军早听说邻国有个英雄如何的了得，现在看见他倒骑在马肚子下面，吓得像一群受惊的猴子四下逃散了。士兵们把敌军赶出国境，才把他从马肚子下面解下来。

邻国的傣王听到禀报，惊得张着大口，半天也说不出话，只好带着金银珠宝，来与他们讲和。

傣王又赏了他大片田地和许多牛马，封他为"布憨隆"①。他的名声在邻国也是家喻户晓。可是，艾罕总是感到一阵阵地后怕。他对妻子说："多亏有你出主意，往后还要多靠你呀！"

康朗三扁讲述；张海珍整理。

---

① "布憨隆"：傣语，意思是像风一般迅猛的英雄。

飞天王子

导读：这是一篇传奇故事，其主人公阿峦（luán）经过种种折磨而最终获得了圆满结局，寄托了傣族人民的愿望和理想。

一

从前，有个小王国叫勐范。里面的人只经商不种田。勐范的国王中年丧妻，他只有一个独子，名叫召朵纳范。已经到了该成婚的年龄。

王子从小有个理想，就是亲自驾着自己制作的木鸟飞上蓝天，想去哪儿就去哪儿，不用翻山越岭那样辛苦。他带上锋利的刀斧进山去，筏倒一棵刺通树，模仿歇在岩石上的孔雀的样子，做了一只木鸟。他在木鸟身上贴满了金箔，还给木鸟安上了动力——允[1]。当一切都完成后，他驾着木鸟飞上蓝天。因为这只木鸟举世无双，他给木鸟取名允轰[2]。

经过多次试飞，他对允轰很满意。问身边的小鹦哥："我心爱的小鹦哥，你飞遍七十二个王宫，哪个姑娘最美丽？"小鹦哥说："有个王国叫勐美暖，只见棉花般洁白的云海中，矗立着一座七层塔楼。塔楼里住着一位美丽的公主名叫婻美暖，她的面容像盛开的荷花，她的美丽无人能比。只有她才配得上做勐范的王后。"王子听了小鹦哥的禀报，心里很高兴。

太阳西坠，王子换上漂亮的衣裳，驾着他的允轰，跟着小

---

① 允：飞鸟的动力。
② 允轰：安装了动力的凤凰。

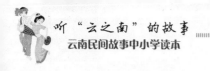

鹦哥飞到勐美暖，把允蒅停在公主的七层塔楼上。公主抬头一看，只见一位年轻英俊的小伙子从允蒅上下来，她惊奇地问："哥哥是人还是神，怎么会驾驭这会飞的木鸟？您从哪里来，怎么这么晚才来到云海中的塔楼？"

王子说："我是勐范的王子，只为一睹妹妹的芳颜，今晚驾着允蒅飞来。"公主被紧锁在这七层塔楼已经好几年，除了亲生的父亲外，她没有再见过其他男人，除了身边的使女外，她没有说话的对象。此刻，看见这般年轻英俊又有本事的王子来到面前，她高兴得说不出话，连忙为他铺床，摆上绸缎做的枕头，让王子睡下，他俩说了一夜的知心话。直至星光消退，太阳冉冉升起在茫茫的云海上，召朵纳范王子才驾着允蒅回家，他把允蒅停在高高的木棉树枝上，然后回家睡觉。

从此，召朵纳范王子开始了这样的生活：太阳落山，他驾着允蒅去会嫦美暖公主，等太阳升起，他才返回家睡觉。后来，在公主的百般请求下，王子把公主带回了家，国王为他俩举行了婚礼。

快乐的日子像流水一般快，几个月很快就过去了，嫦美暖公主也快生孩子了。

二

嫦美暖公主失踪后，国王对大臣们发火道："全国的官员百姓都出动，把国内国外都找遍，不管路途多遥远，一定要把我的公主找回来。"

左大臣领人往东去，右大臣领人往西去，七十二个勐的国王都派人帮助寻找，也没找到嫦美暖公主。

一伙人来到宽阔的勐范王国，走上雕花的楼梯，来到国王面前："尊敬的勐范国王。您看上去健康安详，该不会有什么事能让您烦心吧？"

"是啊！承蒙您的好意，我无病又无灾。你们是何方的子弟，有何疑难要我帮忙？"

"我们来自云雾笼罩的勐美暖，来寻找我们的公主，不知您见到没有？"

"我有个独子成亲未满周年，儿媳名叫婻美暖，不知是不是你们要找的公主？"

国王命人请来他的儿子，来人连忙叩谢道："感谢勐范国王，让我们不辱使命！现在请王子跟我们回去见国王吧！"

召朵纳范王子跟着他们出门，他心想："此行定是凶多吉少。"于是，在经过木棉树下时，他抬头望着树枝上的允轰说："我心爱的允轰啊！往日我驾着你在天空翱翔,可惜我这一别,以后再也没人会驾驭你上天了！"

那些人见到一只闪闪发光的木鸟歇在树上，觉得很稀罕。"我说勐范王子，我们从来没见过允轰，您就上去放下来让我们见识见识吧！"

"行啊！如果你们让我上树去，我会让你们乘着允轰飞上天。"那些人高兴地同意了。

王子上了树，坐在允轰上，双脚踩踩机关，双手松开缆绳，允轰凌空而起，他哈哈大笑道："你们就在地上等着吧！请仰望我勐范王子，驾着允轰高飞在蓝天上，多么的潇洒自在！"那些人眼巴巴地看着王子飞远了。

王子飞到公主住的楼上，对她说："快跟我走吧！要是没有这允轰，我也许再也见不到你了。"

　　几天后，他俩飞临一个坝子的上空，坝子中间有一条叫香回达腊的大江。这时，公主感到身体不适，就对丈夫说："我俩不知不觉已经飞了好几天，现在我感到腹中阵阵疼痛，请你把允轰降落在地面上！"

　　这天，公主临产了，太阳落山后，她生下了一个儿子。产后身体虚弱的她冷得直打哆嗦，王子决定到远处找来火种生火取暖。他驾着允轰，飞过香回达腊江，见一群波嘎[1]在江边露宿，正围着篝火取暖。他心急如焚，顾不上打个招呼，就拿了一根带火的柴飞走。波嘎们见了，觉得这人没礼貌，开口诅咒道："没见过这般无礼的人，拿走别人的火也不说一声。让火把他烧进江里，让他倒霉！"

　　不料，王子飞到江心，火就把缆绳烧断了，允轰一头栽进江里，被大水冲走了。

　　公主等了一夜，直到天亮也没见丈夫回来，她把儿子放在森林边的空地上，沿着大江去寻找丈夫。找了半天没找到，她心酸地哭了。

<h1 style="text-align:center">三</h1>

　　勐巴拉纳西国王清早醒来，命人请来细纳告[2]，说："我夜里做了一个梦，梦见森林边有座帕萨芰[3]，我俩快骑上宝马，去郊外看看如何？"于是，他俩骑马来到郊外的森林边，见一个男婴放在地上，国王欣喜万分："哎呀，我的梦真吉祥！细

---

①　波嘎：商人。
②　细纳告：宰相。
③　帕萨芰：塔形玻璃经幢，佛爷念经时坐在里面。

纳告啊，原来是个宝石般的小儿子！大王我无儿无女，是天神给我送儿子来了。我要把他带回去抚养成人，将来让他继承王位。"

公主找不到丈夫，不料回头又不见儿子。她悲痛欲绝，像发疯一般到处寻找，她发现地上的马迹，就顺着马迹一路寻去，来到勐巴拉纳西，坐在萨拉里哭。人们吃了午饭出城去牧牛，见了她都上前来问："美丽的姑娘，为何不进城去，独自坐在萨拉里哭泣？"

"叔伯兄弟们！我的娇儿不见了，大家可曾看见？"

大家都说没看见。有的人见她这么漂亮，回家把自己的妻子赶出门，做好美味的饭菜，盛在圆圆的饭篮子里，送到公主面前。公主毫不动心。他们只好面带羞愧，各自去找回自己的妻子。

她不愿坐在路旁让人再来纠缠，她想："如果我还身着女儿装，如何能等到与丈夫相聚的那一天；如果我还是公主模样，与丈夫团聚就再没指望。"于是，她乔装打扮，剃发为僧，在城边的佛寺做了和尚。佛寺里每天都有许多人送饭赕佛，没有一个人知道她原来是女儿身，更不知道她是勐美暖的公主。她每天诵经念佛，心里无时不在想念丈夫和儿子。

她的儿子被国王抱去精心抚养，转眼已经六岁，每天不是抬着弓到郊外射箭，就是和娃娃们在城里打陀螺。

四

勐巴拉纳西国王越来越老，最后终于一命归西，身后只留下一个未成年的养子。举国上下一起为国王举办了盛大的葬礼。

葬礼结束后，大臣们集中在一起商议："王子如今还未成年，他如何能考虑国家的大事？我们要让谁来当国王呢？"

细纳告现在是王国最高的长官，他说："我们现在无法说让谁来当国王，还是请天神来帮我们决定吧！"

他们动手做了一辆车，车上装饰着鲜花、甘蔗和芭蕉树，载着国王的衣冠和宝剑。他们决定让车自动行驶，车停在谁的面前，谁就是新国王。他们推着车在城里转了七圈，才放开让它自动行驶。这车子东不去西不去，一直向城边的佛寺驶去，停在身穿袈裟女扮男装的娟美暖公主面前。全国官民欢呼雀跃，举着蜡条和鲜花，前去祝贺和尚当国王，拥戴载着国王的车子回到王宫。

娟美暖公主脱下袈裟，穿上国王的衣服、戴上了王冠，佩上了宝剑，接过国王的大印，登上了王位，官民们的欢呼声震天动地。她坐在镶着宝石的宝座上，她的儿子就坐在她的左边。王子想："我的父王去世了，这位就是我的新父王，他看上去比我的老父王更可亲！"

国王心想："这位就是王子，如果我的娇儿还在，也该这么大了。"虽然他们近在咫尺，但他们都不知道对方就是自己的亲人。

新国王登基，按照惯例要做大赦天下、救济百姓、建盖萨拉之类的善事。国王命令大臣，去山里伐来木料，盖九间大萨拉，让画匠把她的遭遇画在萨拉亭的墙上。勐巴拉纳西举行了七天七夜的大赕，让老弱病残和贫困潦倒的人都来接受施舍。她对王国的官民说："我的子民们！萨拉亭里必须每天都有饮水和食物，让穷人和过路的人都来享用。如果有谁见了墙上的画就流泪，你们要把他留下并向我禀报。"

五

召朵纳范王子被江水冲走，漂到大海中的一个荒岛上，每天靠吃野菜和生鱼过日子。不知过了多久，一支大船队从这里经过，上面载着年轻的召沙宝①，和许多商人，王子向他们求救。船上的人见他蓬头垢面，衣衫褴褛，怕是妖魔鬼怪，都不敢停船救他。

眼看商船一艘艘驶过，就剩下最后一艘。王子心里焦急，顷刻身躯长高了，许多，商船上的人都吓得大叫。王子恳求道："尊敬的召沙宝，请救救我吧！我已经记不得在这里待了多久，这么长的时间里，我没有见过一艘船，也没见过一个人。如果您不救我出去，我肯定会死在这里！"

召沙宝想："这人如果是鬼怪，他决不会向我如此请求，还是救救他吧！"于是，命人停船救人。王子上船后，他让人拿出锋利的剃刀，为王子剃去头发和胡子。重新吃上盐和饭的王子，渐渐恢复了原来的神气，船上的人谁也没有他英俊。船驶过江口，召沙宝问他："漂亮的王子，你是要同我们继续航海，还是要独自上岸去？"

王子说："我要上岸去。感谢你们把我从荒岛上救出来！愿你们一生赚得金砖数不清，得到的珠宝用秤称。"召沙宝待他上岸后，又沿着海边驶去。

在此之前，有一艘从大海驶进大江的船，在入海口的沙滩上，发现了当年与王子一起坠入江中的允轰，船上的人惊奇地说："这只木鸟真稀罕！我们是拿去贡给我们的国王，还是贡给前

---

① 召沙宝：商船的主人。

方的外国国王？"

"伙伴呀！这么漂亮的木鸟，我们的国王怎么配得上拥有。还是上贡给前方国的国王吧！再说这只木鸟占的地方真不小，我们的货物没地方放啦。"

于是，他们就把允茭送到勐巴拉纳西的王宫里。国王见了强忍眼泪，命令细纳告重重地赏了客商。然后，命左右退下，独自围着允茭细细查看，伤心的眼泪像芭蕉叶上的露珠

新平县磨沙镇大沐浴村的花腰傣儿童

（杨福泉 摄于 2005 年）

串串滚落："这是火烧的痕迹，原来是火烧断了缆绳，允茭坠落江中，我的丈夫才被大水冲走。现在允茭已经转回我的面前，不知我的夫君他遭遇何难，不知他如今流落在何方？"

这时，召朵纳范王正独自行走在深山老林里，他朝行暮止，喝饮山泉，饥食野果，艰难地跋涉在遮天蔽日的密林中。他行行重行行，终于来到勐巴拉纳西城里的大萨拉亭。这里吃的喝的应有尽有，有人见他的衣衫褴褛，还让他换上新衣。王子吃饱喝足，有了精神，便观赏起萨拉亭墙上的画，还没看完便泪如雨下，继而号啕大哭。人们见了忙进宫禀报，国王下令让他进宫。

王子走上雕花的楼梯，见他的允茭挂在楼梯旁的柱子上，

他抚摩着允轰流下了泪，心想："这是火烧的痕迹，是火烧断了缆绳，我才不幸坠落江中。现在我与允轰相遇了，不知我的妻儿今在何方？"

他走进大殿，叩拜国王，国王忙走下宝座将他扶起："不要跪也不要拜，我就是你日夜想念的妻子。"

细纳告不解地说："我尊敬的国王，不知为何说出这样的话？"

国王哭着说："细纳告啊！几年来，我的忧愁无处诉，心中的酸楚无人知。我的丈夫与允轰坠落江中，我只身到江边寻找，丈夫找不到，回头又不见我的儿。细纳告呀！国王我本不是男子汉，我是勐美暖的娇公主。我的苦七天七夜道不完，如果细纳告是个明辨是非的人，就请让我和丈夫离开王宫吧！"

细纳告说："原来萨拉亭里画的就是国王的身世呀！尊敬的国王啊！请让老臣恭喜您全家团聚，您身旁的王子，就是老臣和先王拾来的那个宝贝。"

一家人抱头痛哭，母亲说："我娇嫩的儿呀，真是苦不堪言！不能生在铺着锦缎的王宫里；我可怜的儿好命苦，一生下来就离开亲生父母。"大臣们纷纷前来相劝，相逢的一家才转悲为喜。

几天后，父子俩修理好允轰，为它安装上新的允和缆绳，然后，驾着它在高空中飞翔。全国的官民见了，都惊奇地说："这家人真有福气，竟能像鸟儿一样在蓝天飞翔！"

嫡美暖恢复了女儿身，换上公主的衣裳。全国的官民拥戴召朵纳范王子登上王位，夫妻双双共同治理国家。从此，勐巴拉纳西百姓安居乐业，过上了幸福的生活。

咪召依讲述；张海珍整理。

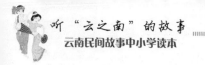

两对夫妻

导读：这是一篇家庭故事。故事以一对脾气暴躁与一对和睦相亲的夫妻为对比，告诉人们一个人生哲理，夫妻之间的和睦是金子也难买到的。

从前，城里有两对夫妻，一对脾气暴躁，喜欢争强斗胜，每天少说也要吵七次架；另一对和睦相亲，恩恩爱爱，结婚七年从未吵过一次架。

这件事传到了傣王的耳朵里，傣王听了觉得非常有趣，便命手下人带着重金来到这两户人家，宣布了他的命令："如果爱吵架的这家能够一整天不吵架，傣王就把金子奖励给他们；如果从不吵架的这一家能在一天内吵上一架，也把同样多的金子奖励给他们。"

第二天，傣王手下的人就带着金子来到爱吵架的这家，他们把金子摆放在桌上，安静地守候在一旁。这对夫妻原本就吵惯了，为了赌赢，他们整整憋了一天。眼看太阳偏西，金子就快要到手了，两口子又各自在心中打起了小算盘，妻子想："我这辈子从没引起起过众人的注意，这回有了金子，我要买一套最漂亮的衣裙，穿到街上给大家看看……"丈夫想："金子到手，我要买一条世上从来没人穿过的裤子穿。世上从来没人穿过的裤子该是什么样呢？哦，别人穿两只裤脚，那我穿三只裤脚，大家肯定会争着来看我……"

于是，丈夫先开口说了话："咪苏①，这金子让我来掌管吧"！

---

① 意思是 "孩子他妈"，是傣族丈夫对妻子的昵称。

妻子说："你也配掌钱呀？还是让我来掌管……"

　　夫妻俩各不相让，你一句，我一句，越吵越凶，等他们吵到天黑，才发现傣王手下的人连同金子一块不见了。

　　次日，傣王手下的人又守候在另一家，等着看这对结婚七年都没吵过架的夫妻吵架。这对夫妇犯愁了，左思右想怎么也想不出个吵架的理由。大半天过去了，还是没有吵起来，丈夫独自走出家门来到寨子外面，看见一堆别人吃过肉丢弃了的螺蛳壳，他想，如果把这些螺蛳壳拿回家去，也许能逗妻子骂两句。

　　妻子见丈夫拿回来一堆螺蛳壳，以为丈夫想吃螺蛳了。可是，这时螺蛳都入土冬眠了，到哪里去找螺蛳呢？妻子想了想，把螺蛳壳淘洗干净，杀了一只鸡，把鸡肉剁得细细的，拌上佐料一点一点塞进空壳里，煮熟端上饭桌。

　　丈夫没想到这样做，也没法把妻子逗恼。眼看天都快黑了，丈夫只好拣起一根小棍子，高高地举到妻子头顶上，装出要打她的样子。

　　谁知，妻子见了觉得怪好笑，就大声笑了起来，把丈夫也逗笑了。

　　于是，妻子就对傣王手下的人说："算了，我们不想吵架，请回吧！夫妻之间的和睦是金子也难买到的"。

　　　　　　　　　　　　刀进民讲述；张海珍整理。

谦语^① 选读

◎ 有树才有水，有水才有田，有田才有粮，有粮才有人。

◎ 森林是父亲，大地是母亲，稻谷至高无上。

◎ 寨前渔、寨后猎，依山傍水把寨建。

◎ 家养一只象，重活不够干。

◎ 鱼不可无水，人不可无礼。

（张海珍　选编）

---

① "谚语"傣语称为"感哈开"或"感双朗"。

壮 族

壮族简介

　　壮族是我国人口最多的少数民族，共有人口 16,926,381 人。全国壮族主要聚居在广西壮族自治区和云南省，广东、湖南、贵州也有散居。据 2010 年全国第六次人口普查，云南省有壮族 1,215,260 人，其中男性 628,602 人，女性 586,658 人。主要聚居于文山壮族苗族自治州，此外，红河、曲靖、昆明、丽江、楚雄、大理、西双版纳等州（市）也有分布。

　　壮族有自己的语言文字，壮语属汉藏语系壮侗语族壮傣语支。壮族历史上使用过方块壮字（也称土俗字、古壮字），中华人民共和国成立后，党和国家为壮族创制了拉丁字母形式的

文山州广南县壮族妇女参加本地传统的"接皇姑"仪式（杨福泉　摄于 2012 年）

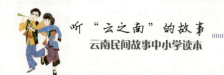

拼音文字。

壮族具有悠久的历史和文化,干栏建筑、稻作食物、纺织工艺、民间文学、歌舞戏剧、宗教典籍、节日活动等不但丰富多彩而且具有鲜明的民族特征。

壮族民间文学十分丰富,包括神话、人物传说、风物传说、特产传说、风俗传说、善恶故事、爱情故事、动物故事等。

从宗爷爷造人烟

导读:这是一篇创世纪神话。讲述了壮族关于人类来历和远古洪水的故事。洪水神话是世界性的关于宇宙毁灭和人类再生的神话。中国很多民族都有洪水故事。

远古的时候,天和地离得很近。天空中出现十二个太阳,一起逼近地面,晒得大地像火炉,岩石被晒得熔成滚滚的石浆,泥土也被晒得化为泥浆。大地上除了一片沸腾的洪水外,什么也没有。

这一切,让天神从宗爷爷和他的妻子见到了。从宗爷爷对妻子说:"大地太荒凉寂寞了。应该让大地上有人,有各种各样的鸟兽虫鱼和花草树木,热热闹闹才好。"妻子同意了。从宗爷爷决定先把将大地晒得熔化为洪水的太阳射死,于是张弓搭箭,将十二个太阳统统射落了。可是,当这些太阳全射落以后,大地又立刻变得寒冷起来。原先像开水般沸腾的洪水,开始冷缩了,地上虽然现出了高山和平坝,但高山上积雪,平坝里结冰,依然一片冷冷清清,什么也没有。从宗爷爷见了,心想这还是不行呀，该怎么办呢？他妻子在一旁说："当初该留下一个太阳就好啦！"这话提醒了从宗爷爷，他说："我俩快去找太阳吧。"可是，被射落的太阳已无影无踪，原来大多落入大海中了。他俩东寻西找，好不容易在山谷里找到一个。从宗爷爷急忙将太阳安放到天上。所以，现在天上就只有一个太阳。

天上又有了太阳，大地又变得暖和了，但由于天和地之间离得很近，大地仍然很闷热，只能生长一些耐热的竹呀、草呀的。从宗爷爷又想，只有把天撑上去，才能让各种鸟兽虫鱼居住。于是，他又与妻子合计怎样把天撑上去。从宗爷爷和妻子发现：原来，天是由十二根柱子撑着的，只要给这些柱子浇水，柱子就会长高。于是，他俩便天天给这些柱子浇水，果然十二根柱子愈长愈高，天也一天天地给撑高了。

天撑高以后，从宗爷爷夫妇俩高兴地说："现在该造人了，但'人'会是什么样子呢？"妻子想了想说："男的像你，女的像我。"接着，他们就先用水和泥巴拌和后，再按他们自己的样子捏成了一些泥巴人。从此，大地就开始有了人，变得热热闹闹了。可是，这些用泥巴捏成的孩子们却吵着要吃的，要穿的。从宗爷爷想了想，对妻子说："我们给人准备的东西可不齐全呀，还得让人有吃有穿才行。"于是，他俩又忙着用泥沙做成五谷和棉花，做成各种飞禽走兽，从此孩子们有吃有穿了。

孩子们渐渐长大了，撒下的谷种早已长出硬杆抽穗了。那时，谷子长得又壮实又高大，谷杆长得像森林里的大树一般高、一样密。谷子是长得好，但孩子们却不知道该怎么办才吃得上口。从宗爷爷的妻子就教孩子们割谷子，由于谷杆太粗太硬，就只得用斧头砍。这可累坏了从宗爷爷的妻子，于是她便咒骂起谷

子来，叫它们长小些长矮些，长得像草一样，好用镰刀割。后来，谷杆果然变得矮小了，像现在的这个样子，从宗爷爷的孩子们打这以后学会了种庄稼，人也越来越多了。

从宗爷爷的儿孙们一代又一代地延续下来，都过着太平日子。可是，不幸的事发生了。原来，在古时候，天下的水都从一个落水洞中落入大海。落水洞口，守着两只机灵、美丽的凤凰。每当洞口被大水冲来的石块、树林阻塞时，两只凤凰就飞来，把石块、树木衔走。因此，大地上一直没出现过洪水灾害。一次，两只凤凰飞到远方玩耍，忘了回来衔落水洞口的石块、树木，洞口终于被堵塞。顷刻间，大地到处积起洪水，洪水越积越大，淹没村寨，漫过森林，吞没高山，大地变成一片汪洋。

在洪水泛滥之前，有一个天神曾告诉人们快准备逃避洪水，但人们不听天神的劝告，结果都被洪水淹死了。只有好心的两兄妹，在洪水到来之前听了神的话。天神便给了他俩一粒葫芦籽，要他俩快种下。他俩种下葫芦籽后，三天就结出了一个大葫芦。等到洪水泛滥时，他俩连忙钻进葫芦里，用松香粘紧葫芦口。葫芦一直随着洪水漂来漂去，直到兴水退了以后，兄妹俩才从葫芦中走出来。

兄妹俩出来一看才知道，地上只剩下他们俩。为了传宗接代，他俩只得结为夫妻。过了不久，妹妹怀孕了，可是生的是个像磨刀石一样的怪胎。他俩一见便生气了，将这怪胎砍得粉碎。然后又将这些像石粉一样的东西拿到路边树下到处抛撒。不料，撒在路上的变成了沙人，撒在路边高处的变成了汉人；撒在桃树下的姓陶，撒在李树下的姓李……从此，到处又都是人烟了。

搜集整理：黎之。

选编中参考陈国勇、刘德荣、陆诚主编：《文山州壮族民间故事集》，中国文联出版社 2011 年版。

博洛朵① 分天地

导读：这是一篇创世神话。讲述了造物神博洛朵在天地混沌的时代如何分开天地的故事。

在远古，天和地相连，光明黑暗不分，混沌一片。那时，人像鱼一样在水中游，鱼同人一样会走路，虎和人同坐，人和兽同住。

人们去问博洛朵："为什么上下不分，为什么云彩、泥土和水都漂浮不定呢？"

博洛朵说："那是因为天没有柱子顶着，地连着天不会下沉。"

人们再问博洛朵怎么把天顶起来、把地固定好。

博洛朵说："四方用铁柱，四角用铜钉！"

于是大家一齐动手，先把铁铸好，再把铁柱炼好，把铜钉备好。但是铁柱和铜钉都太重，人抬不起，手拉不动。就再找博洛朵商量。

---

① 博洛朵：壮家人的造物主，也是壮族人民最信奉的神之一。传说博洛朵神力无比，智慧超群，人们遇着什么为难的事都要去找他商量，找他解答，碰着办不了的事，也要去请他帮忙。

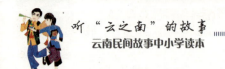
博洛朵说："只有大家一齐动手，一起出力才行！"

于是博洛朵率领大家立铁柱顶天，带着众人用铜钉钉地。干活时，金竹出力头不低，花竹不出力也假装头朝地。博洛朵说："金竹肯出力，让他长（zhǎng）通天，花竹有点懒，叫他永远低头常扫地！"从此以后，金竹的尖头直朝天长（zhǎng），花竹抬不起头，只能垂地。

就这样，天被顶住了，地也钉稳了，天地终于分开了，天地间的生物有了生活的空间。

蒙荣庭讲述；王明富搜集整理。

选编中参考陈国勇、刘德荣、陆诚主编：《文山州壮族民间故事集》，中国文联出版社 2011 年版。

"拢娅歪"①

导读：这是一篇舞蹈传说。讲述了壮族民间"拢娅歪"舞蹈的来历。这个故事启示人们：尊老是一种传统美德，如果做不到，就有可能受到自然界的惩罚。

"拢娅歪"，即跳母水牛的舞蹈。传说很早很早以前，有一位"召勐"②得天下后，骄奢淫逸，不理朝政。王母见儿子惰落成性，愤怒地骂儿子是牛，儿子也反过来骂母亲是牛，母子

① "拢娅歪"：壮语，"拢"，跳的意思；"娅歪"，母水牛的意思。
② "召勐"：壮语，"召"，主人的意思；"勐"，大地方的意思。

两个天天吵架。后来母亲因为儿子不听话，伤心过度就死了，死后真就变成水牛进入了天界。从那以后，连年天旱无雨，地干裂了，草枯死了，庄稼没有一点收成，人们的日子非常困难，社会乱了起来。一天夜里，国王睡觉时做了个梦，在梦中迪星告诉国王：你必须照你母亲死后变成牛的样子做一个牛头来戴，用牛皮缝制她的衣服来穿，然后杀鸡杀鸭，敲锣打鼓去请她回家，天下才能得救。醒了后，国王便照此去办。当鼓声惊天动地时，王母果真伸出头来，看见国王在丰盛的供桌前双膝跪地，虔诚祷告，感到高兴和欣慰。但她因为不能下到人间相助，就只能在天上焦急悲痛，时而手舞足蹈，奔走呼唤；时而旋转打滚，老泪纵横。顷刻间，她的呼声变成雷鸣，她的泪水变成雨滴，唰唰扬洒，流水如注，便救了人间旱年。从此，每到正月初三日、十五日，人们为感谢王母的恩情，就效仿他母亲的牛头和龙鳞衣来穿要，以祈求风调雨顺。

选编中参考政协广南县委员会编，陆贵庭主编：《壮乡广南》，云南民族出版社 2001 年版。

稻谷的来历

导读：这是一篇稻谷神话，告诉人们一切劳动成果来之不易，应加倍珍惜。也告诉人们，动物是人类的朋友，要善待它们，与它们和谐相处。

很久很久以前，人们不知道种稻谷，都是靠上山打猎，吃野物维持生活。后来野物越打越少了，有时竟空手而归。当时

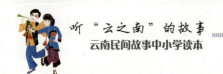

壮乡有个勇敢的猎人就想,再这样下去,以后人们怎么生活呢?除了兽肉以外,还有没有可以吃的东西呢?每当他空手而归或者看到别人空手归来时都在冥思苦想。

有一天,一只金凤凰突然飞到他跟前,问道:"猎人呀猎人,什么事使你这样忧伤?"猎人答道:"金凤凰啊,我天天在想,山上的猎物越来越少了,再不想别的办法,人们就会饿死啊。"金凤凰说:"办法我倒有一个,不过要冒大风险才能找得到它呢。"猎人听说有办法,高兴地说:"只要能找到吃的食物,冒再大的风险,我也要想方设法把它找到。"金凤凰很感动,就说:"从这里往东走,翻过九十九座山,淌过九十九条河,有一座神花山,山上有万物的种子。你只要取金黄色的那种带回来,种在地里,人们就不愁吃不愁穿了。"说完,展开金翅膀飞走了。

第二天猎人带着他心爱的猎狗,顺着金凤凰所指的方向出发。一路上风餐露宿,忍饥受寒,走啊走,翻过了九十九座山,淌过了九十九条大河。不知走了多久,最后被一条很宽很宽的大河挡住了。水深流急,怎么过去呢?猎人为了找回能吃的种子,就不顾一切地跳进了湍急的河流,拼命地向对岸游去,游到河中心时,连最后一点力气都使尽了,便对狗说:"我不行了,你一定要游过去,带回金色的种子。"刚说完,就被一个大浪卷走了。

猎狗终于找到了金黄色的种子。可是怎么把它带回去呢?它想了想,就在种子堆上滚呀滚,让种子钻进它那厚厚的毛层里,又用嘴含了满满一口。历尽千辛万苦,终于在腊月三十那天把谷种带给了人们。从那以后,这天就被称为大年。

猎狗回到壮乡时,身上的种子大部分被水冲走了,它把嘴里含的和身上剩下的种子交给人们,人们就把金色的种子种在地上。当年秋天就结出了金色的谷子，这样，一代一代地传了下来。种在山上的，就是现在的地谷，那些被水冲走的谷种呢，一直冲到下游的河滩上，生长起来，就是现在栽在水田里的水稻。为什么现在水稻比地谷多呢，就是因为狗身上带的种子大部分都被水冲走的缘故。

自从猎狗把谷种带给了人们，人们就不再愁吃愁穿了。为了感谢狗的功劳，每年农历八九月间，新谷成熟的时候，人们就到田里精选一些新谷来，连壳蒸熟后，再用碓舂，筛出糠皮，然后压扁（俗称扁米）来吃，也有的把糯米蒸熟或者舂成糯米粑粑来吃，这就是尝新节。尝新节这一天，首先装上一碗大米饭，泡上汤给狗先吃，而且让它吃饱。饭后还让小孩领着狗在屋里屋外转一圈，以表示对丰年的庆贺和对狗的崇敬。

汪虹搜集整理。

选编中参考陈国勇、刘德荣、陆诚主编：《文山州壮族民间故事集》，中国文联出版社 2011 年版。

新媳妇为什么不坐家

导读：这是一篇风俗传说。主要是讲壮家人如何移风易俗的，但也包含了行善积德的理念。

很早以前，一个壮族寨里有一对四十出头的夫妻，他俩互敬互爱，勤俭持家，生活也还过得去，可是一直没有后代。因此，两口子的心情越来越坏，这样下去怎么得了？连个传宗接代的

儿女都没有呀！

一天，夫妻两人在地中薅玉米，突然看见天边飘来一片红彤彤的云，红云越来越近，终于落在他俩跟前。接着一阵大风刮来，吹得他俩睁不开眼睛，只听到哗哗作响的声音……

等大风刮过，他俩睁开眼时，跟前的红云没有了，却立着一个白发苍苍的老太婆。他俩吓得心惊胆战，不知如何是好。老太婆却安慰他们，叫他们不要害怕。老太婆还说，她从很远的地方来，有一天没吃着饭了，请他俩行行好，给点吃的。他俩历来心肠慈善，就将带到地里劳动时吃的晌午饭送给老太婆吃。老太婆吃了晌午饭，从身上拿出一个桃子送给他俩，作为酬谢，并叫他俩各吃一半。虽说是个桃子，可礼轻情意重，两口子也就高高兴兴地分吃了桃子。

当他俩吃了桃子，准备和老太婆讲点什么时，突然又是一阵大风刮来，吹得他俩又闭上了眼睛，等大风刮过，睁眼一看，老太婆不见了，只见半空中有一片红云缓缓地向遥远的天边飘去。这时，他俩明白了：老太婆一定是位仙人。

第二年，妻子生了个白白胖胖的小姑娘，夫妻俩别说多高兴啦！由于姑娘的小脸很像桃子，加上怀念老太婆送桃子的恩情，夫妻俩就给小姑娘取名为仙桃。

仙桃一天天长大了，长高了，长美了。她十八岁那年，求婚的小伙子接连不断地登门，可是她谁家也不同意，爹妈不知女儿的心思，只会背地里为她的婚恋大事干着急。

有一天，仙桃一大早进山砍柴，大半天还没回家，急得爹妈团团转，声声呼唤仙桃，直到傍晚，一个年轻的小伙子才把姑娘背回家。

原来，仙桃在山中扭伤了脚，不能走动，恰好小伙子打猎经过，将她背回家来，从那以后，这对青年男女经常来往，挑柴讨菜，形影不离，深深的密林里，留下了他们的歌声；弯弯的小河边，留下了他们的脚印；田边地头，他俩双双来去。但是，无论小伙子怎样请求成亲，仙桃却不同意。日子长了，小伙子才知道仙桃的苦衷：爹妈已经年岁大了，她出嫁了，俩老的日子怎么过？为这，小伙子非常感动，更加爱这个美丽善良的姑娘了。他向姑娘提出：成了亲，分两边住，男家活计忙，就住男家；女家活计忙，就住女家。这样，仙桃同意成亲了。

时间不长，这对小夫妻的新婚之风就传扬开了，一对对的新婚夫妇都学着这对小夫妻的做法。

从这以后，就有了壮家新媳妇不坐家的习俗，一代代地流传下来了。

梁勒讲述；卢建鳌搜集整理。

选编中参考陈国勇、刘德荣、陆诚主编：《文山州壮族民间故事集》，中国文联出版社 2011 年版。

壮锦的传说

导读：这是一篇民间工艺品传说，表达了壮族人民对美好生活的向往，同时也说明：人只要有决心，就能够办成想办的事；只要善良、勤劳、有礼，就能得到别人的帮助。

从前，在一个寨子里，有一个穷苦的老妈妈，丈夫死了，带着三个儿子生活。老大、老二好吃懒做，每天约着到别的寨

子里或街上逛,和人家赌钱,赢了就吃酒吃肉,输了就回家吵闹。三儿子才十三岁,却很勤劳朴实,天天去山上砍柴。他很爱妈妈,妈妈也很喜欢他。

全家的生活,靠老妈妈纺纱织布维持。每天,老妈妈总是不停地纺织。有一天,夜很深了,她还在织布,后来就慢慢地在织布机上睡着了。

她做了一个梦,梦里看见一个山色风景很美的地方。那里田坝宽敞,谷米长得茂密苗壮;中间有一条河流过,河中许多船只来来往往,有的载人,有的打鱼;山坡上一群一群的牛马、大骡,白的、黄的、黑的,自由自在地走来走去;街道也很平坦,两旁都栽着花果;田坝里,有许多壮族男女老少,他们一面生产,一面唱歌。这真是一个好地方啊。梦到这里,她就醒了,梦中的美景,萦绕在她脑子里,引起了甜蜜的憧憬。

第二天早晨,她把昨晚上的梦境,讲给三个儿子听。她说:"我梦见我们壮族有个好地方,那里有山有水,田坝宽广,牛马成群,物产丰富!我想织一匹壮锦,把我在梦里看见的

身着盛装的壮族女子(杨福泉 摄)

美景织在上面。"她的话一讲完，老大、老二就抢着说："妈，我们有钱，买点酒肉来吃吧，织它做什么！"三儿子听了说："妈，他们不愿意，我和您想办法织吧，只要妈有这个心，一定能够织出来的。我们穷，没有钱买花线，我每天挑些柴去卖，换得钱来买花线。"母亲听完三儿子的话，更坚定了她要织壮锦的心。

　　缎面设计好了，花线准备好了，她开始织壮锦了，每天都织到深夜。可是，没过几天，花线用完了，壮锦还没有织成。老妈妈对三儿子说："老三啊　，妈用了许多工夫，花了很多心血，还没有织得一半，就没钱买花线了，怎么办？"三儿子听了也没有办法，说："妈妈，大哥二哥每天不做事，只知道花钱，我天天砍柴卖来的钱，除了养家糊口，也没有剩余的钱买花线了。"老妈妈听了，想着那美丽的壮锦织不出来，便哭了起来。三儿子见母亲哭了，也跟着哭起来。母子两个一起哭到深夜才去睡。

　　母亲刚刚一睡着，就梦见一个白发老公公对她说："花线没有了，你就用头发来织吧！只要有决心，那美丽的壮锦一定会织出来的。"她醒来后，就跑到织布房去织壮锦。把头发一根根的扯来做丝线。扯一根头发就滴下一滴眼泪。一滴眼泪滴在壮锦上变成一座山，一滴眼泪变成一条河，一滴眼泪变成一排漂亮的房子，一滴眼泪变成一片美丽的田园，一滴眼泪变成一群肥壮的水牛……

　　头发扯完了，那美丽的壮锦也织好了。

　　第二天，老妈妈赶紧去叫全寨的人来看。全寨的二十多家人都跑来看壮锦。大家看了，高兴得不得了，说："啊哟！有这样好的地方，我们能过上那种自由幸福的生活多好啊！"

　　正在人们高兴地称赏评论的时候，忽然从东方刮来一阵狂

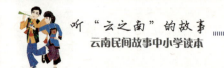

风，把壮锦吹跑了。等到人们睁开眼睛，已经再也看不到壮锦了。这时人们脸上的喜悦也随着壮锦飞走了。老妈妈急得伤心地哭了起来。老妈妈一连哭了几天，把眼睛也哭瞎了。

寨里的人都互相说："老妈妈因为美丽的壮锦被可恶的狂风刮跑，眼睛也哭瞎了，我们想办法帮助她找回壮锦吧！"

于是每家凑一两银子，一共凑了二十多两，送来给老妈妈，说："这是我们凑的银子，给你们拿去找那幅壮锦吧！"老大老二见了这么多的钱，就抢着说："你们老的老，小的小，不行，找不到，只有让我们去才行。"老妈妈想了一阵道："说的还有道理，就让你们两个去吧，老三就在家服侍我吧！"老大老二拿起二十多两银子便走了。他们俩逛到一个地方，见一个白发苍苍的老公公躬着背在那里挖地，就上前冲着老公公喊："喂，老头，我们两个走累了，把你的床铺给我们睡一会。"说完，不等老公公回答，就想钻进路旁茅屋里去。

原来这老公公是太白星君，见他俩没有礼貌，就问："你们来这里有什么事？"他俩说："来找壮锦。"太白星君说："壮锦不知吹到哪里去了，你们怎么找得着？不要去了，去也是枉然。"老大说："是呀，我们才去找来，连影子也没有，倒把盘缠用完了。"太白星君说："这里有二十两银子，送你们作盘缠，你们回去吧。"他俩听了很高兴，这个说："要得，拿给我。"那个说："要得，拿给我。"他们争抢了一阵，各人抢得一些银子，便回去了。一路上，他们又去找地方赌钱。走到寨子，钱又差不多用完了。回到家里，不耐烦地对他妈说："妈，我们去了一个月，找去找来都找不着，也不知壮锦飞到什么地方去了，走了一趟冤枉路，银子也用完了。早晓得这样，不去就好了，真是愈穷愈见鬼！"老妈妈听到壮锦没有找着，又伤心地哭了，饭也吃不下。

全寨的人知道壮锦没有找着，都很着急，大家又商量每家再凑一两银子出来，给老妈妈家去找壮锦。银子凑好以后，就由一个老大爹交给老妈妈，对她说："我们寨子各家又凑了一两银子给你们，叫三儿子去找吧。两个大的不中用，不要再叫他们去了。"

老妈妈接了银子，叫三儿子到跟前说："你两个哥哥不中用，这回你去找壮锦吧！"三儿子说："妈，我一定想办法把那幅美丽的壮锦找回来。"老大老二听说全寨又凑了二十多两银子，眼又红了，嚷着也要跟老三同去。妈妈无法阻拦，只好让他们三人一同出发。

他们向西边走，走了不几天，又走到太白星君那里。太白星君还是在躬着背挖地。三儿子上前问："老伯伯，我们是来找壮锦的，请问你，看到过我们的壮锦没有？"太白星君说："壮锦不知吹到哪里去了，你们找不到，我劝你们还是回去的好。"老大老二听了就说："是呀，我们说找不到就是找不到，但老三偏偏要来！"老三听了坚决地说："我一定要去找壮锦，不管要走多远，有多困难，我都要把它找回来。"太白星君听了又说："从这里过去，路上很难走，妖怪又多，要是打不赢妖怪，就要被它们吃掉。"老三说："老伯伯，那我们怎样对付它们呢？请您教教我们吧！"太白星君见他年纪小，有礼貌，找壮锦的心很坚决，就说："壮锦是七仙女借去了，从这里过去还有很远的路呢！你要去，我送你一把宝剑，这把宝剑能对付路上的妖怪。"说完，指着田边一块大石板说："宝剑就在石板下面，你可以自己去拿。"老大老二听说有宝剑，都抢着去撬那块石板。老大撬了几下，一点也没有动。老二也撬不动。两人便向太白

星君要了点盘缠，回家去了。

老三下决心要把那块大石板撬开。撬了几下，浑身是汗，衣裳也湿透了，却没有把大石板撬动一点，但他还是毫不灰心的撬下去，一直撬了三天，都不肯走。最后，太白星君拿了根仙棒给他，才慢慢把大石板撬开了。一看，里面有几把宝剑，老三拿了一把出来。

老三拿到宝剑，高兴极了，辞谢了太白星君便走。他边走边想：这回有了宝剑，就是走到天边也要把壮锦找回来。一路上他很少休息。走了三天三夜，实在太疲倦了，可是四周一户人家也没有，就在一个山坡上睡下来，不多一会便睡着了。在睡得很甜的时候，有个妖怪看见了他的宝剑，便悄悄地把剑偷去了。第二天早晨老三醒来，宝剑不见了，怎么办呢？想来想去，决心转回去找那个老伯伯，再向他要一把宝剑，于是又往回走。隔了几天，老三又拿着一把宝剑，继续找壮锦。

一天中午，走到一个三岔路口，又遇着一个妖精来抢他的宝剑，他就和它打了起来。一直打到天黑，他仗着那把宝剑，终于把妖精打败了。老三把妖精捆在树上，继续往前走。

老三又走了四五天，来到一条大河边。河水湍急，又没船只可渡河。正在发愁，只听见后面寨子里传出敲锣打鼓的声音，很是热闹。他便走过去问路。寨子里的人听见他要过河，就说："你见到河边那块石碑没有？上面明明写着'这条河里有妖精，从古至今少人行'嘛！"老三问："是什么妖精？"众人说："那河里有个狮子头的林晴大王，十分凶恶，三十多年来，年年我们都要送一对童男童女去给它吃。今天我们敲锣打鼓，就是要送童男童女去。"老三听了也不吭气，就在那个寨子里歇了下来。

第二天早上，寨里的人抬着一男一女两个小孩，送到河边放下就急急忙忙地走了。老三偷偷地躲在一棵万年青大树背后。隔了一会，果然从河里跳出来一个狮子头的怪物，正要扑过去抓那两个小孩吃。老三急忙跑上前去，几剑把那怪物砍倒。寨子里的人见了，都非常惊奇，慢慢地围了上来，亲热地招待他，替他做了一只船。可是水势太急，过不了河。他们正在河边着急，只见一条大鲤鱼跳上来对老三说："多谢你帮我们除了害，杀了妖怪，现在我们大鱼小鱼都不再受妖怪的伤害了。你要过河，就骑在我的背上过去吧！"老三骑在鲤鱼背上，紧紧地抓住鲤鱼，迎着狂风巨浪，游了一天，终于过了河。

老三过了大河，朝前又走了三天。田坝越来越宽，山色也越来越好。他走到一个草场侧边，见有一女子在那里放牛，正唱着歌，唱得非常好听。老三听得快要入了神，但他一想："我是来找壮锦的嘛，妈妈和寨子里的人都迫切地等着我哩！"于是又往前走。这时那个美丽的姑娘已经看见了他，就说："哎，过来，和我唱个歌吧！"他说："我有要紧的事情，我要去找我妈织的壮锦，没有闲心和你唱呀！"那个姑娘说："只有和我唱歌，你们的壮锦才找得到呢！"老三不相信地说："我的壮锦你都没有见过，怎么帮我找得到呢？"姑娘说："你不信，我说给你听听：你们的壮锦上有宽广的田坝，中间有一条大河……"老三高兴地问："你果真见到我们壮锦？现在在哪里？"姑娘说："总归是在的。可是你们壮锦上虽然样样都有，还是缺少一样东西。"老三问："缺少什么呢？"姑娘笑着说："就是缺少一朵并蒂莲花。"老三听了说："加一朵并蒂莲花有什么意思呢？"姑娘脸红红地说："并蒂莲花就是相亲相爱的花，只要你愿意永远和我相亲相爱，你们壮族就会过上美好幸福的生活。"老三想了一会，又看见那姑娘长得美丽可爱，

便说:"那我就答应你吧。"原来这个姑娘就是七仙女,见老三勤劳勇敢,很爱他。当即七仙女就从怀里拿出那匹壮锦来。老三看见是那日夜盼望的壮锦,真是高兴得不得了,仔细一看上面还添了一朵红艳艳的并蒂莲花呢。他俩成了亲,老三便带着七仙女飞快地回家来了。

回到家里,老三对大家说了他找壮锦的经过,全寨人都异口同声地赞叹老三的聪明和勇敢。特别是老妈妈更是高兴,用手抚摸着壮锦说:"可惜我的眼睛瞎了,看不见壮锦了。"刚说完,七仙女便从怀里拿出一包药,帮她擦在眼睛上,老妈妈的眼睛就亮开来了。她看见了自己亲手用头发和眼泪织成的壮锦,心里热烘烘的非常激动。她说:"我们再不能让大风把壮锦卷走啊!应该把它钉在墙上,让大家都来观赏。"这天,全寨的男女老少都唱歌呀,跳舞呀,高兴得不得了,只有老大老二闪在一边不吭气。

此后,全寨人一有空就去看那美丽的壮锦。他们被老三找壮锦的坚强意志所感动,大家都说:"我们也来把我们这地方好好修建,使我们的日子像壮锦上的一样美好吧!"于是他们便一天不停地辛勤劳动着,过上了幸福美好的日子。

王学祥讲述;云南民族民间文学文山调查队搜集整理。
选编中参考陈国勇、刘德荣、陆诚主编:《文山州壮族民间故事集》,中国文联出版社。2011 年版。

火龙衣

导读: 这是壮族机智人物波荷的故事之一。故事描述了波荷心地善良，足智多谋，乐于助人。

一天，有个穷苦人因交不起租，被财主活活打死了，波荷十分气愤，他决心狠狠惩罚一下这个财主，给穷人们出出气。

壮族女子（杨福泉　摄于 2012 年）

第二天，波荷买了一件奇特的衣裳，又在衣裳上面画了些神不神、鬼不鬼的图案，然后穿在身上。财主见波荷穿着这件奇怪的衣服到他家来，便鄙夷地说："波荷，你穿的什么衣服？一定是你从坟堆里掏出来的裹尸衣吧！"

波荷嘿嘿一笑，说："老爷，你不能乱说，这是我的火龙衣呀。"

"什么火龙衣？"财主不以为然地说。

"这你都不懂？"波荷说，"'火龙衣'穿在身上，冬暖夏凉。你看，这么冷的天，我穿着它，从头到脚都淌汗呢！这就是当今皇帝穿的最时髦的火龙袍啦。"

财主撩起他的长衫的下摆，疑惑地说："什么'火龙衣'呀，

你分明在这里胡说八道。赶快给我滚！"

"哎呀，老爷，我是好心向你介绍，信不信由你。既然你看不上，叫我走我就走，何必生气呢。只是有一条，别人买了去你不要后悔哟！"波荷说完，转身就走。

财主见波荷真的要走，又怕"火龙衣"是真的，被别人拿去就可惜了。于是他急忙把波荷喊住，说："波荷，你听老爷我说，你穿的如果真是'火龙衣'，我出高价买下，如果是假的，我就治你死罪，如何？"

"多少价钱？"波荷问道。

"一百两银子。"

"哈哈哈哈……一千两我也不卖。"波荷说。

"那你要多少？"财主急不可待地问。

"要是别人，一万两我也不卖，老爷你真的想要呀，我可以给你，只要你答应我一个条件就行。"

"什么条件？快快说来！"

"只要你为被你打死的人安排好后事，为他披麻戴孝就行了。"

财主听波荷这般说，略为思忖（cǔn）一下，便和波荷立了约。然后，向家丁们悄悄地说："你们把这个穷鬼关进磨房，给我冻死他！"

夜来临了，寒风一阵阵地刮进磨房，把波荷冷得上牙敲打下牙。他把"火龙衣"紧紧裹在身上，蹲在墙脚边，不知不觉地睡着了。醒来已是五更天。他慌忙站起来，在磨房里跑着圈圈，直到身上大汗淋漓了，才又和衣躺下，装着熟睡的样子。这时，财主亲自打开磨房的门锁，看见波荷全身汗淋淋的，还打着鼾声呢。这时财主认定，火龙衣是真的，他高兴极了，便得意洋洋地把波荷喊醒："波荷，还不起来吗？你的'火龙衣'归我啦！"

波荷坐起来揉了揉眼睛，然后站起来说："老爷，我的'火龙衣'怎么归你了？我的条件你还没有兑现呢！"

"我保证做到。明天就给他办丧事！"财主说着就向波荷走了过去，用手摸了摸"火龙衣"，热乎乎的，他高兴极了，便顺手将火龙衣夺过来。

第二天，村里举行了隆重的送殡仪式，穿着白色孝衣，抱着衣禄罐在前边走的竟是堂堂皇皇的财主老爷！他走着，走着，两眼发黑，倒在地上，活活地气死了。

陆万章讲述；王名良搜集整理。

选编中参考陈国勇、刘德荣、陆诚主编：《文山州壮族民间故事集》，中国文联出版社2011年版。

两姊妹

导读：这是一篇神奇的故事。告诉人们做人要善良，好心才能有好报。

从前有两姊妹，姐姐家很富裕，粮食堆得像小山；妹妹家很穷，吃了上顿没下顿。

一天，妹妹家又无米下锅了，两个孩子哭着要吃饭，她狠了狠心，决定到姐姐家一趟。姐姐看见妹妹来了，便粗声粗气地问："你来做什么样？"

妹妹说："姐姐，我家断粮了，孩子饿得直哭，你就借我

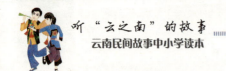
点粮食吧,秋后还你。"姐姐听妹妹说要借粮,心中一阵不高兴,脸马上就垮下来。但她是个机灵人,脑子一转,转怒为笑地说:

"妹妹,你来得正好。这样吧,你先帮我挑两挑水吧,今天我全身无力。"妹妹听说姐姐不舒服,屁股没落座,就去挑水了。刚把水缸挑满,姐姐又叫她去舂碓。借粮的事却一个字也没提。妹妹怕姐姐忘记,就提醒说:"姐姐,我得赶快回去,不知孩子哭成什么样子了。"

"你把这箩谷子舂完嘛,我家也没有米了。"妹妹只得饿着肚子帮姐姐舂米。到一箩谷子变成了白花花的米时,太阳已升到半空中。姐姐还是不拿米给她,也不喊吃饭。妹妹想起家中的孩子,心急火燎,又开口问:"姐姐,你借,还是不借?我真要走了。"

"妹妹,我的头痒痒的是不是有头虱?先帮我找找吧。"姐姐又把话岔开,叫她做别的事。妹妹无奈,只得又去帮姐姐找头虱。眼看太阳已偏西,只好向姐姐告辞:"姐姐,你不借也罢了,何必耽误别人,我得走了。"

"你等等,装两盒米去。"姐姐看见妹妹真的要走,急忙追出门说。妹妹来帮了大半天,得了两盒米走了。她走着,走着,听见背后有急促的脚步声,转过头一看,见姐姐上气不接下气地追上来,就问:"姐姐,什么事把你急成这个样子?"

"你帮我找头虱还没找干净。"说着就伸手来夺妹妹手中的米袋。妹妹无法,只好把米袋还给姐姐,转身向自己家中跑去,眼泪扑簌簌地往下流。她一面哭,一面走,没走多远,面前横着一条锄把粗的蛇。她急得直跺脚,想绕开,没有路;想跳过,又不敢。便在路边找了根木棒,朝蛇腰打去。说也奇怪,那条蛇扳动几下就躺着不动了。她想:粮食既然没有借到,这条蛇带回去充饥吧。于是她脱下外衣，将蛇抱回家去。

　　到了家里，她把蛇皮剥下，划开洗好，就放在锅里面煮。煮着，煮着，当她把孩子喊来吃蛇肉时，打开锅盖一看惊呆了：锅里不是蛇肉，而是一锅白晃晃的银子……

　　从此以后，妹妹家的生活一天天好起来了。

　　姐姐家呢，因为遭了一场火灾，房子、粮食、衣物全烧光了，只好四处讨饭过日子。

　　　　　　　　　　　　　　陆孔英讲述；陆诚搜集整理。

　　选编中参考陈国勇、刘德荣、陆诚主编：《文山州壮族民间故事集》，中国文联出版社 2011 年版。

谚语选读

◎ 鸟鸣晴，蛙鸣雨。

◎ 天现黄白色则晴，天现粉红色则雨。

◎ 上面歪一尺，下面斜一丈。

◎ 早起者生财，贪眠者贫穷。

◎ 虎怕锣响，马怕开伞。

◎ 清明不下种，成熟不饱满。

　　选自《云南省志·少数民族语言文字志》，云南省少数民族语文指导工作委员会编撰，云南人民出版社 1988 年版。

　　　　　　　　　　　　　（陆保成　选编）

苗　族

苗族简介

　　云南苗族有自称"蒙"和"阿卯"两个支系，据 2010 年人口普查统计，有 1,202,705 人，占全国苗族人口总数的 12.76%，主要分布于文山壮族苗族自治州、红河哈尼族彝族自治州、昭通市、楚雄州、昆明市等，散居全省各地。苗语属汉藏语系苗瑶语族苗语支分为东部、中部、西部三大方言区，云南苗族属西部方言区。20 世纪初基督教传教士为苗族"阿卯"支系创造了文字，在部分苗族中流传。

　　历史学家研究认为，与炎帝、黄帝同时代的蚩尤是苗族的

华坪苗族妇女服饰（古文凤　摄）

祖先，与尧、舜、禹同时期的"三苗"集团是苗族的先民。苗族于唐朝初年进入云南省东北部、东南部地区；明末清初由于战争而大规模迁入云南，并从云南迁到东南亚各国及美国、法国等西方国家。苗族崇拜祖先，相信鬼神，相信万物有灵。19世纪末基督教、天主教传入云南，部分苗族信仰了基督教，少数信仰天主教。

芦笙是苗族最喜欢的乐器，用于丧葬、祭祀和节庆娱乐活动，被视为苗族的象征。苗族有着悠久的种麻织布、蜡染、挑花刺绣历史，麻布百褶裙、蜡染、苗绣举世闻名。苗族还有着源远流长的民间医药，象形医学、接骨生筋术久负盛名。"花山节"又名"踩花山"是苗族传统最隆重的节日。节日的时间，苗族"蒙"支系为每年农历正月初三至初八，"阿卯"支系为农历五月初五即端午节期间。现在，苗族的芦笙制作技艺、服饰工艺以及传统节日"花山节"都被列为国家级非物质文化遗产。

苗族有丰富的口头文学和传说故事，如创世传说、神话故事、民间故事、英雄传说史诗、古歌、诗歌、谚语、谜语等。

贡珍和贡娜

导读：这是一篇灰姑娘型故事。讲述了前娘后母所生的两姐妹，一个历经磨难仍勤劳、善良、美丽，一个娇生惯养，好吃懒做，外表丑陋，内心邪恶歹毒。二者的对比，是苗族社会关于好与坏、善与恶、美与丑的价值观和审美评判。故事的结局与苗族妇女美丽的麻布蜡染百褶裙联系在一起，是苗族人民世世代代对真、善、美的颂扬。

　　从前，有一对夫妻外出借粮无果，回家的路上饥饿难忍，妻子对着一片青草坡对丈夫说："你用鞭子抽我三鞭，让我变成一头牛，去吃那山坡上的青草。"丈夫遂用鞭子抽了妻子三鞭子，妻子变成了一头牛，到山坡上吃青草去了。丈夫一个人回到家，女儿贡娜问他妈妈去哪儿了，父亲回答说："你妈妈在那边的山坡上。"贡娜跑到山坡上喊："妈——"就听见老牛"哞——"地回答。她一直喊，老牛一直回答，最后贡娜确认老牛就是她的母亲，她伤心欲绝。从此以后，贡娜每天到山上放牛，老牛每天帮贡娜梳头，教她绩麻、点蜡、绣花。

　　母亲变成老牛后，贡娜的父亲又娶了后娘，生下一个妹妹叫贡珍。知道老牛是贡娜的母亲，后娘心生嫉妒，一心想要除掉老牛。一次后娘假装得病，对贡娜的父亲说，家中有鬼作祟，必须杀死老牛做牛鬼，[①]父亲听信了她的话。贡娜知道后，悲痛万分。第二天，贡娜和往常一样去放牛，她对老牛说："妈，往日你帮我梳头，今天我帮你梳头。"她一边为老牛梳头一边哭，泪水滴落到老牛的身上，老牛问贡娜为什么哭，贡娜把家里要杀老牛祭祖的事告诉老牛。老牛说："我害怕人类用斧头砍我的头，你回去后抬一簸箕黄豆倒在房背后我每天回来必经的路上，我踩到黄豆一跤就摔死了。我死后，你跟他们索要我的四肢和牛角，把它们放到木槽里，每天割青草喂养。"贡娜回家后，照母亲说的安排好。老牛回来踩到黄豆上摔死了，贡娜跟他们索要了老牛的四肢和牛角，放在自制的木槽里，每天割青草喂养。

　　一晃贡娜长大了，出落得亭亭玉立。后娘每天叫她在家

_____

　　① 苗族习俗。家宅不宁，找巫师算卦认为是死去的老人回来要牛，便要杀牛祭祀死者，以保家宅平安。

纺麻织布、舂米磨面、煮饭做菜，还经常不给她饭吃。贡珍则娇生惯养，好吃懒做，整天无所事事。

正月初三，苗族一年一度的"花山节"①到了，后娘带着贡珍去踩花山，扔下贡娜一个人在家里干活。接近中午，木槽里突然传出妈妈的声音："贡娜，家务活留下，柜子里有新衣裙，拿出来穿到身上，到花山场找个好人家。"贡娜穿上漂亮的麻布蜡染百褶裙和绣花衣来到了花山场。花山场上热闹非凡，对歌声此起彼伏，音乐声回荡山谷。贡娜看见场中央一位年轻英俊的小伙子正吹着芦笙领着舞，他的周围里三层外三层围着跳舞的人群，人们手拉着手，在他优雅而有节奏的芦笙旋律下尽情舞动。

吹芦笙的小伙子名叫史南，来自远方的苗族村寨。看到贡娜高挑的身材、美丽的容颜和精美绝伦的服饰，史南认定贡娜就是他一直在寻找的意中人。散场时，史南追上贡娜，向她表白他的仰慕之情，结果被贡娜的后娘发现，她拉着贡珍急匆匆地跑过来，横在史南和贡娜中间。史南对着贡娜吹芦笙："布噜布噜嘟——，我喜欢的姑娘在下方。"后娘一把将贡珍拽到下方，将贡娜推到上方；史南又吹道："布哩布哩哩——，我喜欢的姑娘在上方。"后娘又把贡娜拽到下边，把贡珍推到上边。贡珍因为平时好吃懒做，穿了一身芭蕉叶缝制的衣裙来参加花山节，被母亲扯了几个回合后，贡珍的芭蕉叶衣裙被扯得稀烂，娘俩羞愧难当，灰溜溜地跑回了家。史南和贡娜定下了终身，并相约第二天一早史南带着贡娜去成婚。后娘知道后，谋划着

――――――――――

①　"踩花山"也叫"花山节"，云南苗族传统节日。苗族"蒙"支系时间为每年农历正月，即春节期间；"阿卯"支系为每年农历五月初五，即端午节期间。

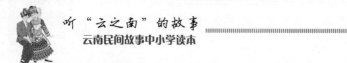

半夜用蜂蜡把贡娜的双眼糊上，让贡珍跟史南去成婚。半夜里木槽发出了声音：叫贡娜去和贡珍调换了床位。凌晨贡娜如约和史南走了。

早饭后，后娘边织麻布边自言自语道："唉——，此时此刻我的贡珍和史南不知道走到哪里了！"被糊了眼睛躺在床上的贡珍听到后说："妈，我在这里！"后娘没有理她。过了一阵，后娘又自言自语："唉——，此时此刻我的贡珍和史南不知道走到哪里了！"贡珍又说："妈，我在这里。"后娘这才跑到床上看，贡珍果然被糊了眼睛，还躺在床上。她赶紧抬来热水将贡珍眼睛上的蜂蜡洗了，然后将贡珍打扮一番，让她去追赶史南和贡娜。

当贡珍找到史南和贡娜时，他们已经有了一个两岁的儿子。贡珍假装想念姐姐，骗取了善良的贡娜的信任。一次姐妹俩相约去上厕所，贡珍掏出小刀杀死贡娜，并把她推到茅坑里。贡珍穿上贡娜的衣服，假装成贡娜，回去跟史南和儿子成一家。贡娜失踪后，史南到处寻找，最后在茅坑里找到了贡娜的尸体，史南悲痛不已，又苦于没有证据，常常一语不发。为了讨好史南，贡珍问孩子："你母亲是怎样让你父亲高兴的？"孩子说："我母亲勤劳爱干净，她时常烧一大缸水洗澡，她的头发又粗又长，晚上挽起来就是父亲的枕头。"贡珍听后，每晚也试图把头发挽起来给史南作枕头，可是她的头发稀疏枯短，扯断一大把也够不到史南的枕头，反而更加勾起史南对贡娜的思念。一天，贡珍烧了一缸水，就在她对着水缸洗头时，史南一把将她推进滚烫的开水里，顺手盖上严实的盖子。

杀死贡珍后，史南带着孩子离开了家。

被推下茅坑后，贡娜的灵魂变成一只悲凄的小鸟，整天在树上哀鸣，史南看着小鸟凄惨可怜，曾把它带回家养着。因为讨厌小鸟的叫声，贡珍把小鸟捏死扔到外面，贡娜又变成一个圆石，被一位妇女捡回家当石碾子碾麻布，从而得以还魂变回人类。贡娜不知史南带着孩子已经离开，她回去找丈夫和孩子时，不小心揭开了水缸的盖子，结果贡珍变成一只乌鸦飞了出去。就在贡娜找到了丈夫和孩子，一家人得以见面时，贡珍变成一堵巨石，把贡娜、史南和孩子永远隔开。贡娜与史南和孩子约定：贡娜变成蓝靛，史南变成一棵麻，孩子变成蜜蜂，蜜蜂酿蜜制成蜂蜡，当苗族人织出麻布，在麻布上点蜡，再把点好蜡的麻布放入用蓝靛制成的染料缸里浸染时，他们一家人就在苗族人的染缸里团圆了。

　　苗族人世世代代种麻织布，养蜜蜂收集蜂蜡，种蓝靛制成染剂，它不仅仅是制作传统的麻布蜡染百褶裙，也是为了勤劳善良的贡娜、史南一家三口的团圆。

　　故事流传地区：云南省丽江市古城区、玉龙县、永胜县；余金秀讲述；古文凤收集整理。

　　与此相近的故事还广泛流传于云南不同支系、不同地区的苗族中，并有不同的名称；如《苦命的贡娜》（流传于文山州麻栗坡县），《麻线、黄蜡和蓝靛的传说》（流传于文山州马关县，见《文山苗族民间文学集·故事卷》，文山壮族苗族自治州苗学发展研究会编，云南民族出版社 2006 年 11 月出版）；《蓝靛花》（流传于云南省滇中、滇东北苗族"阿卯"支系中，见张树民讲述；张绍祥采录，载《山茶》杂志 1993 年第 2 期。）

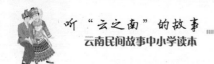
杂东农派然和蒙氏彩贡奏 ①

导读: 这是一篇爱情故事。杂东农派然精通苗族传统文化和礼仪习俗，集精湛的芦笙、笛子、木叶等吹奏技艺和高超的武功于一身，同时他孝顺父母，对爱情忠贞不渝，是苗族人民世代传诵的英雄男人形象；蒙氏彩贡奏勤劳善良，美丽贤惠，她能纺善绣、能歌善舞，是苗族人心目中的美丽女神。《杂东农派然和蒙氏彩贡奏》以两个人的爱情为主线，讲述了杂东农派然英勇无畏、孤身一人追随猛虎，深入虎穴决战群虎、夺回爱妻蒙氏彩贡奏的故事。同时也反映了远古社会苗族对虎的图腾和崇拜。

杂东农派然威武英俊，精通各种乐器，是苗族芦笙音乐吹奏大师。人们习惯称他为 "农派"。蒙氏彩贡奏聪明美丽，是苗家纺麻织布、蜡染绘画、挑花刺绣的能手，因她是家中最小的女儿，人们称她为 "彩奏" ②。农派和彩奏是天生的一对，地就的一双。

有一年，天神祝氏纽 ③ 为其舅舅超度亡灵，请农派到天庭吹芦笙。天上的一天是人间的一年，他去三天，彩奏就在人间等了他三年。农派走后，有一天彩奏到山沟里挑水，被躲在森林里的花斑虎王抢去做了媳妇。

农派回来后，决定去追杀老虎，救回彩奏。他制作弓箭，打磨大刀。为了试验大刀锋不锋利，第一次，他请求母亲把老

---

① 杂东农派然、蒙氏彩贡奏：苗语音译，均为人名。

② "彩奏" 为苗语音译。"彩" 是苗族对 "姑娘" "女儿" 的称呼；"奏" 指最小的孩子、老幺。"彩奏" 即幺姑娘，最小的女儿。

③ 祝氏纽：又称 "祝纽"，苗语音译，是苗族传说中掌管人类生老病死的天神。

母鸡拿来给他试刀，他把母鸡捉来扔向天空，抽刀向母鸡砍去，母鸡被砍成两段；第二次，他请求母亲把麻团①拿给他试刀，他从房背后把麻团扔向天空，然后飞身从房背后跃到院坝里，抽刀向天空中的麻团砍去，麻团被齐齐地砍成两截；第三次，他请求父亲把黄牛拿给他试刀，他把牛拴到山沟对面，然后从山沟这一边抽刀向对面的黄牛砍去，黄牛被他一刀砍成两半。

制作了弓箭，磨砺了大刀，农派告别父母，孤身一人去寻找彩奏。他走在深山老林里，渴了喝山泉水，饿了吃野果子。他用大刀、毒箭驱除了路上遇到的孤魂野鬼和妖魔鬼怪。不知走了多少时日，突然有一天他发现地上有一堆炭火。他想，在这人迹不至的深山，只有彩奏才会留下做饭的痕迹，他伸手摸了摸炭火，没有一点热气。他掏出随身携带的笛子吹道："吱哩咘咘哩，花斑虎把蒙氏彩贡奏带去了哪里？"茫茫群山没有任何回音。他接着走了数天，又发现一堆炭火，他伸手摸了摸炭火，还有一点热气。他掏出笛子吹出同样的调子，半天后从遥远的地方传来隐隐约约的木叶回音："吱哩咘咘哩，花斑虎把蒙氏彩贡奏带到了这里。"他高兴极了，加快了步

麻栗坡县苗族妇女（吴德华 摄）

---

① 麻团：就是将撕下的麻皮缠绕成一个圆球形状，为纺麻织布做准备。一个麻团一般重 2.5 公斤左右。

伐，又走了几天，看见的炭火竟然还有一点火星。他掏出笛子，刚吹奏完调子，从对面的大山里就传来了彩奏吹木叶的回音："吱哩咘咘哩，花斑虎把蒙氏彩贡奏带到了这里"。他翻越那座大山，抢先来到花斑虎和彩奏必经之地守候。怎奈经几个月的旅途劳顿，他太累了，坐下去就睡着了。当老虎带着彩奏经过他面前时，他竟没有醒过来。彩奏看到农派睡在路边，全然不知道他们从他身边经过，为了不暴露农派的身份，她只好假装不认识农派，跟着老虎前行。之后彩奏借口小解，跑回来呼唤农派。可无论她怎么呼喊摇晃，农派都没有醒过来。怕老虎怀疑，彩奏只好掏出手绢扔在农派身边，先回到老虎那里。之后她以找手绢为名，再一次回到农派身边，她声声地呼唤着农派醒来，并用随身携带的绣花针在农派身上乱戳，但农派还是没有醒过来。无奈之下，彩奏只有脱下手镯套在农派的手腕上，跟着老虎走了。

不知睡了多长时间，等农派醒来时，四周荆棘丛生，从周边长出的地瓜藤缠满了他一身，并把他紧紧地捆在地上。他抽出大刀，砍断地瓜藤，发现手腕上套着彩奏的手镯，这才知道彩奏曾经来到他的身边。可此时已不知道老虎又把彩奏带去了何方。他背上弓箭、提着大刀继续踏上寻找彩奏之路。他边走边吹笛子，走了好几个月，最后在一座悬崖顶上发现彩奏从悬崖下面的岩洞中发出了回应。他从悬崖边往下看，看见山脚下岩洞口彩奏正坐着埋头绣花。他拿出大刀一刀砍在悬崖边的大树上，树叶纷纷落到彩奏的绣片上，彩奏自言自语地说："唉，风平浪静的，怎会落叶纷纷！"遂抬头向崖顶望去，看到农派站在高高的悬崖边上。此时正值虎群外出觅食，农派得以下到岩洞中与彩奏相见。彩奏做了饭给农派吃完后，让他回到崖顶上耐心等待，直等到虎日老虎睡觉方可下来。

傍晚，农派从崖顶看到归来的群虎有的扛着猪，有的扛着牛和羊，进了岩洞以后，每只虎都说闻到了人的味道，被彩奏搪塞过去了。直等到虎日老虎全部睡觉以后，彩奏拿针头一一扎在它们身上，看看它们是否熟睡。刚开始扎时，每只老虎都对着她吼叫，十分凶狠，彩奏说："唉，我想亲人了，跟你们开开玩笑，你们一个个何须那么凶嘛！"第三次扎针时，已经没有一只老虎出声。这时，农派从崖顶下来一刀一只，杀死老虎。待杀到花斑虎王时，彩奏不舍了，她横在农派和虎王中间，不让农派动手。农派灵机一动，掏出手绢挽了个疙瘩扔向山坡，并对彩奏说："你看山坡上有一对黄鼠狼在打架！"趁彩奏转过头去的时候，他一刀杀死了虎王。

杀死群虎后，农派带着彩奏回家。他们走到半路，彩奏显得越来越虚弱，以致倒地不起。临死前彩奏告诉农派，她在虎群中待的时间太久，身上已长了虎皮，体内已滋生了虎性，她叫农派在路边的花丛中挖个深坑，她死后把她埋在坑里，在她的坟头插一根金竹，如果金竹枯黄又发芽，并发出"呜呜"的声音，请农派刨开她的坟；如果金竹枯黄死去，就请农派忘了她，自己回去。彩奏死后，农派悲痛欲绝，他把彩奏埋在花丛中，并在她的坟头插了一根金竹。花开花落，草长草枯，为了等待彩奏复活，农派在她的坟头守候了三年，看着金竹由绿变黄，慢慢枯死了。他万念俱灰，三次收拾起行囊走到半路不死心，又三次返回坟头。第四次返回时，彩奏的坟头依然没有半点动静，他终于死了心，决定永远离开。他一步三回头走到了山对面，却隐隐约约听到"呜——呜——"的声音。他三步并作两步跑回到坟头，确定是金竹发出的声音；再细细观察，发现从金竹

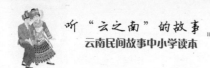

根部的土里冒出一枝细嫩的新芽。他呼唤着彩奏的名字刨开坟土，一个细皮嫩肉鲜活的彩奏出现在他面前。

农派带着脱胎换骨的彩奏一起回到家门口，他看到家里人山人海，堂屋里的神龛下摆着一个簸箕，簸箕里放着一个用他的旧衣服裹成的人形，一名鼓手配合着芦笙师正有节奏地敲着鼓，而芦笙师则对着簸箕里的人形吹奏道："嘀啦哒——，杂东农派然死在深山老林，鲜血染黑了黄土，尸骨变成了老虎的屎粑粑！"

原来，农派追杀老虎、寻找彩奏去了许多年，父母以为他早被老虎吃、变成老虎屎了。苗族人相信，人死后他的身上罩着一个簸箕架，后人必须举行"哇布哩"① 仪式，为死者解除身上的簸箕架，让死者的灵魂获得自由，从而去投奔祖宗、投胎转世。农派回来看到的，正是父母亲请来的芦笙师、鼓师在为他"哇布哩"。农派接过芦笙师手中的芦笙吹道："嘀啦哒——，告知父母大人和亲友，杂东农派然带着蒙氏彩贡奏，已回到了家门口，回到了家门外！"

农派的父亲此时正在楼上拿东西，听到了农派的芦笙调，慌慌张张从楼梯上三台并作两台往下走，不慎从楼梯上掉下来，摔断了腿。父亲又哭又笑道："哎哟，我是要哭我的断腿，还是笑迎我的儿子儿媳！"

流传地区：云南省丽江市永胜县、玉龙县、古城区等地苗族中。

---

① "哇布哩"：苗语音译，苗族的祭祀仪式，在人死后数年举行，目的是为死者解除身上的簸箕架，让死者的灵魂得以获得自由身，从而去投奔祖宗、投胎转世。

古世顺（已故）讲述；古文凤记录整理。

　　内容相同和相似的故事还广泛流传于云南省各地区、各支系苗族中，有的以故事形式流传，如《诺幺和奏》，并且美国、泰国苗族已将其拍成了影视剧；有的以诗歌的形式流传，如文山州马关、麻栗坡等苗族地区传唱的《金笛》（见《文山苗族民间文学集》"诗歌卷"，文山壮族苗族自治州苗学发展研究会编，云南民族出版社2006年版。）

两兄弟找妈妈

　　导读：这是一篇龙女型故事。故事讲述的是为了帮助孤儿，龙王之女变成一只斑鸠飞来与孤儿成亲生子，日夜操劳，因得不到尊重而飞走了；龙女的一对双生子在寻找妈妈的过程中，得到各种小动物的帮助；龙女为了保护孩子，与龙王斗智斗勇。故事真实再现了传统农耕社会苗族的生产生活方式。故事告诉人们：伟大的母爱不可亵渎；人与动物之间是互相帮助、互相依存的关系，人类在小动物面前必须信守诺言和诚信。

　　从前有一个孤儿，日出而作日落而息，孤苦无依。有一天孤儿从地里回来，发现家里做好了热腾腾的饭菜。第二天他便躲在房背后看个究竟，发现从远处飞来一只斑鸠落在他家屋后的草地上，斑鸠在地上打了个滚，就变成了一位美丽的姑娘，正在她进屋扫地做饭时，孤儿上前抓住了她。原来这斑鸠是龙王之女，看着孤儿孤苦无依，前来帮助他。龙女与孤儿成亲并生下了一对双生子。此后龙女天天下地干活，孤儿在家照看孩子。有一天龙女对孤儿说："我累了，今天我在家看孩子，你下地

干活去"。龙女在家照看孩子时，两个孩子总是哭闹，她想尽一切办法都哄不好，只到当她从门框上取下斑鸠的羽扇时，孩子们才破涕为笑。原来孤儿在家每天都是拿她的羽扇来哄孩子开心的！龙女一气之下插上翅膀飞走了。孤儿回来不见了龙女，便叫两个儿子去把妈妈找回来。

兄弟俩去问尤寿①："尤寿啊尤寿，我们要怎样才能把妈妈找回来？"尤寿教他们去制一把小镊子，然后拿着镊子再去找妈妈，路上不管见到什么小动物都要问，如果它们不说真话，你就用镊子夹，这样就能找到妈妈了。兄弟俩按尤寿说的做好了准备后就上路去找妈妈。

路上他们遇到的第一个小动物是蚂蚁。他们问："蚂蚁蚂蚁，你有没有看见我们的妈妈？"蚂蚁说："没有看见。""你说不说？不说我们夹死你！"说着，用镊子夹起蚂蚁。蚂蚁哭喊着："哎哟——，不要夹了，你妈骑着高头大白马刚刚从这里经过，把我踩得灰头土脸"。兄弟俩接着走，见到一只小蜜蜂在路边采花，他们问："蜜蜂蜜蜂，你有没有见到我们的妈妈？"蜜蜂说没有看见。他们夹起小蜜蜂，蜜蜂说："哎哟——，不要夹了，你妈骑着高头大白马刚刚从这里经过，一阵风把我吹到了地上。"随后，他们又看见一只马蜂在土坎下筑巢，他们问马蜂，马蜂不说。他们夹起马蜂，马蜂才说出了真话。据说，今天蚂蚁、蜜蜂、马蜂等小动物长有细细的脖子或腰，就是当年找妈妈的兄弟俩用镊子夹成的。

兄弟俩来到一个水塘边，看见水塘边蹲着一只青蛙，便问："青蛙青蛙，你有没有看见我们的妈妈？"青蛙看着他们小小

---

① 尤寿：苗族传说中无所不知的万能天神。

年纪四处找妈妈，便说："我可以帮你们找到妈妈，但条件是你们不能笑，否则我就帮不了你们。"兄弟俩发誓一定不笑，然后就站在水塘边看着青蛙把一塘水吸进肚子里，水快吸干的时候，青蛙头小肚子大的样子十分滑稽可笑，兄弟俩忍不住咧了一下嘴，结果青蛙的胸口爆炸了，一肚子水全部又吐回塘中。兄弟俩吓坏了，哭成泪人，连连向青蛙道歉，并从身上撕下一块白麻布帮青蛙把胸口缝合。如今青蛙胸口那一块白色粗糙的皮，据说就是当年兄弟俩忍住补上去的麻布。青蛙看他们可怜，答应再帮他们一次。这一次兄弟俩没有笑。青蛙喝干一塘水后，示意他们往水塘里跳。这一跳，他们就跳到了妈妈的织布机上，妈妈正坐在机子上织麻布呢。

看到孩子们，妈妈既高兴又担忧。因为当年她是私自外出与孤儿结婚生子的，她不知道孩子的外公会如何对待他们，所以她把两个孩子藏了起来。晚上，在妈妈的示意下，兄弟俩嘻嘻哈哈跳出来跟外公说："外公，我们是来找妈妈回家的。"外公说："你们要真是我的外孙，明天就去帮我砍火山，砍完火山再带你们的妈妈回去。"

第二天，兄弟俩便上山砍树，但一棵棵大树几个人都围抱不过来，兄弟俩砍了一天，一棵树都没有砍倒。下午妈妈去给他们送饭，只见兄弟俩边砍边哭，妈妈便说："孩子们来吃饭，我来帮你们砍。"说罢，她站在山头上吹起了口哨，顿时黑旋风、黄旋风从四面八方刮起来，漫山遍野的大树顷刻间倒成一片。

兄弟俩高高兴兴地回来跟外公说："外公，树我们已经砍完了，明天我们要带妈妈回家了。"外公说不行，他们必须帮外公把树烧了。

兄弟俩带着火到山上，湿漉漉的树干，绿油油的树叶，他

们对着引火的吹了一天，眼睛熏红了，却没能点燃一棵树。妈妈去给孩子们送饭时，看到他们的可怜样，找来一大堆干树枝和枯树叶，点上火，然后站在山顶上吹起了口哨，顿时大风从东边刮起，风助火势，火借风力，越烧越猛，整座山顿时变成了一片火海，不多时，那些大树就化成了灰烬。

兄弟俩回家来，请求外公放行。外公说不行，叫两人去把他撒下的小米一粒不差地捡回来。兄弟俩傻眼了，他们捡了一天，才捡起一小撮小米粒。妈妈看到后心疼地说："孩子们来吃饭吧，让妈妈帮你们捡！"说着，她放开嗓子唱起了优美的山歌，听到她的歌声，从四面八方飞来各种各样的禽鸟，它们飞到各个角落捡食小米，一会工夫，地里的小米都被禽鸟捡吃完了。妈妈把每只禽鸟捉来，从它们的嗉囊①中取出小米，一粒不差，小米被全部收回。

兄弟俩向外公请行，外公又提出来要兄弟俩去躲起来，他来找，如果找不到，他们就可以带妈妈回家。第一次，妈妈把兄弟俩变成两把小剪刀，放在织布机上，用来剪断头的麻线；第二次，妈妈把他们变成两把扫帚，两扇门背后各放一把。两次外公都没有找到他们。第三次，妈妈把他们变成两颗针，插在火塘边的草墩上，外公出去找了一天没有找到，疲惫不堪地回来往火塘边的草墩上一坐，一边一颗针戳在外公的屁股上，外公疼得跳了起来。兄弟俩嘻嘻哈哈现出原形，并请求外公放行。可是外公又提出来，明天他去躲，兄弟俩去找，如果找到了才可以放行。

妈妈跟他们说："你们去找吧，要是找累了渴了，东山坡

---

① 嗉囊（sùnáng）：又称"嗉子"，是禽鸟类消化器官的一部分，位于食道的下部，像个袋子，用来储存食物。

有一片桃树林，我看到那里的桃子熟了，你们到那里摘桃子吃，哪个最红摘哪个。"兄弟俩出去找了一天没有找到外公。下午他们又累又渴，想起母亲说的话，两人便来到桃树林。他们看到一棵桃树上有一个熟透了的桃子，兄弟俩捡起石头对准那个桃子扔出去，正好打在外公的脸上，原来这个桃子是外公变的。

每次打赌外公都输了。外公提出最后一个赌局：外公和他们的妈妈将变成松树杆和芭蕉杆从河的上游随水流而下，兄弟俩必须选择砍断一棵杆子，如果砍死了外公，他们就可以带妈妈回家。

入夜，妈妈悄悄告诫他们：砍松树杆留芭蕉杆！

第二天，兄弟俩一人拿着一把刀早早来到河的下游，等待松树杆和芭蕉杆随水流而来。当他们远远地看到松树杆和芭蕉杆顺水而来时，兄弟俩发生了争执，哥哥说砍松树杆留芭蕉杆，弟弟说砍芭蕉杆留松树杆。正在兄弟俩争执不休的时候，两棵杆子已被湍急的水流冲到了面前，弟弟情急之下先下手砍断了芭蕉杆，只听到外公得意的笑声回荡在山谷，母亲的鲜血染红了河水。母亲临死之前用羽扇一扇，把哥哥扇成人，把弟弟扇成一只小鸟，继续在山沟里寻找母亲。如今我们常常看到山沟里有一种小鸟，它头戴白色孝帕，身穿红黄黑三色花衣，顺着山沟飞上飞下，不时在山沟里的大石头上停留。每当它飞起来的时候就发出"嘘——嘘——"的悲戚叫声。这就是两兄弟里的弟弟，他还在寻找妈妈。

流传地区：云南省丽江市永胜县苗族地区。余双凤讲述；古文凤记录整理。

与此内容相近的故事，也见于文山州马关县苗族的传说《找

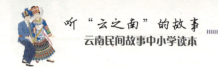
妈妈》(见《文山苗族民间文学集》"故事卷"。文山壮族苗族自治州苗学发展研究会编,云南民族出版社 2006 年版)。

民族英雄项从周的故事

导读:这是一篇英雄人物传说。讲述了清末民国初年,中国和越南边境地区以苗族头人项从周为主的各族群众抗击法国侵略者的英勇事迹,反映了云南边疆各族人民对中国神圣领土的捍卫,以及对伟大祖国的认同与热爱。

芦笙舞(古文凤 摄)

项从周,小名年四,今文山州麻栗坡县猛硐乡野猪塘村苗族项正清的第四个儿子。他自小随父上山打猎,精通苗族各种狩猎技术。十六岁时一次独自上山与老虎狭路相逢,他机智勇敢,杀死了老虎,从此声名远扬,被苗王熊天主收为贴身侍卫,并得以和熊天主的结拜兄弟马飞天兄弟在一起练武习枪。他聪慧敏捷,能打落天上的飞鸟,是公认的神枪手。

1867 年,法国殖民者占领了越南全境以后,企图从越南北部入侵中国云南。清政府昏庸无能,边疆各族人民奋起抵抗,捍卫自己的家园。有一次，法国军队骑着十多头大象进入今文山州的麻栗坡县、马关县边境地区烧杀抢掠，边民死伤惨重。项从周给熊天主献计：动员边民大量抓些老鼠放在笼子里，再找来一些小猪，等待法国军队再次骑着大象入侵时，他让村民在大象面前放出老鼠，再在各处提着小猪的嘴巴，让其发出"吱吱"的叫声。原来大象最怕老鼠，它们看见遍地的老鼠，又听到山里老鼠的叫声（其实是小猪的叫声）成片，吓得转身就跑，法国士兵有的被摔下象背，更多被大象踩伤踩死，一片混乱，熊天主的民团乡兵趁机追击，打死打伤法军无数，法军逃回越南。

　　法国侵略者认为清朝政府腐朽无能，边民的武器又原始落后，所以继续多次进犯我边境，并雇人先后打死了苗王熊天主及其继任者马赊头。1884 年 8 月，清政府正式向法国宣战以后，项从周召集苗、瑶、壮、傣、汉等各族群众，组成两百多人的抗法队伍，他们用火药枪、牛角叉、长矛、大刀、弓弩、流星锤、铁档和铁棍等作为武器，与鬼子作战。项从周还发明了一种叫"三步跳"的毒箭，就是将一种毒草熬成汁，把毒汁涂在箭头上射向敌人，中箭者跳三步即倒地死亡，令法国侵略者闻之丧胆。

　　中越边境地区高山耸立，沟壑纵横，森林密布，苗族人民世世代代生活在这些大山里，他们熟悉地形，走山路如履平地。项从周利用山区的地形优势和苗族人的特性，在山里挖陷阱、插竹签、下扣子、伏地弩、设毒箭或夜里偷袭敌营等，使法国侵略者屡遭重创。"马跌坎"是越南河江到中国老山、猛硐的必经之地，是悬崖中的一处羊肠小道，因曾经有运货的马滚卜了悬崖而得名。一次法国侵略者来犯经过此地，项从周在此设下埋伏，法军到来时，滚木礌石从天而降，毒箭、地弩齐发，如蝗虫般向法国军队射来，法军死伤过半，项从周威震马跌坎。

又一次，法国人纠集了一百多人到野猪塘捉拿项从周，到了野猪塘才知道项从周早就搬到了山顶上的营盘村，侵略者又扑向营盘村。项从周得到消息以后，在野猪塘到营盘村的必经之路"刀背岩"设下天罗地网，敌人经过这里时，一阵山崩地裂的响声夹着滚木雷石从山顶上砸下来，大半敌人被砸向深渊，部分掉头鼠窜者又触动了埋在草丛中的连环甩杆，有的被甩下深渊，有的掉到陷阱里，有的被高高的吊到树上。这就是有名的"刀背岩歼敌战"。

项从周带领边疆各族人民抗击法国殖民者侵略的斗争，捍卫了祖国领土的完整，使法国侵略者没有从中国得到一寸土地。中法战争结束后，由于项从周抗法有功，清朝政府封他为南防统带，负责今麻栗坡县、马关县、河口县的边防事务，赐给他一片土地作为世袭领地，每年领取俸禄三千六百两白银，并且让他参与清政府的官员代表与法国代表谈判和办理勘界立碑事宜。

界碑是两个国家之间的分界线，移动界碑就意味着侵占领土。中国和越南的国界碑立好后，项从周发现法国人多次偷移界碑。一天夜里，他抓到了偷移界碑的人后，把法国代表请来，当着他们的面砍下一个狗头和一只鸡头，说："若再发生偷移界碑的事，就是这样的下场。"自此法国人没有再偷移界碑。

法国人在项从周面前屡屡受挫，便收买杀手暗杀项从周，又想通过设擂台比武的方式杀害项从周，均被项从周识破并粉碎了他们的阴谋。法国人提出与项从周购买牛皮大的一块地，项从周要多少钱他们就给多少钱，但是项从周坚决不卖。他说："我卖一块牛皮地给他们，如果他们把牛皮割成细小的皮条来围土地，那卖出的也是几十几百亩土地。"众人恍然大悟。

法国人见项从周软硬不吃，便唆使商人到清廷诬告项从周，说他招兵买马，作威作福，生活奢华，欲称王犯上。光绪皇帝看后龙颜大怒，派出钦差来到猛硐明察暗访，看到项家的住房是竹筒瓦片，柱子被火焰熏成黑色，与当地普通民房无异；项从周本人则穿着麻布衣裤，吃玉米饭、南瓜青菜汤；家人个个下地干活，无一闲着。钦差回报，光绪帝大喜，奖给项从周一面红缎软匾，上书："边防如铁桶，苗中之豪杰"。落款为："赐给项从周永镇边疆，大清光绪二十八年"。

民国三年（1914年）项从周寿终正寝。他的故事为当地各族群众代代传颂。

本故事由龙永行、古文凤选编自熊自兴、项朝勋等讲述；龙永行搜集整理的《民族英雄项从周的传说》（载《山茶》杂志1984年第2期）、《刀背岩歼敌记》（载《山茶》杂志1989年第3期）以及姚朝春搜集整理的《三步跳》（载《山茶》杂志1988年第2期）。

宗能 [1] 世医

导读："宗能世医"是关于苗族传统巫医和草药来源的传说。苗族社会巫医流行，苗医苗药久负盛名。苗族人生病既找草药医生，也请巫师驱鬼，叫"神药两解"。

---

[1] "能"：苗语音译，是苗族对"巫师""巫术"的称呼。"宗能"就是巫医之祖；"世医"，苗语音译，是苗族传说中医药始祖的名字。

　　从前有一个叫世医的男子，他每天上山放牛，看到一只凤凰在一棵高高的大树上筑窝，每当凤凰从远处翩然飞来，其曼妙的舞姿使世医十分痴迷。世医爬到树上想抓凤凰，可是每次他爬到树顶，凤凰妈妈就飞走了，世医十分生气，有一次他抓凤凰不得，一把将凤凰窝里毛茸茸的雏鸟给捏死了。可是第二天他发现凤凰窝里的雏鸟照旧叽叽喳喳地叫着，他觉得很奇怪，爬上树顶，在凤凰窝里发现一只铜笛和一束麻早①。为了验证是否是铜笛和麻早使雏鸟死而复活，他捏死雏鸟，再把铜笛对着鸟嘴吹，结果雏鸟真的慢慢又活了过来。世医惊喜万分，拿了铜笛和麻早就回家了。凤凰发现铜笛和麻早不见了，就诅咒道："世医太贪心，拿走了铜笛和麻早，只能医治人间疾病，救不了他自己的家人。"

　　世医拿着铜笛和麻早为人治病，凡死去的人经他医治都能复活，世医成了远近闻名的医生。

　　有一天，世医要杀牲做法，便和妻子商量是杀鸡好还是杀鹅好。他们的话被睡在鸡窝、鹅圈里的鸡和鹅听到。入夜，鸡窝里传来鸡爸爸和鸡妈妈悲戚的对话："如果明天我被杀了，你要好好照顾孩子们，把它们养大成鸡；"鹅圈里也传来鹅爸爸和鹅妈妈生离死别的对话："如果明天我被杀，你要好好照顾孩子们，把它们养大成鹅。"世医听了鸡、鹅的临终遗嘱，被小动物们的责任心和爱心所感动，遂放弃了杀鸡杀鹅的打算。

　　世医的名声传到了天神祝纽②那里。祝纽也想长生不死，就把世医请到天上，并想让他永久留在天庭。因担心世医惦记

――――――――

　　① 麻早：苗族传说中的神药。

　　② 祝纽：也称"祝氏纽"，苗语音译，是苗族传说中掌管人类生老病死的天神。

人间的疾苦，祝纽便派了他的儿子顶替世医到人间。可祝纽的儿子是个吃人魔王，他下往人间专门吃人肉喝人血，被人间称为"吃生喝冷"的天魔。一次他竟然把世医的儿子也给吃了，引起世医的愤怒，世医决心杀死天魔。可是天魔法力无边，世医根本不是他的对手。世医经过多方打听得知：杀死天魔，必须要用天神祝纽的那把弓箭，而且要把箭头射向他的腋窝；天魔每天天黑下往人间，天亮回到天宫；魔宫边上有一个天池，池水澄澈碧蓝，池边有一棵古老的杨柳树，粗壮的树枝横跨天池，从东岸伸到西岸，枝繁叶茂；每天凌晨天魔回宫时，他都会飞来落在横跨天池的杨柳树枝上，当他双手抓住杨柳枝露出腋窝时，是射杀它的最好时机。打听到这一切后，世医从天宫偷出了祝纽的弓箭，躲在天池边等待时机。一天凌晨鸡叫时，一道五彩金光划破长空，世医看见一个奇形怪物朝天池飞来，落在杨柳树上，这正是天魔回宫来了。正当他双手抓住杨柳枝时，世医使尽全身力气却拉不开祝纽的长弓，眨眼间，天魔收拢羽翼，进了魔宫。第一次射杀天魔的计划失败了，世医十分沮丧。

终于世医等到了第二次机会：天魔又回宫了，正当他双手抓住杨柳枝露出腋窝时，世医使尽全身力气仍然拉不开天神的长弓，正在他焦急万分时，他家里的鸡、鹅飞到了他的身边，它们扇动、拍打着翅膀，与世医一起用力拉开了长弓，一箭射到了天魔的腋窝，天魔被射死了。祝纽知道世医杀死了自己的儿子，愤怒之下关闭了天门，宗能世医被关在了天上。

世医日夜牵挂着人间的疾苦，但始终找不到回凡间的门路。有一天，他发现一只穿山甲从天上下到地上，偷吃了东西后又

回到天上，他便问穿山甲："果饶，果饶[1]，你是怎么从天上去往人间的？"穿山甲把他带到天的一角。在这里，他发现穿山甲钻了一个小洞，它每天就是从这个洞里跑到地上偷吃东西的。可是这个洞太小，只能容得下一只穿山甲进出。无奈之下，世医只有通过穿山甲洞，把他做法术用的各种用具和草药从天上扔向人间，让人类利用这些东西治病救人。世医的各种法具和草药散落到人间以后，捡到世医法具的人就成了会跳神的巫师，捡到卦具的人成了会算命的先生，捡到草药的人就成了会看病的草药医生；还有的人既捡到了法具也捡到了草药，就成了既会跳神驱鬼又懂草药的医生。因此，苗族民间无论是草药医生还是巫师，他们共同祭祀的都是医药始祖宗能世医。

穿山甲为将宗能世医的巫术、草药带到人间立下了汗马功劳，所以苗族人从不杀穿山甲，也不吃穿山甲肉。

流传地区：云南省丽江市玉龙县、古城区、永胜县苗族地区；古文彩讲述；古文凤搜集整理。

与此相似的传说故事，也见于文山州苗族地区流传、陶正元讲述；陶兴安搜集整理的《师医》（载《文山苗族民间文学集·故事卷》。文山壮族苗族自治州苗学发展研究会编，云南民族出版社 2006 年出版）。

---

[1] 果饶：苗语音译，是苗族对穿山甲的称呼。

谚语选读

◎ 树高分枝，人多分家。

◎ 有话说出来，脸上笑颜开。

◎ 懒牛不出圈，懒妇守炕边。

◎ 粮食装满楼，吃喝不用愁。

◎ 母手巧儿穿好，父勤劳儿吃饱。

◎ 不会吹笙非好男，不会绣花是笨女。

◎ 吹笙不议长短，喝酒不分主客。

◎ 芭蕉叶不是绸，冤家不做朋友。

◎ 骡马不懂得毛驴驮米的辛苦，穷小子不理解富少的伤心处。

（古文凤　选编）

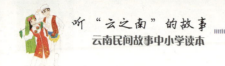

回 族

回族简介

　　回族主要分布在我国西北的青海、宁夏、甘肃、陕西、新疆，华北的北京、河北、河南、山东，以及西南的云南、贵州、四川等省区。其他省区也有少量分布，呈典型极大分散、小聚居特点。回族最早的先民是在唐宋时期从中亚、西亚和阿拉伯地区而来到的，大量的回族则是在元明时期形成的。

省政协副主席马开贤大阿訇（陶康　摄）

　　云南回族与全国回族同源同流，是中国回族的重要组成部分，在其长期的历史发展过程中由于政治、经济、文化和地域等原因又有自身的特点。据2010年全国第六次人口普查统计，云南省回族人口共有698,265人，其中男性人口351,169人，女性人口347,096人。

　　云南回族同全国回族一样，具有大分散、小聚居的特点，现在全省各州（市）县都有回族分布。云南回族大多围绕清真寺聚居，在城镇聚为街区，在乡村聚为村落；另外还有少部分居住在山区、半山区或边疆地区，长期与彝、白、藏、傣等少数民族杂居，形成了人们所称的"白回""藏回""傣回"等，这是云南回族分布的又一特点。

回族几乎全民信仰伊斯兰教，信徒称为穆斯林。云南回族的主要节日有开斋节、古尔邦节、圣纪节。回族的民间文学主要有神话、传说、故事、民歌、谚语、歇后语、儿歌等形式，内容十分丰富。

郑和下西洋的故事

导读：郑和，云南省晋宁县昆阳镇人，回族。我国历史上伟大的航海家和世界航海史上的先驱。自明永乐三年(1405年)至明宣德八年(1433年)，郑和率领船队七次下西洋，前后共28年，共访问了30多个国家，最远到达非洲东海岸和红海沿岸。关于郑和及其下西洋的事迹，在我国及云南民间有很多传说和故事，本文根据有关历史文献和民间传说改编而成。

郑和，本姓马，小名三保，回族，1371年（明洪武四年）出生于云南晋宁昆阳一个回族家庭。郑和的父亲和祖父都是到过伊斯兰教圣地沙特麦加朝觐的"哈只"[①]。由于从小受家庭的影响，幼年时的郑和就已开始学习伊斯兰教的经典《古兰经》《圣训》和教义、教规。从父亲与祖父的言谈中，年少的郑和对外面的世界充满了好奇心。而父亲为人刚直不阿、乐善好施，母亲贤惠、善良、"有妇德"的秉性和品德也对郑和的成长和未来产生了重要的影响，并成为郑和一生抹不去的记忆。

明太祖朱元璋在统一全国发兵征讨盘踞在云南的元朝势力时，只有12岁的郑和被带到南京宫中，后送到燕京（今北京）

---

① "哈只"：到沙特麦加朝觐过的穆斯林。

晋宁县昆阳郑和公园雕塑（马京　摄）

朱棣①的燕王府做侍童。在燕王府期间，郑和学习刻苦，聪明伶俐，勤劳谨慎，很讨人喜爱。成人后的郑和更是身材魁梧，精明能干，才智过人，深得燕王朱棣的信赖，被燕王选在身边作为贴身侍卫。此时的郑和本身所具有的优秀品质和领袖才能开始逐渐显露。在长达四年之久的 "靖难之役" 中（1399~1402年，燕王朱棣发兵讨伐建文帝朱允炆并将其推翻后自立为皇帝，这就是明成祖，年号永乐），郑和跟随朱棣出生入死，南征北战，参加了多次战斗，立下了显赫战功，成为朱棣夺取政权即位称帝的主要功臣之一。朱棣登上皇位之后，对跟随自己多年的文臣武将都予以提升重用，其中也包括郑和。公元1404年（明永乐二年），明成祖赐 "郑" 姓于郑和，又将其提升为内官监太监，由于郑和又名 "三保"，所以人们也称他为 "三保太监"。

明初经过几十年的发展，社会经济繁荣，国家实力增强。明成祖为了争取海外国家对明朝的了解和归附，提高其威望，显示中国的富强，宣扬国威，加强与海外各国经济文化交往和进行贸易，产生了派遣使团出海下西洋的想法。同时，明成祖

_____

① 朱棣：明太祖朱元璋的四子，即后来的永乐皇帝明成祖。

遣使远航的动机中，还有另外一个打算：原来在"靖难之役"中，南京宫殿大火扑灭后，并不见建文帝朱允炆的尸体，有传闻说建文帝逃到海外去了，万一真是这样，他日他若东山再起，回来讨伐自己，岂不麻烦！为了以防万一，他决定派人出去查看查看。

谁能担负如此重任呢？几经思考，他想到了忠心耿耿、文武双全的郑和。于是，明成祖决定委派郑和完成这次任务。

经过几年精心的准备，以郑和为钦差使臣的使团组成了。这个使团包括各级官员、士兵、水手、航海技工、医生、翻译共27800百多人，大中型海船60多艘，加上小型船共240多艘。主旗舰长44丈，宽18丈（合138米长，56米宽），船队的规模、人员数量和航海技术在当时世界上都是最大、最多和一流的，也是最先进的。

自明永乐三年（1405年）至明宣德八年（1433年），郑和一共七次下西洋①。郑和第一次下西洋于明永乐三年（1405年）七月十一日。这天，郑和偕副帅王景弘率船队从江苏太仓刘家港起锚出海，开始了第一次远航，前往西洋。第一站，船队访问了占城国（今越南）。占城气候温和，物产丰富，对中国很友好。郑和到达时，占城国王骑着大象，率领臣民，穿戴着鲜艳的民族服装出城迎接。郑和宣读了明成祖的诏书，

---

①　明朝初期以婆罗（Borneo，今文莱）为界，以东称为东洋，以西称为西洋，故过去所称南海、西南海之处，明朝称为东洋、西洋。又说，当时中国以南海为界，把通往各国的海路划分为东洋和西洋。郑和七次出使航海都是走的西洋航线，到达的国家大都是西洋国家，所以人们称他的航行为"郑和下西洋"。

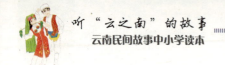

传达了友好往来的愿望，并赠送了礼品。占城国王非常高兴，同意派遣使臣回访。接着，郑和访问了爪哇、旧港（今印尼巨港）、苏门答腊、锡兰山（今斯里兰卡）、古里（今印度科泽科德）等国家和地区。在爪哇，郑和饶有兴趣地参观了充满当地民间风情的"步月行乐"游戏。农历十五的夜晚，明月中天。椰树林中，成群的姑娘，嚼着槟榔，挽着手臂，唱着民歌，慢慢地绕着一间间房舍行走。当歌声透进木屋时，屋里的主人会兴致勃勃地走出屋来撒一把钱，姑娘们嘻嘻哈哈地拾着小钱。

当郑和的船队经过马六甲海峡时，遇到了一伙海盗，海盗的首领叫陈祖义，他纠集同伙，长期在海上横行霸道，抢劫过往的商船，杀人劫货，无恶不作。这次陈祖义想乘机抢劫郑和船队，郑和也想就此将他消灭，为当地百姓除害，于是，就给陈祖义写了一封劝降信。陈祖义先接到郑和的信后，表面答应投降，暗地里却准备乘黑夜偷袭船队。在一个漆黑的夜晚，十几艘海盗船悄悄地驶向郑和船队。海盗船小巧灵活，速度快。陈祖义站在船前非常得意，他紧握手中锋利的刀剑，两只贪婪的眼睛盯着那高大瑰丽的宝船，心中贪婪地想着船中的珍宝。但此时的郑和早已得到密报，做好了迎战的准备。当海盗船进入伏击圈后，大船桅杆上一盏红灯高高升起，接着是一片灯笼火把，将海面照得通亮。海盗船被大船包围，郑和从容自若地指挥官兵奋力抗击，不到一个时辰，一举歼灭海盗，并活捉陈祖义。接着，郑和一鼓作气，将陈祖义在旧港的老巢端掉，并将陈祖义押解南京，斩首示众，为东南亚海域消除了祸患。

明永乐五年（1407年）九月十三日，郑和回国十几天后，紧接着第二次下西洋。这次远航主要访问了占城、爪哇、暹罗（今泰国）、满剌加、南巫里、加异勒（今印度南端）、锡兰、柯枝（今印度西南岸柯钦一带）、古里等国，于永乐七年（1409 年）夏回国。当郑和的船队航行至暹罗曼谷湾时，曼谷海滨高大苍翠的椰子树在微风中轻轻摇曳。旭日升起，火红的朝霞洒遍郑和的庞大船队。郑和在助手的簇拥下走下舷梯。码头上的人群热情地向他致意。僧侣们向他膜拜。人群中来自中国福建、广东的中国商人也跪迎郑和的光临。郑和向当地官员赠送了礼品。

这次航海，郑和还专程到了锡兰，在佛寺进行布施，并立碑为文，以做纪念。碑文中写道："谨以金银织金、纺丝宝幡、香炉花瓶、表里灯烛等物，布施佛寺以充供养，惟世尊鉴之"。[1]

有一次，当郑和的团队到达雅加达（今印尼）的金星港后，当地的老百姓特意在海边举办了隆重的舞会，欢迎大明使臣的到来。姑娘们头戴鲜花翩翩起舞；海风逐浪，仿佛和姑娘们一道欢乐歌唱。望着这美丽的情景和动人的舞姿，郑和与他的部下露出了开心的笑容。当郑和的船队离开港口时，却出现了一件意外的事情，郑和船上的一个厨师不愿随队离开，因为他爱上了一个和他跳舞的当地姑娘。这个厨师和姑娘跪在沙滩上请求郑和同意他们结为夫妻留在这里，旁边的人们也帮着求情，看着这对相爱而态度坚决的年轻人，郑和感动地答应了他们的请求。

几年以后，郑和远航归来，又路过金星港，派人上岸去打听那个厨师的下落，但他们已不在人世了，据说是不久前被海水淹死了，当地人还为他们建了坟墓。郑和听后感叹不已，大

---

[1]　此碑于 1911 年在锡兰岛的迦里镇被发现，现保存于锡兰博物馆中，用汉文、泰米尔文及波斯文三种文字所刻，今汉文尚存，是中斯两国友好关系史上的珍贵文物，也是斯里兰卡的国宝。

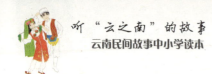

晋宁县昆阳郑和公园（马京 摄）

声说道："就让这位厨师作为当地的神吧！"于是，当地的人们就在海边建盖了一座庙，塑造了"三宝水厨"的像，以示纪念。以后每年春秋时节的月明之夜，年轻人就会穿着节日盛装，来到庙前举行迎浪舞会，在浪花的节奏中欢乐起舞……

永乐七年（1409年）十月，郑和又奉旨第三次下西洋。船队到达锡兰，不料锡兰国王亚烈苦奈儿垂涎郑和船队携带的财物，预谋陷害郑和及随员，幸亏郑和及早察觉，率领船只悄悄驶离锡兰国才免遭不测。[1] 回国途中郑和不计前嫌又去访问锡兰，亚烈苦奈儿再次发兵五万劫郑和船只。郑和临危不惧，率兵2000抄其后路，生擒亚烈苦奈儿及家属头目。在这次战斗中，郑和"有智略知兵习战"，虽遇到危险，却能镇定自若，迅速制定克敌制胜的策略，显示出其雄才大略和大将风度。1411年7月6日，郑和船队平安返回祖国，将亚烈苦奈儿及其妻子官属押解南京皇宫，听候明成祖发落。群臣主张将他杀了，明成

---

[1] 《明实录》卷一一六。

祖为维护两国人民之间的传统友谊，"悯其愚无知"，将其释放，并送给他一些衣服和食物。海外各国知道这件事后，都很感动和佩服。郑和船队经过三次下西洋的远程探险，打通了中国与印度南部的海上航道，为日后更为遥远的海上航行积累了经验。

　　1413年，郑和奉命第四次下西洋。这次航程比以往三次都远，除了东南亚各国外，还到了溜山（今马尔代夫群岛）等地。溜山是一个岛国，岛屿众多，海流复杂，船只路经此地，须十分谨慎，一旦遭遇风暴，偏离了航向，就有触礁覆舟的危险。郑和船队凭着多年航海经验小心翼翼地通过了溜山，继续西航，直至波斯湾的忽鲁漠斯（今属伊朗）。1415年，郑和一行偕一些外国使节回到南京。这次忽鲁漠斯之行，首次越过印度以西至波斯湾一带，开辟了中国至波斯湾的海上航线。

　　郑和第六次远航归来，明成祖仁宗去世。新皇帝不到一年也死了，再继位的宣德皇帝才两三岁，一时顾不上远航的事。

　　明宣德六年至宣德八年（1431~1433年），朝廷又命令郑和进行第七次远航。这也是郑和的最后一次航行，对他来说，是莫大的幸福和安慰。此时郑和已经六十岁了，仍毅然担起重任，漂洋出海，弘扬国威。此次远航郑和还特地到了伊斯兰教的圣地沙特麦加朝觐。船队穿过曼德海峡，沿红海北上，驶往他日夜向往的地方。当郑和吻着那日思夜想的圣石时，不禁热泪盈眶，发出由衷的感叹。从少年时代就立下的誓言和几十年藏于心底的梦终于变成了现实。

　　郑和这次远航归来不久就去世了，[①] 葬于南京中华门外牛首山下（现此墓尚存）。

---

　　① 又说郑和是在宣德八年（1433年）四月航海归途中在船上因病过世的，遗体由随船官兵运载回国。

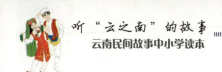

自明永乐三年（1405年）至明宣德八年（1433年），郑和的船队一共七次下西洋，每次的任务和路线都有所不同。所到过的地区和国家除上面提到的外，还到过真腊、淡马锡（今新加坡）、急兰丹（今马来西亚哥打巴鲁）、祖法儿（今佐法儿，在阿拉伯半岛）、木骨都束（今索马里摩加迪沙）、麻林（今肯尼亚境内）、卜剌哇、喃勃利、苏门答腊、剌撒、阿鲁、甘把里、阿丹、竹步（索马里）、加异勒等30多个国家和地区，[1]最远到达东非海岸。郑和的船队每到一地，都受到当地人民的热情欢迎和友好接待。郑和每次结束访问回到南京时，都有许多外国使团和国王及王族随之来到中国。既带回了各国人民的友好情意，也带回了许多异国他乡的特产与珍禽异兽，如胡椒、硫黄、象牙、龙脑、宝石及狮子、金钱豹、长颈鹿、长角马哈兽、狮子、鸵鸟等。明成祖对郑和船队远航的成绩非常满意，特书写碑文，树立石碑，以此作为纪念。

郑和下西洋是一件划时代的重要事件，是世界航海史上的伟大壮举，代表了当时世界航海事业的最高水平，具有重要的历史和现实意义，其主要体现在以下几个方面。

郑和下西洋，展示了中国当时高度发展的航海技术与造船水平，以及在世界航海事业中的领先地位。郑和远航的船队、人员规模之大、时间之久、技术之高，在当时都是空前的，并为后来欧洲航家所未及。1433年郑和船队最后一次航行的时间，比世界著名航海家迪亚士到达非洲南端的好望角、哥伦布到达美洲大陆、达·伽马沿非洲西岸绕过好望角到达印度的时间都早半个世纪。

---

① 《宣德实录》卷六七。

郑和下西洋，体现了中国人民开拓进取、不断创新、敢为人先的精神。郑和先后七次下西洋，前后共28年，共访问了30多个国家，最远到达非洲东海岸和红海沿岸。一路风高浪急，暗礁险滩、海盗猖獗、凶险环生，面对这样的环境，郑和及其团队临危不惧，斗智斗勇，化险为夷，充分体现了郑和及使团舍己为国的民族精神。

郑和下西洋，向世界传播了中华文明。郑和作为和平使者，每到一地，都代表明朝皇帝拜见当地国王或酋长，与他们互赠礼品，向他们表示通商友好的诚意，加强了中国人民与亚非人民的友好关系，在人类文明史上做出了卓越的贡献。时至今日，许多亚非国家的人民都非常怀念中国人民的友好使者三宝太监郑和，海外许多地方都还保留有郑和的遗迹，如在印度尼西亚的爪哇岛上有三宝垄市和三宝公庙，泰国有三宝庙和三宝塔，印度古里有郑和纪念碑，斯里兰卡首都科伦坡的博物馆里还珍藏着郑和当年建立的石碑等。

郑和下西洋，促进了中国与东南亚、南亚和东非地区和国家海外贸易的发展。郑和使团同所到国的商民交换货物，平等贸易，带去中国的瓷器、丝绸、茶叶、金银制品等特产，换回当地的香料、象牙、宝石等特产，丰富了中国人对世界的认识。此外，随郑和远航的马欢所著的《瀛涯胜览》，费信所著的《星槎胜览》，巩珍所著的《西洋番国志》等历史文献，记载了所到各国的情况，丰富了中国人的海外地理知识。同时，郑和下西洋时绘制的航海图①蜚声中外，至今仍有重要的价值。郑和不愧是我国历史上伟大的航海家和世界航海史上的先驱。

①　一般称为《郑和航海图》，原名《自宝船厂开船从龙江关出水直抵外国诸番图》，见明茅之仪《武备志》卷240。

本文参照《简明中国古代史》(北京大学出版社2013年版)、《中国古代的造船与航海》(商务印书馆1997年版)、《昆明人物传说》(云南民族出版社1999年版)、《滇回传奇故事》(云南民族出版社2014年版)等资料,由纳文汇编写。

云南回族的谚语和歇后语精选

云南回族的谚语是回族文化和回族民间文学重要的一个组

回族儿童(陶康 摄)

成部分,其内容丰富,生动形象,反映了回族人民的生产生活、宗教信仰、精神面貌、心理气质、行为准则等,在回族社会活动中广泛流传。但因受伊斯兰教和汉文化的影响,云南回族的许多谚语、歇后语都带有浓厚的宗教和汉文化色彩。同时,不同地区的回族因受相邻民族和地域文化的影响,呈现出明显的地域特色。

谚语选读

◎ 不行赫罗姆("赫罗姆",指违反教规及社会公德的不良行为),坚守油香根。

◎ 庄稼靠土生,回民守清真。

◎ 没有知识的人,就像没有香味的花。

◎ 守五功、行正道,人生真谛;重今生、重后世,两世幸福。

◎ 不洗回头水,不做亏心事。

◎ 回族两把刀,一把卖牛肉,一把卖切糕。

◎ 回回职业三大行，珠宝饭馆宰牛羊。

◎ 回回见面三分亲，天下回回是一家。

◎ 知识是头顶上的桂冠，财产是脖子上的重轭。

◎ 学习从摇篮到坟墓。

◎ 少年愚昧不习学，老年愚昧贪趸亚（尘世）。

◎ 爱国是伊玛尼（信仰）的一部分。

◎ 天堂在母亲足下。

◎ 谦逊是穆民的美德，傲慢是舍以拖乃（恶魔）的行为。

◎ 凡事多用尔格来（理智），切莫放纵耐夫思（气性）。

◎ 自古回回少不了，汤瓶吊罐小白帽（"汤瓶"是回族人家常备的盥洗用具。又称"铜壶""洗脸壶"或"螺丝壶"等）。

歇后语——
◎ 螺丝壶里的水——干净

◎ 炒干巴放盐——外行

◎ 鸭子凫沙滩——干巴（扒）

◎ 茴香棵里撒旱菜——不回（茴）不汉（旱）

以上谚语摘自纳文汇、马兴东著《回族文化史》，云南民族出版社 2000 年版。曲靖市民族宗教事务委员会编《曲靖回族历史与文化》，云南大学出版社 2010 年版。提供者对个别文字做了修改。

（纳文汇 选编）

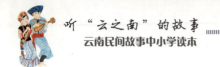

傈僳族

傈僳族简介

　　傈僳族是云南省特有民族。主要聚居在怒江傈僳族自治州和迪庆州维西傈僳族自治县。此外，丽江、大理、楚雄、昆明、保山、德宏、普洱、临沧等地区也有傈僳族分布，呈大分散与小聚居的分布格局。2010

泸水傈僳族民歌比赛（高志英　摄于 2010 年）

年人口普查统计，全国傈僳人口为 702,839 人，其中云南省有 668,336 人，男性 340,729 人，女性 327,607 人。傈僳族因主要聚居在高黎贡山、碧落雪山、云岭山脉与怒江、澜沧江、金沙江的高山峡谷间，因而被称为"三江之子"。

　　傈僳族属于藏缅语族彝语支。自称"傈僳""傈僳矢""傈僳扒"，皆为傈僳人（族）之意，他称亦为傈僳人（族）。傈僳族历史上信仰万物有灵的自然崇拜。在漫长的迁徙岁月中，傈僳族以口耳相传的方式传承着史诗、传说、故事、歌谣等，主要收录在《傈僳族民间故事》《傈僳族民间故事选》《峡谷民间故事》《祭天古歌》《傈僳族民间文学概论》等著作中。

英雄刮木必

导读：这是一篇英雄人物传说。刮木必是一个民族英雄人物。传说是傈僳荞氏族的首领，他率领族人进入怒江后成为统治怒江地区的民族大首领。

传说，刮氏傈僳与其他大多数氏族的傈僳一样，在其先民在西迁怒江之前居住在金沙江、澜沧江两岸。大约四百年前，纳西族木氏土司与吐蕃在这一带连年征战。木氏土司军队中的傈僳军在刮木必指挥下，登山敏捷如猿猴，射箭百发百中，因而被吐蕃军所忌恨，于是增援大量骑兵对付傈僳军。刮木必前有万千强敌，后无援军与粮草，最终因伤亡惨重，被迫率领属将和部族，沿澜沧江南下退至今兰坪县的营盘，并泅渡沧江（即澜沧江），西迁到恩七村休整。吐蕃骑兵也追到了营盘，木必急中生智，下令砍松明与割枯枝杂草，捆成草垛，放满山岭；又在羊角上捆绑好松明。待到夜深人静时，下令点燃草垛和羊角上的松明，并敲鼓呐喊把羊赶向江边，火点蜂拥向江边，作佯攻状。吐蕃兵从梦中惊醒，惊慌逃命，傈僳人又免除了一场战祸。

刮木必用火退敌之后，在普杜安顿下来，徒手打死了经常伤害人畜的猛虎，受到当地村民的爱戴。之后继续迁徙到了怒江，并通过跟木氏土司及其收税官三次斗智斗勇而获得了怒江的管辖权。

刮木必箭射飞禽走兽。土司收税官与刮木必比箭术，刮木必手起箭飞，一箭射落了空中盘旋的老鹰，又一箭射死了地上奔跑的麂子。收税官因不擅使弓用箭而告输，但十分佩服刮木

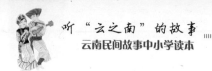

必的箭术，便问刮木必有什么要求。刮木必说："我要您的下巴嘴。"意思是想从土司手里得到怒江的管辖权。

刮木必能拉直羊角与拆绸缎。木氏土司不想轻易就把怒江的管辖权让给刮木必，就以拉直羊角与拆绸缎为难他。刮木必一边把羊角放在锅里煮，一边拆线。整整煮了三天三夜后捞出来，趁热拉直了羊角，这时丝线也拆完了。他拿出一只葫芦与一片粽叶，要土司把葫芦拉直，把粽叶拆开。土司无计可施，但是仍然不想把怒江给刮木必管理。

刮木必地弩^①射老虎。土司的一匹大红马被老虎咬死了，土司想要让老虎吃了刮木必，就让刮木必去打老虎。刮木必在一匹死马周围置下好几只地弩，夜里老虎出来吃马肉时，被地弩射死了。

通过这几次较量，终于木氏土司再也无话可说，刮木必获得了沧江与怒江上游的管辖权，傈僳人终于有了一块自己的土地。从此，刮木必四处除暴安良，成为傈僳人心目中的大英雄。刮木必死后，为防止恶人掘墓分尸，就叫后人修了九十九座坟墓。现在从碧江到福贡一带还有许多村寨以"木必凌左"（刮木必坟墓）命名，刮木必的英雄故事也一直流传下来。

选编中参照了由付阿伯、胡德清口述；胡正生、普利颜、杨如锋搜集整理《怒江傈僳族荞氏溯源》，载政协怒江文史委编《怒江文史资料选辑》（上卷），德宏民族出版社1994年版。

---

① 地弩：放置于地上的巨型弩弓。

六个小伙子与金银财宝的故事

导读：这是一个傈僳族品德教育的故事，故事讲述了因贪财而害人终害己的道理。

从前有六个小伙子，有一天，他们邀约着一起去山上挣钱。他们分两组，每组三个人，分别从河东、河西一起朝河水源头方向走。他们走啊走啊，经历了风吹与日晒，不知踏过几条河流，穿过几座高山。终于，在一个堆满许多金银财宝的石窟下相遇了，这里便是河水的源头。看到那么多金银财宝闪闪发光，六个人都激动得一时不知该如何是好了，只是不停念道："感谢乌萨^①，这回肯定是乌萨想让我们几个发大财了！"

不幸的是，石窟里除了金银财宝没有任何食物，附近也没有什么野果野食可采摘，而他们身上的干粮眼看就要断了。要想把这些金银财宝背回家，必须要储备充足的食物，因为还得走九天九夜的山路才能返回家中。于是他们开始分派任务，但是谁都不想下山背粮食，即便他们心里都清楚，那些金银财宝光靠三个人根本背不动也带不走，可还是担心金银财宝被守财的同伴独吞。最终，他们以划拳方式决定去留，输的那三个人下山买粮食，赢的三个人留下来守金银财宝。

去买粮食的人刚走，守财的三个人顿生贪念，开始谋划着说："等买粮食的那三个人回来，他们要进石窟时我们一定要把他们弄死，这样财宝就全都归我们了。"那三个去买粮食的

---

① 乌萨：为傈僳语，即老天爷之意。

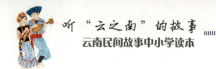

人更狠毒,他们在食物里下了毒药,也打算霸占全部金银财宝。

结局可想而知。买粮食的三个人跋山涉水,好不容易冒着风雨返回石窟,正当刚要放下背上的粮食时,被另外三个人从身后用刀砍死。紧接着,守财的三个人因为好几天没有吃饭,饿得抓起刚买回来的食物就开始狼吞虎咽,想着吃饱了赶紧下山。可他们万万没有想到另外三个人也早已谋划好要陷害他们三人。毫无疑问,这三个人也被活活毒死在石窟里。就在奄奄一息之际,他们三个人很无奈地说了一句:"害人之心不可有啊!"说完就断气了。最终,人财两空。

阿此加讲述;沙丽娜收集整理。

先笑后哭

导读:刮加桑是傈僳族人民家喻户晓的机智人物。他机智聪明、惩恶扬善,戏弄为富不仁的富人故事一直在民间流传。《先笑后哭》这个故事表达了傈僳人民对刮加桑的喜爱之情。

很久很久以前,有个为富不仁的大富人家,因常常受到刮加桑的戏弄,早就怀恨在心。他挖空心思,想找机会让刮加桑当众出丑,一来解解心头之恨,二来挽回自己所受的耻辱。

有一天,这个富人杀猪宰牛,大摆酒席,请四周各寨子的富人来做客,也特意请刮加桑来赴宴。大碗大碗的酒肉摆好了,所有的客人都已到齐,大家都等着主人祝酒开吃。但主人坐着迟迟不开口,眼睛不时朝门外看看,好像还在等待一位贵客的

腾冲水城傈僳儿童舞蹈（高志英　摄于 2012 年）

到来。

　　有个客人诧异地问："我的朋友，你还要等哪位贵客呀？"

　　主人回答说："等刮加桑！"

　　客人讥笑道："哎哟，我以为是哪位有钱人，原来是那穷小子，他配得上赴这样体面的酒席吗？"

　　"不等不行啊！"主人家故意激怒大家。

　　"为什么？"大家异口同声地责问。

　　"刮加桑要是不来，我准备了这么多酒肉就吃不完了！"

　　主人的话逗得客人个个哈哈大笑，言外之意是刮加桑太能吃了。就在这笑声中，刮加桑大摇大摆地走进来了，大家笑得更厉害。他们都以为可以看刮加桑的笑话了。没想到刮加桑反而笑嘻嘻地对大家说："今天，各位能吃到我刮加桑吃不完的酒肉，笑得嘴都合不拢了。"

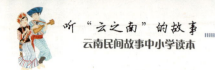

富人们没有料到反而会受到刮加桑的讥讽，笑声顿然停止，个个都像骨头卡着喉咙一样，瞪大眼睛吐不出半个词来。只有主人仍陪着笑脸说："刮加桑，听说你很有本事，今天你能使我全家都哭起来吗？"

刮加桑赶忙摇摇头说："哪里的话呢，今天是您最得意的日子，笑都还来不及，还能哭吗？"

主人得意地看看客人，以得胜者的姿态说：

"这么说来，聪明的刮加桑也不是人们所说的那样厉害！"

这时，客人的脸上才露出了笑容。刮加桑不动声色默默地扫视了一下摆好的酒肉后，对主人说：

"你家的酒肉是很多，可惜还缺了一样。"

主人忙问："你说还缺什么？"

刮加桑说："要是还有一大盘鱼，那你的宴席就够体面了。"

主人不愿让客人觉得他不够大方，便对刮加桑说：

"弄几条鱼有什么难的，你同我到河里捞上几条吧？"

主人以为刮加桑是不会陪他去的，只是想以话挽回面子罢了。谁知刮加桑笑了笑，却很认真地说："既然老爷这样好客，我也只好奉陪了。"

富人既然话已说出口，只好亲自到河边捞鱼来招待客人。刮加桑和富人来到河边，正要下河，刮加桑挠挠头说：

"哎呀，我下河前一定要抽锅烟，可烟锅忘记拿了。这样吧，您在这里稍等一会儿，我回去拿了烟锅就来。"

说罢，一溜烟跑了，一口气跑到富人家大门口，叫嚷着冲进屋里说："不好了，不好了，老爷掉进河里了！"

富人的妻子和儿女听了，吓得哭哭啼啼地跑出门外。客人们也惊慌起来，觉得很扫兴，快快不乐地离去。刮加桑便抱了几捆茅草，在富人的房子附近点燃，随即又抄近路跑回河边，气喘吁吁地对富人说：

"不好了，不好了，你家的房子着火了。"

富人抬头一看，只见寨子那个方向火光冲天，烟雾腾腾。不禁暗暗叫苦，二话不说拔腿就往家里跑，一路跑一路哭喊着说：

"完了，完了，我的家产全部都完了！"

当他满身大汗上气不接下气地跑到半路，看见房子还在，一些客人却陪着他那哭哭啼啼的妻子和孩子急急奔来。双方一见面，都愣住了。富人这才猛然醒悟，气倒在路边。这时其中一位客人问主人：

"刚才你还在哈哈大笑，现在怎么全家哭得这么伤心呢？"

富人尴尬地低下头，咬牙切齿地说："又上刮加桑的当了。"

选编中参考怒江州《傈僳族民间故事》编辑组编：《傈僳族民间故事》，云南人民出版社1984年版。

孤儿与鱼姑娘

导读：《孤儿与鱼姑娘》是一篇傈僳族地区家喻户晓的鱼姑娘母题民间故事。故事告诉人们：真正的幸福，是需要历经重重困难与考验的；纯洁的爱情，是不能受任何权势的威逼与利诱的。

从前，有个孤儿和他的朋友每天到江里捞鱼。一天他捞到一条"汪尺汪厅"（傈僳语：小丑鱼），觉得这条鱼又小又丑，

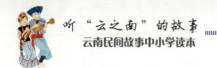
便把它放回江里；第二天孤儿去捞鱼，又捞到一条小丑鱼，他不满意，还是把它放回江里。之后连续好多天，他都捞到同一条小丑鱼，而他的朋友每天都捞到好多大白鱼。孤儿没办法，只好把小丑鱼带回家养在水槽里。

奇怪的是，从那天起，孤儿每次干活回家，家里总是摆好了现成的饭菜。孤儿感到很奇怪，他既没有父母，也没有兄弟姊妹，这饭是谁为他做的呢？有一天，他假装出去做活，半路上偷偷转回来，躲在门背后守着，他想知道究竟是谁做饭给他吃。

到了中午，只见那条小丑鱼"叭嗒"一声从水槽里跳出来，变成了一个美丽大方的姑娘，熟练地在火塘边做起饭来。孤儿这才知道，每天做饭给他吃的竟然是这条小丑鱼呀！他激动得紧紧抱住了姑娘，并说："如果这位鱼姑娘是老天爷送给我的媳妇，那么就不要再让她变成鱼了。"但姑娘因受到惊吓，差点变回鱼。孤儿请求道："鱼姑娘，你不要再变回鱼呀！我没有媳妇，你做我的媳妇吧！"于是她又变回人，与孤儿结成了夫妻。

孤儿家里很困难，没有一头牛，也没有一头猪。但是，媳妇却嘱咐他围了猪圈、牛圈与羊圈，还搭了鸡窝。只见"汪尺汪厅"朝江面唤了几声："龙宫里的猪、牛、羊、鸡等等全部进到孤儿家的圈中来！"

一时间，各种家畜家禽蜂拥而至，跑进孤儿搭的圈里。从此，他们两口子成为村里最富裕的人家，过着幸福的生活。但是，好日子还没过多久，孤儿远在他乡的舅舅就来诱骗孤儿说："你媳妇是个鱼精，快叫她走开吧！我把最漂亮的姑娘嫁给你。"这样三番五次的诱骗之后，孤儿对媳妇说："你是鱼精，快走！"

媳妇说："孤儿呀！只怕你后悔来不及呀！"

孤儿说："臭鱼烂鱼，你快走，我舅舅要把最漂亮的表妹嫁给我！"

媳妇走到半路，有点心疼孤儿："孤儿呀，不是真的吧？"

孤儿说："臭鱼烂鱼你快走，我要去娶我舅舅家的女儿！"

媳妇涉水走到江里，水已浸到脖子，再问孤儿："孤儿呀，不是真的吧？你现在后悔还来得及。"

孤儿说："臭鱼烂鱼，你快走，我不需要你！"

于是扑通一声，鱼姑娘钻进江水中的龙宫里，没了身影。接着，孤儿家所有的猪、牛、羊、鸡也跟着她进了龙宫，连一只瞎眼的羊也没有留下。舅舅见孤儿又变成了穷人，就反悔不把姑娘嫁给他。孤儿非常伤心，想念起善良的鱼姑娘，心里后悔又惭愧。于是，天天跑到江边，对着江水大哭，希望鱼姑娘突然从水面钻出来安慰他。

后来，孤儿请青蛙吃了两斗黄豆面后，喝干了江水，孤儿终于看到鱼姑娘了。他紧紧地抱住鱼姑娘说："媳妇，你原谅我吧，我上了恶人的当，以后再也不赶你走了！"媳妇笑了，原谅了他。并带他进了龙宫，孤儿才知道原来鱼姑娘是龙王的女儿。但是龙王不愿将女儿嫁给人类，就以砍火山地、种小米、捡小米种子、一箭射两鸟等难题来刁难孤儿。但是在龙女的帮助下，孤儿闯过了重重挑战。

但龙王还想借打猎之机害死孤儿，用山洪冲走孤儿的蓑衣，又用泥石流淹没了孤儿的蓑衣，就以为把孤儿害死了。但是在龙女的帮助下，孤儿以蓑衣偷梁换柱骗过了龙王，已经逃到高坡与山顶上的孤儿依然安然无恙。

最后，龙王只好领孤儿到一个很遥远的大湖泊边，自己却

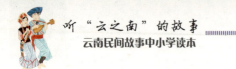
跳进湖里回家去了,以为孤儿不会找到回家的路。孤儿就沿着龙女所教的来时的种在路上的瓜蔓往回走,一路走,一路以瓜充饥。

后来孤儿又赢得了与龙王的射石崖比赛、敲锣比赛。从此,再也没有人阻止孤儿和鱼姑娘了,他们重新返回孤儿家,过上了幸福生活,一直恩爱到老。

选编中参考祝发清、左玉堂、尚仲豪编:《傈僳族民间故事选》,上海文艺出版社 1985 年版。

亚哈巴

导读:这是一篇风物传说。"亚哈巴"是怒江西岸高黎贡山中段山峰峰顶一个透亮的大石洞,远看像一轮明月高悬天空。傈僳人称它为"亚哈巴",意即石月亮。如是月圆之夜,双月悬空,令人遐思,是中缅边境与缅甸、泰国、印度等地傈僳族口述中的故居地。

"亚哈巴"是傈僳族漫长迁徙历史中的一个驿站。清代以来,一部分怒江傈僳人从"亚哈巴"往南或往西迁徙,"亚哈巴"就成为怒江与澜沧江中下游以及缅甸、泰国等地傈僳族共同的祖源地,因而也就产生了许多以"亚哈吧"为主要地理标识的民间神话。

传说远古时候,怒江境内没有人烟,有的只是云雾缭绕的山河以及茫茫森林中的飞禽走兽。天神努娃看到世间寂寞凄凉,便产生了创造生灵的念头。于是花了三天三夜的工夫,用泥塑成一男一女，给男的起名启沙，女的取名勒莎，并把这两兄妹送到了怒江边。

过了些日子，天神努娃来到怒江边，看到他虽然创造了生灵，但人间依然冷冷清清。于是，就叫他们兄妹配成夫妻，生儿育女，但启沙、勒莎却认为兄妹不该成婚。说来也巧，怒江里的龙王有个美丽善良的女儿，在龙宫里觉得清冷孤独，就变成一条扁头鱼，游上水面玩耍。见到启沙和勒莎有说有笑，十分羡慕，就变成一个美丽的姑娘，跟兄妹一同游玩。久而久之，启沙和龙女互相爱慕，成为一对恋人。龙王对此十分恼怒，要发大水来淹死启沙兄妹，以绝女儿对人世的眷恋。

洪水一天比一天高涨，吞没了座座山峰。他们三人躲避的木船从江边最后漂到高黎贡山顶上的一座石峰前，小船快要冲向山那边，坠入万丈深渊。启沙便拿起努娃授予他的神弓宝箭，看准了神仙竖在山顶的定界石连发三箭。头两箭射在同一个地方，只见火花四溅，坚固的定界石被射穿了一个大圆洞，洪水从洞里泄出去了。第三箭稍稍偏左，在定界石旁边的山尖上射出了一个小洞，他们就进洞避风躲雨。龙女从怀里掏出母亲赠送的一面明晃晃、亮铮铮的圆镜，宝镜发出的万道金光照到水里，烧得洪水吱吱发响，只一会儿工夫，洪水就跌落千丈。他们便走出山洞，高高兴兴地回到原来的地方。

后来，启沙和龙女结为夫妻，生下九男九女，过着幸福的日子。好心的勒莎用自己的身躯化作一座横跨怒江的彩虹桥，让启沙和龙女的孩子跨过它，走向四面八方，去开拓高山平坝。启沙射穿的圆洞，成为"石月亮"永远地留了下来。

选编中参考怒江州《傈僳族民间故事》编辑组编：《傈僳族民间故事》，云南人民出版社 1984 年版。

刀杆节的传说

导读：这是一篇节日传说。刀杆节的传说表现了傈僳族与汉族共同抗击外敌保家卫国的爱国主义精神，同时宣扬傈僳 "刀山敢上，火海敢下" 的勇敢精神。

传说在很久很久以前，傈僳族和汉族都是一个母亲生下的亲兄弟。兄弟俩长大成人之后，各自娶妻，并生儿育女。有一天，俩兄弟打算分家。分家时要分田地，汉族大哥用石头打桩，围了一片土地；傈僳弟弟用草绳打结围山，也围了一片土地。谁知后来发生了一场山火，汉族大哥的石桩倒是

腾冲水城傈僳族男子上刀山（高志英 摄于 2011 年）

牢牢竖在地上，傈僳弟弟的草绳却被烧成了灰烬。于是，傈僳弟弟围的土地找不到了，只好流落到边境上的原始森林，过着狩猎、采集为生的生活。他们刀耕火种，靠山吃山。时间久了，人口增多，树光了，山也吃空了。乌鸦无树桩，傈僳无地方，桩头不烂傈僳散。有那么一段时间，傈僳人在饥寒交迫的死亡线上挣扎。

就着这十分窘迫的关头，外来强虏侵犯边境，傈僳人义不容辞地担起了保家卫国的责任。其间，多少身强体壮的傈僳青年牺牲在中缅边境的深山老林中，多少孤苦无依的老人和小孩活活饿死。这时，朝廷里派来了兵部尚书王骥，到边境一线安边设卡。这真是不幸中的万幸，王骥虽是汉人，却能尽心尽力地帮助傈僳儿女设边卡，保护家园。还让东一家西一家，分散居住的傈僳人聚居起来，固定耕地，饲养牲畜，过上了不愁吃不愁穿的好日子。

为了保卫祖国疆土，王骥召集傈僳族男子守卡，操练武艺，抵御外敌的侵犯，每年给守卡的傈僳武士发放薪饷。然而，正当外来敌强虏被赶出边境，傈僳儿女才开始过上好日子的时候，朝廷的奸臣却谎报军情，禀奏皇上说王尚书在边关组织边民练武，大有策反君朝之势。皇上听信奸臣编造的谎言，遂令将王尚书召回朝廷。就在农历二月初八为王尚书洗尘的酒宴上，奸臣暗地施毒计，在酒中放入毒药将王尚书害死。当噩耗传到傈僳山寨，男女老幼无不顿足捶胸，义愤填膺，誓以刀山敢上、火海敢闯的决心为王尚书赴汤蹈火，报仇雪恨。

从此，腾冲傈僳族人就把每年农历二月初八定为民族传统节日——刀杆节，而怒江傈僳人的刀杆节则通常安排在"阔时节"（傈僳语：年节）和"澡塘会"期间。

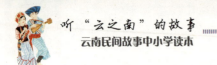

余海洋讲述；高志英收集整理；地点：腾冲县滇滩镇烧灰坝村。

◆ 谚语选读

◎ 看碗知你酒量，看样知你德行。

◎ 无缝的石头打不进楔子，不干的木柴打不着火。

◎ 勇士不必带弩刀，美女不必佩珍珠。

◎ 雪埋不住尸体，纸包不住火焰。

◎ 树荫之下种不出粮食，父母怀里成不了大器。

◎ 不锄青草莫种庄稼，不知性格不娶媳妇。

◎ 青蛙叫要下雨，鱼儿跳河水涨。

◎ 胡子越刮越长，懒人越闲越懒。

（高志英、沙丽娜　选编）

拉祜族

拉祜族简介

　　拉祜族是云南省特有民族，属氐羌人族系。拉祜先民为了生计和逃避战乱，从北方甘肃、青海等地南迁到澜沧江（湄公河）流域和金沙江流域。拉祜族也是跨境民族，分布在云南省普洱、临沧、西双版纳、红河、大理、玉溪等州（市），以及东南亚的缅甸、泰国、老挝、越南、老挝等国家。2010 年人口普查统计，全国拉祜族人口有 485,966 人，其中云南有 475,011 人。

　　"拉祜"这一词义学术界尚有争议，现有"猎虎""虎崇拜""河源人""山地人"等之说。1953 年经民族识别定族名为"拉祜"，1953 年成立澜沧拉祜族自治县，是全国唯一的拉祜族自

欢聚在天安门广场（自培平　摄）

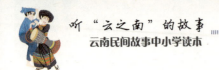
治县，素有"拉祜山乡，边疆宝地"的美誉。至1990年又先后成立了孟连、双江、镇沅三个拉祜族等多民族自治县。1987年和1990年"苦聪人""老缅人"分别划归拉祜族。

拉祜族自称"拉祜"，是用虎命名的民族之一，也称"朋雅佩雅"，意为葫芦的儿女。拉祜语属藏缅语族彝语支，分有拉祜纳、拉祜西、拉祜族苦聪人、拉祜族老缅人等支系，主要有拉祜纳、拉祜西两大方言，以使用拉祜纳方言为主。拉祜族信仰原始宗教、基督教、佛教，历史上也曾信仰过天主教，经典民间文学有神话、史诗、传说、故事等。目前，收录在国家级非物质文化遗产保护名录有创世史诗《牡帕密帕》和《芦笙舞》等。

厄莎的故事①

导读：这是一篇创世神话。厄莎是拉祜族至高无上的神灵，它造天造地造万物，它无处不在，无所不能，人们生老病死离不开它，衣食住行离不开它，厄莎文化成为拉祜族文化的主要标志。

---

① 至上神厄莎在古诗歌中通常作"厄雅莎雅"，"厄雅"为阳性天神，"莎雅"为阴性地母，其既为阴阳（天神、地母）合一的整体，合称为厄莎，又是"厄雅"天神，"莎雅"地母相对独立的神灵。

一、厄莎的诞生

远古的时候，宇宙一片混沌、荒芜，没有天也没有地，没有万物及人类。至上神厄莎就从混沌的宇宙中诞生了。厄莎诞生时，只有头发丝那么粗，只有脚毛那么长，它翻一个身就长大了，伸一个懒腰就长高了。厄雅莎雅没有居住的地方，只能不停地在混沌的宇宙中飞来飞去，困了就睡在自己的翅膀下。厄雅心是银子心，莎雅心是金子心。厄雅有智慧，莎雅有主意，它造天造地造万物，它创造了历法节庆，它教人们生存繁衍法则，它教人们生产劳动。

二、厄莎造天地造日月星辰

很久以前，没有天没有地，厄雅自己养自己大，莎雅自己养自己长。厄雅没有住的天，莎雅没有住的地，于是厄雅莎雅搓出了手汗脚汗，捏制了使者扎玉娜玉、扎罗娜罗、扎莫娜莫、扎卓娜卓。厄雅有四个儿子安排在四方，莎雅有四个姑娘安排在四边。厄雅把天分四方，做了金、银、铜、铁四根天柱，莎雅把地分四方，做了金鱼、银鱼、铜鱼、铁鱼，厄雅做的四棵天柱支在莎雅做的四条鱼背上，现在的地震，就是大鱼眨眼睛引发的。厄雅莎雅又将天分成四块，地分四半，天土是糯土，地土是饭土。天土放在四方，地土放在四边，就是现在的水田和旱地。扎罗汉子是厄雅造天的助手，娜罗姑娘是莎雅造地的助手。扎罗汉子造天时认为自己力气大，抽烟喝茶又休息，扎罗造天造小了。娜罗姑娘造地时认为自己力气小，勤勤快快不休息，娜罗造地造大了。天造得太小了，地造得太大了，天地

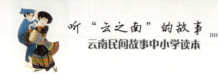

合不拢,于是厄雅拿上四颗银钉子钉天边,莎雅拿上四颗金钉子钉地边。厄雅把天撑大后天像锅底一样好,莎雅把地缩小后,大地变成了凸凸凹凹的山河。河头朝太阳落处,河尾朝太阳出处,河的上边是北边,河的下边是南边。天地造好后,厄雅住在北氏,莎雅住在南氏。①

　　厄雅莎雅造好天地后,天上没有太阳月亮,到处都是黑洞洞的,分不出白天和晚上。厄雅就在天上做一朵花,莎雅就在地上做一朵花。厄雅的天花就是天上的太阳花,莎雅的地花就是天上的月亮花。有了太阳花和月亮花后,厄雅派使者娜罗用三百六十一斤金子炼出太阳,莎雅派使者扎罗用三百六十一斤银子炼出月亮,金花放在太阳里,银花放在月亮里,然后把造太阳月亮的碎金子和碎银子撒到天上成星星,从此,宇宙有了日月星辰。姑娘晚上出来害怕豹子咬,于是厄雅让姑娘管护太阳,就变成了太阳姑娘。太阳姑娘白天出来看的人多,厄雅送太阳姑娘三百六十一根金针,并告诉太阳姑娘,"哪个抬头来看你,你用金针刺他的眼睛",这是人们怕太阳光的来历。月亮伙子说晚上怕青蛙咬,莎雅就送月亮伙子三百六十一根银针,并告诉月亮伙子说:"哪个张口来咬你,你用银针刺他的嘴巴。"为了划分白天黑夜,厄雅做了一对章角鸟,莎雅做了一对小叫鸡,鸡叫三遍天就亮,太阳姑娘要出来,章角鸟叫了天就黑,月亮伙子要出来。

---

　　① 北氏南氏:"北氏南氏"也作"北给南给""北京南京""北基南基""北极南极",传说中拉祜人古老的故乡。

三、厄莎造万物

厄莎造好天地日月星辰后，大地一片荒芜苍凉，于是它想着造湖水造万物。厄雅造了一对鸭子，鸭子的翅膀是银翅膀，鸭子的脚掌是金脚掌。莎雅做一对白鹇鸟，白鹇的翅膀是花翅膀，白鹇的脚杆是红脚杆。厄雅在房后挖了水塘，莎雅在房前挖水塘，然后厄雅莎雅在房前和房后栽上四棚甘蔗。厄雅养了一头公猪，莎雅养了一头母猪，公猪母猪去啃甘蔗，房后房前水塘挖成湖了。水塘挖好了还是没有水，厄雅莎雅打开箱子取出一棵芭蕉种，芭蕉种在水塘边，螃蟹一对大夹子在芭蕉根上夹三下，芭蕉根里流出水，这时一对大青蛙守住出水口，湖水一片宁静清悠悠。厄雅在湖边栽上了姜苗，莎雅在水塘边栽上水草，湖水不会干了，顿时显得生机盎然。湖水造好后，厄雅造了一对点水雀守住水塘边，莎雅叫来白鹇鸟派它到地上去察看。白鹇鸟看到水流流淌不均匀，有水地方水很多，无水的地方很干旱。厄雅叫来鸭子去分水。拉祜语的"分"叫"阿别"，所以鸭子叫阿别。鸭子分水忙不过来，又请螃蟹来挖沟。分水挖沟整整持续了三年，地上到处分满水。

大地没有植物没有生机，没有动物不热闹。于是厄雅莎雅想着造植物造动物。在高山梁子和山谷坝子上，厄雅莎雅要撒黄草种和青草种。厄雅叫来扎玉伙子去撒黄草种，莎雅叫来娜玉姑娘去撒青草种。厄雅莎雅还教扎玉伙子娜玉姑娘在天地四个角放上四个大风箱撒种。种子播完了，厄雅搓手汗造树种，莎雅搓脚汗造竹种，用金子做竹芽用银子做树叶。厄雅使者扎罗走到树下张开手巴掌树苗看见了就分出了杈，莎雅使者娜罗

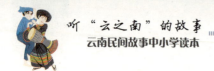

走到树下用手指头上的包头树就长出了叶子，用手指耳环树开出了花。温季开百花，雨季结果子，凉季果子熟。凉季果子熟，酿出一坛酒。云雾托酒到天上，酒变雨露降下来。雨露洒到果子上从此果子有甜味，有香味。厄雅莎雅把果子磨细了变成千万棵种。莎雅吹气变成风，把种子吹下地，一棵棵籽种落地，分别变成一片片黄竹林、青竹林、茨竹林、金竹林、多依林、白花树林、蒿子林、水冬瓜树林、栗树林、玛登林、桃树林、李树林、七里花树林、蜜糖树林等植物。一片片树叶落下地，分别变成了一对对孔雀、鹌鹑、老鹰、麻鸡、比鲁鸟、喜鹊等飞禽。一枝枝树枝落下地，分别变成了一对对老鼠、松鼠、田鼠、猫头鹰等小动物。一节节树杆落地，分别变成一对对野猪、马鹿、岩羊、野牛、大象、老虎口等走兽。一朵朵花儿落地变成了一群群蜜蜂、岩蜂、土蜂。一片片树皮落地变成了百鸟、各种蚂蚁、各种蛇。①

附记：拉祜族民谚"小鸡喝水要抬头"，意为感恩厄莎创造了万物。厄莎与人们息息相关，其无处不在，无所不能，人们生老病死、衣食住行都要找厄莎，祈求厄莎的庇护，人们只有在厄莎的庇护下才能人寿年丰，吉祥如意。创世史诗《牡帕密帕》2006年入选国家级第一批非物质文化遗产保护名录。

---

① 根据澜沧县文化局编《拉祜民间诗歌集成》（拉祜文、汉文对照），云南民族出版社1989年版，第1~40页；澜沧拉祜族自治县民族宗教事务局编：《从葫芦里出来的民族——拉祜族》（汉、拉祜），云南民族出版社2009年版，第1~9页等，创世史诗《牡帕密帕》，以及笔者田野调查材料改编。

葫芦的传说

　　导读：这是一篇神话传说。拉祜族是崇拜葫芦的民族之一，葫芦节是拉祜族全民性的节日。创世史诗《牡帕密帕》讲述："葫芦孕育了人类和拉祜族始祖"。因此，拉祜族将葫芦象征祖先、吉祥物、保护神及镇物法器，将葫芦作为本民族的图腾。

　　厄莎种葫芦的由来。远古时代，厄雅造了天，莎雅造了地以后，厄雅想要山绿起来，就叫布谷鸟去撒树种，莎雅想要让大地绿起来，就叫燕子去撒草种。树种草种撒遍了，树苗草苗发芽生长了，一眼望去，到处是绿油油的一片。但是大地依旧静悄悄，厄雅莎雅感觉很孤独寂寞。它想着如何让大地热闹起来，于是想到肥沃的土地上种植葫芦培育人类（始祖扎迪、娜迪）。

　　厄莎开始为种植葫芦作准备。厄雅莎雅搓手汗脚汗做了铁

葫芦崇拜（谭春　摄）

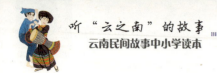

火链，碰在自己头上飞出了小火星，葫芦地燃烧三天三夜都不熄灭，枯叶枯草烧成了草木灰，草木灰有脚节深。厄莎让小雀小鸟把草木灰挖成四堆，然后厄莎用自己的手指脚趾尖造出葫芦、南瓜、黄瓜、西瓜等四种瓜类种子，四堆草木灰和四种种子代表天地四方的交汇和一年四季有收成。

春季到了，百花齐放，百鸟争鸣，下种的季节到了，好日子是属猪的日子，葫芦种子种在房前屋后的火灰和肥土里。厄莎精心培育葫芦，每天用金碗银碗盛来清水浇灌三遍，用金子做葫芦根，用银子做葫芦叶，葫芦子终于睁开了眼长出了两片嫩叶。厄莎看到葫芦出苗，高兴极了，各种各样的飞禽走兽都不约而同地聚拢来，汇集在葫芦苗的周围欢歌。这时候厄莎让各种飞禽走兽猜猜是什么？可是大家谁都猜不出来。厄莎说："这是繁衍人类的葫芦苗。"葫芦叶又嫩又宽，飞禽走兽谁都不敢动它。葫芦开花开白花，葫芦结果结金果，腊月葫芦变硬已成熟，就是没有人来摘。葫芦藤子爬在树上，树上的果子熟了，猴子、鸟儿、野猪、麂子等各种动物来到树下吃果子，一个果子落下来，麂子跳去抢果子，一节树枝掉下来，麂子受惊踩到了野牛，野牛受惊踩断了葫芦藤，葫芦落到地上滚下山坡。待到厄莎来查看时葫芦早已不见了身影，厄莎很着急地询问了麂子等各种动物和芭蕉树等各种植物葫芦的去向，根据各种动植物回答的真实情况对其进行了奖励和处罚。例如，厄莎查询葫芦藤被踩断的事情时："麂子说：'猫头鹰来打我'，因为猫头鹰做得不对，于是厄莎伸出拳头打在猫头鹰的头上，打扁了猫头鹰的头，并且规定猫头鹰不准白天出来找食。"再如，厄莎追到橄榄树林，橄榄树如实地告诉厄莎葫芦从这里滚下去，可惜我没有手拿不住，厄莎很高兴地说："将来你的果子结得多。"厄莎经过千辛万苦，追到了大海大江边，在大海中间看到了葫芦，叫来白鱼、马鹿想将葫芦拱上岸却又拱不上岸，最后叫来螃蟹用它的一对钳子将葫芦拖到岸上，葫芦的脖子被夹细了，葫芦细脖子的缘由就是如此来的。厄莎看到葫芦被螃蟹拖出来后很高兴，对螃蟹说你可以永远住瓦房，从此螃蟹脊背上就背着一块瓦片。厄莎用马将葫芦驮回房屋，然后晒在晒台上两个月，葫芦晒干后葫芦里传出人的声音："我们住在葫芦里从来不得见太阳和月亮，假如哪个心肠好把葫芦打开让我们出来，我们生产劳动得来的新谷新米先让他尝，新水新酒先让他喝。"各种动物听了相互对望，默不作声，谁也没有把握能打开葫芦。厄莎说："马鹿，你的角又粗又长，由你先来。"马鹿用力挑葫芦，挑来挑去，两口角都挑成好几叉都没有挑通。厄莎又叫小米雀去啄葫芦，小米雀想打开葫芦房，想救出里面的人，啄了三天三夜，九丈的嘴壳啄秃了，葫芦房子打不开。厄莎又叫老鼠去咬葫芦房，咬了三天三夜，葫芦终于被咬通了，葫芦房子打开了。只听葫芦房里笑哈哈，走出一男一女，厄莎高兴极了，对他俩说："你们俩是拉祜族的祖先"并给男的取名叫扎迪，女的叫娜迪。因小米雀和老鼠打开葫芦房有功劳，厄莎让小米雀在地里吃新谷，让老鼠在囤箩里吃谷子。始祖扎迪娜迪从葫芦里诞生了，从此繁衍了拉祜族。①

---

① 根据澜沧县文化局编《拉祜民间诗歌集成》(拉祜文、汉文对照)，云南民族出版社 1989 年版，第 40~56 页；澜沧拉祜族自治县民族宗教事务局编：《从葫芦里出来的民族 —— 拉祜族》(汉、拉祜)，云南民族出版社 2009 年版，第 10~17 页等；创世史诗《牡帕密帕》，以及笔者田野调查材料改编。

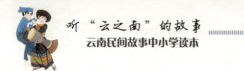

附记：在现代社会中许多拉祜族地区依然保存葫芦崇拜和葫芦文化。将葫芦象征为民族生存繁衍的母体，追求美好生活的心愿，人们将葫芦象征祖先、吉祥物、保护神及镇物法器。葫芦种植在房前屋后表示福禄到家。葫芦种植一般需要用篾篮和篾笆好好围护起来，不让猪拱不让鸡耙。葫芦树老了不能用刀砍或用手拔，而是要让它自然作古回归。根据葫芦崇拜和葫芦文化，以及拉祜族共同的文化心理和干部群众的需求，1992年澜沧拉祜族自治县立法设立拉祜族葫芦节，葫芦节为拉祜族全民性的节日，2006年入选云南省第一批非物质文化遗产保护名录。

芦笙的传说

导读：这是一篇器乐传说。芦笙是拉祜民族团结和谐的象征，是拉祜族男子的象征，是通天乐器。

一、芦笙——民族团结的象征

传说远古的时候，有一对夫妇生育了五个儿子。有一年的春天，五个儿子都出门了。一个儿子上山打猎，一个儿子上山挖草药，一个儿子下河捕鱼，一个儿子下箐采野菜，一个儿子去找食盐辣椒。他们都去了很久，都快过年了还没有回家，夫妇俩到山上去喊，到河边去叫，可是喊哑了嗓子也没有一声回音。后来，聪明的夫妇俩用葫芦金竹和泡竹制作成了芦笙，站到高山上去吹。顿时，响亮的芦笙声传遍了山山岭岭。五个儿子听到这声音，就知道父母在召唤他们，于是他们带着各自找到的东西同时回到了家。一家人团聚在一起，欢欢喜喜地吹起芦笙，跳起团圆舞，欢庆老年丰收，新年吉祥。从此，芦笙成了拉祜族的乐器。民谚"男人不离身"，人们高兴时吹芦笙，悲伤时吹芦笙，生产时吹芦笙，会友时吹芦笙。年节期间吹起芦笙，散居在山区的拉祜族就会从四面八方结集在一起。

二、芦笙——通天乐器

传说拉祜族早先过着游猎采集生活，吃的是生肉、野果，穿的是树叶、树皮。厄莎看了很同情，就给了他们种子，教他们种粮、种棉。拉祜人依照厄莎的吩咐，把种子撒在地上，头一年就有了好收成。拉祜人很高兴，十分感激厄莎，大家要举行盛大的庆祝活动来报答厄莎的恩情。他们派了五兄弟去请厄莎，厄莎在石洞内沉睡不醒，五兄弟使劲敲门，把手都敲肿了，厄莎仍然不醒。五兄弟想了想，就一起吹响手中的竹棍，五根竹棍发出不同的声音，一下子将厄莎惊醒了，厄莎不知是什么声音，觉得好听就开门出来看，五兄弟说明来意，邀请厄莎过节，节日期间，五兄弟又吹起他们的竹管，人们欢天喜地，尽情欢跳过节。三天之后，人们认为拉祜族是从葫芦里出来的，把竹管装在葫芦里就会更好听，于是制作成了芦笙。此后，每逢佳节拉祜人就用芦笙载歌载舞，用芦笙表达自己的思想感情，以芦笙舞作为节日歌舞的开始和收场。芦笙成了拉祜族的重要乐器——通天乐器。①

---

① 云南拉祜族民间文学集成编委会：《拉祜族民间文学集成》，中国民间文艺出版社1988年版。

附记：云南拉祜族葫芦大体一致，只有芦笙的大、中、小之分，大芦笙音质深厚沉闷，小芦笙音质清脆高昂。村寨老人多用大芦笙，青壮年男子用中型芦笙，儿童用小芦笙。传统上也有笙管上另套一只葫芦称 "闷芦笙"，也有称 "套头芦笙"。芦笙舞最具民族性，云南拉祜族地区芦笙舞多则有一百二十多套，少的也有七十多套，主要有驱邪舞、平安舞、娱乐舞、劳动舞、丰收舞、祈祷舞、祭祀舞、团圆舞、快乐舞、安神舞、动物舞等。2008 年拉祜族芦笙舞被列入第二批国家级非物质文化遗产保护名录。

鹌鹑和孔雀

导读：这是一篇动物故事。故事反映了拉祜族崇尚诚实质朴的品质，华而不实，偷盗的行为为人们所耻。

从前，孔雀没有现在那么漂亮，它的样子难看极了，因为它是没有尾巴的。每年春天一到，鸟儿们都要飞到一起唱歌、跳舞。同时也借此机会向大家展示一番自己的歌喉和舞姿。孔雀因为样子难看只能躲在舞场边的高坡上偷看。

漂亮的鹌鹑来了，它高雅的提着七色彩裙翩翩起舞，百鸟都很羡慕。只有孔雀很嫉妒鹌鹑，它眼睛珠一转，想出了一条计来。它飞下高坡，假装热情，请求和鹌鹑一起跳舞，鹌鹑高兴地接受了。百鸟唱歌，它们手拉着手跳起舞来沉醉在欢乐的海洋里。这时，谁也没有注意到歌舞每跳一圈，孔雀就偷偷踩下鹌鹑的一根羽翎插在自己身上。跳着跳着，孔雀身上的羽翎越来越多，鹌鹑一低头发现自己的羽翎被孔雀偷了，刚想伸手抓住孔雀，孔雀却"呼啦"一下就飞上了树。

鹌鹑追了一会，怎么也追不上。它边哭边愤愤指着孔雀骂道："偷鬼，你偷了我的羽翎也遮盖不了你的歹心，你的羽翎遮不住屁股，一跳舞就丢丑现眼！"大家都很同情鹌鹑。从此以后，孔雀虽然有了一身漂亮的羽毛，但它一跳舞就要露出红腥腥的屁股难看死了，所以它也从不轻易开屏跳舞。[①]

附记：至今，云南拉祜族地区逢年过节跳芦笙舞时，其中就有鹌鹑舞，以展示传承拉祜族崇尚诚实，质朴的民族品质。

酒的传说

导读：《酒的传说》告诫人们百事孝为先。民谚"先有礼后有人"，父母是家里火塘边的"厄莎"，孝敬父母天经地义。

很古的时候，有一个寡妇带着一个儿子过着艰难的日子。这儿子长大后，便和别人一起到厄莎那里去进贡。由于他家里很穷，没有什么东西，就只好看别人进贡了。回到家后，他一直在想：用什么东西进贡给厄莎呢？一天，他上山看见芭蕉，就砍了一串又长又大的芭蕉果，好好地捂在火坑头上。不久，芭蕉捂熟了，满屋都散发着诱人的香味。母亲对他说：

---

① 思茅地区文化馆、思茅地区民族事务委员会编：《拉祜族民间故事》，云南人民出版社1990年版。第264页。

葫芦节上的儿童（苏翠薇　摄）

"儿子啊，你的芭蕉熟了，给妈吃一个吧。"可是儿子回答："不行呵，这个芭蕉是要进贡给厄莎的礼物呐。"母亲说："儿子，妈生病了，很想吃芭蕉，口水都流出来了，哪怕只给我吃一个也行。"但不管怎么说，儿子就怕对厄莎不恭，不肯给。

这一年进贡时，儿子就抬着芭蕉早早到厄莎那里去。可还没等他开口，厄莎就对他说："小伙子，我不是你一个人的厄莎，我是地上一切生灵的厄莎，你真正的厄莎是躺在火塘边的老母亲呀。你母亲养你这么大，病倒在床上想吃你的一个芭蕉你都不给，你这种礼物我怎么吃得下去！"

儿子明白了孝敬母亲的道理，决心改过。但这次厄莎没有接受他的礼物，心里总不好受，如果把礼物抬回去，又怕别人笑话。于是，他把芭蕉挂在一个大树洞后面了。

不久，那串芭蕉全都化成了水，整棵树都淋满了芭蕉汁，那香味引来小鸟满树飞。小鸟喝了那芭蕉汁，一个个醉得东倒西歪。有个看牛人喝了那芭蕉汁，也醉得不省人事。他醒来后，把这事向别人说了，人们都好奇地来到树下喝芭蕉汁，结果也一个个被醉得东倒西歪。人们都知道这东西不能喝，就用篱笆围了起来。后来又有一个挑米人过路，也喝了这芭蕉汁，被醉倒在树下，袋里的米也全被芭蕉汁浸透了。

挑米人醒后回到家里，煮饭时，他把米汤滤出来喝，感到特别舒服，还解除了一天的疲劳。他把这些浸了芭蕉汁的米又掺到别的米里煮着喝，仍然使人感到轻快。他把这怪事告诉大家，人们都来找他分一些米去试验，结果果然是真的。这就是拉祜酒药的来历。有了酒药后，人们慢慢地烤出了酒。有了酒后老人总是这样告诫年轻人："酒药是一个不孝儿子留下的东西，喝多了会让人神魂颠倒，所以酒不可多喝啊！①

竜② 树的来历

导读："竜树的来历"反映了拉祜民族崇尚自然、敬畏自然之心。

很古很古的时候，锅搓③的祖先生活在哀牢山的原始森林里，住处没有房，想睡没有床，累了，就停住脚步蹲一阵，困了，就倒在地上睡一觉。由于没有一个歇脚的地方，太阳出来了，太阳晒；大雨来了，大雨淋；大雪落了，让雪冻；风来了，让风吹；祖祖辈辈奔波在哀牢山的原始森林里。

一次，两个锅搓走在哀牢山间，突然刮风下雨又下雪，两个锅搓被大雨淋得气都喘不过来，被雪冻得脚手都伸不开，眼看就快要死了。这时，他们发现身后有一棵两围粗的大树，伸出去的枝叶遮盖了半个天。两个锅搓就一步一步地爬到那棵大

---

① 思茅地区文化馆、思茅地区民族事务委员会编：《拉祜族民间故事》，云南人民出版社 1990 年版。

② 竜（lóng）：协音同"龙"，意为神山圣地等。

③ 锅搓：拉祜族苦聪人自称，拉祜族支系之一。

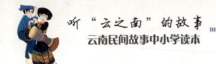

树下，这时，大雨也不下了，雪也停了。他们冻木了的脚手，也慢慢地热乎起来。这棵大树就这样救了两个锅搓的命。

后来，这两个锅搓都成了婚，就在这棵救了他们生命的大树下盖起了茅棚，安起了家。不几年两个锅搓都生了儿养了女，有了后代，哀牢山的山头上，箐沟边，都住满了他们的子孙后代。但这两个锅搓老人却一刻也没有忘记那棵救命的大树，要求他们的儿孙，在每年正月的第一个属牛日里，拿上鸡、米、肉、酒等食物，从四面八方的山头上、箐沟里，汇集到他们的住处，和他们一起到这棵大树下，杀鸡、煮鸡肉稀饭、跳竜歌，祭祀这棵救命的大树。

从那时起，锅搓就称这棵救命的大树为竜树，一年到这里祭祀一次，并世世代代传下来。直到现在，苦聪人都要在村寨后的树林里，选一棵又高又大的栗树作为竜树进行祭祀。①

附记：双江拉祜族佤族布朗族傣族自治县的勐勐镇拉祜族也有祭竜的传说和习俗。

做人不能忘记的话

◎ 拉祜族苦聪人苦得贪不得，为人穷得偷不得。

◎ 身上不能长害人的心，害人的心像大毒菌。

◎ 肚子饿扁不能捞路边食，偷别人的东西命不长。

◎ 不能做猫和狐狸样的人，半路死了豹子抬。

---

① 孙敏、郑显文主编：《拉祜族苦聪人民间文学集成》，云南人民出版社 1990 年版，第 31~32 页。

◎ 遇事对人要礼貌，倒拉枝丫上坡让人笑。①

谚语② 选读

◎ 自己的火塘自己守，自己的国家自己保。

◎ 铓锣不敲不响，人不学不灵。

◎ 刀越磨越快，知识越学越精。

◎ 小刀把舂不碎辣椒，一根草盖不了房子。

◎ 粮种不能吃，畜种不能杀。

◎ 盖房正四角，为人正身心。

◎ 无水树不活，无树河流干。

◎ 宰猪莫忘全寨人，打得野猪莫独吞。

◎ 好米去糠才知道，好朋友相处才知道。

◎ 见吃莫客气，遇事莫躲闪。

（苏翠薇　选编）

---

① 孙敏、郑显文主编：《拉祜族苦聪人民间文学集成》，云南人民出版社，1990 年版，第 158 页。

② "谚语"在拉祜语中称为"搓摩括"。

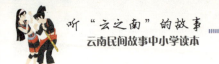

佤 族

佤族简介

佩带大耳环的佤族妇女（陈学玲 摄）

佤族是一个跨境民族，中国、缅甸、泰国、老挝等国家均有分布。在中国，佤族是云南省特有民族。我国佤族主要分布在云南省临沧市沧源佤族自治县和普洱市西盟佤族自治县，澜沧、耿马、双江、镇康、永德、昌宁、勐海、梁河等县也有分布。根据 2010 年第六次全国人口普查统计，我国佤族人口为 429,709 人，云南有 400,814 人，其中男性人口 204,648 人，女性人口 196,166 人。各地佤族有不同的自称，沧源、澜沧、双江、耿马等地的大部分佤族自称布饶或巴饶克；西盟、孟连等地的佤族自称阿佤、阿卧、阿佤来、勒佤等；镇康、永德等地的佤族自称佤。佤族的语言——佤语，属于南亚语系孟高棉语族佤德昂语支，包括布饶或巴饶克、阿佤、佤三种方言和若干土语。佤族使用两种文字，一种是 1957 年创制的佤文，一种是基督教徒使用的"撒拉文"。佤族主要信仰万物有灵，部分地区同时还信仰南传上座部佛教和基督教。

佤族传统文化历史悠久，其中，民间文学尤其丰富，包括神话、史诗、传说、故事、歌谣等多种体裁，在此文仅选录一部分主要篇目。

司岗里①

导读：这是一首创世史诗。"司岗里"是佤族重要的神话传说、史诗，主要包括开天辟地、万物起源、人类诞生、民族起源和民族关系、文化起源和文化发展以及洪水滔天、人类再生、万物再生等重要内容。

一、地球的起源

开天辟地前，万物都还没出现。连月亮和太阳，就像沉睡似的，都还没有从山后露出脸来。

然后，是人们称之为达能的神最先创造了万物。

从那以后，热气开始出来了，冷风出来了。风"呜呜"地吹出来，月亮和太阳才被风声吹醒了，才露出了脸。先是月亮出来，后来太阳才出来，星星都是月亮的儿女。

天和地是在大海形成之后才形成的。这海洋是比天和地还大的哟！

万物听到风声，并见到了太阳，就全部互相邀约着来到大地上了。

石头和泥土出来的时候都会说会笑；蛤蟆和蜥蜴是最先出来的，谷神和小米神一起出来，盐神和花神依次出来，马

---

① 佤族神话传说史诗"司岗里"异文较多，已收集整理的文本达十多种。此处选录的主要是魏德明先生收集整理的佤文文本《SI NGIAN RANG MAI SI MGANG LIH》一书的相关内容。该书直译应为《石葫芦与司岗里》，魏先生翻译为《佤族神话与历史传说》。本卷主要选录了神话部分的内容，并以"司岗里"为题。所选内容均为本卷佤族经典文化选编负责人翻译。

鹿和麂子跑着出来，黄牛和水牛跑着出来，马和骡子在黄牛和水牛后出来。老鹰和野猫一起出来，蛇和蟒一起出来，鱼和老鼠一起出来，乌鸦和斑鸠一起出来；蚂蚁和白蚂蚁一起出来，地震单独出来，雷神单独出来，疾病和瘟疫一起出来……万物，包括昆虫、花草、树木都已经出来了。

我们人类，是达能、达贯、叶里、达惹嘎木和达太最先出来。

达当杜是与众不同的一个，我们人类刚出来的时候，一个都没有形象，甚至我们的四肢、面貌都是一样的，都是模糊不清的。尽管如此，由于我们更为聪慧，天神就叫达当杜把我们的形象改造好一些。达当杜这样说："呃！人啊！你们虽然聪明，但你们的样子实在一点都不好看，还是让我们把你们的形象改造一下吧。"说完，达当杜为我们造了鼻梁，重新调整了我们的眼睛和嘴巴，使它们各就其位，就像我们今天所看到的一样。从此，我们人类才有了形象。

当时，繁衍和发展得最快并嚣张跋扈的是石头，他们抢占大片好地方。人们已经无法忍受石头的行为，便请达能来评理。

达能就这样说："由于石头自以为是，自以为大，石头已冒犯了别人，不可以再生长繁衍，也不可以会说话。"因此，至今石头再也不会长大和发展，同时再也不会说话。

万物出来后，人们就商量着改造大地。

本文 1978 年 12 月 28 日搜集于澜沧县左都村。达章、达相果讲述；魏德明搜集整理。

二、人类的诞生

　　远古时候，大地上先有花草树木以及动物，我们人类还没有出来。

　　有一天，一只画眉鸟飞到一块石头上，就听到有人在这个石头里热热闹闹的，它便飞遍所有山河，约万物来一起把那块石头打开。"人类在这石头里，大家都来帮忙打开石头，让人出来到外面。"画眉鸟这样向万物呐喊。

　　画眉鸟叫万物帮忙把人从石洞里放出来，万物都从自身实际出发，说出自己的想法。

　　首先是树说话，"我们树绝不同意人出来到大地上，如果让他们出来，他们就会乱砍滥伐我们，如果他们出来，我们就把他们压死。"

　　树说完后，老虎补充了树的话："鸡可以进错圈，树兄弟没有讲错话。我的想法和我要说的话都与树的想法一致，如果人从石洞里出来，我就咬死他们。"

　　"都是废话！"蜘蛛这样反驳，"人类不能不出来，我们怎么能把他们独自扔在石洞里？"蜘蛛又这样强调。

　　"对，我们的朋友蜘蛛说的话正是我要说的。"老鼠接着蜘蛛的话说。

　　"我想说的正是蜘蛛和老鼠所说的，人类更聪明智慧，他们不出来不行。"孔雀补充说。

　　由于万物形成两种对立的意见，树和蜘蛛就更为此争论不休。

　　树又说，"如果人类真的出来，你们等着看，我是不是把他们压死。"蜘蛛冒火了，他回了树的话，"别这么较劲啊树，

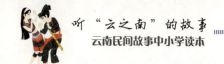

你就只是树而已，竟敢胆大妄为。不要说你能压死人，就连我绕的线，你也不能截断。"

"真的吗？"

"真的。"

树和蜘蛛互不相让，他们只有比赛了。如果树能够把蜘蛛绕的线拉断，人类就不能从司岗①里出来；如果拉不断，人类就得出来。树怎么拉都拉不断。因此，人类就得以从司岗里出来。虽然如此，由于他们没能把司岗打通，人类还是没能出来。

万物同意人类出来后，画眉就叫动物帮忙打开石洞，孔雀先去打开，但打不开；老鼠接着打开，也没能打开；马鹿试了也打不开；羊试了也打不开；牛都磨掉了牙齿还是打不开；各种动物几乎都来打开司岗，一个都没能打开。

后来，是小米雀把身上的刀鸟喙磨得很锋利，并长年累月打开石洞。不知打开了多少年，刀都已经钝了，小米雀才终于把司岗打开。由此，俗话说"白肋米雀啄司岗"。

小米雀打通了那个石洞后，人类就开始出来了。但是，由于老虎总是自以为是，他根本不听大家的话，就守在洞口，人类从洞里出来几个它就咬几个。它咬死了最先出来的三个人后，老鼠非常气愤，"好！这个家伙竟然这样不知天高地厚"。老鼠心里这样想。

到了第四个人出来的时候，老鼠就咬了老虎的尾巴。老虎疼得转过身来，就没来得及把这次出来的人咬死。

最先从洞里面出来的是我们佤族，因此，人们把我们称为艾佤。在我们后面来的是洋人，人们称之为尼文，然后是傣族，

---

① 司岗：即上文中所说的石洞。

他的名字就叫三侎；然后是汉族，他就叫赛克；后面是拉祜族，就叫他俄缅；后来就是贡归①，他叫"结归"。

从此以后，人类才能够在大地上生存。那个大石头所在的地方，就是现在的大曼海②。我们佤族就称之为"司岗里"了。

人类从司岗里出来以后，我们就要渡一条大河。我们不知道怎么渡河，这次又是蜘蛛教了我们。蜘蛛对我们说，"我怎么把线绕在树上，你们就怎么搭桥过河"。由此，我们才懂得搭桥过河。由于蜘蛛帮助了我们人类，我们至今都还尊重他们。

由于是小米雀啄司岗，我们才能够出来，并在大地上生存。我们想报小米雀的恩，就问"我们给你吃什么呢，小米雀？"小米雀说，"你们不用给我吃什么，因为我没有储存的地方。以后，你们就让我捡田边地头的粮食来吃吃，我就非常感谢了。"因此，我们至今就让小米雀吃我们种的粮食。

除了小米雀，还有老鼠。老鼠除了同意画眉让人从司岗里出来的意见，而且还咬了老虎的尾巴，我们人类才能出来在大地上。

"我能给你吃什么呢，老鼠？"我们这样问老鼠。"人类啊，我没有任何东西，没有家；我不但没有储存粮食的地方，连休息睡觉的地方都没有。如果你们有心，就让我在你们的屋檐居住，并给我吃从你们粮囤里洒落的粮食。"由此，我们就让老鼠跟我们一起在家里住，并让他吃粮囤边洒落的粮食。这就是老鼠跟同人在家里住的来历。

1986 年搜集整理，随嘎讲述；张开达记录。

---

① 贡归、结归：一些地区佤族对拉祜族的一种称呼。

② 大曼海：现为缅甸佤邦昆马区的一个乡。

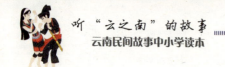

三、造平坝的蛤蟆和造湖泊的蜥蜴

万物①诞生,有三次(三司岗②):第一次,即最早的一次,我们称为天地之分;第二次,即中间一次,我们称为葫芦之分;第三次是司岗之分,这是人类出来的最后一次创世,直至今天。因此,我们布饶人③的歌就句句都唱到"石葫芦司岗里"。

最早的创世,人类还不会进行生产劳动,就只有吃野果和野兽。尽管如此,人们都很友善,一片菜叶,一块肉都会想法与同伴一起分享。后来,人类不断繁衍、发展。天啊!地球就只有一丁点儿,人类又发展了很多,人类将在哪里生存呢?于是,人们集中在一起讨论如何改造大地。

"各位啊,我们要把大地改造成什么样子呢?"万物互相这样问。

过一会儿,人们对蛤蟆说:"你蛤蟆是最早见到太阳的大哥,要怎么改造大地,你先说给大家听听。"

蛤蟆便这样说:"各位啊,既然是这样,恭敬不如从命,那我就先说说吧!哪里凸敲,哪里凹填。" 蛤蟆边说边喝茶。然后,他又这样说:"为了让大地更加宽阔,我们应该让它像我的脊背一样平坦,这样的话,大地上的万物就会生活得很舒适。"

"对,对!"听了蛤蟆的话,人们很高兴。从此以后,大

---

① 万物:原文所用概念为"人类",根据上下文,应为万物,包括人类以及其他生灵。

② 三司岗:相当于三次创世。

③ 布饶人:佤族的一个支系,主要分布于沧源、澜沧、耿马、双江等县。

地就像蛤蟆所说的那样平坦。

　　尽管这样，蜥蜴还没有发表意见，因为他并不完全赞成蛤蟆的话。

　　在那个之后很长时间，人类繁衍得越来越多，并舒适地生活在大地上。但是，雷神、雨神和地震神对人类有意见，雷神约雨神一起暴发，下来淹没人类。就这样，洪水猛涨并淹没了那个平坦的大地。大地上的万物，几乎被洪水淹没了。

　　"天啊！我们几乎都要死了！"万物这样说着。

　　"不，我们不能在这洪水面前屈服！"黑蚂蚁边爬树边这样说。黑蚂蚁吊在树枝上望着洪水一层层涨高。"这洪水好大的胆，我们猎蜗牛的头，让莫伟^①来收拾它。"

　　于是，人们就叫黑蚂蚁去砍蜗牛的头，蚯蚓是最心软又最胆小的一个，他同情蜗牛，就悄悄去把这事告诉了蜗牛。于是，蜗牛赶紧为自己制造了壳，并把头藏进了壳里。

　　因为蜗牛把头藏了起来，黑蚂蚁没能猎到蜗牛的头。黑蚂蚁知道了蚯蚓的行为，"哦，是这样！你蚯蚓，只是一个没有筋骨的东西而已，你什么都不是。你竟敢把大家的决定不当一回事。现在，我要砍你的头来代替蜗牛的头！"刚说完，刀已经"嘭"地落到了蚯蚓的头上，蚯蚓没来得及反应。因此，蚯蚓至今没有头颅。

　　这就是人们猎头的来历。

　　人们虽然砍了蚯蚓的头，大地上的洪水还是不退。万物又一次集中讨论。前面，我们已经知道蜥蜴没有发表意见，现在，人们叫蜥蜴先说说自己的看法。蜥蜴就说："上次我就对让大

_____

　　① 莫伟：神，天神。

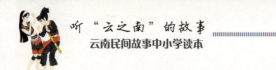
地平坦的建议不够满意，我除了希望它平，还希望它应该也有凸有凹，凸的地方就像我的脊背。此外，我身上凹的地方，我们就让它成为河谷，成为水流淌的地方；像我肚皮一样平的地方，就让它成为蛤蟆大哥所说的平地。"

"好，好，这样就对了！蜥蜴结合蛤蟆的话所说的，真是太全面了。"人们对蜥蜴的话频频点头。

从此，大地就被改造成凸凹不平之状，有低谷高峰，有山川河流。现在，由于大地已经像蜥蜴所说的那样，水便顺着该流的方向流淌，雨再怎么大，水都没有再淹没大地。人们也才战胜了雷神和雨神。雷神羞愧得跑到山里躲起来。

人们为蛤蟆和蜥蜴改造大地的事迹感到高兴，达贯、叶里就留下谚语说，"是蛤蟆为人们造平坝，是蜥蜴为人们造湖泊。"

因为水在地面上积成湖，蜥蜴创造了山，湖泊就变成了平地平坝，我们就说"造湖泊的蜥蜴。"

1978 年 12 月 21~28 日搜集于澜沧县左都村。达章、达相果讲述；魏德明搜集。

四、达惹嘎木① 与石葫芦

为什么一代一代的歌都要唱到石葫芦，唱到司岗格② 和达惹嘎木？现在，我们要讲它的由来。

关于石葫芦，就是人类中间那一次出来的事情。人类和万

---

① 达惹嘎木：传说中的洪水遗民，相当于男祖先。

② 司岗格：司岗里的另一种表达，也有学者认为特指再生人类或万物的葫芦。

物几乎都死于滔天洪水，只剩下达太、达能和达惹嘎木幸存。达太是怎么活的呢？是由于他是聪明人，是狡猾的人，他有变身术；达能是怎么活的呢？因为他是神，能上天入地；达惹嘎木又是怎么活的呢？因为他是勤劳勇敢的人，是有一技之长的人。

达惹嘎木看到万物都要死于滔天的洪水，他就制作了一只船，这只船叫"热桑坡"①。之后，他把葫芦籽和一头母牛装进船里，因为洪水淹没大地的时间太长了，母牛非常饿，就问达惹嘎木说："我太饿了，能否让我舔一下葫芦籽？"达惹嘎木回答说："如果你实在忍不住，可以舔葫芦籽。"

母牛听了这话，真的非常高兴。因为实在太饿，母牛不小心"呱"的一声把葫芦籽咽到肚子里去了。母牛马上意识到做错了，眼泪便"嘀嘀"落下来。达惹嘎木本来想责怪母牛，但看到她这副样子，也就没话可说了。

洪水退去之前，热桑坡已经挂在莱姆山②上，水干之后，达惹嘎木这样对母牛说："你试着把葫芦籽排出来看看，我要把它种在这座山上。"母牛听到后，就把葫芦籽排了出来。达惹嘎木就在那座高山的东边种了葫芦籽。

达惹嘎木种了葫芦籽以后，每天都给它浇水施肥。因此，葫芦一天天长大，长得枝繁叶茂。过了三年三个月，那葫芦漫山遍野地开花。但是，怎么盼，葫芦还是不结果。"哎！我们怎么可以这样徒劳呢？"达惹嘎木在心里这样想。然后，他就派动物去找葫芦果。

达惹嘎木首先派牛去找，牛摇着头回来，说找不到葫芦结

---

① "热桑坡"：佤语音译，即船。
② 莱姆山：在缅甸佤邦勐冒县境内，被视为神山。

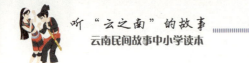
果的地方；又派大象去找，大象空手而归，说找不到葫芦果；又派老鹰去找，老鹰说翅膀都飞疼了，也没找到；派老鼠去，老鼠说找不到；又派小米雀去找，也是空手回来。那时在大地上的所有动物几乎都去找了，只剩下孔雀没有去。

达惹嘎木就对孔雀说："孔雀啊，你就继续去找试试，去之前，好好打扮一下。"听了达惹嘎木的话，孔雀特意穿上了鲜绿的花衣服。从此，孔雀在万鸟中羽毛最漂亮。

孔雀答应了达惹嘎木，整天去找葫芦了。太阳快落山的时候，它扒了扒莱姆山的土，结果看到一个葫芦埋在土里，并听到里面有各种热闹的声音。孔雀就赶紧跑回来告诉人们。

谢天谢地！听了孔雀带来的好消息，人们激动地去看葫芦。但是，成千上万的人怎么努力，一个都打不开葫芦，葫芦里的所有生灵都急切地想出来，在里面不停地叫喊，热闹极了。

佤族竹竿舞（陈学玲 摄）

老鼠和小米雀把身上的刀磨锋利，并竭尽全力打通葫芦。但他俩仅打通了一个小口，这个小口根本就无济于事，因为葫芦里的生灵根本就出不来。

　　"我们请教一下达太吧，他是有智慧的人。"大家这样提议。

　　达太建议："把你们的刀都磨锋利，用长刀砍。"从此，人们才懂得用刀砍伐树木。

　　根据达太的意见，达惹嘎木磨了刀，准备砍葫芦。扁头蚂蚱是性子最急的一个，"祖啊，快砍吧，我们在葫芦里憋得太难受了。"扁头蚂蚱对达惹嘎木说。

　　"扁头蚂蚱啊，不要这么急，不要抬头，我要砍葫芦了，万一不小心削到你的头。"达惹嘎木事先叮嘱了扁头蚂蚱，扁头蚂蚱不听，当刀"嘭"地落到葫芦上，扁头蚂蚱又抬头了，刀刃削到了他的头，削得他的头又扁又尖。因此，扁头蚂蚱的头又扁又尖。

　　达惹嘎木把葫芦劈成两半，一半朝下，就是水；一半朝上，就是陆地。因此，葫芦里的所有生灵就分成了两类：朝下的那些就在水里，比如鱼、螃蟹等；朝上的那些就在山上、坝子里，比如我们人类，飞禽走兽等。

　　这次从葫芦里出来的人，是中间一次创世出来的。这时，人类已经学会了劳动生产。

　　1978年12月搜集于澜沧县左都村。达章、达相果讲述；魏德明搜集整理。

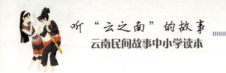

五、天和地分开

天地刚刚形成的时候，它们离得很近，而且连它们的根系都互相交织在一起。

那个时候，柴棵、杂草都能自己来到寨子里，让人们很容易就有柴烧。只是它们来的路都各不一样，弯树是因为它们羞于自己不好看的样子，它们就从寨子下方、上方来；直树兴高采烈地直接往寨子中间来，这是因为它们得意于自己出色的模样。

粮食蔬菜，所有的食物，人们根本不用费心去寻找，也不用费心舂谷子、簸米，米就已经是现成的了，人类很方便就可以食用了。

后来，小伙子们去会姑娘，姑娘为了让小伙子喜欢自己，她给小伙子做饭，并假装舂谷子。因此，谷子就有了壳，而且从此以后，舂米大多是姑娘们的事情了，因而她们也更辛苦了。

因为天和地离得很近，人们到地里，来来往往，串门走亲戚，都不免碰到天。人们叫天离地远一点，天根本不听，反而越发蛮横。人们团结起来要给天一点儿颜色看看。

"我们不用为区区一个天花力气，我一个人就可以把它追赶得屁滚尿流。"猪自以为力气大，它说，"我一个人去拱天吧"。人们同意了猪的意见。

"咯啷"，猪果真自己去拱天。"啊哟！"把天拱得"咯啷"响之后，猪因为疼而大叫起来。

"怎么啦，猪？"人们问猪。

"天把我的角弄烂了！"猪摸着头回答。

这就是猪没有角的来历。看到这个情形，牛很气愤，想帮猪报复，牛跑去用门牙拱天，败下阵来，并且门牙也掉了，牛从此就没有门牙了。马又用角去拱天，它的角也掉了，马也从此没有角了。

　　舂米的姑娘看到杵棒顶着天，又看到天把牛的门牙、猪的角都被拱坏了，她很气愤，"我现在用杵棒捅破你的肚皮啊？"姑娘举起杵棒要捅破天的肚皮。天自知肚皮薄，生怕姑娘用杵棒捅破，就将自己的枝杈①从地上抽掉，"呜呜"地飞到又高又远的地方。从此，人们想摸天，怎么都够不着了。

　　1973年5月搜集于澜沧县班拉腊村。由达荣讲述；魏德明搜集整理。

两兄弟卖爹②

　　导读：两兄弟都认为年迈的父亲是自己的包袱，并决定把父亲抬到街上卖。途中两兄弟从"嗷嗷待哺"的小画眉身上感悟父爱，便羞愧地把父亲抬回家，从此善待父亲，赡养父亲。

　　很久以前，阿佤山的班开寨住着岩果和尼门兄弟俩。

　　布谷鸟叫了三十二十一次，兄弟俩已经是成家立业的年龄

---

　　① 枝杈：也可理解为根系，相当于纽带。

　　② 佤族民间故事均出自尚仲豪主编：《佤族民间故事集成》，云南民族出版社1990年版。

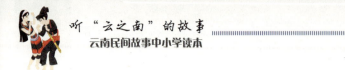

了。但谁也没有娶媳妇,因为他们还有一位年迈的父亲。老父亲早已做不成事,到竹笆晒台上烤烤太阳都很艰难了。兄弟俩都认为年老的父亲只会在火塘边闲吃和烤火,是自己成家的累赘,谁都不愿赡养老人。

一天,岩果对尼门说:"尼门兄弟,你看我已经这么大了,该娶个老婆了。娶了老婆我就搬到外面住,你在家里安心养阿爹,家里的谷米大半归你,猪牛任你挑。"

尼门一听,双眉一蹙,心想如果答应哥哥,自己负担就更重了,今后成家时,年老的阿爹不就成了累赘?不行!于是回答说:"明年桃子熟的时候,我也要娶老婆了,按照祖辈传下来的规矩,阿哥你应该留在家里照料阿爹。"

兄弟俩不上山打猎,不下田生产,在家整整争执了几天,谁也不愿意留在家里养老人。后来岩果提议说:"我们争执了几天,也没有什么结果。明天是街天,我们把阿爹抬到街上卖给人家守旱谷去算了。"

第二天早上,兄弟俩做好了一副担架,哄骗老人说:"阿爹,我们抬你去赶街,换好的烂烟抽,换醇甜的水酒喝。"老人见兄弟俩这般有孝心,感动得眼泪直流,声音颤抖地说:"有你俩这样好的儿子,我真是有福气啊!"

赶街那天,父子三人上了路。岩果、尼门抬着年迈的父亲走呀,走呀!上了几道坡,过了几道梁,只觉得口干舌燥,累得直喘粗气。岩果说:"尼门,又热又累,歇会儿吧!"尼门也口渴得难受,听阿哥说休息,忙回答说:"好吧,我们去箐沟里找点水喝。"

兄弟俩把阿爹放在路边,找水去了。他俩朝着泉水淙淙作响的方向走去;走着走着,看见前面的一棵树杈上歇着一只画

西盟县阿佤来服饰（陈学玲　摄）

眉鸟。尼门眼尖，拾起一块石头朝画眉鸟打去，不偏不歪正好打中画眉鸟的脑壳，把画眉鸟打死了。兄弟俩奔过去拾起画眉鸟，又发现树杈上有个草窝。岩果掏下来一看，里面躺着四只小画眉。它们齐排排地张开嫩黄的嘴壳，吱吱地叫个不停。岩果弄不明白小画眉为哪样叫，就问尼门，可尼门也不知道。尼门说："阿爹年长，见的事多，我们问问他去。"说着兄弟俩顾不上找水喝，捧起四只画眉鸟回到阿爹身旁，向老人询问鸟儿吱吱啼叫的原因。

老人接过小鸟，细细打量着它们的小绒毛，嫩黄的嘴壳，然后语重心长地对兄弟俩说："这些小画眉，是在等待画眉娘喂食哪！你们看，那些飞上飞下，东奔西忙的雀鸟，都是为了它们的儿呵！祖辈们都说，画眉养大一窝儿，羽毛要落九十九。"老人说到这儿顿了顿，用粗糙的手抚摸着岩果、尼门，

又说:"你们俩小的时候,我也像雀鸟一样,一口饭,一口水地把你们俩养大。今天你俩有心有肠地把我这个快入土的人抬着去赶街,我这一世的心血总算是没有白费啊!"

兄弟俩听了阿爹的话,羞愧地低下了头,心上像压了一块大石头。岩果忽然抬起头来对尼门说:"走!把阿爹抬回去。"

"怎么?岩果、尼门,我们不去赶街了吗?"老人糊涂了。

"不,不去了。"兄弟俩羞愧地说。

从此,兄弟俩尽心尽力地赡养老人,老人在儿子的精心照料下度过幸福的晚年。

岩果和尼门敬养老人的事,在阿佤山上一家传一家,一寨传一寨,一辈传一辈。现在,阿佤山上猎获山珍,收获果实,都要先敬给长辈。每当在山洞里见到雀儿觅食,阿佤人就思念起父母的养育之恩。

佤族摔跤比赛(陈学玲 摄)

流传地区:沧源佤族自治县;饿稿口述;见军、建华整理。

鸟泪泉

导读：这是一篇风物传说。班洪部落刚刚兴起，部落里一对姐妹被外部落的王子买去当家奴。两姐妹思乡情深，死在路上。当年，班洪部落遭遇大旱，石崖上飞来一对乳白色的大鸟凄惨地啼鸣、流泪。后来石崖上流下一股清泉，人们取名为"鸟泪泉"以纪念两姐妹。

在阿佤山上的班洪大寨山后，有一座猴子崖。崖上绿树常青，野藤倒挂，一股清泉从崖顶倾泻而下，当地人叫它茸短醒，意思是鸟泪泉。

据说，早先的时候，猴子崖上并没有这股泉，后来是由两只大鸟的眼泪汇积而成的。

远在班洪部落刚刚兴起的时候，部落里有两个贫苦的姐妹，姐姐叫叶茸，妹妹叫安并。她俩聪明伶俐，勤劳善良。叶茸是纺织的巧手，一天能织九村九寨姑娘穿的衣裳。裙子穿在姑娘身上，赛过天上的彩霞。妹妹安并是耕种的能手，一天能种九山九坡的旱谷，能种九丘九岭的茶树，让部落的人都能吃饱喝足。全部落的人都很喜欢这两个能干的姑娘。

叶茸和安并聪明能干的美名，传到了一个势力强大的外族部落王子的耳朵里，他给班洪王送来了金银珠宝，猪羊牛马，要买叶茸、安并当家奴。班洪王见到这么多礼物，看花了眼，就把姐妹俩卖给了外族部落王子。

叶茸、安并要走了，她俩多么舍不得离开自己曾经耕织过的土地，多么舍不得离开抚育自己成人的父老乡亲和衰老的阿爹阿妈。全部落的人对班洪王出卖叶茸和安并气愤万分，见到两位姑娘要走了，他们就像挖心割肉一样痛苦，许多人吃不下饭，

睡不好觉，部落里失去了生气。

外族部落的来人带走了叶茸和安并。一路上，日头火辣辣，瘴气熏死人。走在异乡的路上，叶茸、安并心情沉重。她俩走路想家乡，睡觉思亲人。过了一天又一天，走了一山又一山，故乡越来越远了，姐妹俩的心都要碎了。她俩成天愁眉苦脸，不吃不喝，慢慢消瘦下来，不久就死在了途中。

两朵洁白的花儿被摧残了，但是姐妹俩思念家乡的心并没有死。那年春耕，阿佤人正在播种时，遇上了大旱，布谷鸟叫过了，黄泡熟过了，天还是不下一滴雨。上溪无水，河水断流，禾苗干死，绿竹枯萎。人们没有水喝，孩子哭干了嗓子，老人渴裂了嘴唇。就在这时，部落里的人知道了叶茸、安并已不幸死去，她俩的双亲气瞎了眼睛，全部落的人都伤心得哭了起来。天灾人祸一起降临到了部落头上。

说来奇怪，突然有一天，猴子崖上飞来了两只乳白色的大鸟，它们站在崖上，面对班洪部落"哀！哀"地叫个不停，边叫眼睛边流血，那声音叫得很凄惨，就像人们在哭啼。越近黄昏，大鸟叫得越紧，越伤心，听了使人心肠绞痛。

阿佤人说，只有心地善良，热恋家园的人，死后才会变成各种美丽的鸟，飞回故乡。叶茸、安并死后就变成了这两只大鸟飞回家园。那时候，部落的先民们到山坡上种旱谷，到野林里打猎，到箐里采野果，路过猴子崖都要停下来，深情地望着这两只不知名的大鸟，看到了它们，就像看到了叶茸、安并两姐妹。

有一天，部落里的人路过猴子崖，大鸟不见了，却见崖上流下来一股清澈的泉水，水味清凉蜜甜。人们用竹筒把泉水背上山去浇旱谷，旱谷发芽长叶。人们把泉水引下山坡浇茶树，茶树叶绿芽新。黄牛、水牛喝了泉水，膘肥体壮。叶茸、安并的阿爹阿妈喝了泉水，重见光明。小伙子喝了泉水，气壮腰硬。小姑娘喝了泉水，心明眼亮……

　　原来，叶茸、安并变成了大鸟后，眼见故乡大旱，为了使部落回春，它们飞遍了无数草场，吸了万株草上的露珠，飞回故乡，把露水化作思乡怀亲的泪水，让泪水化作了这股泉水，从崖头直泄下来，滋润故乡的土地。阿佤人为了纪念叶茸和安并，就把这股泉水取名为"鸟泪泉。"

　　　　　流传地区：沧源佤族自治县；白花收集整理。

沙子着火

　　导读：这是一则机智人物故事。富人说孤儿家的牛是自家骡子生的，并叫全寨人评理。富人责怪聪明善辩的达太来晚了，达太告诉富人沙子着火了，他用草灭火很久，所以迟到了。富人问达太沙子怎么会着火，草怎么可能灭火。达太反问："那骡子怎么生牛?"

　　有个孤儿，父母早死了，只给他留下了一条很壮实的牛。

　　寨子里有一个富人，很想得到孤儿的那条牛。有一天，他跑去对孤儿说："孤儿，这条牛是我家骡子生的，借给你家这么久了，现在我要拉回去！"

　　孤儿知道牛不是富人家的，骡子也不会生牛，但又说不过富人，就对富人说："这事要请全寨的人来解决，他们说是你的，你就拉去。"

这天, 全寨的老人、孩子、男人、女人都聚在一个山上, 大家议论纷纷, 有的说: "骡子怎么能够生牛? 富人那么凶狠、刻薄, 还愿意把牛借给穷人呀? 真是骗子!" 有的问: "怎么达太还不来呀?"

过了一会, 富人说话了: "这条牛是我家骡子生的, 哪个敢说不是?" 大家知道, 靠嘴巴说不过富人, 所以没有一个开口。这时候, 达太来了。

富人问达太: "你是做什么去了, 隔了这么久才来?"

达太说: "我在路上看见沙子着了火, 我赶忙用很多草去扑火, 把火扑熄了才来, 所以来迟了。"

大家听说沙子着火, 感到很奇怪, 就悄悄议论起来。富人也骂道: "沙子怎么会着火, 草哪里能把火扑熄? 真是笨货!"

达太说: "是的, 沙子不会着火, 草也扑不熄火。那么骡子怎么能够生牛呢?" 富人再也没有话回答了, 不得不把牛还给了孤儿。

流传地区: 沧源佤族自治县; 赵岩三口述; 沈应明、黄伦翻译; 万家明整理。

谚语[①] 选读

导读: 佤族谚语包括劳动生产经验和知识、道德伦理、为人处世之道等内容, 具有一定的哲理性和知识性, 在佤族民间多用于传统教育。

---

① "谚语" 在佤语里称为 "喽爹刮", 意思是 "老人的话"。

◎ 不挖的地不会长棉花，不犁的田不会生稻谷。

◎ 下雨之前烧地，干活之前留意。

◎ 苦的是饭，酸的是活。

◎ 鸡叫备织机，天亮备驮子。

◎ 勤快才能饱，聪明才能富。

◎ 椽子不会大于屋脊，官家不能大于老人。

◎ 树荫大于黄泡荫，百姓大于地方官。

◎ 不拿自己大于孔雀，不拿自己高于舅父。

◎ 老种子莫让洒落，老人言莫让失传。

◎ 草堆里有草籽，老人处有哲理。

◎ 不听父亲的话被背巾缠住，不听母亲的话被胎衣绊倒。

◎ 父亲的话系在斗笠上，母亲的话留在心坎里。

◎ 对孤儿别怠慢，对财主莫奉承。

◎ 穷莫愁，富莫喜。

◎ 钢会变成铁，矮会变成高。

◎ 江可换渡口，官可换姓氏。

◎ 一根柴火烧不开一锅水，一个英雄打不赢一场战。

◎ 独个吃，吃饱；独个苦，苦死。

◎ 别丢伙伴于鸡嗦子果下，别弃伙伴于无人的路口。

◎ 灰里不会有银子，草中不会生稻谷。

参考文献

[1] 魏德明:《SI NGIAN RANG MAI SI MGANG LIH》,云南民族出版社 1988 年版。

[2] 尚仲豪主编:《佤族民间故事集成》,云南民族出版社 1990 年版。

[3] 周本贞主编:《中国少数民族大辞典·佤族卷》,云南民族出版社 2014 年版。

[4] 赵岩社:《佤语概论》,云南大学出版社 2006 年版。

[5] 云南民族大学民族文化学院编:《佤文文选》。

（赵秀兰　选编）

纳西族

纳西族简介

　　纳西族是云南省特有民族。纳西族源于南迁的古羌人，晋代居住于定筰（今四川盐源）的"摩沙夷"，是汉文史书中最早对纳西族的记录。有的学者也认为是古羌人与土著的融合。纳

丽江古城合作小食店的纳西族妇女们（杨福泉　供图）

西语属于藏缅语族彝语支，有的学者认为介于彝语支和羌语支之间。纳西族自称纳西的人占总人口的 60% 左右，其他的有自称纳罕、纳、纳日、纳恒等，西、日、罕、恒的含义都是"人"。

　　据 2010 年全国第六次人口普查统计，我国纳西族人口为 326,295 人，其中云南纳西族有 309,858 人，女性人口 155,023 人，男性人口 154,835 人。绝大部分居住在滇西北地区，其中以丽江市居多。纳西人的经典有神话、史诗、传说、故事等，其中

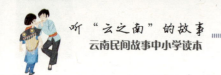
在国内外最著名的是用图画象形文字书写的东巴经典，是世界上唯一保存完整仍在使用的象形文字。这些象形文经典有 3 万多册，收藏在国内外十多个国家的图书馆和博物馆中，1997 年 12 月 4 日，联合国教科文组织授予丽江古城 "世界文化遗产" 的称号；2003 年 10 月 15 日，丽江市收藏的东巴经典被联合国教科文组织列入 "世界记忆名录"。纳西族聚居的丽江市因此成为中国唯一一个获得两项联合国教科文组织颁发的世界级荣誉称号的地区。

创世纪 ①

导读：这部创世史诗《创世纪》记载于东巴经的作品原名《崇般图》，直译是 "人类迁徙的故事"，"崇" 意为 "人类"，"般" 意为 "迁徙"，"图" 意为 "出处来历"。因其中有大量反映各种神灵和纳西族远祖开天辟地、创世造物的情节，有的就译为 "创世纪"，是纳西族最神圣的经典。

很古很古的时候，天和地都一片混沌。那时树木会走路，石头会说话。大地与岩石在剧烈地震动。最早先出现了三种天地日月的影子，三生九，九中出现了孕育大地的母体，接着出现了真假虚实。真和实相互作用发生变化，生出了白色的光和亮亮的太阳；白色的光作变化，生出了碧绿的石头；碧绿的石头作变化，产生出吉祥的声和气；接着生出了善神衣格阿古，衣格阿古产生出白色的露水，白露水中生出了白蛋，白蛋中生

---

① 编者根据东巴经记载的《崇搬图》和民间流传的故事改写。

出了神鸡恩余、恩玛，神鸡生下九对白蛋，孵出了神与人。

　　假和虚作变化，出现了黑光暗月亮；黑光作变化，出现了黝黑的石头；黑石作变化，出现黑色的蛋；黑蛋作变化，出现恶声恶气；恶声恶气作变化，出现了恶神衣格顶那；衣格顶那变出白蛋，生出黑鸡负金埃拿；黑鸡生出九对黑蛋，产生出各种鬼怪。接着，天神九兄弟来开天，地神七姐妹来辟地。从白鸡所产的最后一个蛋中生出一头野牛，这头野牛顶垮了天穹，踏破了大地，使得天地震荡，日月无光，创世男神和女神只好宰了它，分别用它的尸体的各个部分祭天地日月山川草木石头等。野牛尸体化生万物，它的头变成天，它的皮变成地，它的肺变成太阳，它的肝变成月亮，它的肠变成路，它的骨变成石，它的肉变成土，它的血变成水，它的尾变成树，它的毛变成草……

　　接着，所有的人、神、鸟、兽都来造一座叫作居那什罗的神山，以神山撑起了天、压稳了地。上面生出的好声与下面生出的好气相交和，产生出三滴白露，白露作变化，产生出人类的先祖恨时恨忍，经过九代繁衍，传到了纳西族的始祖崇仁利恩。

　　因为人间没有其他人类，崇仁利恩五弟兄和六姐妹相互匹配，产生了秽气，这秽气污染了天地日月山川，引来了铺天盖地的大洪水。①洪水来之前，崇仁利恩兄弟去犁地，不小心犁进了创物神夫妇董和色的地盘，创物神派了一头野猪把地拱平了，崇仁利恩兄弟就用捕猎野兽的活扣捉了这头野猪，创物神夫妇来到地头，也被崇仁利恩不小心碰伤了。崇仁利恩很不好意思，赶紧为创物神夫妇治伤口，创物神看到他很善良，就教给了他在洪水中躲藏在皮囊里逃生的办法。不久后洪水大爆发

――――――――

　　① 这里反映了纳西族先民认为兄弟姐妹不能相互婚配的伦理观念，与汉族的盘古兄妹开亲的神话一样，反映的是同样的观念。

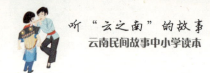
了，崇仁利恩照着创物神传授的办法躲进皮囊里，洪水滔天时死里逃生。

创物神看到大洪水后大地没有了人类，便做了一些木人，想延续人种，他叫崇仁利恩过了九天九夜后再去看，崇仁利恩想寻找配偶，心里着急，去看早了，木人没能变成活人，倒反变成了各种山精水怪，有的变成了山中的回声。

崇仁利恩找不到配偶，创物神就引导去找配偶，叮嘱他不要找那个美丽的竖眼

纳西族三个著名的老东巴（杨福泉 摄于1993年）

女，应找那个善良的横眼女。崇仁利恩心里却想：心美不如身美，脸美不如眼美。于是就找了那个漂亮的竖眼女，结果他们生出了蛇、蛙、野猪、熊、猴、鸡以及松树、栎树等一批怪胎。

后来，崇仁利恩来到梅花正在盛开的黑白交界地方，在这里碰到了下来寻找情侣的天神的女儿，美丽善良的衬红褒白咪，两人一见就相互喜欢上了。天神的女儿变成一只白鹤，崇仁利恩躲在这只白鹤的翅膀下，来到天神的家里。

天神子劳阿普不喜欢俗世来的人，而且他已将女儿许给了天舅的儿子神可罗可西。他察觉到女儿带来了人间的生人后，就磨刀霍霍，准备把崇仁利恩杀掉。衬红褒白咪想方设法帮助崇仁利恩脱离险情。天神用种种方法刁难崇仁利恩，想把他置于死地。比如叫他过刀梯，要他一天里就要砍完九十九座山的

树林、烧完九十九座山的树木、播种九十九座山的地、拣回九十九片山地上的种子、找回被斑鸠和蚂蚁吃去的种子，[1] 还要在悬岩上抓岩羊，急流里捕鱼以及去挤母虎的奶等等，但崇仁利恩在衬红褒白咪的帮助下闯过了一道道难关。天神的妻子地神衬恒阿祖也喜欢这个来自凡间的未来女婿，劝说天神。最后天神不得不将女儿嫁给了崇仁利恩。天神很惊讶崇仁利恩的勇敢智慧，追问他的来历，崇仁利恩对天神说了这么一段话：

我是九位开天男神的后代；我是七位辟地女神的后代；我是连翻九十九座大山，连涉七十七个深谷也不会疲倦的种族的后代；我是白螺狮子族，金黄大象族的后代；我是大力神久高那布的后代；我是把三根脊骨一口吞下去也不会哽的祖先的后代；我是把三斤炒面一口咽下去也不会呛的祖先的后代；我是把居那若罗大山吞下去也不会饱的祖先的后代；

崇仁利恩与衬红褒白咪两人从天上迁徙下来，狗和猫带了天神和地神夫妇给他们的五谷种子陪他们去人间。他们在太阳里歇息，在月亮中过夜，途中战胜了来拦截和降灾的天舅的儿子可罗可西恶神。他们搭天梯下到居纳世罗神山，最后来到了大地上建立家园。夫妇俩生了三个儿子，但都不会说话，于是他们派蝙蝠向天神打听，蝙蝠用计谋打听到了能说话的秘方，崇仁利恩夫妇照秘方行祭天之礼，于是三个儿子都会说话了，说出不同的三种语言，分别成为三个民族的语言，大儿子成为藏族的祖先，二儿子成为纳西族的祖先，三儿子成为白族的祖先。他们为感谢天神的恩德，每年都举行隆重的祭天仪式，表达对天地的感恩之情。

---

[1] 这些描写反映了纳西族先民古时候有过刀耕火种的生产方式。

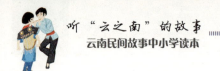
附录：流传于云南宁蒗县纳西族摩梭人（自称"纳"）中的创世神话的情节与丽江纳西族的《创世纪》很多也相同。相传摩梭人男子措支鲁依（崇仁利恩在摩梭话中的读音）在洪水后孤身一人，后来碰到了神女彩虹（衬红在摩梭话中的读音），两人一见钟情，彩虹想下凡与措支鲁依过日子，但彩虹的天神父亲认为彩虹在天上丰衣足食，不应该到人间来受苦，于是对措支鲁依百般刁难，要他一天内砍掉九座山上的树林，然后把砍掉的树林彻底烧毁，并于烧毁的土地上播种。彩虹暗地里想办法帮助措支鲁依做完了这些难事。彩虹的母亲同样要刁难措支鲁依，要他去挤老虎奶，他只好求助于彩虹，彩虹教他先打死小老虎，披上老虎皮装成虎崽吃奶，完成了这艰巨的任务。后来彩虹的天神父母同意让他们两个结为伴侣，并让彩虹带着五谷种子和牲畜到人间生活。（参看《云南摩梭人民间文学集成》，中国民间文艺出版社1990年版）

黑白之战

导读：这部古典英雄史诗《黑白之战》突出地反映了古代部落之间因仇杀而酿成的人间悲剧，双方王子公主的爱情消融不了这种深深的仇恨。在混合着社会集团利益和血亲至上观念等诸多复杂因素的部落仇恨面前，双方子女的爱情只有一个悲惨的结局。

有座神山叫居那什罗山，这座山分为黑白两界，董部落住在白界，述部落住在黑界。在黑白两界的中间，长着一棵含英巴达神树，树上开着金花和银花，结着绿松石和墨玉果；

这棵树也是一棵生命树，树上的黄叶代表老年人，绿叶象征青年人。一片黄叶枯萎了，轻轻落到地上，宣告人间一个老人离开了人世；一片绿叶长出来，表示又有一个新的生命来到了世间。传说人间的十二属相年也是从这棵树的十二个枝丫上长出来的。最初，黑白两个部

香格里拉县三坝乡白地村的纳西族妇女
（杨福泉　摄于 2007 年）

落之间的争斗也是因为争夺这棵神树而产生的。

　　白部落有白色明亮的太阳、月亮和星星，而黑部落只有黑色而无光亮的日月星辰。后来，黑部落的白鼠和述部落的猪獾从黑白两界挖通了一个洞，白部落的日月星辰之光从洞中投射到了黑部落的天地，引起了黑部落的嫉妒。黑部落的王子安生米吾为了得到如白部落那样的光明，便去盗白部落的太阳、月亮。他在黑白交界处遇见了白部落的王子董若阿璐，从董若阿璐口中打听到白部落白色的天地山川、日月星辰都是他开辟的，便请董若阿璐去帮助黑部落开辟白色的天地太阳等。白部落的王子答应了，并发誓男子汉说过的话绝不反悔。但董若阿璐回到家里后，他的计划遭到了父母的阻挠。而王子执意要去履行诺言，白部落土美利董主没法，便命令他把黑部落的天地山川开辟得倾斜，在高山上不种树木，在山谷中不放流水，并且回来时在黑白交界处布上陷阱。董若阿璐

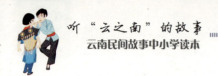

只好一一按父亲的命令行事。

后来，黑部落王子安生米吾发现了真相，便急急忙忙来追问白部落王子，不料不小心落进了对方所设的陷阱中，死于非命。白部落王美利述主夫妇悲痛不已，痛哭说："我虽然有九个儿子、九个女儿，但像安生米吾这样英俊能干的，再也不会有第二个了。一天能见到上千人，一夜能见到上百人，但像安生米吾这样英俊能干的，再也见不到第二人了。"于是，黑部落誓死复仇，大举进兵，锐不可当。白部落王美利董主只好逃去投奔天族舅舅，躲到山上的岩洞中。董若阿璐则躲到他舅舅所在的湖里。黑部落的公主格饶纳姆知道白部落王子躲到湖里后，决定用美人计把王子引诱出来。她穿上金衣银衣，在湖边洗头，嘴里唱着情歌。第一天王子不出来。公主在第二天又来到湖边，依旧唱起缠绵的情歌，故意露出美丽婀娜的身材戏水，阿璐王子受不了美色和歌声的诱惑，化作一只白鹰从湖中飞出，公主则化为一只黑鹰飞起。白鹰黑鹰在云间嬉戏；后来两个又变成白虎黑虎、白牦牛黑牦牛，两人游玩嬉戏，忘了时间。最后，公主终于把王子诱到黑部落地界，王子束手就擒。

但这两个仇家的年轻人在这"美人计"的诱惑过程中，却假戏成了真，两个都相互爱上了对方。在董若阿璐王子身陷囹圄期间，格饶纳姆公主还多次来看望他，他们俩生下了一男一女两个孩子。这两个部落王子和公子的相爱，导致了黑部落几个也很爱格饶茨姆公主的将领的嫉妒，他们在黑部落王面前不断说董若阿璐的坏话，怂恿部落王要把白部落王除掉。黑部落王最后听了众将领的撺掇，决定把白部落王子杀死。女儿的爱情和已与王子生了外孙的事实也挽不回黑部落王父母血亲复仇的念头，命令将董若阿璐处死，格饶茨姆非常悲伤，但又无力相救，临行前只能对着董若阿璐悲歌一曲相送别。

白部落王夫妇听到阿璐被杀的噩耗后，饮食不进，痛哭失声："董若阿璐啊，他身负董的天地，手持董的日月，是董部落的栋梁。可如今，他不是走进亲戚家，而是跳进仇人家了，不是走进五谷房，而是钻进毒药房了！"

后来，白部落又大兴复仇之师。几场你死我活，日月无光的惨烈激战后，白部落最后灭了黑部落，格饶纳姆全家都在战争中死去了。

杨福泉根据和正才、李即善、和志武先生等的东巴经译本和笔者的田野调查资料综合编写而成。

人与大自然是兄弟的故事

导读：这个人与自然的神话讲述了纳西人认为人和自然是兄弟，人要善待大自然，敬畏大自然，才会有安宁吉祥的生活。不能破坏大自然，否则会遭到大自然的惩罚。

用象形文字写的纳西族东巴经中有很多讲述人与大自然之神"署"的神话传说，其中有个《署的来历》讲述说，人类与署原来是同父异母的一对兄弟，人类能掌管的是盘田种庄稼、放牧家畜、开沟理渠等，他的管辖范围就是人生产生活的范围；而他的兄弟"署"掌管着山川峡谷、井泉溪流、湖泊水潭、树木花草和所有的野生动物。人与大自然这两兄弟最初各管各的

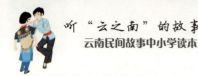
事，相处得很和睦。

但后来人渐渐变得贪婪起来，为了自己的欲望，不择手段，开始向大自然兄弟巧取豪夺，在山上砍很多树回去建房子，还烧毁树林，捕猎很

纳西族图画象形文字，创世史诗《创世纪》封面。
（杨福泉　摄）

多野兽，炸石头，挖矿石，在山泉溪流里洗脏东西，把水源也污染了。

人对自然界所做的种种恶行惹怒了他的大自然兄弟署，署于是就发洪水和泥石流来惩罚人类，放出各种病灾来惩治人类。人恐慌了，于是就去请东巴教的祖师东巴什罗来帮助调解人与大自然之间的矛盾，东巴什罗又请来天上的大鹏鸟"修曲"来帮助调解人与署的矛盾。

在东巴什罗和神鸟的调解下，人与大自然兄弟"署"之间约法三章：人类可以适当开垦一些山地，砍伐一些木料和柴薪，但不可过量；在家畜不足食用的情况下，人类可以适当狩猎一些野兽，但不可过多；人类不能污染泉溪河湖。在这个前提下，人类与自然这两兄弟又重归于好了。

人与大自然重归于好后，纳西族民间也逐渐产生了一些规矩，东巴经中常见的规矩有：不得在水源之地杀牲宰兽，以免让污血秽水污染水源；不得随意丢弃死禽死畜于野外；不得随意挖土采石；不得在生活用水区洗涤污物；不得在水源旁大小便；不得毁林开荒。立夏是自然界植物、动物生长发育的关键时期，因此，立夏过后相当长一段时期内不准砍树和狩猎。民间也产生了很多保护山林和河流泉水的规矩，很多村子还有德高望重的人组成"老民会"，负责村子的森林与水资源的保护和合理使用。每个村子都有护林员和护水员。人们定期举行祭祀大自然神署的仪式，表达人要世世代代和大自然和睦相处的愿望。

和士诚讲述；杨福泉收集整理。

玉龙雪山和三多神的故事

导读：这是一篇神山与保护神的神话。故事讲述了关于纳西人的神山玉龙雪山和纳西民族保护神三多神的故事，讲述了在民间信仰中，玉龙雪山和三多神之间的联系。玉龙雪山和三多神信仰在纳西族的精神和物质世界中都占有重要地位。

玉龙雪山在纳西话中叫"伯使吉雾鲁"，直译就是"白沙云银石"，纳西人习惯称雪山是"雾路"，即银石，意思是银石雪山。玉龙雪山是北半球最南的雪山，长江南岸第一高峰。也是纳西人的神山，纳西族的民族保护神"三多"，也是玉龙雪山的山神，玉龙雪山是三多神的栖息地和化身。

三多是大多数地区的纳西族都信仰的民族保护神，又称为"阿普三多"，意思是"祖先（或爷爷）三多"。相传他属羊，是个战神。纳西人自称"纳西三多若"，意思是"纳西是三多的儿子"。关于三多神，纳西族民间流传着这样的一个故事。

民族节日 "三多节" 上演山的纳西族男子（杨福泉　摄于 2008 年）

　　古时候，玉龙雪山下的一个村子里，有个力气很大的纳西猎人，名叫阿布嘎丁。有一天，他牵着狗到玉龙雪山上打猎，突然发现了一只如白雪一样洁白晶莹的白鹿，他急忙张弓搭箭射这只白鹿，但白鹿倏然一下子消失了。阿布嘎丁急忙跑过去看，看到刚才白鹿出现的地方，横卧着一个雪白的大石头。他用手推了一下，这个大白石竟然动了起来，他看到这个石头很神奇，就把它背了回来，开始时，这石头轻飘飘的，当他背到雪山半山腰时，放下石头歇息了一会，然后想把石头背上再走，但此时这个白石变得如山一样重。阿布嘎丁意识到这是个灵异的石头，便拿出身上带的干粮供奉在石头前，跪拜祷告说：神石！神石！这里不是你待的地方，请让我继续背你走吧。于是白石又变得很轻。

　　阿布嘎丁将白石背到一个地方，也是后来建盖了三多庙

（北岳庙）的那个地方时，这个白石又变得重如山，而且再也不变轻了。这件事惊动了纳西酋长，纳西酋长便命令在这里建盖一座神房，纳西话叫"亨吉"，直译就是"神的房子"，然后把这块白石供奉在神房里。

相传从此以后，每逢纳西人与敌人战斗时，总是会有一个面如白雪，目如闪电，身着白盔白甲，骑白马、持白矛的武将出现，和纳西士兵一起冲锋陷阵。将敌人击败后又倏然消逝。这个神秘的武将曾托梦给纳西酋长，说他的名字叫三多。从此，纳西酋长统治的王国在这个神祇的帮助下变得日益强盛起来。相传民间有火灾，三多神会从云雾里降雪灭火；如果碰到瘟疫流行，三多神会乘风驱散瘴气；如果发生了水患，三多神在夜间会带着白衣人来疏导。人们每年在农历二月初八祭祀三多，祈求他佑护。将士出征打仗，也要首先去祭拜三多神，祈求他保佑。

后来，人们为了纪念那个将白石背下来的猎人阿布嘎丁，就在白石神三多像的一旁也塑了他和他的猎狗的像。

另外一个在纳西族和藏族地区流传得比较广的三多神的故事，与藏族民众中流传很广的英雄史诗《格萨尔王传》有关。藏族人称丽江叫"三赕"，也就是这里所讲的三多神。在藏族著名的史诗《格萨尔王传》中，三赕（三多）是与威名赫赫的岭国国王格萨尔争夺盐海而大战的姜国国王，显然三赕（三多）是纳西古代部落的一个王。

世世代代的纳西人都对三多这个雪山之神，民族之魂顶礼膜拜。而纳西人供奉上面说到的那个象征三多的白石的神庙，就在玉龙雪山山麓白沙乡玉龙村村头，民间称之为"三多国"，"国"在纳西语里指那些有草甸的高地，雪山上就有很多的"国"，"三多国"的意思就是"供奉三多神的高地"。

一些帝王将相也尊崇玉龙大雪山，唐代时与唐朝和吐蕃两大势力对垒抗衡的那个强大的南诏国王异牟寻，在唐德宗兴元元年（784年）仿效中原内地的做法，在云南境内封"五岳四渎"（江河），封点苍山为中岳，无量山为南岳，乌蒙山为东岳，高黎贡山为西岳，玉龙山为北岳；金沙江、澜沧江、黑惠江、怒江为四渎，并各建了神祠祭祀。

1253年，后来成为元世祖的蒙古太子忽必烈率领蒙古军队，跨革囊从丽江的奉科（今属玉龙县奉科乡）渡过金沙江南征大理国，在丽江时与纳西酋长木氏土司的祖先麦良结下了深厚的友谊。忽必烈后来封玉龙雪山之神"三多"为"大圣雪石北岳定国安邦景帝"。

"三多国"又名北岳庙。南诏王异牟寻敕封后的北岳庙建于唐朝大历十四年（公元779年），是丽江最早的寺庙。

关于这个三多神的来历，民间有种传说他是从北方来的。在香格里拉市三坝乡，有这样的传说：三多神最初是从北方下来，首先来到白地，后来他去了有这座大雪山的丽江。这看来与历史上纳西先民的迁徙路线密切相关。

从种种民间传说看，三多神可能是古代纳西人的一个部落首领逐渐衍变而成的神。

民间相传玉龙雪山山神三多各有一个藏族和白族的妻子，从中也可以看出这种从神山信仰中折射出来的纳西族和藏族、白族之间密切的历史关系。纳西族的创世神话《崇般图》中说纳西、藏、白三族是一对父母所生的三兄弟，藏族是老大，纳西是老二，白族是老三，这也可以对照起来看这三个民族在长期的历史中形成的那种密切关系。

"三多国"（北岳庙）历来是丽江香火旺盛、匾联最多的一个寺庙，正殿正中的匾额大书"雪亮"二字，是明代第十三代土知府木增所书，表现了这位有文韬武略、一生钟情玉龙雪山的纳西土司要以雪山为鉴的人生境界。玉龙宫的题额和那副门联"一片垂葱花马国，千秋永镇玉龙山"，相传是明代大书法家董其昌所写的。

相传每年的阴历二月八日，是纳西民族神和玉龙雪山山神三多的生日，各地纳西人都要祭拜三多神，从1987年起，每年的阴历二月八日成为法定的纳西族民族节日——"三多节"，三多节成为迄今各地的纳西人民间最盛大的节日。

每年的这一天，来自远近各个乡镇的纳西人就络绎不绝地来"三多国"朝拜三多神，过去，大多数人都步行来，也有人骑马、坐马车，有些身弱年迈的，则由家人用滑杆和轿子抬着来。人们一片虔诚地祭拜三多神。三多庙内外人山人海，香烟缭绕。

杨福泉根据玉湖村李近仁的讲述和历史资料整理而成。

木土司三留杨神医

导读：这是一篇历史人物传说。民族是一个文化的而不是种族的概念，很多民族常常是在历史上与其他民族的交流交往中融合而成的。这个故事反映了明代纳西族木氏土司胸怀宽阔，开明睿智，广延内地人才融入纳西族的历史。

在1997年12月4日，丽江大研镇这座位于云南西北部的遥远边城，被联合国教科文组织列入了"世界文化遗产"名录，它成了中国第一个获得这个世界级荣誉的古城。

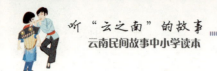

丽江古城原住民中的大多数是在明清两朝来到丽江的汉族移民，他们与当地的纳西人通婚，逐渐就被同化为纳西人了。这些新移民把各个民族的文化带进了丽江，外来文化与本土文化融合，形成了新的丽江古城文化。

据历史学家的研究，云南在明代以前，它的人口以少数民族占大多数，明朝实行军屯制度，大量的汉族士兵携带家属来到云南，于是，很多居住在平坝地区的少数民族逐渐被汉族同化，汉族人口慢慢超过了少数民族人口。

在云南土著不断地被汉族同化的明清两代，纳西族聚居的丽江却在以它一种神秘的力量同化着无数来到这里的汉族移民，丽江古城及近郊在20世纪50年代之前有一百三十八个姓，20世纪50年代后新增的姓有八十九个。很多常见和不常见的汉族姓氏，在丽江古城都可以找到。除了汉族移民之外，古城居民中还有一部分在"茶马古道"滇藏贸易上落籍丽江古城的藏族和白族人，也有不少回族人。他们成为既能说母语，又能讲纳西语的古城居民，有的则完全被纳西人同化而填写族称为纳西族。

丽江有个很大的杨氏家族，这个家族的祖先在明代就来到了丽江，这个祖先叫作杨辉。纳西族民间广泛流传着"木土司三留杨神医"的故事，相传他原籍是湖南省常德府武陵县桃园村，曾当明朝宫廷太医多年，在明洪武年间行医到云南，因宫廷变故，他为避祸来到云南。隐去太医身份，辗转到昆明，在昆明遇到当时在滇川藏接壤地区有较大势力的纳西木氏土司，被盛情邀请到丽江。当时丽江缺医少药，有病请巫师禳解，听天由命，而对针灸则视为异端，杨辉历尽辛苦，在民间多方说服患者依症施治，他用家传针灸和秘方治疗疑难病症，

纳西族乡村妇女服饰（杨福泉　摄于 2008 年）

并在当地采集中草药辅助治疗，治病非常有效。

　　杨辉在丽江的时间长了，很思念家乡，他就向木土司提出要回家乡去。木土司再三挽留，但杨辉思乡心切，执意要回去。木土司无奈，就佯装答应，送给他很多金银盘缠，放他走，但暗中又派几个壮丁装扮成强盗，在中途把杨辉洗劫一空，杨辉无奈地回来见木土司。木土司又送他盘缠，叫他回去，随即又如法炮制，这样折腾了三次，杨辉认为这是天意，于是打消了回乡的念头，在木氏土司主持下与一个木氏纳西女子结合，落籍在丽江古城。木土司允许他自己随意在丽江古城里挑一个地方建盖住房，杨辉挑选的结果，认为古城大石桥一带地脉好，便在距大石桥很近的告肯建了住宅，安居乐业，行医治病。

　　这个"木土司三留杨神医"的故事，也记载在《杨氏家谱》中。关于杨辉落籍丽江之事，在杨氏家族中还有另外一种说法。相传杨辉是明朝的朝廷太医，皇后难产，杨辉开了三付药方，

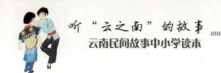
告诉太监依顺序煨药，不料被另一太监换了顺序，结果使皇后病情加重，触怒了皇帝而被贬到云南。后来杨辉行医到丽江，正准备离开之时，恰好纳西木氏土司的夫人难产，请了东巴祭司、桑尼巫师、喇嘛、和尚等作法事，都不见好转。有人便告诉木土司有这样一个游方医生，木土司便赶紧派人把杨医师请来。杨辉诊脉问病之后，开了药方，并挖地三尺，用金碗舀出地下水来熬药。药到病除，木夫人顺利产下婴儿。木土司见状，喜出望外，诚恳地请杨医师留下。

杨辉的后代历来都恪守着从医和从教这两个家传传统，非常重视医德，走村串寨，到病人家诊治，不论风霜雨雪，只要有人求医就前往治病。对贫穷人家，常常不收医疗费用。因此在丽江民众中有很高的声誉，因此也才赢得 "边塞华佗" 之誉。

除了行医之外，还在丽江办私塾，教授汉文化，后来繁衍成了丽江赫赫有名的 "忠义老师" "孝廉方正" 杨氏大家族，本地人民尊称为 "忠义老师"，被誉为 "丽江文化的桥梁"。还流传着杨氏家族有在院子里投食喂鸟的习惯，饥饿的鸟常常会成群结队地飞来杨家庭院觅食，成为人们津津乐道的一景。

在清代的科学考试制度中，对试学子的门户职业等限制很严，例如，从事屠宰业、吹鼓手、衙门差役等类职业的子弟，一律没有参加考试的资格。古城中有个出身屠户的小童，自幼聪明好学，但苦于家庭出身而不能就学。他在山上放羊，常常独自揣摩识读墓碑上所刻的字，用树枝在地上比比画画。后被他的父亲无意中观察到，认定这个儿子是块读书的料，便求杨氏家族授学的老师收他为学生。杨家老师经过认真考察，确认这是个聪颖灵慧的孩子，但将因屠户的出身被埋没，爱才的杨家老师便不顾世俗偏见，认这个孩子为义子，命名为杨育之。

后来，杨育之果然不负杨家老师的教育，在光绪元年（1875年）考上了举人。这件事在丽江长期传为美谈。

长期以来，杨氏家族致力于教育，门下出了不少读书人，且多有功名成就。丽江地方士绅曾为对地方教育贡献卓著的杨氏家族第十三代孙杨绰立下石碑："钦赐孝廉方正奉直大夫竹溪公杨老夫子绰德教碑"，此碑一直立在古城大石桥旁边，"文革"中这块碑被毁，它的断残部分，成了河边人们洗衣时捶衣的石头。

据说，由于杨氏祖先在丽江城乡行医治疗好了很多的疑难病症，因此，在有的乡下流传着杨氏祖先变成了药神的故事，人们在逢年过节时以祭神的礼仪来祭祀相传是杨氏祖先变成的药神。

据不完全统计，这个家庭迄今已发展出约一百三十多户人家，分布在丽江古城的五一街、光义街忠义村、城郊的义和阿当珂，以及"长江第一湾"边的古镇石鼓，金沙江边的巨甸、大具，以及昆明、四川等地。

七百多年前移民到丽江的这个杨氏家族，就这样与纳西人通婚，被纳西人同化，成为丽江一个有名的望族。这个家族以及其他不少先后融合于纳西族的汉、白、藏等族民众，将种种异文化带进了这个古老的象形文古国，同时，他们自身的文化也被纳西文化所整合，形成新的一种文化现象，它成为如今以多元文化并存且相互吸纳而著称的纳西族文化中一个重要的组成部分。

杨尔煜、杨尔康、杨曾林讲述；杨福泉记录整理。

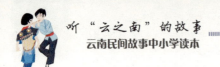

泸沽湖和猪槽船的故事 ①

导读：这是一篇湖泊传说。故事讲述了人利用自然资源要有节制，不能太贪婪的道理；还讲了纳西族摩梭人普遍使用的猪槽船的来历。

泸沽湖是汉语，这个湖在纳西族摩梭人中称为 "罗束" 湖，丽江纳西人称之为 "刺塔" 湖。本地摩梭人也称泸沽湖是 "母亲湖"。在泸沽湖边上有一个奇大的石灰岩悬崖，摩梭人称之为 "恒巴科"，意思就是 "湖水的源头"。

身着传统服饰的摩梭（纳人）青年女子（杨福泉 摄于 2005 年）

关于这个湖水的源头，当地流传着这样一个故事，古时候，有一个很贫穷的牧人，他每天在山下坝子里放牧着牦牛。因为他对牦牛和周围的野生动物都很好，有一天，山神就告诉了他一个秘密，指点他去寻找，他按照山神的指点，在悬崖绝壁下发现了一个大岩洞，洞里塞着一条奇大无比的鱼。他就切了一块鱼肉吃，第二天又去割一块，他看到昨天割

---

① 泸沽湖湖面海拔 2685 米，面积 48.45 平方公里，平均水深 40.3 米，最深 93.5 米，在云南省的湖泊中，深度仅次于抚仙湖，居第二位。

过的那个大鱼的口子又长得完好如昨天一样了。从此他每天割一块鱼肉回去，从不多割。他的日子过得很滋润。

后来，人们发现了他的这个秘密，于是，大家一心想把这条大鱼从洞里拉出来共享，但很多人都拉不动它。最后，人们用九头牦牛，将一根粗绳绑在巨鱼的尾巴上硬拉，终于把巨鱼一点点地从洞里硬拉出来。当巨鱼从山洞中拉出的一刹那，洞里呼啦啦涌出汹涌的水流，滔滔不绝，淹没了山下人们原来放牧牦牛的一个大平坝，形成了现在的泸沽湖。

但大洪水从洞中涌出，滔滔巨浪把很多人和牲畜、树木都卷走了，洪水涌到村里，有个妇女正在猪槽旁边喂猪，看到洪水汹涌而来，她急忙中把身边在玩耍的两个小孩放进猪槽里，而她自己却被洪水卷走了。这个猪槽载着这一男一女两个小孩随水飘荡，后来洪水退去，他们从猪槽里走出来，开始在一起过日子，后来他们繁衍出摩梭人后代。为了纪念那个为了救他们而被洪水卷走的摩梭母亲，他们从此就模仿猪槽的样子做成船，作为在泸沽湖里的摆渡工具，并叫子孙后代世世代代继承这个传统，这就是母亲湖和猪槽船的来历。

拉木·嘎土萨、杨福泉收集整理。

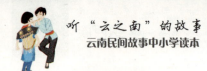
谚语[①] 选读

◎ 汉子靠本事吃饭。

◎ 花美美在外表，人贤来自内在。

◎ 独木不成林，独家不成村。

◎ 快马面前无险壑，好男面前无仇敌，利箭面前无铠甲，宝剑面前无盾牌。

◎ 身乃心之役，心乃魂之役。

◎ 风尚未刮来，先寻好遮风的高坡；雨还没有下，先搭起遮雨的棚；水还没有涨，先把宽桥搭好；强盗还没有来抢，就做好防范。

◎ 皇帝虽富裕，不如青山富。

◎ 直木用途多，直人挚友多。

选自和洁珍编译：《纳西族谚语集》，云南民族出版社2009 年版。

（杨福泉　选编）

---

① "谚语" 在纳西语里称为 "科空"。

瑶　族

瑶族简介

　　瑶族分布于中国广西、湖南、广东、云南、贵州、江西等省（区）及越南、泰国、老挝、美国、加拿大、法国等国家。据 2010 第六次人口普查统计，中国瑶族人口为 2,796,003 人。其中云南瑶族 219,914 人，男性人口 113,812 人，女性人口 106,102 人。瑶族先民包含在炎帝、黄帝时代的蚩尤部落联盟，以及尧舜禹时期的"三苗"，夏商至春秋战国时期的"荆蛮"，秦汉时期的"五溪蛮"（或"长沙、武陵蛮"）之中。魏晋南北朝和隋唐时期，瑶族作为一个民族实体已具雏形，叫"莫徭"。唐末以后被称为"蛮徭""徭人"等。民国二十二年（1934 年）广西省政府颁发给阳朔等三县瑶民的布告中首次以"瑶"来称呼瑶族。中华人民共和国成立后，正式把"瑶"作为法定族称。瑶族支系繁多，有母语为瑶语的"盘瑶"，母语为布努语的"布

盘王雕像（黄贵权　供图）

努瑶",母语为拉珈语的"茶山瑶"和母语为汉语的"汉瑶"。盘瑶和茶山瑶等瑶族支系笃信瑶传道教,男子均须度戒而成为在家道士,有些地方有些支系甚至女子也要度戒。瑶族民间珍藏大量方块瑶文古籍,主要有《玄满科》《救患科》《炼度科》等宗教典籍,也有歌书等。瑶族神话、史诗、传说、故事很多,其中,创世神话《密洛陀》《盘王的传说》等较为著名。

盘王的传说

导读:盘王的传说,包括盘瓠神话、千家峒传说、漂洋过海传说三个部分。综观苗、瑶、畲族及汉族对盘瓠神话的记述,盘瓠的出世,经历了从宫中老妇耳疾所生之虫变为龙犬,再变为人的过程。盘瓠后裔尊"龙犬"为始祖,就像炎黄子孙崇拜龙。盘瓠神话中所说的"评皇"即"辛帝""高辛氏",亦即帝喾(kù),姓姬,名俊(亦作夋),是黄帝的曾孙,春秋战国后,被列为"三皇五帝"中的第三位帝王,前承炎黄,后启尧舜,奠定华夏根基,被建立商朝的商族人认为是他们的第一位先祖,治地在今山东、河北、河南交界一带。

一、盘瓠神话

古时候有个皇帝叫评皇,没有王子,只有三个公主,个个长得如花似玉,都是评皇的掌上明珠。皇宫里养有一条身长三尺,毛色斑黄,机智超群的龙犬,姓盘,名瓠,日夜巡视,为评皇和宫殿做警卫。评皇爱护它如同疼爱自己的女儿,工作和出游都随时带它在身边。满朝文武也非常喜爱它。

　　有一年，一个叫高皇的海上番王，兴师动众，如惊涛骇浪般向评皇国境汹涌扑来，国家危在旦夕。于是，评皇在朝堂上许诺说，谁若是能够灭了高皇，就任由他拿取金银财宝，任由他选取三个公主中的一人为妻。群臣纷纷计议，但无人敢于承担任务。这时，盘瓠踊跃起身，朝拜评皇，忽然会说人话，让众人大吃一惊。盘瓠说，为报主恩，我已有兴邦之计，大家就不必再计议了，我不动用千军万马，仅凭自己的一己之力就可以完成任务。评皇听了，心里非常高兴。评皇说，你去敌国，必然会泄露行踪，恐怕会被他人所害，再说，此去敌国，隔着海水滔滔、万顷洪波，并不是一天就可以渡过去的，你虽能浮游海面，但没法携带充饥的食物。盘瓠答道，人能够忍受一天的饥饿，而犬却能够忍受七天的饥饿，我的行程只是几天，不需要携带食物，您就下诏令吧，我发誓，我说我能够消灭高皇，绝非虚言。评皇大喜，很快择日举办国宴，召集王后、公主和群臣，为盘瓠出征饯行。

　　盘瓠离开金銮宝殿后，走如飞云，身游大海，经七个日夜，终于抵达高皇的国家。盘瓠直奔高皇宫殿，高皇一见，认出是评皇身边爱犬，心里有几分怀疑，就问道："盘瓠，你同评皇形影不离，今天为何不在主人身边？"盘瓠摇了三下尾巴。高皇又问："树倒猢狲散，是不是你看出评皇的国家快要完蛋了，就早早离开评皇？"盘瓠点了三下头。高皇知道盘瓠非等闲之物，他高兴地说道："大国评皇，有如此龙犬却不能善待，以致来投我国，评皇必定国败。我常听到俗语说'猪来贫，狗来富'，今天龙犬进朝，我国必胜。我能蓄养这条龙犬，实在是兴邦的好兆头。"群臣也都欣喜欢悦。退朝后，高皇带盘瓠入宫，对

它惜如珠玉。此后，每次坐朝，也让盘瓠随侍。

不觉过了数日，高皇游赏百花行宫，酒醉不省人事。盘瓠就趁人不备，发动伤人之口，咬杀高皇，并带着取下的高皇首级，飞速回到评皇的宫殿前。值守宫殿的多位大臣问明盘瓠咬杀高皇的经历后，奏请评皇，即刻升殿。评皇亲自检视高皇首级，这才确信盘瓠立了大功。众臣说，盘瓠没让军师谋划，没动用千军万马，没消耗粮食等军需补给，也没让元帅和士兵举动刀枪，仅凭自己就取得如此大功，唯愿给予酬赏。评皇说，盘瓠功劳很大，依据众臣的奏议，就封给他国公的爵位吧。并犒赏大批金银珠宝。盘瓠说，我不是为了富贵官荣或者别的什么，但是您有承诺在先，说谁立此功，就把一个公主许配给他，您应当不会食言的吧。评皇无奈地叹道："我虽许下了诺言，但是高贵的公主怎能嫁给狗呢？"大公主凑过来说："是呀，人狗相配，荒谬绝伦，我不愿意。"二公主也附和说："我更不愿意。若是父王将女儿嫁给狗，不但害了女儿终身，父王也被人世代耻笑。"而三公主则对父王说："父王已经许下诺言，如果反悔，必将失信于天下，以后再遇国难，谁还肯出力！长此下去，父王的江山不稳，民众遭殃，我们全家也难保全，后患无穷啊。"评皇反复思忖，觉得不该失信，就同意招盘瓠为驸马，并当场叫三位公主到龙犬面前，任其挑选。大公主昂首阔步，两眼朝天，走到龙犬面前，鼻子哼的一声。龙犬眨眨眼睛，毫不理睬。二公主慢条斯理，两眼朝地，走到龙犬面前，捻鼻吐痰。龙犬仍眨眨眼睛，毫不理睬。三公主轻拂双袖，仙女般飘到龙犬面前。她那双水汪汪的大眼，不敢接触龙犬的目光；她那绯红的脸上现出圆圆的酒窝。龙犬刚才听过她讲的话，现在又看到她这般美丽的容貌，更加爱慕，就欣喜地选了三公主为妻。评皇又吩咐群臣，要遮掩盘瓠的躯体。于是相关人员，绣了花带一条，用于束缚盘瓠的腰；绣了花帕一幅，用于包裹盘瓠的额头；绣了花裤一条，用于藏盘瓠的腿；绣了花布一块，用于裹盘瓠的脖子。评皇还吩咐群臣，将高皇首级用火焚化，用瓦瓶装骨灰，安葬在山水秀美之地，受万人祭祀。

由于高皇的死，高皇的军队很快就溃退了。评皇收复了失地，民众重新安居乐业。评皇也在选择好的吉日良辰，举办婚礼，让盘瓠到宫中做上门女婿，给盘瓠国婿的身份。

三公主与盘瓠结婚之后，两个姐姐暗暗取笑，幸灾乐祸。评皇和王后也对三公主既怜悯又惋惜。但三公主却心满意足，精神振奋。夫妻感情很好，日子过得很幸福。评皇和王后觉得奇怪，总有些不安。后来三公主告诉父母，盘瓠白天是条犬，晚上却是个俊美男子，他身上的斑毛是件光彩灿烂的龙袍。评皇夫妇听后，压在心上的石头才算落了地。只有大公主和二公主捶胸顿足，扑在床上暗自流泪。后来，王后对三公主说："你叫丈夫白天也变成人，岂不是更好？"三公主答道："如果他白天变成人，身穿龙袍就要当王，岂不是和父王争王位了么！"评皇说："不要紧，如果他变成人，就封他到南京十宝殿做王，这才两全其美。"三公主把父王的意见告诉盘瓠，盘瓠很赞成，对三公主说："你将我放在蒸笼里蒸七天七夜，便可脱掉身上的毛而变成人。"三公主照办了。蒸到六天六夜时，公主担心蒸死丈夫，实在忍不住了，就揭开盖子看看。结果，龙犬果然变成人了，只是因为蒸的时间不够，所以，头上、腋窝和脚胫的毛未曾脱掉。而一旦揭开了盖子，再蒸也无效了，只好用布缠裹有毛的头部和脚胫。相传至今，瑶族男女仍缠着头巾，裹着绑腿。

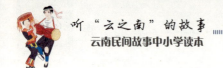

　　盘瓠变成人后，评皇封他为南京十宝殿盘瓠王。盘瓠和三公主在南京十宝殿共生了六男六女，日子过得比蜜糖还甜。盘瓠虽头戴王冠，身居宫殿，但不让儿女成为四体不勤，五谷不分的少爷小姐。而是要他们学打猎，学耕织，练得谋生本领。评皇夫妇闻讯，心情宽慰，差人送去大批金银、粮食，还颁给榜牒一卷。榜牒中，赐盘瓠儿女为瑶家十二姓；下令各地官吏，凡盘护子孙所居山地，任其开垦种植，一切粮赋差役全免。这卷榜牒，就是瑶家世代传抄珍藏的传家宝——《评皇券牒》（也叫《过山榜》）。

　　一天，盘瓠带着儿子们上山打猎，遇见一群山羊。六个儿子个个技艺高超，力大无穷，立刻拉满弓箭，猎射山羊，箭无虚发，大量山羊被射倒了，余下的山羊拼命逃生。盘瓠和儿子们起劲追赶。后来，一只壮硕的大雄山羊中箭负伤，疯狂地乱蹦乱跳。当时，盘瓠正要攀越险要的一处山崖，山羊就冲闯到此，用犄角将他撬翻下崖，摔挂在悬崖的一棵大树上丧了命。山羊也跌下崖死了。日落西山，儿子们提着猎物要踏上返程时，却不见父亲前来会合，便四处寻找。听到树上鸟儿啼叫，抬头望去，才发现那树上挂着父亲的尸体。儿子们悲痛地砍下大树，将父亲的尸体抬回家。三公主见丈夫狩猎丧生，哭成了个泪人。儿子们都来安慰母亲道："今日打猎，只顾向前追赶，不注意后面防卫。父亲丧命，孩儿有罪。还望母亲多多保重。"三公主说："娘不怪孩儿们，真有罪的是老奸巨猾的山羊，要把它的皮制成鼓，用黄泥浆糊上，狠狠地敲它，重重地捶它，才能解我们的心头之恨，让你们的父亲在黄泉之下、在九天之上都能听到，这才是我们的敬意。"儿子们遵命，立刻动手，将德芎（xiōng）树做成一个八抓（一抓约三寸）长的大鼓，又用柏纳树做了六个十三抓长的长鼓，绷上山羊皮，再糊上黄泥浆。于是，三公主背起大鼓（即母鼓），六个儿子拿起长鼓，边敲边舞；六个女儿拿着揩泪的手帕，悲伤地边哭边唱，共同追悼盘护。从此，黄泥鼓一代代传下来。逢年过节，喜庆丰收，或祭祀祈祷，驱魔赶邪，瑶族人民都要打黄泥鼓，唱盘王歌，深切悼念他们的祖先盘王。

二、千家峒传说

盘瓠死后，十二姓瑶人继续垦荒立寨，辛勤耕织，先后开辟了会稽山、玉明冲、九牛山等许多村寨。尤其美好的要算千家峒了。那里四周山峦叠嶂，森林茂密，山花四季不败，百鸟争鸣不息，山清水秀，无数清泉汇成河流。山峦环抱之中，瑶民开垦着肥沃的上地。传说"千家峒里大峒田，三百牯牛犁一边；尚有一边犁不到，山猪马鹿里头眠。"由于瑶民辛勤耕作，加上风调雨顺，那里的农作物生长得特别好。一个玉米五尺长，玉米秆可以当扁担；一颗稻谷比巴掌大，谷壳可以做水瓢。山上牛羊成群，村里鸡鸭成帮，家家猪满栏，粮满仓，户户人丁兴旺，不久就发展到千户以上，所以取名"千家峒"。

峒内有一蔸（dōu）高大的德芎树，农历三月才开花，它像布谷鸟一样，催促瑶家不违农时，抓紧春耕。按照十二姓瑶人的习俗，每年春节至春耕前，是千家峒极其欢乐的季节。家家户户都置备丰盛的筵席，开怀畅饮；男女老少穿起鲜艳的新衣，走村串寨，共享欢乐。姑娘和小伙子还打起黄泥鼓，吹奏木叶，翩翩起舞。

千家峒的瑶人对峒外的汉人十分热情，无论谁入峒，都

当作贵客款待。但从来不向
财主和官府交租纳粮。有一
年,天下大旱,山溪无水,
深潭无鱼,林木焦枯,芭蕉、
青苔焦得冒烟;到处颗粒无
收,官仓无米,百姓啃野菜。
唯有千家峒照样林茂粮丰。官
府要霸占这块宝地,便派了
个七品县官,进峒索租要粮。
峒内头人盘翁拿出《评皇券
牒》,对县官说:"这上面写
得清清楚楚,评皇陛下敕令:
盘瓠子孙,耕山不上税,种

"红头瑶"妇女(杨福泉 摄于 1994 年)

田不纳粮。"驳得县官哑口无言。瑶人虽然抗租抗粮,但对
待县官,仍当贵客。头人盘翁传令下来,每户待客一餐,不
得有误。于是,瑶人纷纷从地窖里拿出密封数十年的鸟鲊(zhǎ)
(用炒米粉和盐腌制而成的鸟肉)、糯米酒,以及用清甜的
泉水煮出香喷喷的粳米饭,还有山鸡、黄猄、果子狸等新鲜
山味,让客人吃饱喝足。那县官从峒头到峒尾,一日三餐都
喝得酩酊大醉,吃得肥头大耳、脑满肠肥,肚子胀得像蟾蜍,
眼睛眯得像猪眼。生活美好,日子过快。像是一袋烟的光景,
就过了四个月。瑶人还没下地生产,他们说,那蔸德芎树还
未开花,早着呢,照样喝酒。瑶人猜拳喊码,狂喝畅饮的时候,
朝廷官兵杀进峒来。他们口口声声说:"县太爷进峒四个月,
不见回府,肯定被瑶人谋害了。"所以兴兵讨伐。瑶民说:"德
芎树还未开花,哪有四个月。"谁知那德芎树,早被官府收

买的峒内一个烂仔（坏小子），用石灰和盐水腌死了。瑶人才明白，这是奸贼的毒计！于是拿起猎枪、砍刀、弓箭，吹响牛角号，与官兵搏斗，杀得官兵死伤不少，尸血遍地。峒头的瑶民一边抵抗官兵，一边派人到峒尾报告盘翁头人。当时，头人家里还在大摆酒席，宴请县官呢！那个县官正在夹起一块鸟鲜肉，塞进嘴巴，闻讯立刻甩下筷子，支支吾吾地说："随便发兵，纯属胡闹，我去教训教训他们。"说完，拍屁股想溜，盘翁识破了他的花招，当机立断，一刀断了他的老命。朝廷官府早已横下一条心，非霸占千家峒不可。虽吃苦头，仍不惜一切代价，源源不断地增兵添将，要把千家峒踏平。瑶民终因寡不敌众，最后只剩下十多户人家。头人盘翁召集大家商量，为保民族，繁衍子孙，宁愿含辛茹苦，流落他乡。

三、漂洋过海传说

瑶人离开千家峒之后，走了七天七夜，来到海边，乘上一条木船，迎着风浪，向前驶去。海上风大浪高，十多户瑶人同舟共济，齐心协力，又经七天七夜，好不容易才到一个小岛。盘翁叫大家上岛歇息一阵，以便恢复体力，迎接更大的风浪。这个小岛真怪，全是岩石土丘，没有一处平坦，也没有一棵草木。幸好瑶民临行前想得周到，油盐柴米等全都带齐，不然煮饭都困难。这天天气晴朗，风也渐渐停了，瑶民在岛上歇息，生火煮饭，准备饱餐之后上船航行。谁知，水还未烧滚，小岛就渐渐卜沉，摇动得你趴我仰，锅碗倾翻。盘翁立即下令：莫慌莫乱，赶快收拾炊具饭菜上船。瑶民上船之后，小岛就不见了，大家正在吃惊，一个眼利的阿端（小伙子）往水里一指：

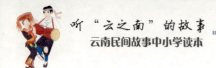

"看，钻到海底去了。"大家才明白，原来是条大鲸鱼！刚才被火烧痛才溜走的。瑶民的船只再航行七天七夜，仍旧回到原来的地方，像陀螺一样，老是在原地打转转，不能前进。糟糕，遇着漩涡了。木船力小，不但划不出去，还有被漩下海底的危险。怎么办呢？盘翁说："如今上不到天，下不着地，前不能进，后不能退，拢不得岸，近不得滩，危难时刻，我们需同心协力，心诚胆壮。"于是他便打起黄泥鼓，唱起盘王歌，破漩涡，斩巨浪。不久风平浪静，漩涡散开，木船又平安地在海上航行。经过七七四十九个昼夜，瑶民终于上岸了。盘翁把供奉盘王的金香炉打烂成十二块，分给每个姓氏的人一块；又把发号施令的牛角号锯成十二截，分给每个姓氏的人一截。十二姓瑶人共喝鸡血酒发誓："铜打香炉三斤半，黄金四两五钱三，瑶家各姓拿一块，过海飘落去逃难。牛角锯成十二截，每姓一截各自飞，香炉牛角合得拢，来日子孙又杀回。"自从过海分手之后，十二姓瑶人便各奔前程，千里跋涉，凭勤劳的双手，开荒辟岭，栖身山头，耕种数年之后，土地贫瘠，又得迁徙。瑶歌相传：千里开田来就水，万里抛心来就山，吃了一山又一山，背起竹篓把家搬。

千百年来，十二姓瑶人一代一代地传抄《评皇券牒》，一村一寨搜寻那十二块金香炉和十二截牛角，百折不挠。他们坚信，总有一天能够过上千家峒那样的幸福生活。

选编中参照黄钰：《评皇券牒集编》，广西民族出版社1990年版；王矿新、苏胜兴、刘保元搜集整理：《瑶族民间故事选·盘王的传说》，广西人民出版社1984年版。

谚语选读

◎ 水过鸭背（不汲取教训）。

◎ 鸡鸭互娶（不同种族或民族的人相互通婚）。

◎ 先有瑶，后有朝（瑶人认为，盘古既是瑶人祖先，也是开天辟地、创造人类、创造世界万物的始祖，因此，先有盘古和瑶人，然后才有朝廷）。

◎ 见官不下跪，耕田不纳税〔瑶人认为，自己是盘王的子孙，遵照《评皇券牒》（《过山榜》）文书的内容，可以不拜官员，不事赋役〕。

◎ 天天早起，家里有米；懒汉懒汉，应该饿饭。

◎ 做人难，做狗易，做牛做马被牵鼻（要做正直、高尚的人，不要去为富贵豪门当牛做马）。

◎ 强人须有强人对，刺刀要用石头挡（在两军对垒时，须知己知彼，了解敌我力量对比，不可盲动）。

◎ 一棵树不成林，十棵树能遮山（团结力量大，因此，要团结，不要分裂）。

◎ 心直能行大路，心正能走大街（要光明磊落，不要歪门邪道）。

◎ 人穷穷到底，人富富上天；客穷客带瓢，瑶穷瑶挖莒（有的人穷到了底，有的人富上了天。外族的穷人可带瓢乞讨，瑶族的穷人上山挖薯）。

◎ 盘人劈凳子，邓人翻覆箸（zhù），李人尾下红，蒋人美窈窕，卢人荡秋千（盘姓人率性，邓姓人伶俐，李姓人内敛，蒋姓人俊美，卢姓人逍遥）。

（黄贵权　选编）

景颇族

景颇族简介

景颇族是云南省特有民族。主要聚居在云南省德宏傣族景颇族自治州各县（市）。部分散居于怒江傈僳族自治州泸水县、临沧市耿马县、普洱市孟连县、西双版纳傣族自治州勐海县等地。据 2010 年第六次人口普查统计，全国共有 147,828 人。其中，云南景颇族人口为 142,956 人，男性人口 69,718 人，女性人口 73,238 人。景颇族是氐羌族群的后裔，从青藏高原逐渐南迁而来。景颇族有自己的语言和文字。目前，景颇族中并存着

持刀起舞 （金黎燕 摄）

两种类型的宗教信仰，一种是本土宗教，另一种是传入时间刚逾百年的基督宗教。景颇族的经典有神话、史诗、传说、故事等。《目瑙斋瓦》和《勒包斋娃》是著名的创世史诗，已经用景颇文和汉文出版。目瑙纵歌节是景颇族最隆重和盛大的节日，相传起源于太阳王居住的天堂，因此目瑙纵歌舞有"天堂之舞"的美誉。2006 年 5 月 20 日，景颇族目瑙纵歌经国务院批准，列入了第一批国家级非物质文化遗产民俗名录。

蚂蚁为狮子解难

> 导读：这个寓言通过小蚂蚁为大狮子解难的故事，向我们揭示了社会生活中"尺有所短，寸有所长"的哲理。

在苍苍莽莽的大山深处，居住着一只身体硕壮、强健的雄狮，他身手敏捷，力大无比，被动物们奉为大王。一天清晨，大王出猎，战果辉煌，猎获了一头肥大的公鹿。大王请他的娇妻——一只被动物们奉为王后的母狮，一同共进早餐。王后看到肥硕的公鹿，异常兴奋。她甩着尾巴，晃着脑袋，咬住连筋带肉的腿骨，用力地左右撕甩着企图将它扯下。因为用力过猛，她撕扯的骨头一下子筋断骨折，一块碎骨"嗖"的一声，飞进了正在一旁大块嚼肉的大王的耳朵里。大王顿时感到耳聋头胀，疼痛难忍。他吐掉了口中正在咀嚼的鹿肉，双手抱头，瘫坐在了地上。

看到大王痛苦不堪的样子，王后慌了手脚。她和大王急忙用手掏脚扒，都没能将碎骨掏出来。王后又用嘴吸、用舌舔，

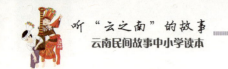

想了很多办法，忙活了一天，还是没能将碎骨从大王的耳朵里掏出来。王后束手无策，急得团团转。

大王让王后把他管辖范围内的动物们请来帮忙。王后先请来了动物中的老大——大象。大象赶到后，想了许多办法，都没能将碎骨取出来。王后接着又请来了老虎、豹子、犀牛等所有大型的动物，但是它们谁也无法将大王耳朵里的碎骨弄出来。

大王疼痛至极，昼不能食，夜不能寐（mèi），几天工夫就消瘦得骨瘦如柴，毛色灰暗。看着很快就失去了往日英姿和雄风的大王，王后的心又急又疼。她整天哭丧着脸，围着大王团团转，很快也变得憔悴不堪。她焦急地想："怎么办啊？怎么办？所有动物都请来了，却都没有办法把大王耳中的碎骨取出来！还有谁没有请到？有谁能够把大王耳中的碎骨取出来呢？"她苦思冥想，终于想到还有小黄蚂蚁没有被请来过。她激动地对雄狮叫道："大王！大王！我们还没有请过小黄蚂蚁来帮忙，说不定它们会有好办法，我马上派人去请它们来看看！"大王却没有一丝兴奋，他满心疑虑地说："什么？小黄蚂蚁？肯定不行。那些比它大的动物都没有办法，小小的蚂蚁也不会有什么绝招的！"王后坚持派人去请蚂蚁，她说："行不行要让它们来试试才知道，总不能就这么受罪等死呀！"

接到王后的召令，小黄蚂蚁们翻山越岭，夜以继日地赶到了狮王的驻地。听了王后的介绍，领头的蚂蚁安慰王后："王后不用着急，也不用担心，我们一定能够为大王解除痛苦。"在领头蚂蚁的带领下，蚁群秩序井然地爬进了大王的耳洞。他们将飞进耳洞里的碎骨头一口一口地啃碎、咬烂，再一点一点地抬了出来。小蚂蚁们不辞辛劳，奋力为大王解难。不到一天的工夫，飞进大王耳洞里的碎骨就被小蚂蚁们全部取出来了。

碎骨取出来了，大王的疼痛消失了，听力也恢复了。大王和王后对小黄蚂蚁们万分感激。大王感慨地对王后说："过去，我自以为是动物之王，论力气、论本事，没有人能够得超过我。但是，这次是平时最不被我看在眼里的小小蚂蚁拯救了我，为我解了难。这次遭遇让我明白了一个道理，不论我们长得强壮还是弱小，都有各自的长处。今后，我绝不会因为自己身体强壮，官大位高，就自以为了不起而轻视其他的弱小者。"

选编自鸥鹇渤编：《景颇族民间故事》，云南人民出版社1983年版，第281~282页。拉司山供稿；金明、陈璇整理。原题为《狮子求救于黄蚂蚁》。

目瑙①的来历

导读：这篇目瑙来历的传说，反映了景颇族先民对自然的认识和他们借助想象以获得美好生活的强烈愿望。

远古，居住在太阳宫里的太阳神夫妇，首开了举办目瑙的先河。他们在太阳出来的地方竖起了目瑙柱②，在月亮升起的

---

① 即目瑙纵歌，意为"欢聚歌舞"。

② 景颇语称为"目瑙示栋"，是跳目瑙纵歌时，竖立在目瑙纵歌舞场中央的目瑙纵歌标志，是景颇人心目中神圣的吉祥物。目瑙示栋由四竖二横的长方形牌柱加底座构成。四根立柱，中间两根为雄柱，两边稍矮的为雌柱，每根柱上都画有图案，每一种图案都富含独特的景颇文化意蕴。

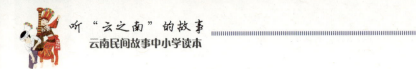

地方围起了目瑙场，由各路天神组成了一个领导、指挥目瑙的小组。这个小组包括：主持、总管、董萨、斋瓦、瑙双、瑙巴、肯庄和盆伦。主持和总管负责整个目瑙活动的管理和指挥，董萨负责对各种神灵进行祭祀，斋瓦负责唱历史、吟颂辞，瑙双和瑙巴负责指挥和带领跳舞的舞队，肯庄负责宰杀牺牲和摆放祭品，盆伦则负责管理酒水和接待来宾。准备就绪后，天神们献了金鬼，祭了银神，天上的目瑙纵歌便在宽广的太阳宫中隆重的举行了。长长的舞队，在瑙双、瑙巴的带领下，舞出了漂亮的图形。各路天神和被太阳王邀请来参加盛会的来宾们，欢乐的唱着，动情的舞着，太阳宫里热闹无比。跳过目瑙后，太阳王富有了，各路天神的日子红火了。

大地上的百鸟受太阳王邀请，到天上参加了太阳宫里的目瑙。返回时，它们意犹未尽，一路上都在谈论着太阳宫里的目瑙。当它们来到一个名叫"康星央枯"的地方，看到那里一棵遮天蔽日的大榕树上挂满了金黄色的果实，非常兴奋。支年鸟激动地说："哇！这么好吃的果子，我们大家围起来，悄悄地把它吃掉吧！"石介鸟反对说："这么好的果子，我们几个悄悄吃掉，太自私！应该把其他的鸟儿都叫来，我们大家一起分享！"大家对石介鸟的倡议都表示赞同。胜独鸟又提议说："这么漂亮的果子，就这样吃掉，实在可惜。我们不如学着太阳宫，请来所有的鸟儿，举行一次目瑙，然后，再欢欢乐乐地享用这些美味的果子吧！"在场的鸟儿对胜独鸟的倡议都表示支持。它们请来了所有的鸟类，在挂满累累硕果的大榕树上，准备举行大地上的第一次目瑙。

鸟儿们分工协作。目瑙的主持和总管由胜独鸟担任；吟唱颂辞的斋瓦由能哦吴然鸟担任，从此以后，能哦吴然鸟的叫声，一直保持着它吟唱颂辞时"哦！哦格岛日"①的吟唱声；祭祀的董萨由章脑鸟担任，从此以后，章脑鸟的叫声，也一直保持着那时它念诵祭辞时"章脑！章脑！"②的念诵声；负责屠宰

成年男孩佩带长刀 （金黎燕　摄）

牺牲和摆放祭品的肯庄由登科鸟担任，从此以后，登科鸟的叫声，也一直保持着那时它剁肉时"科科、科科"③的响声；领舞的瑙双一开始是犀鸟毛遂自荐担任，但是，犀鸟声太大，它激动时发出的声音吓到了百鸟，于是，瑙双改由漂亮、优雅的孔雀担任。为了安慰犀鸟，它的头像被装饰在了领舞的头饰上。协助瑙双领舞的瑙巴由勒农省瓦鸟和苏梅银鸟共同担任；负责管理酒水和接待来宾的盆伦则由凤仙鸟担任。除了这些分工外，平整舞场、烧火做饭、背水、酿酒、舂米、打扫场地、清理垃圾等细碎的工作都有不同的鸟儿具体负责。鸟儿们齐心协力，用树干做目瑙柱，用树梢做目瑙场，在大榕树上欢乐地跳啊！唱啊！

　　就在鸟儿们欢乐歌唱，翩翩起舞的时候，孙瓦木都和能匡斋瓦贡东都卡刚好从大榕树下经过。他们被树上欢乐歌舞的热

① 象声词，景颇族斋瓦吟唱颂辞的声音。
② 象声词，景颇族斋瓦吟唱颂辞的声音。
③ 象声词，景颇族斋瓦吟唱颂辞的声音。

闹气氛吸引。孙瓦木都好奇地抬头高声向树上发问："树上的，你们在做什么呀，如此热闹？"树上的鸟儿欢快地回答："我们到天上参加目瑙，回到这里看到满树的黄果，激动又兴奋，就学着天上的太阳神在这里跳目瑙呢！"孙瓦木都又问："树上跳目瑙，谁是主持人？"树上的鸟儿回答："主持是胜独鸟。"胜独鸟问："树下的，你是谁呀？"孙瓦木都回答说："树上的叫胜独鸟，树下的我叫孙瓦木都。我们的名字相配也相称！"

与孙瓦木都同行的贡东都卡也向树上的鸟儿们发问："树上的目瑙斋瓦由谁担任？"鸟儿回答："树上的目瑙斋瓦是能哦吴然鸟。树下提问的，你是谁？"贡东都卡回答说："树上的鸟儿你听好，树上的斋瓦叫能哦吴然，树下的斋瓦叫贡东都卡。我们的名字相称了，我们的名字相配了，树下的人们也能跳目瑙了。"

鸟类进行过目瑙后，"康星央枯"地方的大榕树枝叶愈发繁茂，果实累累缀满枝头，鸟类的食物越来越丰富，它们的繁殖也更加旺盛。看到鸟类目瑙后发生的变化，孙瓦木都和他的妻子干占肯努也想学着鸟类举办一次目瑙。他们把举办目瑙的时间选在了正月中旬①。他们请来了吟唱颂辞的斋瓦，请来了进行祭祀的董萨，请来了宰杀牺牲和摆放祭品的肯庄，请来了管理酒水和接待来宾的盆伦，找好了烧火做饭、背水、酿酒、舂米的人。孙瓦木都邀集亲友、邻里，帮忙平整出了举行目瑙的场地，竖起了标志目瑙的神圣目瑙柱。一切准备妥当了，孙瓦木都夫妇请来了四面八方的人们。目瑙开始了，长长的木鼓响得震天动地，圆圆的铓锣敲得山谷回音，蜿蜒的舞队

---

① 正月中旬：即农历正月十五。景颇族的目瑙纵歌节至今仍然沿用了这个日子。

浩浩荡荡，高亢的欢歌起伏跌宕（diēdàng）[1]。人间的第一次丰收目瑙，举行得非常隆重，也十分热闹。人们在欢乐歌舞中，祈祷富裕安康，祈祷人丁兴旺，祈祷六畜繁衍，祈祷五谷丰登，祈祷幸福绵长。跳完目瑙后，孙瓦木都家越来越富有，白米吃不完了，红米堆成山了，猪鸡数不清了，牛马跑满了山坡，金银财门开了，人丁兴旺了，日子也过得越来越红火。

看到孙瓦木都家跳过目瑙后的变化，德如曾利和木干真梯夫妇，也选择在正月中旬，学着孙瓦木都家举办了目瑙。办过目瑙后，他家也越来越富有，日子也越来越红火了。木托贡央和登萨勒敢夫妇，瓦权瓦星贡木干和木贡格旁木占夫妇等景颇族人家，也都学习着前人的经验举办了目瑙。办过目瑙后，他们的日子也是越过越兴盛，家家人丁兴旺，个个身体健康，牛马成群圈不住，红谷白米吃不完。于是，越来越多的景颇人家举办了目瑙，家庭和寨子越来越富裕，人际关系越来越和睦，日子过得舒心顺畅。从此，跳目瑙成了景颇人祈求消灾免难，祈祝吉祥平安、生活富裕的传统。

选编中参照李向前搜集整理：《目瑙斋瓦——景颇族创世纪》，德宏民族出版社1991年版。沙万福吟诵；李向前记录整理。

---

① 跌宕：富于变化，有顿挫波折。起伏跌宕，形容事物多变，不稳定。也比喻音乐忽高忽低，很好听。

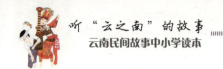
找水

导读：这个故事告诉我们随意污染，任意抛洒和浪费资源，终将受到大自然的惩罚。珍惜资源，敬畏自然，人们的生活才能过得幸福美满。

在动物和人一样会说话的年代，明亮洁净、清凉甘甜的水，把大地滋润得葱茏苍翠，把庄稼浇灌得五谷丰登，把人畜滋养得平安兴盛。可是那个时候，人们不懂得珍惜大自然馈赠的生命之水，他们随意污染，任意抛洒和浪费。洁净的水变得污浊，

景颇族乐队（金黎燕　摄）

甘甜的水开始苦涩。清冽甘甜的水不能容忍世人的欺凌和践踏，为了保持自己的洁净和甘甜，逃到了远离世人的六层天上。

失去了水，草木不再茂盛，五谷不再丰登，人和各种生物的生存陷入了困境。世上不再安宁，人间不再太平。人们后悔了，后悔当初不应该那样随意污染、任意抛洒和浪费水。他们开始

四处寻访水的下落，决心找回清冽甘甜的水。

找水的人们从冬找到春，从春找到夏，寻过了数不清的高山，找过了记不清的平坝，都没有寻觅到水的踪迹。但是，他们没有放弃找寻。秋季的一天，找水的人们来到了蟋蟀和蚂蚱居住的家园，漂亮温顺的蚂蚱，年轻貌美的蟋蟀，正在纵情地欢跳着目瑙纵歌 ①，沉浸在庆祝丰收的喜悦之中。找水的人们向蚂蚱和蟋蟀打听："你们用哪里的水让五谷获得丰登？你们喝哪里的水让生活过得甜美？"蚂蚱和蟋蟀用清亮的嗓音告诉找水的人们："洁净的水像团团棉花盛开在天际，甘甜的水像片片白银撒满了苍天。我们用降自天际的水迎来五谷丰登，我们吮吸来自苍天的晨露让生活过得甜美"。

人们探明了水的去向，觅到了水的行踪，可是要怎样才能登上又高又远的天宫，去找回那清冽甘甜的水呢？人们聚在一起，商量来，讨论去，最后决定造一只能够飞上天宫的神鹰，让它去取回清冽甘甜的水。

人们请来了名叫日旺娃·孙康木干的制造能手，请他制造神鹰。日旺娃·孙康木干看着芭蕉叶制造神鹰。神鹰造好后，人们又请来生命之神松沛娃·勒蒙给神鹰吹气，神鹰于是有了生命。神鹰问人们："你们制造我，需要我做什么呢？"人们回答说："神鹰呀，请你飞到六重天上，为大地上的生灵取回生命之水吧！"人们向神鹰许诺："等你取回了天上的水，空

---

① 目瑙纵歌：意为"欢聚歌舞"。历史上的目瑙纵歌是景颇族的宗教活动，是景颇人为了祈求吉祥平安、生活富裕以及庆祝丰收或战争胜利时进行的隆重宗教祭典。1983年4月，经德宏傣族景颇族自治州人大常委会批准，目瑙纵歌被确立为景颇族法定民族节日，节期为每年正月十五、十六两天。

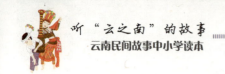

中的飞鸟任你捕食。"神鹰告别人们,展开芭蕉叶一般的翅膀,腾飞到了高远的六层天上。神鹰找到了水,它用嘴含着水,用脚爪捧着水,急速地返回大地。看到翘首等待的人们,神鹰激动的想要向人们报告找到了水的喜讯,它一张嘴,一抬足,口中含着的水和脚爪捧着的水,都泼洒到了树梢上。

神鹰没能把水带到大地上,于是,人们又请日旺娃·孙康木干和松沛娃·勒蒙制造了破脸狗①,请它帮助取回洒在树梢上的水。人们向破脸狗许诺:"等你取回了树上的水,树上、树下的野果任你挑、任你食。"破脸狗敏捷地爬到了树梢,找到了神鹰泼洒的水。它也把水含在了口里,捧在了爪上。破脸狗也急于回到树下向焦急等待的人们报喜,眼看就要落地时,它兴奋得动作太快,把水泼洒到了树根下,水沿着树下岩石的缝隙钻进了石缝里。

人们为了把水从石缝中取出,想了很多办法,他们用各种树干戳,用各种竹竿捣,都没能把水从石缝中取出来。于是,人们再请日旺娃·孙康木干和松沛娃·勒蒙制造了一条细鳞鱼,让它钻进石缝去找水。细鳞鱼钻进石缝,找到了破脸狗弄洒的水。可是,它嬉戏在洁净清凉的水中,再也不愿意出来了。

寄托于细鳞鱼取回水的希望落空了,人们又聚在一起商量,大家认为:"世上不能没有水,世上没有洁净甘甜的水,人类

---

① 破脸狗:学名为"果子狸",属于灵猫科。主要栖息在森林、灌木丛、岩洞、树洞或土穴中,善于攀缘。属杂食性动物,颇喜食多汁之果类,以野果和谷物为主食,也吃树枝叶。分布于中南半岛、印度尼西亚、缅甸、印度、不丹、尼泊尔以及中国华北以南的广大地区,北起北京西郊、山西大同、陕西秦岭山地、川西一直到西藏南部的喜马拉雅,南到台湾、海南岛和云南。

的生活不甜美。一定要寻回洁净甘甜的水。"他们反复商量，决定请日旺娃·孙康木干和松沛娃·勒蒙再制造一只螃蟹去找水。日旺娃·孙康木干照着自己的巴掌制造了螃蟹，松沛娃·勒蒙给螃蟹吹了气，螃蟹有了生命。人们告诉螃蟹，请它钻到石缝中去帮助人们引出水。螃蟹向人们提出了一个请求："让我钻进石缝去引水，你们得先造一只申拜果艳①，让它做照应我的伙伴。"日旺娃·孙康木干照着自己的鼻子制造了一只申拜果艳，松沛娃·勒蒙给了它生命的气息。申拜果艳有了生命，人们告诉它，请它做照应螃蟹的伙伴，一起去帮助人们引水。申拜果艳对螃蟹说："到了直通月、思安月②，你还引不出水来，我就告诉人们，你被水獭（tǎ）③吃掉了。"螃蟹也对申拜果艳说："等到了石木日月、贡诗月④，在出水的地方还听不到你的声音，我就告诉人们说，你被老鹰吃掉了。"

景颇族妇女（金黎燕 摄）

---

① 申拜果艳：是景颇语对蝉（知了）的称谓。

② 直通月、思安月：景颇族历法中的五月和六月。

③ 水獭：是水栖、肉食性的哺乳动物，在动物分类学中属于亚科级别，称为水獭亚科。国家二级保护动物。

④ 石木日月、贡诗月：景颇族历法中的七月和八月。

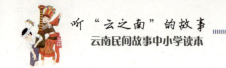

申拜果艳爬上树干，在树枝上等候着照应螃蟹引水，螃蟹则钻进石缝引水去了。到了直通月、思安月，当螃蟹横着爬出石缝的时候，一股清冽的泉水随着它流淌了出来。到了石木日月、贡诗月，申拜果艳在出水的地方高声地唱起了歌来。

螃蟹引出的水，潺潺（chánchán）流向远方，穿山甲、猴子、乌鸦、小鸟、马鹿、山羊、羚羊、麂子等飞禽走兽看到后，按捺不住久旱逢甘霖的畅饮冲动，没有祭祀水神就迫不及待地把泉水喝了个够。喝下泉水后，它们五音不再健全，不能像先前一样的说话了。人们看到飞禽走兽们喝下泉水后不再会说话，便控制住喝水的欲望，聚在一起商讨对策。老人们提出，要先祭祀水神，感谢它对人类的恩赐，请求它祛除附在水中的各种邪魔妖怪，给人类带来滋养。人们采纳了老人们的建议，他们搭起祭坛，向水神敬供了甜酒和鸡蛋，奉上了公鸡和糯米饭，献上了干鱼和肉团。老人们用美好的语言，向水神传达了人们对它的感恩和祈愿。

祭祀后，人们喝下了泉水，他们不但依然能够讲话，而且，声音更加好听了。有了水，人们的生活更加美好了，不但人口增加了，人们的容貌也变得愈发漂亮了，六畜也更加兴旺，五谷丰登装满了粮仓。

选编中参照萧家成著：《勒包斋娃研究——景颇族创世史诗的综合性文化形态》，社会科学文献出版社 2008 年版。沙万福吟诵；萧家成记录整理。

谚语① 选读

◎ 像狮子一样的勇猛，像布谷鸟一样的选择时机。

◎ 良心要像清水一样亮，骨头要像柚木一样硬。

◎ 没有意志的人，一切都感到困难；没有头脑的人，一切都感到简单。

◎ 三蓬好谷可以做一顿饭，三句好话可以解决一个问题。

◎ 老马走错了路，知道回头；明白人做错事，知道改正。

◎ 刀不磨快难砍柴，孩子不教难成才。

（金黎燕　选编）

---

① "谚语"在景颇话中称为"嘎木来"。

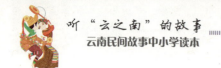
藏　族

藏族简介

　　藏族主要分布在西藏自治区和青海、甘肃、四川、云南等省区。据 2010 年第六次人口普查统计，我国境内藏族共有 6,282,187 人，云南有 142,257 人，其中男性 71,239 人，女性

71,018 人，主要居住在云南省迪庆藏族自治州。藏族有自己的语言和文字。藏语属于汉藏语系藏缅语族藏语支，分卫藏、康、安多三种方言。据汉文史籍记载，藏族属于两汉时西羌人的一支。藏族主要信仰藏传佛教，也有部分人信仰本教、天土教。

香格里拉尼西藏族服饰（章忠云　摄）

　　七世纪初，藏王松赞干布派吞米·桑布扎等 16 人创制了藏文后（也有说改造统一了藏文），不断涌现出一批批学者，他们写下了历史、科技、宗教、天文历算、医药、文学等方面的众多巨著，形成了中外闻名的藏文化宝库。比如，藏文《大藏经》不仅记录了佛学经藏，而且是藏族宗教、语言、文学、艺术、天文、医药、建筑等方面的百科全书。又如藏族文学，主要有神话、传说、史诗、故事、历史文学等重要内容。其中，史诗《格萨尔》被誉为 "东方的荷马史诗"，于 2009 年 9 月被联合国教科文组织列入 "世界非物质文化遗产名录"，讲述发

生在滇西北地区的《格萨尔·加岭传奇》《格萨尔·姜岭大战》
就是其中的重要组成部分，具有浓郁的云南特色，这些故事除
了在藏族中广为流传外，也在部分纳西族、普米族、傈僳族中
流传。

阿尼卡瓦格博

　　导读：这是一篇关于自然的神话，讲述卡瓦格博雪山形成的传说，
反映了藏族先民对大自然形成的认知，表现了藏族先民对大自然探索和与
大自然斗争的精神。

　　天地没有形成时，虚空中什么都没有。后来逐渐出现了大
海，海面除了漂着一层薄薄的雾气外，大海里连只小鱼也没有，
每天大风从四面八方刮来，不知刮了多少亿年，终于有一年大
海中漂起许多由风和雾气积起的石块似的东西，这些东西在海
水中慢慢聚拢，渐渐形成了大地和隆起的山脉。
　　从大海里隆起的山脉，他们不停地生长，直冲云霄。其中
有座俊俏的雪山升起在门地擦瓦绒（藏地东边澜沧江与怒江之
间的地区），今天云南的西北面澜沧江峡谷中，由于这是一座
终年被白雪覆盖的雪山，因此被称为"卡瓦格博"，意思是白
皑皑的雪山。
　　这座雪山的主人也被称为"卡瓦格博"，是一个九头十八
臂的凶神，脾气暴戾，遇到不高兴或不顺心的事，就会大发雷
霆，降下冰雹、泥石流，发起水灾或干旱等等。由于他神力非凡，
成为这方土地上统领天龙八部的首领。不知过了多少万年，那

里出现了人类，卡瓦格博常常发动的灾难让人们苦不堪言，没有能力抵御，只好时时供养这位凶神，称他为 "绒赞·卡瓦格博"，意思是河谷里的赞神①。尽管每天人们都供养他，但他还是时常发脾气，降灾给人们。

也不知过了几百年，大海里突然升起一朵莲花，莲花里生出一位活佛，那活佛就是莲花生大士②。莲花生大士是位法力无边的活佛，他是来卡瓦格博的胜乐乐园③修行的，但他看到卡瓦格博给这里的人们和至上的胜乐乐园带来的灾难，决定用法力降伏他。于是他们俩展开了一场人神之间的大战，最后莲花生大士挥动宝剑砍下了卡瓦格博的八个头和十六条臂膀，降服了他，并让他受了居士戒，成为保护这个地方的首领，统帅其他各路鬼怪神灵。因为卡瓦格博得到莲花生大士的开示，成为至上胜乐乐园的保护者，是胜乐宫殿的主人，这座雪山成为世上罕见的天然胜乐圣地。从此被称为 "念青·卡瓦格博"，意思是大圣地卡瓦格博。

被砍去八个头和十六条臂膀的卡瓦格博，成了一位肤色白净、身材魁伟、手持长剑、骑着白马、腾云驾雾的英俊将军。陪伴其左右众山峰的主人，则成为依附于他的家人和臣子。

他右手边亭亭玉立的雪峰——缅茨姆是他的妻子，她是大海的女儿。有一次卡瓦格博随格萨尔王远征恶罗海国（海洋中的鲁神国）时，龙王觉得要想取胜，必先制服卡瓦格博，但只

---

① 藏族本土宗教本教信仰中一类凶狠的神灵，如水妖、山妖等。

② 莲花生是印度佛教大师，曾于公元八世纪应藏王赤松德赞邀请来藏地传播佛教，并倡建桑耶寺，是藏族 "师君三尊" 中的轨范上师。

③ 藏传佛教中胜乐金刚居住的地方，传说卡瓦格博雪山上建有胜乐金刚的宫殿，是佛教徒修行的好地方。

能智取。于是龙王便利用自己的女儿，假意将小公主缅茨姆许配给卡瓦格博，想让女儿除去他。但事与愿违，缅茨姆与卡瓦格博一见钟情，龙王的计谋没有成功，只能把小公主嫁给卡瓦格博，并向格萨尔王称臣。缅茨姆告别父王，离开皇宫，从此生活在门地擦瓦绒地方，成为专门掌管该地区药材的神灵。

神女峰左肩下五佛冠的雪峰叫杰瓦仁昂，是他的一员大将；紧接杰瓦仁昂峰的卡瓦让达峰则被认为是卡瓦格博的一个舅舅，专门帮他管理财产的；卡瓦格博左臂相拥的是他的爱子布琼桑杰旺修；小儿子旁边的雪峰是他的降魔战神玛奔扎堆旺修……几乎这个地区大大小小的神灵都归他统帅，这些雪峰的主人与卡瓦格博一起构成了一个有国王、王后、王子、臣子、战将相伴的王国；而漫山遍野的树木是装点胜乐乐园的宝伞和华盖；山里的野兽中狼和豹子是看门狗，马鹿是奶牛，狮子和老虎是森林的守护者，熊、野兔、野鸡等则是各种家禽。

除了这个王国里的雪山神灵外，卡瓦格博还有很多亲戚在藏地其他地方。比如他父亲的舅舅是今天位于青海省的阿尼玛卿山雪山，他母亲的舅舅是念青唐古拉山，他的亲舅舅是今西藏路隅地区的杂日山，他的哥哥是今西藏定日县与镇日县的拉齐雪山，他的弟弟是今山南地区加查县的达拉岗布山，他的小妹是康噶夏麦雪山，所有这些亲友都属于冈底斯山脉的家族。

自从卡瓦格博成为胜乐乐园的守护神后，不但管理领地内他的神灵家族，也管理和保护生活在他领地里的黑头藏人，提供生活的场所和富足的生活给他们。但如果黑头藏人在神灵领地任意妄为，比如乱砍村庄生活区域外的树木、胡乱挖山挖石开采矿石、任意捕杀野兽，同样会遭到卡瓦格博众神灵的降灾惩罚。因此，黑头藏人一直很好的遵守这些不可逾越的规矩，

不去破坏卡瓦格博各位神灵的领地，在他们的护佑下幸福地生活着。为了表达心中的敬意，黑头藏人都尊称他为"阿尼卡瓦格博"，意思是卡瓦格博爷爷。

这众多神灵居住的山脉，就是现在以云南第一高峰卡瓦格博雪峰为首的卡瓦格博雪山圣地，汉语中又把卡瓦格博雪峰称为太子雪山，或梅里雪山。

和气四瑞①

导读：这则寓言通过讲述羊角鸟、山兔、猴子、大象四只动物团结合作、和睦相处的故事，告诉人们在生活、工作中，只有彼此和平相处、团结合作，才能维护良好的发展环境。

在佛祖成佛以前，喜马拉雅山脚下有个名叫卡舒嘉耶的国家，那里每天都在打仗，百姓没有一天快乐幸福的日子。在卡舒嘉耶的北边有个叫嘎西的山谷，山谷中水草丰美，森林茂密，野兽众多。林中还有一棵会结不同果实的如意宝树——烈卓达树（印度榕树），树旁居住着一只羊角鸟（鹧鸪）、一只山兔、一只猴子、一头大象，它们常常享用如意宝树上的果实，日子过得快乐平和。

有一天，因为说起谁吃的果实多、谁吃的果实少、这棵树属于谁的问题，它们之间发生了争吵。各自大声述说各种理由，

---

① 该寓言根据流传于云南藏区的释迦摩尼佛《本圣经》民间传说整理。

都说宝树属于自己，吵个不休。最后，它们决定以谁最先看到这棵树的时间来确定属于谁。

大象仰了仰长长的鼻子，第一个发言说："我小时候看到宝树时，与我现在一样高。"

不等大象说完，猴子倒挂在宝树上抢着说："我和我的猴群看到这棵宝树时，我与树一样高。"

听了他俩的发言，大家都认为："大象与猴子相比，猴子的年龄比大象大，猴子比大象先看到宝树。"

看看大象和猴子，山兔摇了摇长长的耳朵说道："我小时候看到宝树时，它还只有两片嫩绿的叶子，我还舔过上面的露珠。"

围在树下的飞禽走兽议论道："山兔的年纪比大象和猴子都大呀！"

听了他们的发言，羊角鸟拍拍翅膀飞上宝树说："我小时候林中没有这棵宝树，有一次我和妈妈去香巴拉做客，吃到了宝树的果实，回来后在我便便的地方长出了这棵宝树。"

大家听了，都知道他们中年龄最大的是羊角鸟，而种下宝树的也是羊角鸟。山兔、猴子、大象很不好意思，不再争辩，而是恭敬地向羊角鸟合掌顶礼，说："我们四个中，您年岁最大，而且给我们种下这么好的宝树，我们理应对您恭敬承侍。"之后，猴子又对山兔合掌顶礼，大象对猴子和兔子合掌顶礼，他们相互之间表示恭敬。

羊角鸟见到大家停止争吵，互相致敬，扇扇（shānshān）翅膀说："按理来说宝树应该属于我，但我们生活在　起，应该抛弃私心杂念，让这棵树作为大家共同的财产，一起分享，像以前一样快乐的生活。"

从此,他们四个无论日常起居或外出游玩都互敬互爱、长幼有序、和睦相处。有时去到山高坡陡的地方,大象会驮上猴子,猴子肩扛山兔,山兔头上顶着羊角鸟,相互照应;有时在森林中采摘食物,或是你驮着我,我擎着你协作劳动。

但是,森林里的其他动物间依然时常有争吵打架、相互残害的事情发生。四个好伙伴决定要让整片森林的飞禽走兽

德钦县羊拉乡藏族(刘成耿 摄)

都团结友爱,和平相处。于是,山兔去劝说所有山兔;猴子劝说所有猴子;大象除了劝说自己的同类外,还劝说老虎、狮子等猛兽;羊角鸟则去劝说飞禽、无脚、四足的其他动物。在他们四个的带动和苦苦劝请下,渐渐地森林里的动物之间开始互不争吵,互不相残,和平安逸地生活在森林里。

森林里发生的这些事情渐渐被卡舒嘉耶的国民知道了,人们想那些动物都可以和平相处,我们人为什么不行呢?他们感到非常羞愧,放下刀枪、平息战乱、回到农田、回到村寨,开始新的生活。不但如此,上天还降下和合甘露(阴阳和谐的雨露),使得大地鲜花盛开、水草肥美、庄稼丰收,整个卡舒嘉耶国喜获丰收,人们生活富裕起来,出现一派国泰民安的景象。

国王心想,我治下的土地风调雨顺、国民安居乐业,都是因为自己的福气惠及国土和国民;而国王身边的大臣、王妃、太子、诸侯们则认为是自己的功劳。因此国王请了一个很有

名的仙人来问话，仙人则把森林中发生的事情告诉了国王，国王恍然大悟。

后来，这个故事常常被画家画在藏族民居、僧房的墙壁、大门、家具和家用瓷器上，称为"吞巴奔翼"，意思是和睦四兄弟，时时提醒人们要和睦相处、互敬互爱、团结合作，才能维护和拥有幸福生活。

格萨尔斗魔救姐①

导读：藏族英雄史诗《格萨尔》，大约产生于十一世纪，是根据藏族英雄格萨尔反侵略、反暴政、封疆拓土的事迹，讲述藏族的古代战争和藏族与不同民族交往的故事。在漫长的流传过程中，逐渐形成了一部巨著，全部史诗估计有一千多万字。《格萨尔斗魔救姐》是流传在今香格里拉一带格萨尔少年时期的民间故事。

贫寒阿妈养英雄儿（云南藏区的人们讲格萨尔王故事时，通常以这句话作开头）。话说，格萨尔小时候还未称王之前，与父母和姐姐们生活在一个叫噶丹域的地方，那是一个水草丰美、人寿年丰的好地方。离噶丹域七座山的地方，却居住着恶魔低干，低干经常出来危害人们，令人们时时担心不已。

格萨尔有三个姐姐，大姐叫囊追，意思是无影无踪；二姐叫旱追，意思是幻化的云霞；三姐叫提追，意思是大地的

---

① 该故事由香格里拉县红坡乡果姑村村民洛茸卓玛讲述，章忠云整理。

德钦县藏族妇女（刘成耿　摄）

化身，她们三个都会神变之术。格萨尔家中并不富裕，经常要与姐姐们出去放牧，大姐、二姐常欺负三姐与格萨尔。大姐和二姐带格萨尔出去，总是让他干许多活，还不让他说话，每次还叫他去空旷的草地上找三个锅庄石来烧火煨茶，他不去，她俩就骂他。但与三姐去的时候，格萨尔什么事情都做，在草地上很难找到石头当锅庄，他就用三饼酥油当锅庄来烧茶，但三饼酥油从没被火烧化过。

有一次，三姐与两个姐姐一起去放牧，三姐把弟弟格萨尔的这个本事告诉了两个姐姐，两个姐姐觉得自己的法术肯定比格萨尔高，也用酥油来当锅庄石，但是酥油被火融化了。突然狂风大作，飞沙走石，刚刚还明镜般的天空被沙尘遮蔽，原来烧着的油烟味引来了住在七座山后的恶魔低干。三姐妹反应过来想要利用法术逃走，慌忙中大姐把手中正在捻羊毛的纺锤扔向天空，纺锤刚好落在天梯上，大姐顺着毛线上了天庭；二姐立刻把身边的奶桶打翻，掀翻在地的牛奶立刻变成一条奶河载着二姐流向大海；三姐正在揉酥油，没来得及变幻，被低干抓了去做妻子。由于三姐的法力敌不过低干，她没能逃得出来。

格萨尔在家中看到那席卷他们家牧场的狂风之后，看出是恶魔作怪，急匆匆赶到牧场，除了牛羊之外，姐姐们不知去向，知道姐姐们遭遇了恶魔。他便带着锋利的劈山刀、挎上千钧难开的神力弓、骑着他的追风嘶云黑龙马到处去寻找。几年后的一天，他来到了七座山后恶魔低干的领地，在第一片草地上用宝刀消灭了幻化为成千上万骏马和面目和善牧马人的小妖魔；在第二片草地上用宝弓消灭了幻化为成千上万牛羊和面目和善牧羊人的小妖魔；在第三、第四片草地上调伏了老鹰般大小的蚊虫军和小狗般大小的蚂蚁军，并让他们变回原来大小的蚂蚁和蚊虫。

格萨尔一路斩妖除魔，终于来到低干城堡外，突然脚底下扎进一根长刺，怎么也拔不出来，刚好被三姐见到，三姐上去帮他拔。没有认出眼前已经是大伙子的人是弟弟，却发现他的脚底有白海螺的印记，伤心地掉下眼泪，弟弟看到她落泪，问起原因。她忧伤地唱道：

看到你的脚，

我想起了我的弟弟，

不知道他现在过得怎么样。

三姐我非常想念弟弟他，

时时牵挂弟弟的生活，

把一头发辫打散开，

一边散乱披着诅咒低干下地狱，

一边好好辫着祝福弟弟顺利幸福。

每天织的羊毛毯，

织成一道黑来一道白，

织出黑的诅咒低干倒霉不顺利，

织出白的希望弟弟万事如意。

……

格萨尔看着眼前的三姐,悲喜交加地说:"三姐,仔细看看我,我就是你的弟弟。"

三姐见年轻人高大英俊,与弟弟瘦弱的样子不像,因此不相信他的话,格萨尔又让三姐帮他梳头,三姐在格萨尔的头上看到了白塔的印记,终于相信这个年轻人就是自己的弟弟。于是,三姐把自己这些年的遭遇告诉了弟弟,为了让姐姐脱离魔爪,姐弟俩商量了对付低干的办法,决定在城堡堂屋的水池中杀死低干。

回到城堡,三姐让格萨尔躲在水池中,上面盖了一个筛子,在筛子上放了一些鸡毛,格萨尔则从水池下面的方格护栏中偷看着。一阵黑风吹来,低干回到了城堡,躺在火塘边,感觉有生人的气息,他扇动鼻翼说:"怎么有生人的味道啊!"站起来四处看了看,没发现什么,又坐回火塘边说:"哎呀,今天我这牙里塞进东西了,去找个东西来掏一掏。"

三姐从火塘边拉了一根柴火给低干, 低干用柴火在嘴里掏来掏去,突然从他嘴里滚出几个人头来。掏完牙齿,低干还是觉得不对劲,大声叫道:"不对,不对,我还是闻到有生人的气味。"

三姐怕格萨尔沉不住气,慌忙去水池里打了一瓢水,一面悄悄告诉格萨尔等待时机,一面把水瓢递给低干让他漱口,说道:"怎么可能有生人来这里,有那么多大大小小的妖怪守在不同的地方,谁有本事进得来。"

低干得意地笑着说:"你说的也对,有谁敢来呢!"

不久低干便在火塘边睡着了。三姐便狠劲地掐孩子,让孩子哭,低干睡意朦胧地问:"孩子为什么哭?"姐姐说:"孩子想看爸爸的魂魄。"但是低干不让看,姐姐又掐孩子,孩子

拉弦子的藏族男子（章忠云　摄）

又大哭起来，没办法，低干只好给孩子看自己的魂魄，并哄孩子说，"你老爸的魂就像八宝图一样，睡着后一个个的变化给你看"，说着又睡下去，并把他的魂魄一个一个放出来让孩子看。

格萨尔有三支神箭，都争着要射低干的心脏之魂魄，匆忙中射出第一箭，但是打在了火塘的三脚架上，听到三脚架上发出"嘭"的声响，低干朦胧中问"是什么声音？"姐姐告诉他，是纺线的竹竿打在三脚架上，没什么。还用那竹竿打了一下三脚架，让低干听，但低干心里不踏实，嘴里数落起来。三姐假装生气地说："你不信，你就打卦看看吧！"三姐拿来卦石给低干，让他打卦，他让三姐去楼下拿些猪粪来算，他看到有个人在江底，被有一百个眼的东西压着，江上有鹰在盘旋，心里想，这个人到不了这里，不用怕。又睡下去，过了一会儿，又被第二支打在三脚架上的箭声惊醒，觉得今天不吉利，心想还得打

一个黑卦算算看，并把放出来的魂魄收了回去。就让三姐去取最脏的东西来算，但三姐取来最干净的牛粪让他打卦，结果看到的与原来的一样，低干就放心地睡着了。

格萨尔只剩最后一支神箭了，他执弓瞄准，用力射出去，一箭命中低干的心脏之魂，然后立刻跳出水池，把三脚架塞进低干的嘴中，姐姐也拉着三脚架上的一个扣环帮弟弟，低干使出一百头犏牛的力气，把格萨尔推到墙上，想抵死他，格萨尔也使出一百座大山压下来的力气抵抗低干，最终把低干抵死了。低干的血漫向楼梯下变成了蚊虫，他的心肝被扔到树林里，变成了野鸡，他的肠子变成了蛇。

格萨尔带着三姐骑着追风嘶云黑龙马赶回家，走了三天三夜，突然想起有件事没有做，想要回去，三姐知道是没杀低干的儿子，三姐舍不得将他杀死，所以央求弟弟"不要用刀子，不要让他流血"，格萨尔答应了姐姐的要求，回到低干城堡，低干的儿子正挥舞着宝剑说着等长大了要为父亲报仇的事。格萨尔因为答应姐姐不用刀，只好到楼下烧麦草，想用烟熏死他，但熏不死，于是抬起走廊上的一根柱子，把孩子垫在柱子下压死了。恶魔低干及其所属妖魔都被消灭了，再也不能作恶。

从此，中甸（今香格里拉县）一带藏族人盖房子一定要建一个雕刻有精美图案的水池，用来纪念为民除害的英雄格萨尔，并一定要把水池建在对着火塘的地方，火塘上方的墙壁上要画八宝图，火塘另一边侧要设供低干的愉康（神龛），表示如果低干要来搞破坏，那么会得到神的帮助，即使你以漂亮得像八宝图的模样出现，也无济于事，但是为了让他的灵魂有个好的去处，不要再为非作歹，人们也天天供养他。

谚语[1] 选读

◎ 雪怕太阳花怕霜，人间最怕没知识。

◎ 鸡长双翅不能高飞，兔脚虽短却能翻山。

◎ 穗小的青稞总是高扬着头，穗大的青稞却总默默低着头。

◎ 四只脚的牦牛都会跌倒，何况两只脚的人。

◎ 良马虽然善走，也要策之以鞭。

◎ 好马不卧，好牛不站。

◎ 没有木头，树不起房子；没有邻居，过不好日子。

◎ 劳动是幸福的右手，节约是幸福的左手。

◎ 有雨天边亮，无雨顶上光。

◎ 早烧（朝霞）不等黑，晚烧（晚霞）行千里。

（章忠云　选编）

---

[1]　"谚语"藏语汉语音译为"当贝"。

布朗族

布朗族简介

　　布朗族是云南省特有民族。根据 2010 年第六次全国人口普查统计，我国布朗族人口为 119,639 人，其中云南有 116,573 人，男性 60,117 人，女性 56,456 人。主要分布在西双版纳傣族自治州勐海县、临沧市双江拉祜族佤族布朗族傣族自治县、普洱市澜沧拉祜族自治县等，全省有 20 多个县有布朗族散居，呈小聚居大杂居状。布朗语属南亚语系孟高棉语族佤德昂语支。布朗族源于古代"濮人"族群，普遍信仰南传上座部佛教，同时保留一些原始宗教习俗。布朗族民间文学有诗歌、神话、传说、故事和谚语等。

布朗族在演唱（玉罕娇　摄）

顾米亚

导读：《顾米亚》是一篇关于天地和万物起源的创世神话，它塑造了创世神"顾米亚"具有超常智慧的英雄形象，反映了布朗族先民对于天地万物和人类的来源的观念，体现人类战胜自然灾害、建设美好生活的愿望。

相传远古时代，没有天，也没有地，更没有草木和人类。到处是一团团黑沉沉的、飘来飘去的云雾。巨神顾米亚和他的十二个孩子，立志要开天辟地，创造万物。为了寻找建造天地的材料，他们一刻不停地劳苦奔波着。

那时候，有一只巨大的神兽，它与云为友和雾做伴，在广阔的天空中，自由自在地漫游着。

顾米亚发现了这只神兽，剥下它的皮做成天，用美丽的云彩给天做衣裳；用它的两只眼睛做成星星，让它们在天上闪闪发光。又把神兽的肉变成地，把神兽的骨头变成石头，把神兽的血液变成水，把神兽的毛变成各种花草树木，最后他们把神兽的脑浆变成人，把神兽的骨髓变成各种飞禽走兽爬虫。

天高悬在空中没有东西支撑，倒下来怎么办呢？大地虚悬在下面，没有东西托着，翻过来怎么办呢？聪明的顾米亚想出了办法：他们把神兽的四条腿变成四根大柱子，竖在地的东西南北四个角上抵住天，又抓一条大鳌把地托住。大鳌不愿做这件事，随时都想逃跑。只要它的身子稍微一动，整个大地就会震荡起来。为了防备大鳌逃跑，顾米亚派了他最忠实的一只金鸡去看守，它一动，就啄它的眼睛。有时候，金鸡太疲倦了，一闭眼睛，大鳌就动起来，发生地震。这时候，人们就要赶快

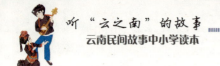

撒米，唤醒金鸡。

天，稳当了，地，也牢固了。天上布满了美丽的云彩，亮晶晶的一对对星星在闪闪眨眼，地上的人们愉快地劳动着。小鸟在空中飞翔，蜜蜂在花丛中唱歌，麂子在山坡上奔跑，鱼儿在水里游玩……这广阔的天地多么可爱啊！顾米亚和他的孩子笑了。

可是，不幸的事情来了！向来与顾米亚作对的太阳九姊妹和月亮十弟兄，不甘心顾米亚的成功，要破坏他开天辟地的业绩。它们一齐来到顾米亚开辟的天地间，集中了热量，放射出暴烈的光，晒呀晒，想毁灭这大地上的一切。

美丽的云彩变了颜色，亮晶晶的星星失去了光彩，土地干得裂了缝，庄稼枯死了，花草树木萎谢了，螃蟹的头被晒掉了，鱼的舌头晒化了，蛇的脚晒掉了，青蛙的尾巴也晒掉了。所以现在螃蟹没有了头，鱼没有了舌头，蛇没有了脚，青蛙也没有了尾巴。

顾米亚要出门去，太热了，他把蜡糊在篾帽上，戴着遮太阳。可是一走出门，蜡就被太阳晒化了，一滴一滴地淌在他的眼睛里，烫得直跳。"不打掉你们，就不算开天辟地的好汉！"顾米亚愤怒地发誓。

顾米亚到森林里砍来坚硬的青皮树做成弓，取来柔韧的藤子搓成弦，又到竹林里砍来竹子削成箭，再把箭头抹上有毒的龙潭水。

弓箭做好了。顾米亚踏着像在炉子里烧过的铁块一样的石头，游过像锅里沸腾的开水一样的江河，汗水像下雨一样地流着，历尽了千辛万苦，他终于爬上了最高的一座山峰。

太阳姊妹和月亮弟兄们，正在得意地卖弄它们的本领，把夹杂着火花的热气，大量地放到地面上来。顾米亚已经爬上了山顶，他心头充满了仇恨和愤怒，还没有来得及揩一把汗，喘一口气，就拉开弓，搭上箭，对准一个太阳射去。震天动地的一声巨响，太阳被射中了，冒着火花滚到山坡底下去了。剩下的八个太阳，十个月亮更加猖狂。它们一齐向顾米亚进攻，想把他烧死。紧接着，第二箭、第三箭……嗖、嗖、嗖地向空中射去。太阳月亮一个跟一个的被射死。天空血雨如注，地上清凉了不少。枯萎的庄稼和草木又活起来了，花又开放了。太阳月亮的血，落到土上，土地被染红了，落到树叶上，树叶被染红了，落到花上，花儿被染红了，落到白鹇的脚上，白鹇的脚也被染红了。

天空只剩下一个太阳和一个月亮了。它们看到自己的兄弟姊妹一个个被射死，害怕了，连忙掉转头就跑。这时，顾米亚已经累得两臂无力了，但余怒未消，又勉强把第十八支箭向最后一个月亮射出去。一来是顾米亚没有力气了，二来是月亮跑得快，这一箭没有射中，正好从月亮身边擦过去，吓得它出了一身冷汗，浑身都凉透了。从此，月亮就不会发热了。跑脱了的太阳和月亮，怕顾米亚的箭，乖乖地躲起来，再不敢露面了。

可是这样一来，天空没有了太阳和月亮，地上没有了光明和温暖，成了一个黑暗、寒冷的世界，白天和黑夜也分不清了，河水不动了，树枝不摇了。人们只好把灯挂在牛角上去犁田，出门一步，都要拄着金竹杖，不然就会摔倒。

黑暗、寒冷的日子怎么过啊？顾米亚想，应该去把躲起来的太阳、月亮找出来，让它们为这个可爱的地方效力。于是他派燕子去打听太阳和月亮的下落。

过了些日子，燕子飞回来了，它向顾米亚报告："在东边，

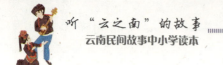

天地的最边缘，有一个大石洞，太阳和月亮躲在里面。"

以花为媒——从过去的送花习俗演变出来的节日花饰（街顺宝　摄）

顾米亚召集了百鸟和百兽来开会，和大家商量去请太阳的事。大家都赞成顾米亚的主张，愿意不辞劳苦到遥远的地方去把太阳请出来。只有黑头鸹和白头鸹没有去，黑头鸹染红了它的屁股，哼哼唧唧地哄大家："我生病，拉肚子。你们看，我的屁股都红了！我飞不动，不去了！"白头鸹也染白了它的头，哭哭啼啼地对大家说："我爹妈都死了，你们看，我还包着孝布呢！我不能出远门，不去了！"从此，黑头鸹的红屁股和白头鸹的白头，永远成了自私、懒惰、怕吃苦的象征，被大家所嘲笑和唾骂。

请太阳的队伍，浩浩荡荡地出发了。燕子飞在前面引路，紧跟着的，是一大群为大家照明的萤火虫。天空上飞的，由声音洪亮、口才最好的公鸡率领；地上跑的，由勇猛强壮、力气很大的野猪率领。

躲在石洞中的太阳和月亮，这时已结成了一对夫妻。它们日夜担心：日子长了，会闷死；没有东西吃，会饿死；要想出去，又怕被顾米亚的箭射死。它们没有办法，互相拥抱着痛哭。正在发愁，忽然听到外面一片吵吵嚷嚷的声音，它们更加害怕地挤在角落里，连气都不敢出。

请太阳的队伍到了洞门外，大家七嘴八舌地叫喊着、恳求着，可是石洞里一点动静都没有。公鸡请大家静下来，它抖了抖美丽的羽毛，伸长了脖子，"喔喔喔"地叫道："光明的太阳，美丽的月亮，快快出来吧，给我们热和光！"

公鸡的声音多么恳切、和善、柔美、动听，太阳和月亮放心一些了，它们答话了："我们情愿在洞中闷死、饿死，也不愿被顾米亚的箭射死！再说，我们出来了，也没有人拿东西给我们吃。"

大家齐声唱："来请你们正是顾米亚的意思，他再也不会射杀你们，他的女儿会供给你们早晚的饮食！"

太阳、月亮不相信顾米亚会饶恕它们，还是不敢出来。最后，公鸡向太阳、月亮保证："以后我叫你们，你们才出来，我不叫，你们不出来，就没有危险了。"为了不让它们怀疑，公鸡又砍了一个木疙瘩，一半丢进洞中给太阳、月亮，一半戴在自己头上。所以现在公鸡头上才有一个大冠子。自那时起，公鸡便担负了每日叫起太阳的任务。而顾亚的女儿则担负了喂养太阳、月亮的任务。她一日三变，早晨是一个美丽的小姑娘，晌午变成一个漂亮结实的媳妇，晚上又变成一个白发苍苍的老太婆。她一天不停地忙着拿金汁喂太阳，用银汁喂月亮。

最后大家按照顾米亚的嘱咐，要求太阳和月亮一个白天出来，一个晚上出来，月初和月尾的晚上，让它们在石洞中相会。太阳是个年轻媳妇，胆子小，晚上害怕，让她白天出来。可是白天出来她又害羞，月亮就送给她一包绣化针，告诉她，出来时谁看她的脸，就用针刺谁的眼睛。

一切都商量好了，太阳、月亮就要出来了，但一块大石头

把洞口盖得严严的，出不来。大家一齐动手，抬呀、掀呀、搬呀，石块却一动也不动。野猪摇了摇它的大耳朵，说道："大家让开，让我来试试看。"它用力一拱，大石块就给掀在半边。

太阳、月亮出来了，日夜分明了；大地上又有了光明和温暖！太阳照到山坡上，百兽出来奔跑了；太阳照到森林里，百鸟出来唱歌了；太阳照到河水里，鱼儿出来游泳了；太阳照着老大爹，老大爹出来修理犁耙了；太阳照着老大妈，老大妈出来纺线了；太阳照着小伙子，小伙子下田干活了；太阳照着小姑娘，小姑娘上山砍柴了；太阳照着小娃娃，小娃娃出来放羊了。晚上，亮堂堂的月亮出来了，月亮照着老年人，老年人高兴地讲起了故事；月亮照着小娃娃，小娃娃快乐地玩起了游戏；月亮照着年轻人，年轻人跳起了欢快的舞蹈……

一切都有了生命、欢乐和希望。这可爱的天地啊，更加可爱了！

岩的兴（布朗族）讲述；朱嘉禄采录，采录于勐海县。原载《中国民间故事集成·云南卷》，2003年版第150~154页。

讲忌讳

导读：这是一则笑话故事，是对迷信思想的嘲讽。

布朗人喜欢用自己制造的竹夹剪^①捕捉山鼠。有一家父子

---

① 竹夹剪：一种用竹子、竹篾做成的捕鼠工具，设计有机关，当鼠类觅食触碰到机关时会被夹住，有的会挣脱逃命，有的就成了猎物。

俩，做了许多竹夹剪，准备上山支放捕捉山鼠。上山前的前一天晚上，父亲在火塘边嘱咐儿子："明天一早，我们要上山支放竹夹剪了，但放夹剪有许多禁忌，犯了忌讳，山鼠就不来钻我们的夹剪了。"

"有些什么忌讳呀？"儿子问。

"第一，要起得早，避免出门遇到人。"

父亲告诫儿子，"第二，从出门到归家不能讲一句话，我怎么做你就照着怎么做，不许问。如果讲了话，破了口，犯了忌讳，好运气就走了。"

儿子听完父亲的话，连连点头："您放心，这些忌讳我都记住了。"

第二天，天蒙蒙亮，父子俩就起床了，谁也不讲一句话，各自扛上一大捆竹夹剪就上山去。因为起得早，一路上都没有碰到人，父亲心里暗暗高兴，认为这次运气一定不错。

到了山上，父子俩不言不语，上起夹剪的触销，一张又一张放在山鼠经常来往的路上。父亲对儿子听从告诫不破忌讳十分满意，心想这回一定会夹到很多山鼠。

当夹剪快下完时，不料父亲绊着一棵藤子，触发了一张已经下好的夹剪。"啪"的一声，夹剪的竹弓一下弹开，把一粒沙子弹进了父亲的眼睛里。父亲连忙向儿子招了招手，意思是叫儿子来给他取眼里的沙子。儿子因为父亲有言在先，只能父亲怎么做就跟着怎么做，也连忙向父亲招了招手。父亲看儿子不理解自己的意思，又用左手扒开眼皮，用右手揩了揩进了沙的眼睛。儿子一看，又连忙用左手扒开自己的眼皮，用右手揩揩自己的眼睛。父亲无法，只好用手扒着眼皮朝儿子走去，儿子一看，也连忙扒着眼皮朝父亲走来。两人面面相觑，父亲指

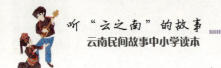
指自己的眼睛,儿子也指指自己的眼睛。父亲火了,给了儿子一巴掌,儿子也马上还了父亲一巴掌。父亲更火了,踢了儿子一脚,儿子也马上还了父亲一脚。父亲实在无法,只好开了口:"我是叫你给我取眼里的沙子,你瞎整些哪样名堂?"儿子这才恍然大悟,对父亲说:"谁知道呢?你不是说过什么也不许问,只准你怎么做我就怎么做吗?"

张银生讲述;张文彬搜集整理。

原载《山茶》1984年第1期第77~78页。

知了的肚子为什么是空的

导读:这是一则动物故事。在自然界的生物链中,人与各种动物、各种动物之间,自古就存在着密不可分的联系。这个故事告诉我们,无论在什么情况下,做错了事总是要承担责任的。

南国盛夏之后秋高气爽,在布朗族生活的云岭丛山中,随处可听到知了在鸣唱,知了身子小而叫声洪亮。传说,有一次,一只歇在树枝上的知了突然放声鸣叫,把正在树下睡觉的麂子吓得拔腿就跑,奔跑中麂子踩到了蚂蚁的窝,愤怒的蚂蚁啃断了南瓜藤,南瓜掉下来,吓坏了地上觅食的野鸡,野鸡慌忙飞到一棵树上,干枯的树枝掉下来砸着大象的耳朵,大象以为天降灾祸急忙逃命,奔逃中,大象踢翻了正在烧开水的大锅,锅里的开水泼在公主的身上,公主又痛又羞,向她的父亲国王哭诉。

施甸布朗族（玉罕娇 摄）

国王怒火万丈，他派官吏追查肇事者，并下令用重刑处罚肇事者。官吏问大锅，为什么用开水泼公主？大锅说是大象踢翻它；官吏问大象为什么要把大锅踢翻？大象说是树枝砸着它的耳朵；官吏问树枝，为什么平白无故砸大象的耳朵？树枝说是野鸡飞起来落在它的身上把它折断了掉落下来；官吏问野鸡为什么飞落已枯的树枝上？野鸡说是南瓜掉落在它觅食的旁边吓着它；官吏问南瓜为什么掉落在觅食的野鸡旁？南瓜说是蚂蚁啃断瓜藤，南瓜受了伤才掉下来；官吏问蚂蚁，农家种瓜是为了收获，你把瓜藤啃断，瓜未成熟落下来，你该当何罪？蚂蚁说，麂子像疯了一般瞎跑，它踩着我的窝，还踩死了我好多同伴，我愤怒之极才啃南瓜藤解恨，要怪就怪那疯麂子；官吏问麂子，你瞎跑什么？把蚂蚁的窝踩烂，还踩死好多蚂蚁；麂子说，我在树下睡得正香，知了在树上突然大声吼叫，那声音像岩石崩裂，像大树倾倒，我猛然惊醒，以为要被压死，只顾逃命，哪顾得上别的；于是官吏就去找知了，知了什么也说不出来。就因为知了瞎叫，惹了一大堆祸。官吏罚它，它什么也没有。官吏就把它的肠了剔出来，算是对它的处罚，所以知了就没有了肠了，它的肚子里空空的。

俸春华收集整理。

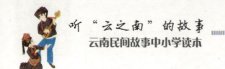

狗为什么追麂子

导读：这是一则动物故事。历史上布朗族曾经有过长期的狩猎生活，而狩猎中麂子是重要的捕获对象。在狩猎过程中狗是人的重要的助手，它们会嗅着猎物留下的味道，引领猎人追赶猎物。这则故事是劝诫人们不要做坏事，做了坏事总会留下痕迹，终会被发现并受到惩罚。

古时候狗有角，麂子没有角。麂子看到狗每天都昂着头、挺着胸，走来走去，骄傲地炫耀着自己的角，心里十分羡慕也十分忌妒。

麂子想，凭什么狗有角而我没有呢？它暗下决心，要把狗角抢来据为己有。

一天，麂子约狗到一个农家春米的木臼旁边玩。狗如约而至。麂子约狗进行舔糠比赛，看谁能舔到木臼里的细糠。麂子舔了几口，抬起头来洋洋自得地对狗说："啊—这味道真美，能舔到这样的美味是上苍赐给我的福气，你肯定没有这个福分。"狗很不服气，说："岂有此理，我怎么没有这个福分？"它伸嘴进去舔，结果怎么也舔不到，因为它的角卡在臼口上。狗一着急就把头上的角取下来放在一边，这样，它就能舔到木臼里的细糠。趁它低头舔食臼里的细糠时，麂子把它的角一把抓起戴在自己的头上，然后撒腿就跑。当狗抬起头来时，麂子已经跑得很远了。狗发现自己上了当，它引以为自豪的角被麂子抢跑了，心里极为愤怒，它拼命追了上去。

麂子做贼心虚，逃跑时慌不择路，它跑入农家的菜地，踩着地里的韭菜，它的脚上永远留下了韭菜味。直到今天，撵山时麂子跑到什么地方，狗都会嗅着它的足迹追赶到它。

俸春华收集整理。

谚语① 选读

◎ 渴不着水葫芦，冷不着铁三脚。

◎ 不快的刀可以磨，不会做的事可以学。

◎ 月亮打伞要下雨，太阳打伞天要晴。

◎ 晴天不忘蓑衣，雨天不忘葫芦。

◎ 弟兄和睦家富贵，妯娌和睦永不分。

◎ 勤是摇钱树，俭是聚宝盆。

◎ 能听正反话，做事才不偏。

◎ 穷不有种，富不有根，穷富在本身。

◎ 山高还有天在上，强中还有强中强。

◎ 品德好丑看行为，单听其言不可靠。

◎ 胡作非为要闯祸，谨言慎行保平安。

◎ 野藤虽软可以缠死大树。

（玉罕娇　选编）

---

① "谚语"在布朗话中称为"哼模含"。

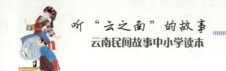

布依族

罗平县布依族老太太（杨福泉　摄于 2015 年）

布依族简介

据 2010 年全国第六次人口普查统计，我国布依族人口为 2,870,034 人，其中云南布依族有 58,790 人，其中男性人口 31,341 人，女性人口 27,449 人。云南布依族主要居住在曲靖市的罗平、文山州的马关、红河州的河口、昭通市的巧家和鲁甸及昆明市的五华、盘龙、西山、官渡、东川等区。

布依族属汉藏语系壮侗语族壮傣语支，在长期的发展过程中吸收了不少汉语词汇。1956 年创制了用拉丁字母拼写的布依文。学术界在金沙江流域一代布依族村民家中发现保存完好的布依族象形文字古籍百摩经书。

布依族源于百越族系中骆越人的一支。布依族有"布依""布绕""布雅"等自称。1953年开展民族识别时,以布依为共同的族称。布依族信仰万物有灵的自然崇拜、多神崇拜。少数人信仰天主教。

布依族是稻作民族,纺织民族和水乡民族。他们大部分居住地区为亚热带气候。村寨多依山傍水。他们的刺绣与织锦历史悠久,很有特色。

牛王节的传说

导读:这是一篇节日的传说,讲述了节日和节日餐饮的来历。但主题是讲古代布依族驯牛为生产力,用牛代替人劳动以提高功效。

云南省河口县、马关县的布依族有过牛王节的习俗,时间是每年的农历四月初八。节日期间染红、黄、蓝、绿、黑五色糯饭,红、绿鸡蛋。以腊肉、鸡鸭、糯玉米面、豆类、鱼等为菜肴。祭牛王、祭祖、洗净牛身,并用青草包五色饭喂牛,牛角挂红绿鸡蛋,让牛休息一天,青年男女上山对歌。

牛王节的传说,古时候种庄稼是刀耕火种,或用锄翻土种植,工效低人又累,有一天一位老叟说:"要是有什么代替人松土种庄稼就省工了。"一个名叫阿千的男青年听了受到启发,他为找代替人松土种庄稼的东西,琢磨了两天,一直没找到。后来他梦见布依族始祖布洛陀,他将寻找代人松土种庄稼的东西告诉布洛陀,布洛陀教他驯服野牛,用牛犁田耙地代人劳动。

有一天，阿千上山支套索，套着一头野牛，他邀约十多个青年男子去牵，野牛见人十分惊慌，往大山里奔跑，相反被野牛把人拖去老远，跌倒在地，手脚都受了伤。有一天晚上阿千又梦见布洛陀，他求布洛陀给一个制服野牛的好主意，布洛陀教他穿牛鼻厩养，让牛对人消除恐惧，就可以驯服了。后来阿千在野牛经常出没的地方挖陷坑，坑上搭木条，木条上铺草，一头野牛往那里经过坠入坑内，阿千邀来十多个壮汉穿牛鼻，割青草在坑内喂养几个月，才牵出来厩养，驯服了才牵上山吃草。

阿千驯服了野牛，但没有工具，代替不了人劳动。他又设计了好久才造出木犁和木耙，用牛拖犁翻土、拖耙耙土，就可以播种栽粮食，一牛可顶五十个人劳动。阿千驯牛犁地的事一传十、十传百的传开了，人们都学阿千驯牛。消息传到纳达王的耳朵里，纳达王派土兵请阿千到他家，他要买阿千的牛和木犁、木耙，阿千不同意，纳达王说："你用十天时间犁耙完我家的水田，按时完成我就饶了你，我的三个姑娘你可选一个为妻，十天完不成，你的牛和犁耙全部归我"。纳达王的水田可栽一斗稻谷育的秧苗，面积吓人。阿千每天起早贪黑，顶烈日迎风雨的做苦工，才八天就犁耙完纳达王的水田。竣工的那天是农历四月初七。纳达王很高兴，称阿千的牛为牛王。为庆贺阿千和牛的功劳，四月初八纳达王杀鸡宰鸭款待，并请亲戚来赴宴。纳达王的三姑娘很聪明，采些野生植物作染料，把糯米染成红、黄、蓝、绿、黑五种颜色，舀入甑中蒸熟成五色糯饭，又美观，味又香，把鸡蛋煮熟染成红、绿两种颜色，阿千见了十分开心，问姑娘："五色饭和红绿鸡蛋有何含意？"姑娘说："五色饭代表大地，绿鸡蛋代表水稻，红鸡蛋代表我们两个的喜事。"阿千觉得三姑娘很聪明，就娶她为妻。由那时起，布依族每年都过四月初八牛王节。

罗起兴讲述; 罗洪庆记录整理; 流传地区: 河口县布依村寨。

聪明女智斗妖魔

导读: 这是一篇狼外婆型故事。布依族民间流传古代有一种长发妖魔，专门吃人，惯称老辫妈①。此故事是聪明姑娘智斗老辫妈取胜。 **提示:** 小孩要善于动脑筋，机智勇敢，少上当受骗。

古时候，有一户独家村，老两口只有三个女孩。一天，夫妻俩要外出，交代孩子们晚上去叫外婆来陪睡。此话被森林里的老辫妈听见了，它就去她外婆家村旁的森林里躲起来。到了傍晚，大姐就到外婆家对面的山坡上喊外婆，但外婆没听见，老辫妈听见了，就学着外婆的音调，答应晚上来陪睡。

到了晚上，老辫妈在门外喊: "小梅，外婆来了。"大姐经常听妈妈讲老辫妈吃人的故事，为了提防老辫妈骗自己，就说: "外婆，你先伸手从篱笆洞来给我摸。"老辫妈就把手伸去，大姐摸了大吃一惊，满手都是毛，就说: "你不是我家外婆，我不给你进屋。"老辫妈就去森林里把手上的毛燎光，又来学外婆的音调叫开门，大姐又叫伸手进来摸，这次手上没毛了，大姐信以为真，就打开门让老辫妈进来。家里又没有灯，看不见面目，进门后老辫妈就说: "洗脚睡觉。"凭大姐的经

———————
① 布依族民间流传古代有一种长发妖魔，专门吃人，惯称老辫妈。

罗平县集市上卖烤鱼的布依族妇女（杨福泉 摄于 2015 年）

验，已知道进家的人不是外婆，而是老辫妈了。洗脚时，大姐抓些灰涂在脚上，防老辫妈吃自己。睡觉时老辫妈和三姐妹睡在一张床上，大姐准备睡觉后收拾老辫妈，但是因为太疲倦，上床一会儿就进入了梦乡。醒来时，大姐和二姐听见老辫妈吃什么东西啃特啃特的响，大姐问："外婆，你在吃什么东西？"老辫妈说："吃干香绿炒豆。"大姐说："外婆，给我尝点。"老辫妈便递给大姐吃。"啊！原来是小妹的手指。"大姐灵机一动说："外婆，我要老二陪我去厕屎。"老辫妈说："你去灶边屙。"大姐说："灶边有灶神。"老辫妈说："你去门边屙。"大姐说："门边有门神。"老辫妈又说："你去香火脚屙。"大姐又说："那里有土地神。"老辫妈说："你拿根绳子拴在手上，交一端给我拉。"大姐照老辫妈说，将绳的一端交给它，就打开门跑出去了，然后将拴在自己手上的绳子解开拴在了猪脚上，两姐妹悄悄上楼抽了梯子。老辫妈等了许久不见两姐妹回来，就用力拉绳子，拉一次猪叫一声，老辫妈出来看已不见两姐妹，找去找来才发现在楼上，但它没法上去。就在家里烧火熏楼，两姐妹就用瓢舀缸里的酸汤往下泼　，火就被淋熄。老辫妈说；"耗子，你不要屙尿淋我的火熄，我捉到两个姑娘，我吃她们的肝，你吃肚肺。"老辫妈继续烧火往楼上薰，酸汤舀完了，她们就丢下坛子把老辫妈打得头昏眼花，老辫妈大叫；"雷打我了！""雷打我了！"急忙钻进柜子里躲藏，两姐妹立即下楼将柜子上锁，烧开水往柜里灌。老辫妈被烫死了。两姐妹将老辫妈埋在李子树脚作肥料，第二年李子长得又大又甜，大姐上树摘李子，老辫妈变成许多毛虫密密麻麻地挤满李子树，使她无法下树，这时有个赶马的男青年路过那里，大姐喊；"赶马哥，赶马哥，你抱我下树我做你老婆"。赶马青年用装稻谷的麻袋搭在李子树上，将她抱下树。

罗金美讲述；罗洪庆收集整理。

为民除害感动美女结良缘

导读：这是一篇精怪故事。故事讲了做人要忠良，害人终害己，帮人如帮己。故事的中心是说韦宏起歹心害别人相反害死自己。另一方面是讲述黄魁、黄帅为民除害感动美女结良缘。即好心有好报。

古时候，有一座高山，山上有一塘天然大水池，水清澈见底，池中有红色和白色的鲤鱼，四周长满山花，风景十分美丽。池中每年都会有仙女来洗澡，但是凡间的人很少能看见。有一

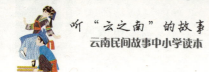

年的七月初，七仙女又下凡来洗澡，被布依族伙子黄小宝发现了，他隐蔽在草丛中瞅，个个都是美女，他心中想，如果自己能娶其中一人做妻子多好啊！但不知用什么方法才能如愿。后来他想出一个巧妙的办法，叫自己的妹妹到洗澡塘旁假装在采花，以便瞅准七仙女的衣裙是什么颜色，仿造缝制一套。第二次仙女来洗澡时由黄小宝的妹子穿上布依族衣服去那里采花，暗中用凡间仿造的假衣裙换了七仙女的一套衣裙。黄小宝隐藏在草丛中观看。不一会儿七仙女都上岸穿衣裙准备上天，可是四仙女穿的是凡间仿制的那套衣裙，因此不会飞了。其他六位仙女飞到天空后又返回地面来牵四仙女，还是上不了天，大家慌乱地哭作一团。这时，黄小宝吹起一曲非常动听的木叶，七仙女见这位布依族伙子人才俊俏，就劝四仙女和他成亲，本来四仙女是不想留在凡间的，但是自己又回不去天上，只好同意了。六个仙女都飞回天上，留下四仙女和黄小宝成了婚。

事隔六年，四仙女生下两个男孩，老大取名叫黄魁，老二取名叫黄帅。有一天，黄小宝去下地干活，四仙女在家带小孩，东翻西翻发现了一套衣裙，很像过去自己穿过的，就穿上试一试，果然飞了起来，她很高兴，情不自禁地飞上天了。两个小男孩大声哭喊着："妈！妈！"可是四仙女没有下来。黄小宝回来后，听两个孩子说妈妈飞上天去了，马上去看自己收的衣裙，已经不在，他全明白了。小宝因思念妻子，又气又急，很快就得病死了，剩下两个孤苦伶仃的小孩。四仙女飞回天宫，受到王母娘娘的惩罚，又把她赶回凡间。她回到人间时，丈夫黄小宝已去世了，她既惭愧又难过，哭得死去活来。

事隔一年后，有一个名叫韦宏的伙子向四仙女求婚，两人又结成了夫妻，生活还过得不错。黄魁、黄帅长到十多岁的时候，韦宏想把他们分居出去，但又怕左邻右舍的议论，就故意刁难，命令两兄弟在两天之内将一片森林开垦成地，两兄弟去看，发现砍完那片茂密的森林需要两个月，急得坐在林边哭。这时突然出现了一个白头发老叟，问两兄弟为何伤心，两兄弟一五一十地说给他听，老叟说："你们回家去吧，这片森林我帮你们砍。"两兄弟刚离开一个时辰，就狂风大作，有千把神斧和千把神刀一起如雨一般落向森林，顿时，一大片森林全部被砍倒了。第二天韦宏带黄魁和黄帅两兄弟去看，被砍倒的树都已成干树，放火焚烧就可以下种了。两兄弟看见两棵小万年青树还屹立在中央，就走进去看是怎么回事！韦宏就在四面点燃了大火，想烧死他们，在这紧急时刻，天空飞来两只大雕，将两兄弟叼回家里。

罗平县布依族小女孩
（杨福泉 摄于 2015 年）

这边火势很猛，火焰特别高，韦宏只顾撤离火场往后跑，未发现大雕来救两兄弟，他回到家里见两兄弟安然无恙，十分惊奇，难道是龙生龙凤生凤，仙女生仙儿？当天晚上韦宏不甘心，在晚餐时在黄魁的酒杯里投了毒，大家刚要上桌吃饭，韦宏忽然感到肚子不舒服，急忙去解手，当时兄弟两人在外乘凉，猫跳上桌碰翻了一杯酒，四仙女又另外斟酒，端菜上桌，原来的酒杯位置被移动了。吃

饭时，韦宏端着毒酒举起酒杯说："为祝贺开荒种地成功干杯。"兄弟俩也举起酒杯一饮而尽。结果韦宏中毒身亡。大家都莫明其妙，不知道是怎么回事。四仙女慢慢思索，才明白是死者投毒害别人不成，反而害了自己。现已变成一桩案子，有理讲不清。四仙女发给儿子每人一把刀，出门各找生路，她本人又上天另寻生计。

黄魁和黄帅两兄弟第二天埋葬继父，韦家的人就去县衙门告状。第三天，四仙女悄悄上天，两兄弟则一起出走。他们走了一整天，天色已晚，遇到一个村寨，就选择了一家人敲门投宿，但是敲了十多次都无人来开门，他们又喊："请主人开门，我们是远方的客人，来要点饭吃。"果然有两个姑娘来开门，两兄弟进门便问："大姐，你们这里为何天黑就关门闭户，黑灯瞎火的？"两姐妹说："我们这里老羿妈很多，到了晚上就出来吃人，村里有好几个人被老羿妈吃了。所以，晚上大家都关门闭户不出门。"黄魁说："现在不见老羿妈呀，在哪里？"姑娘说："现在她们躲在森林里，谁家舂碓响就去谁家吃人。"黄魁说："我们一起来杀老羿妈吧，请你们两姐妹在家舂碓，我们两兄弟在大门旁等待。"两姐妹舂碓约一支烟的时间，老羿妈就推门闯进家来，两兄弟奋起杀妖，当场砍死两个，杀伤三个，受伤的老羿妈急忙夺路逃跑了。他们跟踪追击，追到大森林里，见老羿妈钻进了大岩洞，洞中还有许多老羿妈。两兄弟不敢蛮闯入内，就在洞外听动静，只听到受伤的老羿妈说："村里来了两个勇猛的男人，手中抬着大刀又砍又杀，我们的人被砍死两个，三个被砍伤，幸亏刀是干净的，如果他们的刀粘鸡屎，我们三个都活不成了。"

黄魁和黄帅赶回村寨，在两个姑娘家住宿，第二天，他们杀老辫妈的消息很快传遍全村。许多人都来看两位杀老辫妈的人。两兄弟趁机组织本村的青壮年男子，有的端剽刀，有的拿杀猪刀，所有武器上全抹上糖鸡屎。到了晚上安排女人在家舂碓，男人埋伏在村边，碓刚舂响约一炷香的时间，来了几十个老辫妈，刚来到村旁，大刀队就冲出来，一场恶战开始了。大刀队又砍又杀，老辫妈又咬又抓，老辫妈被砍死二十多个，大刀队被咬伤、抓伤十多人，剩下的老辫妈有七八个逃回洞中，第二天黄魁和黄帅又找到老辫妈住的岩洞，杀入洞中将老辫妈全部除尽了。之后他们用刀在岩洞中东敲西敲，说："这岩洞没什么用呀，只会养出一些老辫妈害人。"突然洞口就关闭了，两兄弟无路出洞，以为自己这次就要丧命在洞里了。正在这时，突然钻出两只老鼠精问："你们在这洞做什么？"两兄弟说："我们来杀老辫妈，请你们救我们出洞。"鼠精说："你们见洞口开了就立即冲出去，不可迟疑。"说罢，鼠精就咬地龙神的筋，地龙神感到疼痛就抖动身子，这时洞口大开，两兄弟一跃而出，洞口又关闭了。黄魁、黄帅出洞后又去他们住宿的那户人家。两姐妹见黄魁、黄帅人才标致，即勇敢，又乐于助人，为民除了害，于是就表示愿意嫁给他们俩兄弟。兄弟俩就同那两姐妹结了良缘。他们相亲相爱，和睦相处。在田里种稻谷，在山上种玉米。老鼠经常会来吃庄稼，他们认为老鼠是他们的救命恩人，即不打、也不灭。所以，直到如今，老鼠还常常到地里来吃粮食。

王贵生讲述；罗洪庆记录整理。

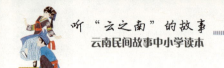

牛传错玉皇大帝的话
罚下人间做苦工

> 导读：这是一则动物故事。布依族称蜣螂为拱屎虫。故事讲述，玉皇大帝派牛和蜣螂下界通知人一天梳三次头，三天吃一餐饭，牛和蜣螂传错为三天梳一次头，一天吃三餐饭。被罚下人间做苦工。提示，信息的传递要准确，不得误传，误传会误事。

在很久以前，玉皇大帝创造了人间，从天上派牛和拱屎虫下凡告诉人类："一天梳三次头，三天吃一餐饭。" 牛和拱屎虫把话传错了，他们传成三天梳一次头，一天吃三餐饭。所以人们整天的劳动也不够吃，玉皇大帝知道此事后就派牛帮人犁地干活，人们才有了吃的。但吃多屙多，人屎臭到天上，玉皇大帝闻到臭气，就命拱屎虫下凡拱土盖屎。

一天，牛在山坡上吃草，老虎见到后就说："我们两个来比武，谁赢谁是大哥"。牛答应了。在比武的前一天，牛到烂泥塘里打滚，满身糊上了一层厚泥。比武这一天，老虎张开血盆大口咬牛，但每口咬下去的都是泥巴。牛拼命用角挑老虎的肚子，挑穿了一个大窟窿，肠子直往外流。另一只老虎不服输，又与牛比屙尿，说谁屙的时间最久，谁为大哥。以一个山包为赛场，老虎边屙边绕山包走，只绕了一半，尿就屙完了，牛一边走一边屙，绕完了山包还没屙完，老虎只得认牛为大哥。

一天，有人牵牛去犁地，老虎看见了就说："大哥你怎么有这样大的个子还怕人？" 牛说："我个子虽比人大，但没有人聪明，人小主意大。" 老虎说："要是人敢欺负我，我早就

把他吃了。"牛说:"你不相信就来试一试。"第二天老虎对
人说:"牛大哥太累了,我替它犁一天地。"人就用绳子套住
老虎犁地,休息时老虎说:"今天我为你犁地太累了,我想吃
你。"人说:"请你等一等,我吃饭后,你再吃我才香,但我
必须用绳子把你拴在树上,不然你东游西走我找不到你。"人
就把老虎拴在树上,脱下犁铧给老虎做凳子,然后这人回去家
里抬斧头来,用力敲老虎的头部,老虎大叫饶命。牛哈哈大笑,
不小心跌了跤,嘴磕在石头上,上牙被磕掉了,从那时起牛就
没有上牙了。

罗兴科讲述;王华武收集;罗洪庆整理。

谚语选读

◎ 牛圈边拉二胡,动听白枉然。

◎ 树怕烂根,人怕烂心。

◎ 天黄有雨,人黄有病。

◎ 子孝父心宽,妻贤夫祸少。

◎ 人比人气死人,马比骡子驮不成。

(罗洪庆 选编)

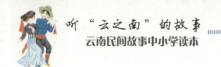
普米族

普米族简介

  普米族是云南省特有民族。普米族是于 1961 年经过民族识别后，由国务院正式确认的一个少数民族。据 2010 年全国第

普米族男女在弹唱（和国生　供图）

六次人口普查统计，全国普米族人口共 42,861 人，云南普米族人口为 42,043 人。现在普米族人口中的绝大部分居住在滇西北地区。其中，主要分布在怒江傈僳族自治州兰坪白族普米族自治县，丽江市宁蒗彝族自治县、玉龙纳西族自治县，迪庆藏族自治州维西傈僳族自治县。除此而外，丽江市的永胜县、临沧市的云县和大理白族自治州的洱源县等，也有普米族分布。

  "普米"系民族的自称，但这一自称在不同地区的普米人中也有语音上的差异，如有"培米""拍米""批米"等。这里的"米"意为人，"培""拍""批"是一音之转，都是"白"的意思，故普米的含义为"白人"或"白族"。汉文史籍依自称而写作"槃木"或"白狼槃木"。至晋代以他称而写作"西蕃"，清代以后称之为"西番"。

普米族在历史长河中，谱写了古文明的辉煌乐章。就现今流传下来的普米族文化经典而言，大体可分为韩规文化经典和口传文化经典两大类型。其中，既有丰富多彩的神话、传说及民间故事，又有形象生动的诗歌、谚语、儿歌、谜语等。

金锦祖

导读：这个创世神话，集中描写了创世英雄金锦祖用巨鹿的整个身躯造物，使这新诞生的世界丰富而美丽，反映了普米族人们对开天辟地的英雄的崇敬和推尊。

自从天和地分开以后，大地上草木冬夏常青，百谷自然生长，各种各样的飞禽走兽都聚在这里，人类也生活得美满而快乐。哪知道这样的光景并不长。有一天，突然从汪洋大海边窜出一只马鹿。其形状古怪，头上长有坚硬犄角，力量大过九头象；它的身躯硕大无比，却伶俐轻便，它能够走进水里不怕水淹，走进火海里不怕火烧；眼睛亮光闪闪，云雾障碍不了他的视线，雷霆也搅乱不了他的听闻。据说这巨鹿还有追风的本领，奔跑起来能足不践土，在天空中往来如履平地；颈脖子伸出来有百尺长，它糟蹋过的地方寸草不生，它啃讨的树木枝叶全落。

一天，这只怪兽孤独地站在那里，闷得怪心慌。为了消愁散闷，它顺着河水走呀，走！走到山脚下，它又顺着山往上爬，到了山顶。它漫无目的，不知道应该到什么地方去。于是仍旧

继续往前走，走呀，走！不知走了多长时间，巨鹿忽然发现自己走进一片草地里，举目四望：那草地光秃秃的，除了发黄的野草，什么也没有。这时已是傍晚，它已疲惫不堪，感到又冷、又累、又饿。不久，上下眼皮粘在一起，倒在路旁一棵干枯的老树下睡着了。甜睡中它做了个梦：梦见在不远处的一块草地上，长着一片美丽的鲜花，迎着夕阳的余晖，竞相开放。有洁白的、桔黄的、墨绿的、嫣红的、檀紫的……色泽鲜艳。它兴奋极了，摇晃着肥大的身躯走近这花海，正想伸长脖子糟蹋一番。忽然，响起一声巨雷，巨鹿猛然惊醒了，张开眼睛一看，啊呀！花的海洋消失了，面前依然是一片凄凉的荒山……它觉得这种状况非常可恼，心里一生气，摇晃着一对明晃晃的坚利的角，朝着天上和地下，用力这么一划，只听得山崩地裂似的一声响：哗啦！半边天空坍塌下来，天上露出些丑陋的大窟窿，地面上也破裂成了纵一道横一道的黑黝黝的深坑。

天与地相撞了，山与水分不清了……世间重归于一片黑暗混沌。在黑暗的熬煎中，吃没有吃的，住没有住的，还要随时提防猛兽的侵害……人类在这种情况中已经无法生存下去了。

不知过了多少年代。终于有一天，峨萝山^①上有座青石突然破裂开来，蹦出一位黑不溜秋的勇士。他头顶天，脚踏地，站在天地中间，随着它们的变化而变化：扭扭身子，腰有一围粗，伸伸两臂，手有柱子粗，转转脖子，身子长成一丈二尺高的大汉子，自有一种非凡的气概。据说，这巍峨的猎人不仅相貌奇伟，而且本领也极大：拳头大的眼睛能看透天地，

---

① 峨萝山，是普米族传说中的一座神山。

山神一样的本事能搭救生灵。为了要把破损的天补好，把倾斜的地扶正，让大地重见光明，他每天出去行猎，一心想除掉那头邪恶的马鹿，所以取名为"金锦祖"①。

猎人金锦祖好像是抱定了不达目的誓不罢休的态度，他向居住在十三重天上的诸神问了话，出猎前，拿虎皮做了披毡，拿熊爪做了靴子，拿豹皮做了头巾，拿狼皮做了箭袋，拿桑树做成弯弓，拿箐竹做成利箭。然后，他又从十三重天上领来九色的猎狗，去追杀马鹿。

翻过高山，越过箐沟，一天、两天、三天……一连寻找了好几天，都不见马鹿的踪影。到了第六天，猎人金锦祖经过攀岩过岭终于来到一处含盐分的硝酸水沟边，看见留有一串马鹿的脚印，于是他把九色猎狗放了出去。猎狗们嗅着脚印追进山林，山林里的马鹿跑出来了，跑到高高的山梁子上，九色猎狗追上山梁子，马鹿又跑进宽大的草坝上，九色猎狗撵进草坝里，马鹿又跑下深山沟里……追着追着，马鹿忽然，绕道曲行，摆脱了猎狗的追踪，逃到一棵紫金杉树下。

受惊的马鹿站在一块石包上，不时抬起头，四处张望。此刻，早已藏伏在林丛中的金锦祖，慢慢地绕回到杉树下，从肩上除下那张千斤重的弓，再从箭袋里取出几支毒箭，搭上箭弯满弓，对准巨鹿连发三箭：第一箭，射中大腿，逞威的马鹿四脚无力地跪下了；第二箭，射入肋巴，显能的马鹿像一座山样的，颓然地倒了下来；第三箭，射进心窝，作恶的马鹿吼叫一声昏迷过去了。虽箭箭都射中要害，马鹿还不死。于是，只见九色猎狗同时扑向马鹿，红色猎狗专咬脖子，黄色猎狗专咬肚了，黑

---

① "金锦祖"，又叫"吉赛米"，意即"杀鹿人"。

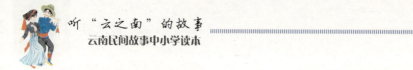

色猎狗专咬尾巴,白色猎狗专咬膀子,花色猎狗专咬腿子,灰色猎狗专咬犄角,麻色猎狗专咬脊背,棕色猎狗专咬肋巴。终于,这作恶已久的怪兽死了。

金锦祖将弓、箭仍在地上,挥舞起手里的利刀向马鹿的身躯砍去:砍下马鹿的头,鹿头变成了天,破损的天补好了;斩下马鹿的四只脚,鹿脚变成了大地的四极,倾斜的大地扶正了;挖出马鹿的双眼,鹿眼变成了太阳和月亮;取下马鹿的牙齿,鹿牙变成了满天星星;剥下马鹿的皮毛,鹿皮变成了辽阔的草原,鹿毛变成了花草和树木;切开马鹿的胸,鹿胸膛变成了粮仓;割开马鹿的肌肉,鹿肉变成了山脉和田土;剔出马鹿的骨架,鹿骨变成了坚硬的石头;抽出马鹿的脑髓,鹿脑变成了圆亮的珍珠和温润的宝石;割下马鹿的肠子,鹿肠变成了道路;舀出马鹿的血液,鹿血变成了江河湖泊;取下马鹿的胆,鹿胆变成了彩虹;取出马鹿的肝,鹿肝变成了名山大川;取出马鹿肺,鹿肺变成了雨露和甘霖;取出马鹿的心,鹿心变成了轰轰的雷霆……

这真是意想不到的奇迹,连本来神通广大的金锦祖也被这景象惊呆了。待他渐渐回过神来,才带领他的九色猎狗走进一片辽阔的原野。他发现那真是一个适于居住的理想地方:有丰富的绿草,有高大的树林,美丽的花朵灿烂地开放着,各种小鸟小兽欢快地飞翔纵跳着,出没在花草和树木之间……于是他就安心地居住在里面,像隐士般的,直到老死,从不表彰他的功劳,也不炫耀他的声誉。正因为这样,世世代代的人们,对这位仁慈而谦虚的猎人,才这样地感念不置,使他永远活在众人心里。

选编自《普米族民间故事集成》，中国民间文艺文学出版社 1990 年版。

冲格萨传奇

导读：这是一则英雄人物传说。主人公冲格萨是普米族人民的理想、愿望和力量的化身，从其身上可以看到英雄人物机智勇敢，所向无敌，除恶务尽的英雄精神。

远古时候，地上妖魔横行，善良的人呵，常常被妖魔吃掉。人们无法忍受，就起来和妖魔打仗。有个能人叫岭格萨，他能文能武，能征善战，经常斩妖杀魔，杀得妖魔都怕他。有一天，岭格萨与兽妖布郎交战，不幸战死。地上的人伤心透了，都以为生存没指望。谁知天神同情人类，让岭格萨的妻子生下大智大勇的大能人冲格萨，地上的人呵，又有指望了。

一

冲格萨降生到昏天黑地的人间，开初只是一个血团。血团向上滚三滚，滚出一条裂缝；血团朝下蹦三蹦，蹦出一只青蛙。青蛙大头又大嘴，母亲不高兴，把它放在门口水槽边。青蛙睁眼瞧，三天会说话，亲戚不喜欢。母亲不高兴，不高兴也得高兴，青蛙是岭格萨的骨肉；亲戚不喜欢，不喜欢也得喜欢，青蛙是岭格萨的后代。

岭格萨有了后代，妖魔鬼怪个个都害怕。兽妖布郎老想斩

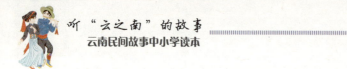
草除根,他到处找寻青蛙的下落。为了逃避布郎的追杀,母亲忍着万般痛苦,把父亲留下的佛珠挂在青蛙儿子身上,将儿子交托给姑妈抚养。不久,魔王梅拉尔其把母亲抢走了,这样,冲格萨就成了丧父失母的孤儿。

阿妮姑妈带着青蛙侄儿历尽艰辛,四处躲藏,最后在一个边远的山村找到藏身地方。为了保护侄儿,姑妈挖了九尺深的地洞,做了七尺宽的摇篮,她让侄儿睡在摇篮里,把摇篮放进地洞,在洞口上盖了大碓窝,碓窝上放着大筛子,筛子上搁着青刺,青刺上撒着鸡毛,鸡毛上压着石头,石头上再铺上土,这一切做好后,姑妈就坐在洞口织布守护着。

年复一年,青蛙侄儿在姑妈的抚养下渐渐长大了。五岁这年的一天,他突然问姑妈:"为啥把我放在洞里呀?"

姑妈回答说:"怕你的声音传出去,妖魔鬼怪来害你。"

"为啥要在洞口上盖个大碓窝呢?"

"碓窝像天空,头顶天、脚踩地,望你做个顶天立地的人。"

"为啥碓窝上盖着筛子?"

"筛子眼了多,望你像父亲一样聪明能干,足智多谋。"

"为啥筛子上还放着青刺?"

"青刺啥都不怕,望你勇往直前,所向无敌。"

"为啥青刺上放着鸡毛?"

"鸡毛是白云。望你穿云破雾,凯歌频传。"

"为啥鸡毛上压着石头?"

"石头坚硬无比,望你像父亲一样不怕磨难,意志坚强。"

"为啥石头上还放土?"

"泥土出在地上。望你像父亲一样,为地上人们造福。"

听了姑妈的回答,侄儿不说话了。他想呵想,想了三天三夜,最后又对姑妈说：

"我头上盖碓窝，碓窝像天空，是说天下只能容我一人，这样的想法要不得，这是害了我，这样埋我不吉祥；碓窝上盖筛子，筛子眼眼多，是说我有千万只眼睛，样样都能看，这样的想法要不得，这是害了我，这样埋我不吉祥；筛子上放着青刺，是说我像青刺一样全身有锋芒，这样的想法要不得，这是害了我，这样埋我不吉祥；青刺上撒鸡毛，鸡毛表示白云，是说我穿云踏雾，不挨天地，这样的想法要不得，这是害了我，这样埋我不吉祥；鸡毛上面压石头，石头不言语，是要我忍受一切，这样的想法要不得，这是害了我，这样埋我不吉祥；石头上铺着土，是说我能天上飞，地上跑，天上地下只有我一人，这样的想法要不得，这是害了我，这样埋我不吉祥。我要出来，我要自己去感受。"

姑妈听了青蛙侄儿的话，暗自惊骇了！她只好撤走泥土，搬下石头，拿了鸡毛，取掉青刺，揭开筛子，掀去碓窝，把青蛙侄儿从地洞里抱出来，放在竹篮里。白天，她端出竹篮，让侄儿看白看太阳，听山谷雷霆轰响，夜晚她端出竹篮，让侄儿看星星、看月亮、看天边的闪电。

二

太阳送走了月亮，月亮迎来了太阳。一晃十多年过去了，侄儿渐渐知道天地万物了，可是还不知道父母。姑妈每次提起父母，都不说父母在哪里。有一天，姑妈坐在阶台上织布，叫青蛙侄儿冲格萨在屋里炒燕麦。燕麦炒熟了，侄儿说："姑妈，你把手伸进木楞缝里来，我给你燕麦吃。"

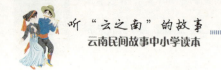

姑妈说："木楞缝缝小，我的手哪能伸得进来？"

侄儿说。"我有办法。"

他找来一根栗木棒，插进木楞缝里使劲一扳，木楞缝扳开了：

"姑妈，你快把手伸进来吧。"

姑妈把手伸进木楞缝里。侄儿舀了一勺滚热的燕麦倒在姑妈手里，却一下子取了栗木撬杆，紧紧捏着姑妈的手说："姑妈呵，你快说说，我的阿妈在哪里？我的阿爹在哪里？你不说，我就不松手。"

姑妈的手被燕麦烫得火辣辣地疼，缩又缩不回，松又松不开，只得照实说："好吧好吧，你放开，我说，……你阿妈被魔王梅拉尔其抢走了，阿爹被兽妖布郎杀死了。"

听了姑妈的话，冲格萨脸色暗下来，双眼流出了血泪。他下决心要斩妖杀魔，为父母报仇。阿妮姑妈摇头说："兽妖布郎住在九十九座山峰后面，躲在九十九条河流后面。它能九个山梁一步走，九条江河一步跨。要射它，你得练出好箭法；要追它，你得骑上神马达君里。"

侄儿急情地问："姑妈呵，请你指点我，好箭法怎么练？神马达君里哪里去找？"

姑妈说："父亲的弓箭埋在门槛下，你先练拉，后练射，先射大，后射小，一定能练出好箭法，神马的金鞍藏在园里石头下，神马的铃铛搁在园子篱笆下。你练好箭法后，拿着铃铛大声喊达君里的名字，神马达君里就会来到你身边。"

侄儿照着姑妈的话，取来了父亲的弓箭。先练拉弓，后练射箭，先射手镯，后射佛珠，先射鸡蛋，后射雀蛋。最后，在门槛上插了一颗绣花针，射那穿线的针眼。针眼射中了，箭法练好了，冲格萨取出马铃铛，对着天空一面摇，一面大声喊："达君里——，阿休休……"

神马达君里听见主人的喊声，从云层里偏偏倒倒跑出来，跑到冲格萨身边。可怜的达君里呵，它多年无人管，没草吃，没料吃，瘦得皮包骨头，像把弯镰刀。姑妈说："要让神马壮起来，你得喂七石七斗料。要叫达君里追上兽妖布郎，你得喂九石九斗粮。"

冲格萨喂了三石三斗料，达君里有神气了。冲格萨跨上战马，开始在马背上练射箭。喂了五石五斗料，达君里长膘了，腿有劲了，冲格萨安上金马鞍，让神马飞跑着练射箭。喂了七石七斗料，达君里一纵九丈高，飞跑起来像离弦的箭。冲格萨高兴地对姑妈说："阿尼呵，我的战马壮起来啦，我要斩杀兽妖布郎去！"

姑妈说："还不行，你的料还没有喂完，你的箭还要再练。"

可侄儿报仇心切，他没有听姑妈的劝告，拿起弓箭，跨上战马，飞纵追杀布郎去了。战马达君里跨沟追布郎，追不上。爬山追布郎，追不上。布郎飞跑如旋风，达君里的脚印离他始终还差三排长。冲格萨信服姑妈的话了。他折回马头，又继续给战马加料。喂完九石九斗料后，达君里毛色亮光光，四蹄像天柱，纵跳如闪电，叫声震山谷。姑妈高兴地说："眼下你可以出征啦！"临别时，姑妈告诫说："侄儿啊，你父亲死在布郎手下，不是他无能，只怪他大意。他忘了在战马后面吊上石灰口袋。要是吊上石灰袋，布郎只能抓着口袋，就抓不着你父亲了。"

三

　　冲格萨牢记姑妈的话,在马屁股后面吊上石灰口袋。只见他,装好鞍,背好弓、插好箭,一切都收拾好了,就翻身跨上达君里,斩杀兽妖布郎去了。神马云中跃,跨过九座山,神马雾里纵,飞过九条谷。不一会儿工夫,就来到兽妖布郎睡的地方。这时候,布郎刚起床,还躺在大山脚下烤太阳呢。冲格萨取下弓,搭上箭,瞄了又瞄,看了又看,弓拉得满满的,气憋得足足的,一松手,千山旋,"当啷啷",神箭一声飞出去,正好射中兽妖布郎的心。布郎狂跳起来,石头在发抖;布郎呼号起来,树木也打颤,布郎喘口气,白云被吓散。神马达君里掉头往回跑,布郎翻身跟着追。达君里飞身纵三纵,布郎紧追跳三跳,神马拉开四蹄跑,布郎伸出手去抓,可他只抓着石灰口袋。他一嘴吞下口袋,可他吞下的不是人,是石灰。石灰发箭伤,伤口大流血,布郎跳不起来了,布郎追不上去了。布郎头一歪,轰隆隆地滚下山去了。大山如响雷,九座大山被压平,布郎一翻身,山谷起回音,九条山谷被填满;布郎躺地上,半个天空被遮住。凶恶的布郎被冲格萨射杀死了。

　　冲格萨用三天三夜的时间把布郎的皮剥下来;用五天五夜的时间,把布郎的肉切成片,用七天七夜的时间,把布郎的肉晒成干巴,用九天九夜的时间,把干巴细细地碾咸肉面。肉面装了九口袋,冲格萨高高兴兴驮回家,神马一天喂三勺,自己一天吃一勺,姑妈一天吃半勺,冲格萨把布郎的肉当饭吃。

　　冲格萨打胜了第一仗,杀父的仇终于报了。为此,他兴奋而且快乐着。可是,没过多久,姑妈最担心、最不愿去想的事情终于发生了,冲格萨的心像被大风吹过的湖水,刚刚平静下来,

普米族姑娘（李理　摄于 1982 年）

又有人扔进一个石头，激起一层波澜。十几年过去了，冲格萨一直不知阿妈的下落。抢母的深仇大恨，至今未报。想到这里，他心中又充满了复仇的怒火。

冲格萨抑制不住内心的悲痛，走在没有尽头的路上，这日子是多么难熬啊！白天，他觉得有人用绳子把太阳拴住了，老也不下山；到了晚上，夜又太别的长，好像太阳到另一个世界去了，永远也不会再回来。他多次从睡梦中惊醒，泪水把枕头浸湿，天还不亮。这几天，他天天到东方的一片森林里去，看

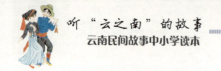

妖魔鬼怪会不会出现。可是，连个影子也看不见。

姑妈晓得妖魔鬼怪的厉害，也清楚冲格萨去对付魔王面临的险情。于是，她走近冲格萨身旁，用手轻轻抚摸着他的头，并劝道："抢你阿妈的魔王十分凶狠。他住在很远很远的地方，住在山打架的后面，住在岩碰岩的后面，住在水盖水的后面，住在树打树的后面。它一个手指抓一人，九个手指抓九人，一颗牙齿挂一人，九颗牙齿挂九人，一根胡子捆一人，九根胡子捆九人。可怜的侄儿呵，你年轻力单，怕是斗不过那凶狠无比的魔王，你不要去了吧。"

侄儿没听姑妈的劝阻，心想："父亲的仇报了，母亲的恨还没有消，我要去寻找阿妈，要去洗雪抢母的仇恨。"姑妈知道，他要做的事，一定要做成，劝不住他，只好送他上路。于是，冲格萨又离开姑妈，离开家乡，走上了斩妖除魔的征途。

选编自《普米族民间故事集成》，中国民间文艺出版社1990年版。

熊巴佳佳

导读：这个故事主角是被强征入伍的熊巴佳佳和他的伙伴们上战场打仗，伙伴们都牺牲了，唯有熊巴佳佳活着，描写出战争的残酷性，反映了普米族人民的厌战情绪。

熊巴佳佳是个勇敢彪悍的普米族小伙子，在一个金色的秋天里，他和伙伴们被征入伍，挥别父老乡亲，到远方去打仗。

战斗惨绝人寰，伙伴们都牺牲了，只有佳佳幸存下来。战争结束了，孤独的佳佳即将黯然回归故乡。在他临走的夜晚，梦见伙伴们的灵魂化作一只小鸟飞来，托他带一个口信回家。

小鸟的诉说婉转凄恻让佳佳肝肠寸断，小鸟说："我们死不瞑目，魂魄飞回到了日思夜想的家乡，看见衰老的爷爷，沉默地坐在火塘边煨茶；看见慈祥的老奶奶，在房背后纺麻；看见阿爸在山坡上放羊；看见阿妈在麦架旁打麦子；看见姐姐在猪圈里喂猪。他们看上去都忧心忡忡，心事重重的样子。"

小鸟继续说："你回家后，代我们向所有亲人问好，千万别告诉亲人我们已经死了，就说我们在异乡过得平安。亲人们早就望眼欲穿。爷爷期望他的孙子献上一捆好烟叶，奶奶盼望她的孙子奉上一份茶叶，阿爸盼望他的儿子带给他皮鞋一双，阿妈盼望她的儿子带给她绿缎子棉被一床，姐姐盼望她的弟弟送给她白羊皮一张。那些儿时的伙伴盼望他们的朋友带给他们一支猎枪，那美丽的姑娘盼望远行的情郎早日回到她的身旁。"

最后，小鸟无限伤感地说："虽然这一切都成了美妙的空想，但愿亲人们永远珍藏这份希望。永别了，佳佳，祝你早日回到家乡。"

背负着永远留在异乡的伙伴的重托，熊巴佳佳日夜兼程赶回故乡。他家的木楞房被前来问讯的乡亲们围得水泄不通，佳佳捧出各色礼物，按照小鸟的诉说，郑重地将礼物分送到乡亲们手上。

等到乡亲们接收了礼物后，熊巴佳佳表情凝重地把天大的不幸及小鸟的托付告诉了乡亲们，在佳佳的如泣如诉中，整个村庄已是哭声一片。

佳佳强忍悲痛，安慰乡亲父老说："以后，我就是你们永

远的儿子。"

　　乡亲们被佳佳的有情有义、忠肝义胆深深打动，擦干眼泪，笑看人生。而熊巴佳佳的大名从此在普米人中传扬。

熊国英讲述；胡文明整理。

普米族姑娘边劳作边对歌（马友德　摄）

青蛙指引人类喝到智慧之泉

导读：这个动物故事情节细腻形象，听来宛如讲述一部人类的进化史。

相传远古时候，人是很笨的，不要说出主意、想办法，就连说话都不会。那时候的人，浑身长满长毛，鱼虫鸟兽都可欺凌，人简直没有办法反抗。在所有欺负人的动物中，老鸹最厉害。它见到人就用钢钩似的爪子抓人身上的毛，一绺绺地抓，不抓完不罢休。

一天，有个人正在路上行走，被一只老鸹看见了，它不顾一切地俯冲下来。那人焦急万分，看看周围没什么地方可躲避，只有路边的岩石底下有个小小的岩洞，他慌慌忙忙地往岩洞里一钻，可洞小，只能容下一个头，身子钻不进去，老鸹扑到他身上拼命地抓他的毛，直到抓完才飞走。等老鸹飞走后，他从岩洞里钻出来，全身的长毛已被抓得光溜溜的，只有藏在岩洞里的头部和紧紧夹着的腋部的毛才留下来。传说，现在人身上其他部位没有毛就是被老鸹抓掉的。

人光着身子生活，这样不知过了多少年。有一天，听说百兽要在山外一片原野上集会比赛，大大小小的鸟兽昆虫都急匆匆朝那儿奔去。人也跟了去看热闹。走着走着，看见路上有一只青蛙，正奄奄一息地躺在太阳下，皮子也被晒得皱起来。人十分可怜青蛙，就轻轻地把它拈上来放到路边的水沟里。青蛙一到水里，马上恢复了活力。它对人的善心十分感激，说："我才从沟里爬出来，就被牛踩着，后来又被马踢，就只能睡在路上不能动弹了。牛踩马踢，没有谁可怜我，幸亏你救了我的性命，要不一定只得死了。你真是个好心人，我一定要好好地报答你。"

人不会说话，听了青蛙的话，只是点点头。青蛙见他不会讲话，便说。"你看对面山顶有颗大松树，树底下有块大石头，石头上有两碗水：一碗浑浊，是愚昧之水；一碗清亮，是智慧之水。你到那里后，只要喝了那碗清水就会讲话了。

可你不要全部喝干，还是留下半碗给我吧！"

人顺着青蛙指的方向看去，山顶上确实有颗大松树。他走到那大树下，发现松树下有块大石头，大石上真的有两碗水，一碗浑浊、一碗清亮。他就照青蛙的吩咐，端起清亮的水就喝，却忘记了青蛙告诉他留一半的话，竟一口气把水全喝干了。刚喝完智慧之水，人顿觉神志清爽、耳聪目明、脑袋灵活了，立即就讲出话来。

人聪明了，首先就想到要严治老鸹。想来想去，他割来山草坐在地上搓绳子，这时一只老鸹飞来，看见人搓绳子，就盘旋在天空高声道："大哑巴，呱呱，自己拿自己的肠子耍。"

人不理睬它，只是搓。绳子搓好了，他又拿来一根棒棒削着做弓和箭。老鸹看看，又高声叫道："大哑巴，呱呱，自己削自己的肋巴。"

人不理睬它，只是削。弓做好了，箭也做好了，老鸹还在天空盘旋，他弯弓搭箭，对着老鸹一箭射去，射中老鸹的胸膛，老鸹惊慌失措地飞到一棵松树上歇着，大声叫道："呱呱，我遭阴箭射着啦。"顿时，鲜红的血滴在松枝上，老鸹掉到地上死去了。那些被血淋着的地方就成了松明了，所以现在只是松树才有明子，明子都是血红血红的。

从那以后，人就逐渐变得聪明起来。而青蛙和其他的动物则慢慢地变得愚蠢和不会讲话了。

选编自《普米族民间故事集成》，中国民间文艺出版社1990年版。

谚语①选读

◎ 没有头就没有尾，没有过去就没有现在。

◎ 禽兽与禽兽的区别在于羽毛，人与人的差异在于心。

◎ 再快的刀子砍不断水，再快的嘴巴说不死人。

◎ 不饱不饿人好过，不富不穷好做人。

◎ 跟着老虎像老虎，跟着狐狸像狐狸。

◎ 莫学母鸡咯咯自夸，要学犁牛默默无声。

◎ 走了才知路遥，做了才知事难。

◎ 勤劳者身后，财神紧跟着；懒惰者的身后，穷鬼紧缠着。

◎ 丢失金鞍宝马，家庭不会贫穷。丧失勤劳俭朴，家庭不会富裕。

（胡文明　选编）

---

① "谚语"普米语称为"冬毕"。

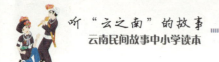

阿昌族

阿昌族简介

　　阿昌族是云南省特有民族。根据 2010 年第六次全国人口普查统计，我国阿昌族总人口 39,555 人，其中云南为 38,059 人，主要分布在云南省德宏傣族景颇族自治州的陇川县、梁河县、盈江县、芒市、瑞丽市，保山市的腾冲县、龙陵县和大理白族自治州的云龙县等地。

　　阿昌族古称"峨昌"，有自己的语言，语言属汉藏语系藏缅语族彝语支，有的学者认为是缅语支。有陇川、梁河、芒市

阿昌族户撒刀锻制技艺，被国务院批准入选第一批国家级非物质文化遗产名录。图中为户撒刀技艺传承人代表项老赛（曹先强　摄）

三个方言区。阿昌族没有自己的文字，口头文学十分丰富。有古歌、神话、创世史诗、叙事长诗、传说、故事、寓言、谚语等。创世史诗《遮帕麻与遮米麻》是最具学术价值的民间文学作品。阿昌族善于打制著名的户撒刀。2006年5月《遮帕麻与遮米麻》和"户撒刀"锻制技术，被列入第一批国家级非物质文化遗产名录。

阿昌族源于古代氐羌族群，历史悠久。梁河、芒市方言区信仰原始宗教。陇川方言区普遍信仰南传上座部佛教，也保留许多原始宗教习俗。

阿露窝罗节，是阿昌族的传统节日。

阿昌族能歌善舞，有葫芦箫、马尾琴、象脚鼓等乐器，有"竖秋千""玩春灯"等习俗，最著名的歌舞是窝罗舞和窝罗调。丰富多彩的阿昌族民间文学，表现了阿昌族惊人的智慧，丰富的想象力和不凡的创造力。

狮子和野猪

导读：这是一则动物故事。在妙趣横生的解释动物特性及生动有趣地讲述动物之间的矛盾斗争中，寓教于其中，意在教育人、启发人。

有一头狮子，几天没找到水喝了。一天，它找到了一塘水，高兴极了。

这时，有一头野猪也在找水吃。它找了好几天才找到狮子找到的这塘水，也就喜欢得不得了。

可是，一个小小的塘子，水才那么一点点，它们都想抢先喝，

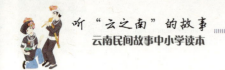
争个不可开交。争着争着，就打起架来，打了半天，还是一个
不让一个。打累了就各自在树下休息。

过了一会儿，狮子渴的不得了，爬起来要去喝水。野猪
见了就跑去咬狮子，不让它喝水。于是它们两个又厮打起来
了，打累了，又各自在树下睡觉。一会野猪渴得要死，爬起
来去喝水，狮子见了，爬起来就去咬野猪。两个又打起来了。
就这样，打来打去，打打停停，停停打打，累了休息，总是
互不相让，谁也吃不上水。

这时，树上有只老鹰一直在看它两打架，希望它两个互
相打死了，好去吃它们的肉。就在这时，又飞来一只乌鸦，
在树上叫道："啊！啊！打合，打合。"

狮子抬头一看，见树上落着一只老鹰和一只乌鸦，它想了
想，对野猪说："你看看树上落着的是什么？"野猪抬头看了看，
回答说："那明明是老鹰和乌鸦。"狮子又问："你知道它两
个落在树上想干什么？"野猪回答说："它两个还是想来喝老
子的这塘水嘛，谁来喝都不行，这塘水是老子的，你知道吗？"
狮子又对野猪说："它两个不是想喝水呀，而是想来吃我们两
个的肉。要是我们两个在这样打下去，互相打死的话。它两个
就来吃我们的肉了，你知道吗？"

野猪听了这话，心想：是呀，真是这样，它想着就对狮子
说："我们两个别打了，再打，谁也喝不到水，还要送掉老命
呢！这样吧，这水先让你喝，你喝了我再喝吧。"狮子也说："还
是你先喝我再喝，喝完水后，我们两个就走吧，别再干老鹰和
乌鸦高兴的事了。"

狮子和野猪喝完水后就走了。老鹰生气地对乌鸦说："就
是你太叫得了，它两个都跑了。"乌鸦埋怨老鹰说："就是你

太难看了，它两个怕你的大钩子嘴才跑的。"于是乌鸦和老鹰吵起来了。

滕茂芳口述；张亚萍整理；流传地区：陇川县。
选编自陇川县文化馆编印：《阿昌族民间故事·陇川少数民族民间文学资料（第一辑）》。

猴子是什么变的

导读：这是一则动物故事。大家常说"人是由猿猴变的"，可是阿昌族民间却流传着一个故事说"猴子是人变的"。故事体现了阿昌族人与自然的生态观、人生观。

相传，在很久以前，因为大天灾，人们生活相当困难。有一家人，父亲死了，妈妈领着四个小娃娃，最大的只有五六岁，一家五口，饥寒交迫，食不果腹，面临被饿死的危险。于是，妈妈无可奈何，只有把顶小的两个娃娃抱去山里，放在一棵结满果子的酸杷树下，给他们一块"背偻"（背孩子的布），让他们吃果子度日，打算等来年田地有收成，再接回去。

第二年，老天照顾，种下的一块水田，年终收成很好。粮食收进家后，妈妈特意蒸了一大甑子雪白的新米饭，准备把两个娃娃从山里的酸杷树下接回来。

妈妈来到山林里接娃娃，看见"背偻"已经成了布条，两个娃娃身上长了很长的毛，终年爬树以吃果子为生，已经不会站起来走路了。两个娃娃听见妈妈的叫声，很想跑到妈妈的怀

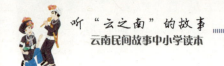
里,但是又很害羞,只好远远地躲着妈妈,于是,在很远很远的酸杷树上回答,"妈妈,你回去吧,我们身上长了很多长毛,已经不成人样子了。我们回去了小伙伴会笑我们的;进寨子狗会咬我们的;织布,针线活,也做不来了。我们就在这里生活啦。"说完又爬到另外一棵树上去了。

他妈妈听了孩子的话,伤心欲绝。双手捂住脸,边哭边一股劲往家里跑,不料从桥上跌下河里去了。后来,两个娃娃就变成了猴子的祖先。他妈妈淹死在河里,变成了水里的蠓眼睛虫(蠓眼睛虫,是一种水生动物,多在水田,身体小,脚细长,两只手蒙住头部)。

曹连茂收集整理;流传地区:芒市高埂田。

选编自德宏州文联编:《阿昌族文学作品选》,德宏民族出版社1983年版。

麂子和豹子换工

导读:这则动物故事妙趣横生地解释动物特性,生动有趣的讲述动物之间的矛盾和纠葛。颂善抑恶,歌颂善良诚实,嘲讽妄自尊大。

有一天,麂子和豹子在路上相遇,商量换工薅地。豹子要麂子先帮它薅,麂子怕豹子,就答应了。每天做完活,豹子把自己找来的肉拿去给麂子吃。豹子的地全部薅完后,豹子才去帮麂子薅地。

第一天薅地，快到晌午，豹子叫麂子拿饭来吃。麂子到水沟边找来鲜嫩的青草，请豹子吃。豹子见了，大发雷霆说：“你帮我薅地，我用肉来招待你；我帮你薅地，为什么不用肉来招待我？”麂子说：“我从来不杀生，只吃青草，到哪里去拿肉招待你？”豹子一听，怒目圆睁，露出两排锋利的牙齿，凶神恶煞地对麂子说：“拿不来肉，我就先把你吃掉！”麂子胆小，听豹子这么一吼，吓得跳出几丈远，无奈只好去给它找肉吃。

　　在树林深处，密密的草丛中，有一个石洞。里面有豹子的两个小儿，正张着嘴巴，等母豹子回来喂奶。麂子见着，正想绕道走开到别的地方去找肉给豹子。但一想到豹子说要吃自己时的凶样，麂子心想：这两个小崽长大也是祸患。于是，一狠心就把两只小豹子踩死了。麂子把小豹子的肉抬去请豹子吃，豹子拿过肉就狼吞虎咽，等吃完后，舔舔嘴巴，对麂子说：“怪了！这些肉里会有我的奶腥味，你在哪里找的肉？”麂子有些惊慌，躲躲闪闪回答道：“前面。”豹子越舔越不对劲，纵身就往自己窝里飞奔去，麂子乘机跑了。

　　豹子发现窝里的小豹子不见后，掉头就去追麂子。快要追上的时候，遇着一头野猪，麂子请野猪评理。野猪听完豹子和麂子的理由，判定麂子无罪，它对豹子说：“麂子本来不会杀生，这次杀了你的小儿，全是因为你逼它，不然它也不会这么做。”野猪说完，就拦着豹子，准备放麂子走。豹子听了火冒三丈，推开野猪，龇牙咧嘴就扑向麂子。野猪见豹子蛮横无理，趁它不防备，一个“涡罗旋”，把豹子按翻。麂子吓得四腿发抖，野猪瞧见它那样，又好笑又可怜，便对麂子说，快来帮着些！麂子刚靠近豹子，恰好野猪咬破了豹子的脖子，红血飞溅，把雪白的麂子染了一身红色，只剩尾

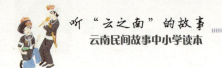

巴还是白的。从此，麂子就变成了现在的这个样子。

张天然讲述；杨叶生采录；流传地区：梁河县。

选编自曹榕主编：《阿昌族民间故事集》，云南民族出版社 2007 年版。

仿金银

导读：这是一则耕田型故事。通过塑造一正一反的人物，歌颂勤劳诚实，反对奸诈贪婪，批评不讲信义等不良行为。

在很古的时候，有一对阿昌族兄弟，哥哥奸诈，好耍心计；弟弟老实，说话一五一十。哥哥和嫂嫂，怕帮兄弟讨媳妇，连着几天几夜睡不着觉，就想着要快点把他打发出门。

一天，天刚麻麻亮，哥哥和嫂嫂就叫醒了弟弟。弟弟看着桌子上满盘子的鸡蛋，大惑不解。哥哥笑着说："来，今天吃顿团圆饭。"弟弟更疑惑了，吃完了饭，哥哥开言道："兄弟，团圆饭已经吃了，我看你也长大，能自己过日子了，我们分家吧。常言说，树大分杈，人大分家嘛。"弟弟心里暗自思量：分就分，我也忍不下你们的气，看不惯嫂嫂的白眼。

一切都分好了，只有一条水牛不好分。嫂嫂对弟兄俩说："这样吧，我煮两碗稀饭，在前吃完的拉牛鼻绳，在后吃完的拉牛尾巴，哪个拉赢，牛就是哪个的。"

哥哥三下两下就吃完了，弟弟怎么也吃不下去。原来哥哥的那碗是凉过的，弟弟的那碗才从锅里打起来。于是哥哥拉着牛鼻绳，弟弟拉着牛尾巴，两人一使力，牛被哥哥拉走了，弟弟拉下一个牛虱子。弟弟万分悲楚，一串串泪珠簌簌而下。他看着手心的牛虱子，止住了哭，把牛虱子轻轻地放在石块上，像放牛一样看着它。看了三天三夜，突然一只大公鸡跑过来把牛虱子啄吃了，弟弟十分悲痛，伤心地哭了三天三夜。大公鸡的主人看他可怜，十三岁的娃娃太不容易，就把大公鸡给了他。

弟弟天天看着大公鸡，抓最好的谷子喂它。一天，一只大黄狗发疯般地跑来，一口咬死了大公鸡。弟弟心爱的大公鸡被咬死，黯然泪下。哭了三天三夜，狗的主人看着他可怜，就用大黄狗换了死公鸡。弟弟得了四只脚的家畜，做了一把小犁，捏了几个饭团，背在筒帕里，吆着狗犁田去了。

有一天，他正犁着，一群马帮路过。赶马人有趣地笑了，他对小弟弟说："你的黄狗犁三转，我的骡马输一半给你。"小弟弟把饭团往那边一扔，狗就拖着犁去吃饭团。小弟弟调转头，又将饭团往这边一扔，狗又犁了一转。就这样犁了三转，小弟弟赢得一半马帮，吆着一帮马，唱着牧歌回家了。

哥哥嫂嫂听到弟弟家里的马嘶声，都跑来看。哥哥摸着马说："你从哪里搞得这么多马？"弟弟把白天的经过，高兴地讲给哥哥听。哥哥听后说："世上会有那么好的事。你的狗借给我，我明天去犁一天。"

第二天，哥哥驾着狗正犁着田，一群马帮路过，马锅头站着对哥哥说："你的黄狗犁三转，我的骡马输一半给你。"哥哥把饭团一扔，"呕——吃，呕——吃"地嚷嚷着，但黄狗却倒在地上江江直叫。马锅头讥笑了几声吆着马帮走了。哥哥火气窜上来，怒火中烧，几棒将狗打死，丢在田埂上回家了。

弟弟知道后伤心地哭了起来，哭了三天三夜。他到田埂上

去看死了的狗，只见田埂上长出一棵枝叶翠绿的金竹，金竹上有一只小红雀蹿来蹿去，连连叫着"屙金银，屙金银"。弟弟定睛一看，一锭银子和一条黄金已经掉在地上，他连忙用帽子接着。哥哥看见弟弟兜回了一帽子金条银锭，想要极了。他向弟弟问了金银的来历，第二天一大早，就走到田里。果然，有一棵小翠竹和一只小红雀，他几步窜过去，脱下帽子接着，口里咕叨："屙金银，屙金银"。不料小红雀屙下一串串的屎，全部落在他身上，臭得他头晕目眩，便将金竹砍倒了。

弟弟知道后，痛哭流涕，哭了三天三夜。他去田里把金竹扛回来，编了一个鸡笼，丢在巷道里。说也奇怪，这只鸡进去下一个蛋，那只鸡进去下一个蛋，他每天都要收着一笼鸡蛋。哥哥看到后，又眼红了："明天把你的笼子借我用一天。"弟弟答应了。第二天，哥哥把鸡笼往鸡群一扔，在一边蹲着看。只见这只鸡进去屙一堆屎，那只鸡进去屙了一滩屎。哥哥气得脖筋直翻，捂着鼻子无可奈何地走开了。

杨叶盛讲述；赵兴旺采录；流传地区：梁河县。
选编自梁河县文化馆、云南省少数民族文学研究所合编：
《梁河县民间文学资料·阿昌族民间故事（第二辑）》。

弟兄分家

导读：这是一则家庭故事。通过塑造一正一反的人物，歌颂勤劳和诚实，反对自私，反对贪婪。

从前，有弟兄俩一起过日子。哥哥贪心吝啬，总嫌弟弟占着他的便宜。弟弟为人忠厚耿直，对哥哥一直是言听计从。

有一天，哥哥对弟弟说："我们分家吧！水里蚂蟥多，田泥稀烂，做活又脏又累，收成老是不好，田就归我去种。山地肥沃草又少，天干雨涝，庄稼照样熟，山地就给你去种。"弟弟听了哥哥这番虚情假意的表白，虽然心里不高兴，却也没无法，只好听从哥哥的摆布。

分家后，弟弟在地里种了包谷。人勤地不懒，深挖施肥，包谷苗长得杆粗叶壮。等到包谷成熟，弟弟就搬去住在地边窝棚里，白天撵爱吃包谷的鹦鹉（山雀），晚上防野兽。

有一天，弟弟感到疲乏了，就躺在草棚里打起瞌睡来。不过一会就打起鼾声来了。这时，有一群馋嘴的猴子来到地边，看看没有人便放肆地掰包谷。一个大猴子看见人一动不动地躺着，便对别的猴子说："我们掰包谷吃，主人已经气死了，怪可怜。我们挖个坑，把他抬去埋掉吧。"

大猴子给其他猴子分配了任务。有的去挖坑，有的准备杠子，有的去拿金铛、金钵。一阵喧闹，守地的弟弟醒过来了。他略微睁开眼皮，见大猴子守在身旁，就继续假装睡觉。注意着猴子们的动静。猴子到齐后，把弟弟搬到木杠上抬着，前拥后簇。有几只猴子捧着金铛、金钵，敲得叮叮当当地响。弟弟悄悄地睁开眼睛，瞅了一眼，心想，哇！多好的金铛、金钵啊！一定是狡黠的猴子跑到有钱人家偷来的。弟弟打好主意，要把金铛、金钵弄到手。

猴子们抬着弟弟，被弟弟压的上气不接下气，个个累得汗流浃背，费了九牛二虎之力，才把弟弟抬到挖好的土坑旁。这时，弟弟鼓足全身的力气，猛地跃起，"喔——"大吼一声。

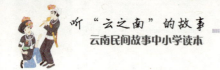

猴子们被这突如其来的喊叫，吓得魂不附体，丢下金铛、金钵，顿时就跑得无影无踪。弟弟趁机拾起金铛、金钵回了家。

不久，弟弟卖了金铛、金钵，换得些银子，添置了衣服，买了谷米，日子好过起来了。哥哥看在眼里，却摸不着头脑。一天终于忍不住了，开口问弟弟从哪儿弄来的银钱。弟弟老实地把事情经过原原本本告诉了哥哥。哥哥听了，实在眼红，赶忙说："兄弟，今天我田里没有活路，我去帮你守一天地，也去拾一回金铛、金钵。"弟弟一口答应了。

哥哥在窝棚里装睡觉。果然，不一阵工夫，一群猴子来了。大猴子瞄见有人在窝棚里直挺挺地躺着，便去把别的猴子找齐，嘀咕了一阵。猴子们把哥哥抬起来，大猴子招呼大伙说："今天莫忙，到埋他的坑边再敲金铛、金钵。"哥哥听了暗自高兴，只管闭着眼睛让猴子们抬着走。哪晓得，在大猴子的率领下，哥哥被抬到悬崖边。大猴子一声"一、二，丢！"哥哥被丢下深谷去了。

张小凤讲述；阿丁采录；流传地区：梁河县。
选编自梁河县民族民间文学调查组，梁河县文化馆编：《阿昌族民间文学资料（第一辑）》。

香柏场的来历

导读：这是一则道德故事。告诫人们，千万不能见财起意。

传说，以前有三个人，一个叫张弓、一个叫李戈、一个叫王剑。相约到香柏场解大板，在这里搭起窝棚，用石头垒成火塘，架起锅灶，每天从早忙到晚，伐木，断筒子，出料子，拉大锯，苦得筋疲力尽。苦了一段时间，终于解下一百副香柏大板。

一天晚上，张弓对李戈、王剑说，我们三人已经解出来一百副大板了，这些大板运到外地卖掉以后，也够我们三个人开销几年了。明天我们三人下山到街子买米、买酒、买肉，好好地吃它一顿美餐。三个人都觉得这个建议很好，并且商定张弓负责买米，李戈负责买肉，王剑负责买酒。第二天，三人下山到集市上，买回了米、肉和酒，做饭时三人商定，买米的做饭、买肉的煮肉、买酒的温酒。张弓边做饭边想：如果这些大板全归我，那么这些钱我一辈子都用不完。于是趁着其他两人不注意时，偷偷地把藏在身上的一包毒药放进饭锅里。李戈边煮肉边暗想：要是这一百副大板都归我一个人，那一年到头不干活钱也用不完了。他趁着其他两人不注意时，把身上带着的一包毒药放进肉锅里。王剑温酒时也在设想：假如这堆大板全归我，我这一辈子已足够用了。于是趁着其他两人不留神，悄悄把藏在身上的一包毒药放进酒壶里。

到了吃饭的时候，三个人都非常客气，互相谦让，都说胃口不好。不想吃饭，不想吃肉，不想吃酒。互相推让，不肯动筷。因各人心里有数，所以张弓说：今天他不想吃饭，只吃肉、吃酒。李戈说：他今天怕油腥味，所以只吃饭、吃酒。王剑说：他神气不佳，只吃饭、吃肉。

结束时，饭都吃光了，肉也吃完了，酒也喝完了。这三个解大板的人，也都倒下了。只有这一百副大板高高地堆在那里。人们习惯地把这个地方叫香柏场。据说在这里，如遇

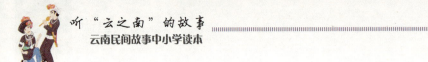
阴雨连绵，雾气腾腾时，还会使人产生幻觉，偶尔会看见一堆生满青苔的大板堆在沟边。

左执邦讲述；左骞收集；流传地区：云龙县漕涧丹梯村。

选编自左骞、左治华编著：《云龙阿昌族史话》，云南人民出版社 2015 年版。

箭翎包头的传说

导读：这是一则服饰传说。居住在梁河地区的阿昌族妇女，一旦结了婚，就要包上高高的黑色双尖包头。相传，阿昌人的高包头还有这样一个悲壮感人的传说——

在遥远的古代，阿昌族先民们用自己的勤劳智慧，开辟了一方美丽富饶的土地。人们在这里辛勤劳动，繁衍生息；大家相亲相爱，和睦相处，日子过得很美满。

这样的日子不知过了多少代，一天清晨天还不亮，一阵急促的铓锣声就把人们从睡梦中惊醒，大量的外敌朝这片安静祥和的土地入侵。阿昌村寨里的牛角号，顿时响成一片，保卫家园的战争打响了。男人们纷纷取下平时射杀野兽的弓弩，朝敌人杀去；英勇无畏的勇士击退了一批又一批敌人，可是敌人来势汹汹，男人们只好在又一次杀退敌人后，让妇女、老人和小孩离开家园，把他们转移到安全的地方去。

战斗仍在继续，转移了的家人，虽然身在安全地带，但却心系前方。老人们照旧抓紧造箭，妇女们相约一伙一伙地给前

梁河阿昌族已婚妇女头饰——高包头（曹先强 摄）

方战斗的勇士送饭运箭。前方勇士战斗用的箭得到了保证，但也有好多送箭的妇女，不幸死在敌人密密麻麻的箭下。这样到了第三天，有位聪明勇敢的母亲想出了一个办法，她跟大家商议：我们阿昌人平时为了打野兽防身，女子都能在百步之外，射中别人头上的高鬏①，既然有这身本领，而且同胞们都是在箭快运到男人身边时被射中，那我们就不亲自把箭送过去。叫男人在头上包上高高的麻布，我们把箭直接射到他们的包头上。大家觉得这个主意不错，于是，前方勇士的头上，便竖起了高高的包头。妇女们把箭射在包头上，男人们只管取下就用。

战斗持续到第九天，不断增派人马的敌人，还在疯狂进攻，前方每一个没有倒卜的勇士仍在和敌人奋战。箭用完了，勇士

---

① 鬏（jiū）：头发盘成的结。

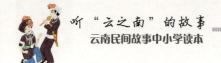

们用长刀、棍棒、石块和敌人拼命。见敌人要对阿昌山寨围剿，勇士们一个个头也不回地把敌人引向了一座高高的山顶。

当后方的家人听到勇士们在山顶上吹响号角，叫大家赶快转移时。大家心都碎了，男人们这是要牺牲自己保全大家啊！妇女们强忍着泪水，把老人小孩安全转移，随后在那位聪明勇敢的母亲的带领下，纷纷来到高山脚，准备报复向山顶围剿的敌人。山顶上的号角声越来越小，等号角声完全听不见时，山脚已经燃起了一片熊熊烈火，漫天的大火顺着风势，顿时烧遍了整座高山，野蛮的侵略者统统葬身在火海中，没有一个能幸免。

等大山烧光，敌人烧尽，一场大雨从天而降，扔下火把的妇女，这才一个个失声痛哭。从此，妇女们包起了男人的包头，并把它搭成一支巍巍的箭翎。为了牢记先辈光荣的历史，不忘这位伟大的母亲，阿昌族女子一旦结婚，就要包起如箭翎一般的包头，让先辈保家卫国的精神代代传承下去。

孙广祥、李阿芝讲述；孙家林采录；流传地区：梁河县。

选编自曹榕主编：《阿昌族民间故事集》，云南民族出版社 2007 年版。

毡裙的传说

导读：这是一则巧女故事。表现故事主人公小媳妇的聪明智慧。

一天，有个阿昌族男子，在路边挖菜园子。他挥动着结实的双臂，挖得汗流浃背。一锅烟的工夫，一块园子挖了大半。这时，有个做官的人，骑着马，带着卫兵路过。他瞟了一眼，看见这个挖土的人。骑马的人认为，阿昌人嘛，又倔又蠢，愚蠢得很，就想寻开心，作弄一下。他便左手顺了顺花白胡子，皮笑肉不笑地问："喂！小伙，你挖地一天挖几百锄？"这个憨厚的年轻人，乍一听，摸不着头脑。他想，地是一块一块地数，哪有几百锄的数法，一时想不出恰当的话来回答。骑马的人看到小伙被难住了，洋洋自得，咧着嘴笑得前俯后仰，差点摔下马来，幸亏被卫兵赶上去扶住了。于是，骑着马扬长而去了。

　　挖地的伙子，闷闷不乐回到家里，媳妇看到丈夫的脸色不同平常，便瞅了他一眼，说："你今天碰着什么倒霉鬼，回来也咋个不吭声？"男子抬头看了媳妇一眼，把挖地时遇着骑马人的事儿跟她说了一遍。媳妇听了，瞪丈夫一眼，说："你这个憨姑爷，不会问老爷，你的马一天走几百步？"

　　第二天，伙子又到路边的园子里挖地，故意挨到黄昏，不见骑马人的影子。又磨蹭了三天，那个骑马的人才折回来了。骑马人看他还在园子里挖地，又问："小伙，你挖地一天挖几百锄？"小伙照着媳妇告诉他的话问："老爷，你的马一天走几百步？"骑马的人被问得目瞪口呆，一时答不上话来。他转念一想，肯定是什么人教他说的，想问个底细，就问："小伙，你今天吃了什么灵芝水，嘴头那么灵巧？"伙子老实地说："是我媳妇告诉我的。"骑马的人听了，满不在乎，心想，一个阿昌妇道人家，有多大能耐，我倒想叫她当面出出丑，便吩咐说："明天，我要到你家吃顿饭，告诉你媳妇，做出九十九道菜，还要有一碗龙爪菜，要摆在千只眼的桌子上。"说完，拍着马

一溜烟走了。

伙子听了大吃一惊，一幅非常沮丧的神情，快快不快地回去对他媳妇说："那个做官的明天要来我家吃顿饭，他要你做出九十九道菜，还要一碗龙爪菜，要摆在千只眼的桌子上。"他媳妇听了，不为然地说："你不消焦愁（不用担心），我明天把菜做好就是了。"

第二天，她用九个小碗盛了韭菜，又煮了一碗瓜尖做龙爪菜，摆在满是眼子的竹篾桌上。刚摆好，那个骑马的人果真来了。他走进家一看，非常惊诧，却装出不动声色的样子说："你的菜，做得非常不错。只是你的锅边太邋遢，我送你一节青布做毡裙，系着干活就干净了。"从此以后，阿昌族妇女穿衣时，都会系 块青布毡裙，只是结婚拜堂时例外。

梁禾采录；流传地区：梁河县。

选编自梁河县民族民间文学调查组、梁河县文化馆编：《阿昌族民间文学资料（第一辑）》。

遮帕麻和遮米麻的故事

导读：阿昌族传统文化经典宝库里，有很多动听的神话故事，其中，最经典最有影响力的是遮帕麻和遮米麻的创世神话故事。它有史诗体和散文体，在阿昌族民间传唱，凡重大节庆，均由"活袍"（诵经人）吟诵，以此歌颂天公遮帕麻和地母遮米麻，造天织地、创造人类、补天治水、降妖除魔、重整天地的丰功伟绩。《遮帕麻和遮米麻》创世史诗于 2006 年 6 月被国务院批准列入国家级第一批非物质文化遗产名录。这是曹先强根据史诗体和散文体改写的神话故事。

一、造天织地的故事

远古的时候，没有天，也没有地，只有"混沌"。混沌中，无明无暗，无上无下，无依无托，无边无际，虚无缥缈。"混沌"中突然闪出一道白光。有了白光，也就有了黑暗，有了黑暗，也就有了阴阳。阴阳相生，诞生了天公遮帕麻和地母遮米麻。明暗相间产生了三十名神将，三十名神兵。

天公遮帕麻，没有穿衣服，腰上系着一根神奇的"赶山鞭"，胸前吊着两只山一样的大乳房，带领六十个神兵神将，用雨水拌银色沙子捏出月亮，用雨水拌金色沙子捏出太阳。太阳造出来，可惜没有一个窝，月亮造好了，可惜没有一个安放的地方。遮帕麻用右手扯下身上的左乳房，把它变成了太阳山，用来安放太阳。左手扯下身上的右乳房，把它变成了太阴山，用来安放月亮。两座山一样高为十万八千丈。遮帕麻舍去自己的血肉，从此以后，男人没有了大乳房。

遮帕麻张开胳膊，右边抱起银光闪闪的月亮，左边抱起火辣辣的太阳，迈开巨人的步伐，跨出一步就留下一道彩虹，走过的地方踏出了一条银河，喘出来的气体变成了漫天的白云和大风，流淌出来的汗水化作了无边的雨水和山洪。

遮帕麻举起月亮放到太阴山顶上，让月亮有了歇脚的地方。派月亮神"勾娄早芒"，看守月亮。举起太阳放到太阳山顶上，从此太阳有了归宿，派太阳神"毛鹤早芒"看守太阳。在两山之间，又栽下一棵娑罗树，让月亮和太阳围绕着娑罗树旋转。太阳出来是白天，月亮出来是黑夜。月亮和太阳不停地旋转。

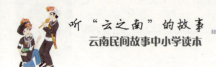

从此，有了年轮和春夏秋冬四季。

遮帕麻用珍珠造了东边的天，用玛瑙造了南边的天，用玉石造了西边的天，用翡翠造了北边的天。在东边设立了琉璃宝座，南边设立了莲花宝座，西边设立了玉石宝座，北边设立了翡翠宝座。遮帕麻派"尨（máng）鹤早芒"做东边天神，派"腊各早列"做南边的天神，派"孛劢早芒"做西边的天神，派"耄（mào）弥早芒"做北边的天神。这四员大将就成了掌管四边天空的天神。分别把守天的东、南、西、北四个方位四个极。

遮帕麻造好了月亮、太阳、星星、银河、彩虹、云雾、风雨和山洪之后，带领神兵天将造天。遮帕麻造出了东边的天，造南边的天，接二连三造出了西边的天和北边的天。遮帕麻造出来的天一片湛蓝，像清水一样清洁，像泉水一样清澈见底。看着夜晚出来的月亮在空荡荡的天空里行走。遮帕麻挥舞"赶山鞭"甩出一串串火花飞到宇宙空间，火花变成了闪烁的满天星宿。遮帕麻创造了日月，定下了天的四极。他造的天像展开的布幕，他造的日月光芒四射，他的英名从此在阿昌人心中传扬。

遮帕麻造天的同时，遮米麻也在忙碌着编织大地。

她摘下自己的喉头当梭镖，拔下脸上的毛发做丝线，编织大地。从此，女人没有了喉头，没有了胡子。遮米麻拔下右边的脸毛织出东边的大地，拔下左边的脸毛织出西边的大地，拔下下颚的脸毛织出南边的大地，拔下额头的脸毛织出北边的大地，东西南北四边都织好了。大地比簸箕都还要平。遮米麻的脸上流淌下了鲜血。鲜血流淌到大地四周，淹没了东边、南边、西边和北边，变成波涛连天的东海、南海、西海和北海，汪洋大海里长出各种鱼虾。大地有了陆地与海洋。

遮米麻在东海、南海、西海和北海，分别设立了水晶宝座，珊瑚宝座，珍珠宝座和玛瑙宝座。安排东海龙王、南海龙王、西海龙王和北海龙王，分别管理四个海洋。

天公造完了天，地母织完了地，但是，天造小了，地织大了。天边罩不住地缘。遮帕麻拉扯东边的天幕，炸雷滚滚，西边的大地就裸露出来。拉扯南边的天幕，电闪雷鸣，北边的大地又裸露在天幕之外。遮帕麻拉扯天幕发出的滚滚雷声惊动了遮米麻，遮米麻连忙抽去三根地线，大地山摇地动发出隆隆的巨响。大地波澜起伏地褶皱起来，有的地方凸起，有的地方凹下。凸起的地方成了高山大川，凹下的地方成了平原与峡谷。把大地缩小了，天幕才把大地全部笼罩起来。遮米麻织出了大地，她的功绩像海洋一样，阿昌人世世代代永远铭记在心里。

二、人类起源的故事

人类到底是哪里来的？阿昌族神话故事说，遮帕麻、遮米麻开造天地后，天空有了日月星辰，大地有了山川田野。可是，林深没有打猎人，山高没有砍柴人，田野肥沃没有耕耘人，海洋宽阔没有捕鱼人。在一个美好的日子，天公遮帕麻，地母遮米麻，来到了大地的中央，看着巍峨的高山，辽阔的平原，肥沃的坝子，宽阔的海洋。世间百花盛开，百鸟欢唱，流水潺潺。遮帕麻说："我俩是造天地的人，天和地都合拢了，我俩为什么还不合在一起成为一家人，传下人种呢？"

在那个远古蛮荒时代，大地上只有遮帕麻、遮米麻，没有人类为他们说媒，也没有人类为他们定亲。他们想结合在一起，

又怕违背了上天的旨意。他们就决定,两人各上东西两座山,往山下滚磨盘,磨盘合拢就成婚。两人再上南山、北山烧柴火,火烟相交就结合。以此结果来判定天意。

遮米麻用两块巨石相碰撞,撞出火花找到了第一个火种。遮帕麻挥舞着"赶山鞭",抽出了一串串火花,留下一朵火花,点燃自己的柴堆,其他火花飞到了天上,变成了满天星斗。两个山顶上升起两股巨大的青烟,在空中相交,融合成了一股青烟,在一起盘旋。随后,两人扛着磨盘石,爬到山顶上往下滚,结果,从东山和西山滚下来的两块石磨盘,神奇的滚到了一起,紧紧合拢了。

从此,遮帕麻和遮米麻结合了,成为一家人。他们就安身在大地的中央。过了九年才怀胎,怀胎九年生下一颗葫芦子。把它种在大门旁,"九年葫芦才发芽,发芽九年才开花,开花九年才结果",葫芦藤长得有九十九拃(zhǎ)长。奇怪的是整个藤上只开了一朵花,只结了一个葫芦果。葫芦越长越大,有磨盘大。遮帕麻走到葫芦下,还听到里面闹喳喳。遮帕麻剖开葫芦后,里面跳出九个小娃娃。从葫芦里跳出来的九个小娃娃,分别到不同的地区居住,成为不同姓氏的人,学会了打猎、捕鱼,从事着各种各样的生产劳动。各个支系,同根又同源,子孙多得像星星,各个氏族原本就是一家人。最初的人类就这样产生了。因此,天公遮帕麻和地母遮米麻,又被阿昌族人民称颂为创造人类的始祖。逢年过节都有祭祀始祖的习俗。

三、补天治水的故事

遮帕麻、遮米麻创造人类以后，整个世界生机勃发，春意盎然。田地里的庄稼长势喜人，到处一片丰收的景象。山坡上，肥壮的牛羊在绿草丛中悠闲吃草。人们过着无忧无虑，丰衣足食的幸福生活。不知过了多少年，灾难忽然降临人间。

有一天，地上突然刮起狂风，天上堆满黑云，太阳和月亮失去了光辉，暴雨连天。大地一片汪洋。遮米麻估计天破了，天破了地母遮米麻也是会缝补的。她早就把织地时抽出的三根地筋绕成了线团，这时她用第一团筋线缝补好东边，太阳和月亮从那儿升起，东边不再刮风和下雨。用第二团筋线缝补好西边，太阳和月亮在那儿落山休息，西边不再刮风和下暴雨。最后用第三团筋线缝补好北边，北斗星高挂在那儿，还不停地眨眼，北边不再刮风下暴雨。遮米麻缝补好三边的天和地，用完了三根地筋做成的线，剩下南边的没有办法缝补，南边的天空仍然暴雨连绵，居住在南方的百姓仍然遭受着灾难。

南边的天只有天公遮帕麻率领天兵天将去补救。天公遮帕麻告别了地母遮米麻，启程去南方最远的村寨"拉涅旦"。他挥动"赶山鞭"，带领神兵天将，遇到挡住去路的高山，就用"赶山鞭"赶开，遇到拦路的大河，就用"赶山鞭"架起桥梁。来到"拉涅旦"，遮帕麻看到整个"拉涅旦"一片汪洋，心急如焚。遮帕麻没有缝补天地的筋线，只好修筑一道南天门来遮风挡雨。他命令神兵天将，补天治水，夜以继日，要用最快的速度建好南天门。

南方的"拉涅旦"，有个聪明美丽、充满智慧的女人，名叫桑姑尼。她掌握制造盐巴的神奇秘密，人们尊称她为盐婆神。

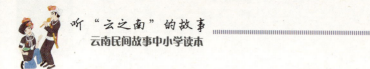

神兵天将吃了她放了盐巴的饭菜，又香又甜，浑身有劲。不久，遮帕麻和神兵天将修建好了遮风挡雨的南天门。

南方不再刮风和下雨了，"拉涅旦"的天空又出现了美丽的彩霞。地里又种上了庄稼，灾害彻底消除了，百姓又过上了平安吉祥的幸福生活。在南方补天治水中与桑姑尼相处的时间长了，遮帕麻也不想离开"拉涅旦"，不想离开聪明美丽的桑姑尼。他就暂时住在"拉涅旦"，住在桑姑尼家，每天品尝着桑姑尼做的又香又甜的美味佳肴，享受着无忧无虑的生活。

四、妖魔乱世的故事

世上的鲜花开得最香，稻谷熟得最黄，牛羊长得最壮的时候，大地的中央出现了一个乱世魔王。他是一个狂凶极恶的魔王，他的本性就是骄横乱世，以毁灭幸福、制造灾难为乐，他的名字叫腊訇。腊訇也有兵将，他心毒手辣赛过恶狼。他站在大地的中央，一心想要独霸这个地方。腊訇睁大那双毒辣的眼睛，死死地看着太阳，心里盘算，我也要造一个永远不会落山的太阳，让世界没有白天和黑夜，让人们不分昼夜地为我干活，让我的名声永远传扬。

于是，腊訇造了一个假太阳，钉在天上。不会升也不会降，只有白天，没有夜晚，时时刻刻散发着毒辣的阳光。整个天空好比一个大蒸笼，地面被毒辣的太阳晒得比烧红的锅还烫。水塘烤干了，树木晒枯了，土地开裂了。水牛的角晒弯了，从此不会长直；黄牛的皮烤黄了，从此不会变成其他颜色；野猪的背脊烧糊了，从此就成了灰黑；猫头鹰晒怕了，从此白天就闭着眼睛；鸭子把嗓子哭哑了，从此声音就沙哑；飞蝉把肠子哭断了，从此就没有了肠子。

妖魔腊訇，颠倒阴阳，山族动物赶下水，水族动物赶上了山，强令树木倒着长。游鱼在山头打滚，走兽在水里飘荡，世界一片混乱。有一条大鱼赶到山里，硬着头皮往土里钻，它的鱼鳞烤硬后变成了甲壳，缩成一团，这条大鱼变成了穿山甲，打个山洞躲避毒辣的太阳。

眼看着生灵涂炭，百姓遭殃，遮米麻心急如焚，无力制服乱世妖魔腊訇，日夜盼望遮帕麻快回到大地的中央，制服乱世妖魔腊訇。

遮米麻绝望的时候，见到河里一只水獭猫自由自在地飘在水上。水獭猫潜到水里比鱼还灵活，在岸上跑步比狗跑得快。遮米麻只有派他去送信。水獭猫身负信使重任，在路上不敢有任何怠慢。他翻过九十九座山，过了九十九条河。肚子空了不知道饿，嗓子干了不知道渴。不知走了多少路程，终于到达"拉涅旦"。咬着遮帕麻的耳朵，报告了北方遭遇的灾难。遮帕麻获悉家乡的百姓正在遭殃，决定立即回去降服乱世魔王腊訇。

陇川阿昌族男子服饰与阿昌族象脚鼓（曹先强　摄）

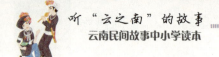

遮帕麻收拾行装准备返回家乡，桑姑尼心里乱如一团麻，她舍不得心爱的英雄离开自己。"拉涅旦"的百姓也都来苦苦挽留。

遮帕麻说，我跟北方、南方的百姓，都心连着心，是去还是留就看天意吧。遮帕麻下令神兵大将去山上打猎，这次专打山老鼠。山老鼠的行踪代表天意。如果老鼠从新洞进旧洞，我就回北方去消灭乱世妖魔腊訇。如果老鼠从旧洞进新洞，我就留在南方。不到一个时辰，上山打猎的将士回来了。有一个将士，把亲眼看到的山老鼠出新洞进旧洞的事告诉了遮帕麻。遮帕麻知道天意要他回家去铲除乱世魔王腊訇。他就登上高高的点将台点兵点将，发出返回家乡，消灭妖魔腊訇的旨令。

五、斩妖除魔的故事

遮帕麻回到大地中央。挥动"赶山鞭"，发出炸雷般巨大的响声，地动山摇，把所有的神兵天将召集到一起，准备和妖魔腊訇决一死战。转眼一想，两只老虎打架会揉伤青草树木，两兵交战会给百姓带来很多的伤害。他把举起的赶山鞭又轻轻地放了下来。遮帕麻想出了一个办法，撒毒药到河里毒死腊訇。他却又担心连累更多无辜的生灵。最后决定假装跟腊訇交朋友，跟他"斗法""斗梦"。再用魔法战胜他，最后彻底降服他。

远古时代，魔法是战胜一切的法宝。

遮帕麻和腊訇，相约来到山林，森林里万物都睁大眼睛，关注着这次魔法决斗。看见一棵花桃树，枝繁叶嫩，鲜花盛开。腊訇走上前去，对着桃树念了一串咒语，掐动手指，花桃树顿时枝干、叶落、花凋谢。腊訇以为自己的法术比遮帕麻的高明，洋洋得意地说："生灵的死活我掌管，谁的神通比我大，包括你遮帕麻也比不过我。"

遮帕麻对腊旬说:"你不要自夸,看看谁能让枯枝重新发芽开花。"腊旬连连摇头说,枯死的树木怎么可能再开花,起死回生的办法我没有,你也别要说梦话。遮帕麻念动咒语,口含一口甘甜的泉水往桃树上一喷,顿时,干枯的花桃树又发出了嫩绿的新芽,枝头又开出了鲜艳的花。

腊旬吓得脸色发黄,目瞪口呆。腊旬"斗法"输了,心里不服气,又打起了鬼主意。他对遮帕麻说,今天的"斗法"不算数,明天"斗梦"比高下。做了好梦的交好运,做了噩梦的不吉利。谁做了好梦,谁就管天下。面对狡诈的腊旬,遮帕麻答应"斗梦"决定高下。

第一次比梦,腊旬睡在山顶上,遮帕麻睡在山脚下,各自做各自的好梦。约定第二天在山腰,向对方讲述梦境。遮帕麻用松叶铺床,用石头当枕头,很快进入梦乡。次日,遮帕麻面带笑容,高高兴兴地来到半山腰。遮帕麻梦见的太阳红彤彤,山中泉水照人影,树叶树枝青葱葱。是好梦。这是遮帕麻战胜腊旬的好征兆。腊旬却垂头丧气,有气无力。他梦见的是假太阳落地,山顶黑乎乎,箐沟流出黄泥水,枯树枯枝光秃秃。显然,遮帕麻做了好梦,腊旬做了噩梦。遮帕麻赢了,腊旬输了。

第二次比梦,遮帕麻上山顶,腊旬下山脚。这一次,遮帕麻梦见自己造的太阳,从大海升起来,被假太阳晒死的万物复苏,百鸟欢唱,世界充满欢乐。腊旬的梦更可怕,他梦见天塌下来了,地陷下去了。他自己也是深陷万丈深渊。腊旬第二次比梦又输了。

遮帕麻和腊旬"斗法""斗梦"之后,遮帕麻提起"赶山鞭",挥舞着把毒菌"鬼见愁"从山头撒到山脚。第二天清晨,

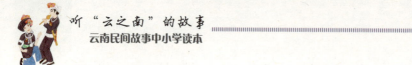

遮米麻左肩挎着竹筐，右肩挎着竹篓，去邀约腊訇的妻子小妖精。上山去采菌。走在前面的遮米麻，把捡到的毒菌放进竹筐，把鸡𡎚（zōng）放进竹篓。竹筐编得缝隙大，放进去的毒菌都漏了出来。跟在遮米麻身后的腊訇的妻子，看见遮米麻竹筐里漏出来的"鬼见愁"撒了一地，就把地上的"鬼见愁"统统捡起来背回家。

腊訇看着又鲜又嫩的"鬼见愁"，错当鸡𡎚，张开血盆大口，狼吞虎咽。不一会，就把毒菌子吃个精光。腊訇的肚子疼得实在受不了，他全身冒汗，倒在地上滚来滚去。乱世魔王腊訇，临死时，毫无回天之力，拼命做垂死挣扎，他的叫喊声好像一万只疯狂的老虎在怒吼，天地之间充满了恐惧。

遮帕麻派出牛、马、苍蝇等好几种动物，去核实查看腊訇的尸体。狂妄自大、心狠手辣、诡计多端、祸害人间的乱世魔王腊訇，天理不容、自取灭亡，落得个死无葬身之地的可耻下场。

六、重整天地的故事

遮帕麻斩除乱世魔王腊訇，可是腊訇射上天幕的假太阳仍然散发着炙热毒辣的光芒，烧烤着大地。于是，遮帕麻带领三十名神兵，三十员天将，赶制了一把力大无比的弩弓。弩弓射日，一箭射中假太阳。假太阳从天幕上掉落到汪洋大海里，永远失去了光芒。世界从此恢复了太平，白天太阳把大地照耀得通明透亮，夜晚月亮洒下银色的光芒。

遮帕麻射落假太阳后，挥舞着"赶山鞭"，又率领天兵天将，扶正了倒长的树木，理顺了倒流的江河。把水里的兽类山族动物接上山，把山上的鱼虾水族动物送下河。把被腊訇颠倒了的世界秩序，重新调整过来。只有那个会打洞的穿山甲，错过了回归水里的机会，自愿留在了山上。英勇的遮帕麻，理顺了阴阳，挽救了生灵，世界恢复了秩序。

重整天地使命完成后，遮帕麻立下了千古不变的规矩：他的心和百姓连在一起，百姓受苦他伤心，百姓安宁他欢喜。为了确保世界长治久安，遮帕麻派三十个神兵严把山头，护佑村寨，临走时对神兵说，见毒蛇就要拔出长刀，见鬼怪决不能手软。从今以后，谁胆敢作乱，就跟腊訇一样的下场。多少年来，遮帕麻立下的规矩，没有人再敢触犯。烧光的草地又变绿，枯死的鲜花又开放，逃出去的百姓重返故乡。田里的谷子一年收割两季，肥壮的牛羊放满山。最动听的歌是"窝罗"，最美丽的花是攀枝花。唱一首"窝罗"歌颂遮帕麻，采一朵攀枝花献给遮米麻。阿昌的子孙啊，这就是遮帕麻和遮米麻的故事。你们要牢牢记在心里，世世代代传唱。

赵安贤（阿昌族）讲述；杨叶生（阿昌族）翻译；兰克、杨智辉整理；流传地区：梁河县。

谚语选读

导读：阿昌族传统文化经典宝库里，谚语，阿昌语笼统称"诏抄"。汉语是"古本"，"老话"的意思。阿昌族谚语，言简意赅，通俗易懂，闪烁着智慧的光芒，是民众喜闻乐见的语言精华。谚语内容较广，涉及真理、爱憎、团结、品行、勤劳、节俭等。它具有特殊的教育、认识和审美作用。

真理、爱憎

◎ 人正不怕影子歪。

◎ 有理说通天下，无理寸步难行。

◎ 猎物害怕猎枪，谎言害怕真理。

◎ 有斧砍倒树，有理说倒人。

◎ 煮饭要放米，说话要讲理。

友情、团结

◎ 一花不是春，独木不成林。

◎ 独篾编不成箩，独瓦盖不成房。

◎ 一只蚂蚁搬不动一颗芝麻，一群蚂蚁就能抬走一只青蛙。

劝学、品行、修养

◎ 刀不磨不快，人不学不懂。

◎ 一回生二回熟，三回四回当师傅。

◎ 人看其小，马看蹄爪。

◎ 好马不用响鞭，响鼓不用重锤。

◎ 人往高处走，水往低处流。

◎ 为人不做亏心事，半夜打雷不着惊。

◎ 上梁不正下梁歪，下梁不正倒下来。

勤劳、情操

◎ 人勤地生宝，人懒地生草。

◎ 越闲越懒，越吃越馋。

（曹先强　选编）

怒　族

织布中的怒族妇女（李金明　摄）

怒族简介

　　怒族是云南省特有民族，是中国 28 个人口较少民族之一，也是怒江流域古老的土著民族。2010 年第六次全国人口普查统计，我国怒族人口有 37,523 人，其中云南有 31,821 人，男性人口 16,240 人，女性人口 15,581 人。怒族主要分布在怒江傈僳族自治州境内，迪庆藏族自治州维西县和西藏自治区察隅县察瓦绒乡。怒江傈僳族自治州境内的怒族主要居住在兰坪白族普米族自治县的兔峨乡和泸水县鲁掌镇，福贡县匹河乡和子里甲乡，贡山独龙族怒族自治县茨开镇、棒打乡、丙中洛乡。

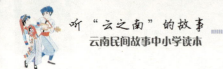

怒族有四个支系。其自称"若柔""诺苏""怒或阿怒""阿侬"。兰坪县的怒族自称"若柔",福贡县怒族自称"诺苏",贡山县、察隅县和维西县怒族自称"怒或阿怒",福贡县上帕镇、鹿马登乡和架科底乡的怒族自称"阿侬"。历史上,怒族称"怒子""怒人""弩人"等。20世纪50年代,经民族学家考察识别,其四个族群识别为怒族。

怒族语言属于汉藏语系藏缅语族。怒族四个支系的语言复杂,相互不能通话。自称"诺苏"的怒族使用"诺苏"语言,属彝语支。自称"若柔"的怒族使用"若柔"语,属彝语支。自称"怒"或"阿怒"的怒族使用阿怒语,语支未定。其语言与独龙江中上游的独龙族语言有些相近,部分可以通话。其他地区的怒族使用傈僳语、藏语等多种语言。四个支系的习俗也有较大的差异。

创世纪

导读:这则创世神话讲述了人类的起源,太阳、月亮的形成。

很古很古的时候,万能的讷拉格波天神,以自己的意愿造了天和地,也造了花木虫草,飞禽走兽。那时候,天下还没有人类,可是有很多猴子。

不知过了几代,猴子中的一部分慢慢地变成了人,他们仍然与猴子一起生活。有一次,雷斧劈大枯树时引发了火灾。天火过后,人们看见在火灰里有被烧死烤熟了的松鼠、老鼠,捡来吃,觉得比生肉更好吃。从那以后,人就把天火搬进岩洞烧了起来，捕到的野兽或采到的野菜都拿来烧了吃。从此，人类就不再吃生肉生菜了。猴子和其他动物见到火光，都害怕逃进了林子里，再也不和人生活在一起了。

后来，慢慢的人多起来了，天上地上地下都有人了。天上有天上人，地下有地下人，地上也有很多人。天和地之间离得很近，大地的中间有一把千年万代不会变朽的活木梯，四周有四棵大柱子顶着天。从地上到地下也有路可通，地上人还经常到地下人那里去做客。因为地上人时常把洗衣服的脏水倒在通往地下的洞口，这些脏水流进洞里，弄脏了地下人，他们一生气，就把通向地上的路给堵死了。

那时候，身小力弱的红蚂蚁是地上人派去给天上人送贡物的使臣。小红蚂蚁们天天驮着老重的贡物，爬上爬下，不嫌累，不叫苦，忠心耿耿地为地上人和天上人干活。

天上人不会打铁，常常请地上人讷恰格瓦彭和讷恰格瓦讷两兄妹上天帮忙打铁。妹妹讷恰格瓦讷拉风箱，哥哥纳恰格瓦彭挥锤打铁。妹妹拉风箱拉得呼呼响，火星溅出来，变成了一闪一闪的雷电。哥哥打铁打得轰隆隆响，响声变成了闪电后的雷鸣。兄妹俩每次从天上人那里打铁回来，不是吃得腰粗肚圆，就是醉得东倒西歪。每次他们俩得意洋洋地从天上下来的时候，都要讥笑在活木梯上上上下下的不停奔忙的小红蚂蚁："小蚂蚁，没本事，到天上，肚肠空，哪像我，吃得肚子圆又圆。"

小蚂蚁们听了这些话，很生气，忍不住一而再，再而三的讥笑。于是蚂蚁们起来造反了。它们不再为地上人送贡物给天上人去了。后来，当讷恰格瓦彭和讷恰格瓦讷兄妹俩又到天上人那里去打铁的时候，小蚂蚁们就把天梯和顶天的柱子给啃断了。

天梯天柱倒了，天也就升高了。去天上打铁的讷恰格互彭和讷恰格互讷兄妹俩再也下不来了，永远留在了天上，闪电和雷声也就永远留在了天上。

世上起初只有雷声和闪电，没有太阳和月亮，一片昏昏蒙蒙。

有人在地上种下了两棵树，真古怪，这两棵树栽下后不久就猛长个不停，越长越高，长得比山还高，比天还高。又过了一段日子，一棵树上结了个红彤彤的大果子。另一棵树的尖尖上，却结了个亮晶晶又大又圆的白果子。后来，红果子变成了太阳，白果子变成了月亮。红果子和白果子是夫妻，太阳和月亮是两口子。月亮是丈夫，太阳是妻子。

太阳是女人，心肠好，给人间撒下光明和温暖。月亮是男人，爱管事，他告诉人们春夏秋冬一年四季，提醒人们春播和秋收。

又过了很多世代，人越来越多了，可是鬼也很多。鬼不但吃人，使人不得安生，还唆使人做了许多坏事，教人来咒骂讷拉格波天神。讷拉格波天神很生气，就决定发洪水来消灭世上的鬼，也消灭那些不崇敬他的人。于是，洪水从天而降，世上所有的人、鬼以及所有的生灵都被洪水淹死了。

仙女节的由来

在很久很久以前，在捧当、丙中洛一带的一个怒族寨子里，有个名叫阿茸的怒族姑娘，她美丽善良又聪明能干，她织出的七彩腰带美若彩虹；她学蜘蛛织网，发明了溜索。在浪沙翻滚、险滩林立的怒江大峡谷上空拉起了第一道篾溜。从而使江东江西的人们能够相互来往，人们快乐幸福地生活在一起。阿茸姑娘也因发明了过江的溜索，被人们誉称为"仙女"，阿茸姑娘的美名也在到处传扬，也传到了奴隶主的耳朵，于是就派人四处打听阿茸姑娘的行踪，知道她的行踪后，便派人带着金银财宝去求婚，却遭到阿茸姑娘的断然拒绝，奴隶主便派壮丁去抓阿茸姑娘。可怜的阿茸东躲西藏、无处逃生，最后躲进深山里的一个洞里。奴隶主气得暴跳如雷、四处乱窜，扰得四乡五邻不得安宁。最后，恶毒地主家丁竟放火烧山，大火烧了九天九夜……有的说阿茸姑娘在石洞中不幸遇难；有的说阿茸姑娘变成青烟飞上了天，成了月亮的女儿；也有的说怒江两岸漫山遍野、五彩缤纷的杜鹃花是阿茸姑娘变的，是阿茸姑娘在守卫着美丽的家乡和坚贞的爱情，护佑着人们五谷丰登、幸福安康……怒族人为了纪念这位美丽善良的阿茸姑娘，把每年农历三月十五日定为"仙女节"。

谷种的由来

导读：这个神话讲述了谷种的由来。

很古的时候，天下还没有五谷杂粮。人们吃的是山茅野菜和草根树皮，饥一顿饱一顿，日子过得很艰难。

有一年开春时节，山寨下了一场罕见的大雪。接连五六天，雪花一股劲地飘啊飘，漫山遍野都是白茫茫的雪，山茅野菜找不成了，家家户户没有吃的，小孩哭着说肚子饿，老人卧在铺里起不来。人们无法生活，便成群结队地去打雀子，用打来的

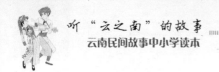
雀子肉充饥，维持全家老少的生活。雪越下越大，所有的雀子被大风雪撵得无影无踪，雀子打不成了，其他东西又找不到，人们只好待在家里，一筹莫展。

正在这时，一个名叫勇布的小伙子，打雀的路上突然看见雪地上有只漂亮的雀子，脖子上还着一个大口袋。高兴极了，用弩弓一箭射去，不偏不倚，正射中了那个口袋，口袋落下来了，勇布把口袋扛回家里，用小刀轻轻划了一个口，看见里面尽是白花花的籽籽，像很好吃的样子。全家人围成一堆，看着那袋白花花的籽籽，商量着如何做一顿美餐。这时，那只神奇的雀子，从窗外飞来。变成一个白发苍苍的老人站在全家人眼前，人们又惊又怕，不知是怎么回事。那白发老人说："你们不用怕，我是奉天神之命下来送谷种的，你们记住：这是五谷杂粮的种子，等雪化完了，你们要挖地，把它种在挖好的地里。锄草、施肥，到秋天，你们就有吃的粮食了，即使饿肚子，也不能吃掉谷种。"说完，老人就不见了。

人们记住了老人的话，勒着腰带度过漫长的冬天。等雪化后，挖了一块又一块的地，把谷种埋进挖好的地里。到了秋天，果真迎来了特大的丰收年。这时，那白发老人又出现了，站在地头边对人们说："这些粮种，你们要子子孙孙传下去，多饿多困难，也不能把留做种子的部分吃光吃绝了。"说完，那老人变成一只雀子，"布谷，布谷"地叫着飞走了。

从那以后，天下就有了五谷杂粮，人们不仅学会了种庄稼，还把谷种一代一代的留传至今。每到春天，人们听到布谷鸟"布谷""布谷"的叫声时，老人们就教育年轻人："布谷鸟又来催人下种了，咱可不能忘了布谷鸟给人传谷种的恩德呀！"

年轻人听了，发下了誓言，为了报答布谷鸟给人类传谷种的恩德，世人不得打杀布谷鸟。从此，在怒家山寨里，世世代代遵守着这个誓言。把布谷鸟当作造福人类的恩鸟而受到人们的保护。

迪麻洛河的传说

导读：这则山川传说讲述了迪麻洛河的来历。

很古的时候，在遥远的青海湖里，生活着一对龙夫妇，龙公龙母有五个女儿和一个儿子。一天，五个龙姐姐约小弟去玩，说是在遥远的地方，有个叫大海的地方，是天底下很好玩的地方。小弟玉曲被姐姐们说动了心，当它拉着平常跟自己处得最好的五姐要上路时，其他四个姐姐笑它说："小弟呀，你白长那么大，出趟远门还要姐姐们陪着。得了，既然那么胆小，何不待在家里无忧无虑的多自在呀。"

小弟玉曲害羞极了，跑进屋里躲了起来。这时，五个龙女说："咱五个姐妹各奔一个方向，不管谁见了好去处，都要说出来，咱姐妹们好去一块儿玩耍。"说完，大姐金沙江，挥金斧往东南方走了；二姐黄河，舞开玉斧，从古拉册往东奔去；三姐雅鲁藏布江，手举银斧，从喜马拉雅山脚下开出一条大道，仰首向西跑去；四姐澜沧江和五姐怒江，一人飞舞铜斧，一人高举铁斧，手换手肩并肩地向西南方向驰去。小龙王看见门前的一把大砍刀，顺手抓起砍刀追了出来，看见四姐和五姐还没走出多远，于是举着砍刀，从四姐和五姐两人中间挤出一条大路追上去。

一路上，年轻好胜的小龙王玉曲，挥舞砍刀，辟山开岭，腾云驾雾地向前飞奔。当它就要穿过太子雪山喀喀博峰时，不料，轰隆轰隆的脚步声，惊动了喀喀博大山神。大神一看，见是一条小龙挥舞砍刀杀气腾腾地冲上来，凡它所过之处，雪峰拦腰劈一为二，巨石分裂，千年古树倒地，山里的飞禽走兽吓得四处逃跑，更让大神感到气愤的是，随着小龙的走近，大风中还夹着一股刺鼻的腥臭，熏得它昏昏欲睡，臭得它恶心呕吐起来。

怒族女青年（李金明 摄）

"呸！哪儿来的臭鱼精，还不给我滚回去，怕是吃了豹子胆了，吞了老虎心不成，竟敢把熏天臭地的臭味带到我的领地来，快滚开！"边骂边抽出神鞭猛抽小龙王。小龙王吓坏了，急忙掉头往西逃去，逃一节后，回头绕了过来，又被无情的神鞭给抽了回去。这样，小龙王逃一节，绕一节，又逃一节，前后共挨大神的五百零六鞭，就成了今日五曲河上的五百零六个大湾。

小龙王逃啊逃，它万万没有想到，竟会一头撞进五姐怒江的怀里来。五姐怒江看见小弟玉曲，认为小弟胆小，不敢单独远行而来找它同行呢。于是，开心的一阵大笑起来。

小龙王见到五姐，感到羞愧难当，便一头扑进五姐的怀里放声大哭，把一肚子的委屈倒给五姐听，它把如何遭山神的咒骂，抽鞭被打的经过，如竹筒倒豆般讲给五姐听。

听到小弟无故遭山神的咒骂和鞭打，五姐怒江气得哗哗咆哮起来，赌咒道："哼！你嫌鱼臭，我还不想给你尝鱼肉呢。从今天起，让你的黎民百姓吃不到鱼。让这里变成一片干燥。"

这样，从迪麻洛流下来的玉曲河，流入了怒江，而咯嘎博以下的地方，从此，滴水不流，草木枯焦。

一天，咯嘎博大山神正在养神，忽然闻到一阵枯焦味。一看草木枯了，山野光秃秃的，不长一棵小树木，所有的飞禽走兽都跑去别处了，大神方觉自己铸了一个大错。原来，五姐怒江赌咒发誓后，这里连年干旱，土地烧焦，树林花草都枯死了，天上飞的，地上跑的飞禽走兽也快绝迹了。山神痛心不已，于是，在手背上划了一个大口，割断了一条血管，用自己的鲜血去滋润万物，拯救山野国王的一切生灵。随着几句咒语，血水变成一条汹涌澎湃的大河，这就是迪麻洛河。从此，这里常年绿树成荫，鸟语花香，五谷丰登，人畜兴旺，人们过着歌舞升平的幸福生活。

獐子智斗老虎

导读：这个动物故事表达了善弱能战胜凶强的愿望。

老虎和马鹿交朋友，老虎找不到吃的，把马鹿吃了。后来，老虎又和獐子交朋友。老虎几天找不到吃的，就想吃掉獐子，但又不知道獐子住在哪里。老虎找到獐子问道："老弟，昨晚你睡在哪里啊？"獐子说："我睡在那边的大树下。"老虎听完，转

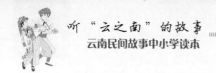

身便走。"虎大哥，今天你不和我一起玩吗？"獐子约老虎和它一起玩。"我还有点事，今天不玩了。"老虎边走边说，心里打定主意晚上饱饱吃一顿獐子肉。

獐子觉得老虎今天怪怪的，又看到老虎那饿得瘪瘪的肚子，明白了是怎么回事。天黑了，獐子找来一块长条石，拔下自己的毛用松香粘在条石上，然后把它放在自己睡觉的那个树洞里，自己则躲在一旁看动静。

半夜，老虎来到树洞口，"老弟，老弟！"喊了几声，不见动静，于是猛扑进树洞，向"獐子"咬去，"当"的一声，老虎的牙齿碰断了几颗，痛得大吼大叫。天亮后，老虎找到獐子开口大骂："你这个没有良心的朋友，把我的牙齿碰断了好几颗。""你才没有良心呢！吃起朋友来了。"獐子反驳说。两个争吵了几句，便各自走开了。

老虎虽然吃了亏，但还不死心，还要吃獐子。獐子也在想：老虎肯定还要来吃自己。獐子找来竹子削成尖尖的竹签，钉在树洞里，又在竹签上涂上松香，再粘上自己的毛，做成獐子坐着的模样，自己又躲到别处去了。深夜，老虎来了，不声不响地冲进树洞，向獐子狠狠咬去，结果，老虎被锋利的竹签戳穿了脑门心，当场气绝身亡了。

小兔整治老熊

导读：这则动物故事讲述以大欺小没有什么好下场的道理。

山林里的小动物经常遭受老熊的欺侮，小兔子决定整治一下老熊。

　　一天，小兔看见老熊走来，便拿出事先准备好的蜜糖，蹲在路边吃了起来，边吃边咂嘴。老熊看见小兔吃得津津有味，就问："老弟，你在吃什么呀？"小兔回答说："哦，是老哥呀，我在吃自己的眼睛呢。""好吃吗？""好吃极了！"小兔故意咂咂嘴说。

　　老熊馋得直淌口水，便向小兔讨吃。小兔拿出一小块蜜糖塞进老熊嘴里。老熊第一次尝到蜜糖，觉得怪好吃的，又向小兔要。小兔说："我的吃完了，老哥，把你的眼睛也挖下来吃吧，你的眼睛比我的大，肯定比我的还好吃的。"老熊想，是呀，自己的眼睛比小兔的大，一定非常好吃，便说："好啊，你帮我把眼睛挖下来。"小兔巴不得这句话，一下子就把老熊的两只眼睛挖了下来。

　　老熊成了瞎子，只得让小兔送它回家。小兔牵着老熊，走到平坦的地方，小兔故意说："老哥，这里坡坡坎坎的，慢着点走！"走到坡坡坎坎的地方，小兔又故意说："老哥，这里路平，快些走吧！"吃了好多苦头。最后，老熊来到一棵大树下，小兔看见树上挂着一窝马蜂，又来了主意。它对老熊说："这树上有铜锣，你在这里敲，我到远处去听响不响。"小兔躲在远处，喊声"敲呀！"老熊举起双掌使劲敲。马蜂窝被敲破，马蜂围着老熊"嗡嗡"地蜇，蜇得老熊大吼大叫："老弟，快来救我！"过了一阵，小兔方才过来用烟火赶走马蜂，只见老熊被蜇得浑身肿泡。

　　它两又继续朝前走，来到一个悬崖边，小兔说："天快黑了，有点冷，我去找些柴来生火取暖。"老熊也感到冷，就让小兔快去找柴。小兔找来柴生起火，把火烧得旺旺的。老熊被烤得熬不住了："老弟，太热了，我俩换个位。"小兔和老熊换了位置，

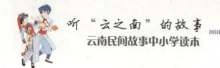
这时老熊坐在悬崖边上。小兔把火堆往老熊那边凑一下，老熊热得受不了，便往后退，退呀退，"嘎啦"一声，掉下悬崖摔死了。

灵芝姑娘

导读：这是一则鬼怪故事。它表现了与凶残的鬼怪做斗争的精神。

很久以前，高黎贡山上没有树木，也没有花草，是一片光

怒族同胞围坐在火塘边交谈（李金明　摄）

秃秃的山梁子。这座山里有一个山洞，洞里有一对山神姐妹，姐姐叫灵芝，姐妹俩生的花朵一样漂亮，大有闭月羞花之容，沉鱼落雁之貌，神灵鬼怪都对她们暗生一腔仰慕之心。这事，不久也传到了卡哇嘎博那里。遥远的卡哇嘎博，有一个妖精王，

他霸占着卡哇嘎博后面的许多地方。妖精王心狠手毒，无恶不作，常常派手下的游棍，来到高黎贡山里横行霸道，抢夺民间女子。人们对他恨之入骨，但因他的淫威，敢怒而不敢言。

后来，卡哇嘎博妖精王也听闻了灵芝姐妹俩的美名，就派手下的游棍前往探听虚实。游棍们见到灵芝姐妹俩果然生得容貌超群，天下无双，就飞快地报告妖精王，把妖精王说得眉飞色舞，恶魂颠倒。妖精王为了得到这美女，他派出心腹，采取各种各样的办法捉拿灵芝姐妹。

一天，妹妹一人迎着明亮的曙光，走到峰顶去玩，她正在那里玩时，凶恶的游棍悄悄地从背后爬上山来，就把她抓走了。

姐姐在家里等啊等，太阳已经落山了，也不见妹妹回家。她很着急，就顺着妹妹的踪迹去寻找，从黄昏找到天亮，一直找到卡哇嘎博山脚下，发现在一块大尖石头上，挂着妹妹的腰带。她知道妹妹一定是被妖精抓走了，悲痛万分，决心前去搭救妹妹。

灵芝姐姐连夜赶回家，她吃不下饭，睡不好觉，一夜想：这妖精王太凶恶了，我要想办法除掉这个祸害。但是，我这女子能行吗？不如到人间求人帮助救亲妹子。

第二天，她来到寨子里一看，这寨子里没有一个人影。这让她急坏了，慢慢地回转来，走到半路上遇见一位白发老人。她便问道："老人家，人间怎么没有人，他们到哪里去了呢？"老人回答说："美丽的少女，你还不知道吗？这里发生了大灾难，可恶的妖精王，每天来吃人，把寨子里的人都吃光了，只剩我一个人了，姑娘，你赶快逃吧！你也会被吃掉的。"白发老人顿了顿，又说："实话告诉你吧，我是天上的花仙老人。在太阳山下，有个山神王国，那里有个勇猛无敌的王子，你去找他

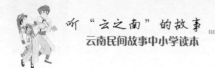

吧,他会帮你的,你快去找吧!"说毕,老人还拿给她一把宝剑。她接过宝剑,谢过礼,急急忙忙地向太阳山奔去。

到了太阳山,她含着眼泪对王子求道:"尊敬的山王子啊,凡间妖精们到处横行霸道,把人都吃光了,我的亲妹子也被抓走了,至今还不知死活,请山王子协助我救回亲妹子吧。"王子听后,"吧"的把手一拍,就说:"可恶的妖精欺人太甚了,我一定要把你妹妹救出来。"

于是,山王子和灵芝姑娘手持宝剑往卡哇嘎博赶去,而妖精们早就等候在那里了。王子手持宝剑指着妖精说:"你们抓走了灵芝妹子,快放出来!如果不放人,我这把宝剑就不认人了。"妖精王听见了,从游棍中间跳出来喝道:"哼,你是哪儿来的捣蛋鬼,别把自己看得太重了,给我拿下他的脑袋。"话音刚落,上百个游棍密密麻麻地冲杀上来,一个个送死在山王子的剑下,最后,只剩下妖精王了。三人开始又厮杀起来,山王子和灵芝姑娘左冲右突,如入无人之境,一剑刺死了妖精王。

山王子和灵芝姐姐为民除了害,把亲妹子也救了回来。他们二人相拥着大哭,哭着哭着感到浑身无力,喉咙发痒,嗓子发渴,一个个"扑通通"地倒下了。不一会儿,天就亮了,三人醒来时觉得腿有点痛,仔细一看,是大战妖精时负伤了,腿上的血流了一地,再看,那光秃秃的山,已变成了绿苗苗的山冈。三人拖着伤腿回到了山洞。后来,灵芝姐妹俩跟山王子成了亲,成亲后,他们三人回到太阳山去了。从此,荒凉的高黎贡山变得百花似绵,四季花木繁茂,明媚如春。人们都在流传说:高黎贡山上的各种奇花异草,是他们三人的鲜血变来的。

谚语选读

◎ 打雷不下雨，虎啸不咬人。

◎ 插秧后才抓埂，吃完饭才洗脸。

◎ 牲畜肥瘦看前胸，人聪明与否看心计。

◎ 借来的用得着，催来的等不到。

◎ 鸡啄的不一定都是粮食，人说的不一定都是道理。

◎ 快刀不需磨，能人不用教。

◎ 天不下雨草不生，父母不养儿不长。

◎ 要想收获犁两道，要想受苦找两妻。

◎ 天下没有纯黑的乌鸦，世上不存在知足的人。

◎ 挑不断的是糯米粑粑，分不开的是兄弟情谊。

◎ 一张嘴吃不下两碗饭，一颗心顾不上两件事。

（李金明　选编）

基诺族

基诺族简介

　　基诺族是云南省特有民族。基诺族自称"基诺"，意为尊敬舅舅的民族。主要分布在云南省西双版纳傣族自治州景洪市基诺山乡为中心的山区。据 2010 年第六次全国人口普查资料，我国基诺族总人口 23,143 人，其中云南为 22,759 人，男性 11,611 人，女性 11,148 人。基诺族有自己的语言——基诺话，属汉藏语系彝语支，没有文字，古老方法是刻竹木记事，现已通用汉文。基诺族崇尚自然，认为万物有灵。

　　基诺族是一个古老的民族。相传发祥于司杰卓米，在这座大山里诞生了乌优、阿哈、阿西三兄弟，逐步发展成为三个血

基诺族青年女子（杨福泉 摄于 1994 年）

缘氏族，进而发展成为现代基诺族人的三大支系。史料表明，早在血缘家族时代以前，基诺族的先民就繁衍生息在司杰卓米为中心的补远江两岸广大山区，以采集狩猎为传统，逐步发展为"种茶好猎"和山地农耕，特别是发明了"满天星"茶叶种植法和"十三年一轮"的山地轮歇农耕方法，创造了独特的热带山地丛林文化。基诺族是国家于1979年最后确认的一个民族。

螺蛳奇缘

导读：这是一篇田螺女型故事。通过基诺族民间流传的螺蛳姑娘与傣族国王的爱情故事，反映了历史上这两个民族之间的密切关系。

很久以前，基诺山古老的茨通寨是一个大寨子，寨子里住着一户穷人，只有年迈的阿布阿嫫（爸爸妈妈）和她们的小女儿扫基姑娘在一起生活。虽然穷，但一家三口日子过得还是和和美美的。

有一天，阿嫫领着女儿到茨通河去摸鱼，她们一边说笑，一边翻着石头摸鱼，很快，摸到的红尾巴鱼装满了一竹桶，母女俩高兴得合不拢嘴，正准备收拾东西回家。突然，扫基姑娘发现河滩上有个东西一闪一闪地在发光，跑过去一看，是个细长的七孔螺蛳。她好奇地用手轻轻把螺蛳从沙里抠出来，拿到河水里洗干净，螺蛳顿时放射出七色的光芒。扫基姑娘很喜欢，就把它戴在头上作为装饰。

自从把七孔螺蛳戴在头上，扫基姑娘的心情就特别愉快，下地干活脚勤手快，农活也做得又快又好，在家纺线织布，心灵手巧，织出的砍刀布像彩虹一样漂亮。她喜爱唱歌跳舞，身材又好，浑身都充满着青春的活力。老人们夸奖她比天上的仙女还漂亮。基诺山四十八寨的小伙子都来追求她，求婚的人快把竹楼的梯子都踩断了。寨子里的姑娘们也个个羡慕她、爱戴她，亲切地称她"螺蛳姑娘"。

不久，基诺山有个美丽的螺蛳姑娘这个消息传到了勐泐国傣族国王召罕勐的耳朵里，国王立即派出几个大臣，备了华丽的衣服和珠宝首饰，骑着快马连夜赶到基诺山茨通寨，要接螺蛳姑娘进宫做王妃。大臣们赶到茨通寨，见到了七个寨老，献上丰厚的礼物，把国王的旨意宣读了。卓巴（第一寨老）宽厚地答道："姑娘大了该嫁人，但是嫁给哪个人，我们基诺族的规矩是家长说了不算，寨老说了也不算，要问姑娘本人愿意不愿意才行呢。"勐泐国的几个大臣听了，又急忙摆齐仪仗，浩浩荡荡地来到姑娘家的竹楼下，求婚的礼物尽是些贵重的珠宝玉器和华丽的锦衣丝帛，堆满了火塘边的蔑桌。美丽善良的螺蛳姑娘把大臣们待为贵宾，双手捧上基诺山茶工树上菜来的春茶，喝得大臣们眉开眼笑，啧啧称赞。可是，当大臣们说明来意时，姑娘礼貌地拒绝道："自从阿嫫腰白开天辟地以来，没有听说过连面都不见就谈婚论嫁的呢。"大臣们为了向国王邀功，看到姑娘家势单力薄好欺负，就想强行把姑娘抢走。姑娘愤怒了，她把送来的礼物都扔了出去。全寨的小伙子都出来了，把大臣们赶出了寨子。

大臣们狼狈不堪地回去并向国王诉说了事情的经过，要求发兵攻打基诺山。国王不但没有发怒，还好奇地问："螺蛳姑娘真的像传说中那样美丽吗？"大臣们回答："比仙女还美丽呢。"

国王决定亲自去求婚。

　　国王经过充分准备，骑着披戴红绸、罩着金鞍的大象，赶着驮有绸缎珠宝、金银首饰、枪支弹药等各种贵重礼物的马帮，在大臣们的拥簇下，跋山涉水来到了螺蛳姑娘的寨子——茨通寨。国王终于见到了梦寐以求的螺蛳姑娘。果然名不虚传啊，美丽的容貌远远超出了国王的想象，他从内心深处爱上了这个基诺族姑娘；螺蛳姑娘的芳心，也被傣族国王的儒雅和虔诚所打动。国王亲自把丰厚的礼物送给茨通寨的七长老，把贵重的礼物献给美丽姑娘的阿布阿嬷。卓巴（山寨第一长老）号召全寨停止劳动，全民招待贵客。女人上山采野菜，男人去打野味，长老们指挥杀牛，用最高的礼仪款待贵宾。

　　在盛大的宴会上，傣族国王用世界上最优美的语言向螺蛳姑娘求婚，获得姑娘应允并且献上了迷人的歌舞。在螺蛳姑娘边歌边舞的过程中，国王目不转睛深情地望着她，手上夹烧烤的竹片都忘记了转动，一连三次，肥牛肉烧起了火，红尾巴鱼烤成了焦炭都不知道。卓巴带头跳起了欢快的大鼓舞，国王带头跳起了优美的孔雀舞，欢乐的歌舞盛宴进行了三天三夜，基诺山古老的茨通山寨一时成为欢乐的海洋。

　　在阳光灿烂的清晨，国王亲自和螺蛳姑娘的舅舅一起先把螺蛳姑娘扶到罩着金鞍的大象背上，然后自己潇洒地跨上去，告别了山寨。傣族国王和基诺族美女携手，同骑一头大象返回勐泐国王宫。

　　螺蛳姑娘进了傣王宫后，立即被封为王妃。国王与王妃相亲相爱，如同蜜蜂和鲜花一样分不开。国王对王妃爱得如痴如醉，一刻也不愿意离开。进餐、沐浴、唱歌跳舞、甚至处理国家大事都要王妃陪伴着，如果王妃不在，国王就失魂

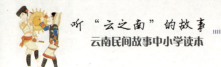
落魄似的。不久，王妃怀孕生子了，小王子长得很即健康又可爱，大佛爷给王子取名为煦达；国王更是欣喜若狂，每天都陪伴在王妃和儿子身边，每天都要亲吻小儿子好几遍，并钦定煦达为王位继承人。

国王是在十八岁那年继承了父亲的王位，同时按照父亲的安排迎娶了舅舅家的女儿——表姐玉拉罕为王后。后来王后生育了两个美丽的公主，以后就再也没有生育。如今娶到了自己心爱的王妃螺蛳姑娘，又生育了可爱的宝贝儿子煦达，国王特别高兴。自从有了王妃，王后就慢慢被冷落了。眼看着国王和王妃如此恩爱缠绵，又有一个宝贝儿子做了王位继承人，玉拉罕王后渐渐生出嫉妒之心，千方百计想把王妃和王子从国王身边撵走。

炎热的夏天，勐泐国的边境爆发了一场战争，国王依依惜别心爱的王妃和王子，率领军队奔赴战场。在国王出征的日子里，王妃专心照料王子，每天都在竹楼的阳台上梳头，眺望远方，思念出征疆场的国王。一天早晨，王妃像往常一样又来到阳台上梳头，玉拉罕王后早就指使人把阳台的一棵柱子砍断，企图谋害王妃，当刮起大风的时候，阳台垮了，矫健敏捷的王妃一个筋斗翻出去，稳稳地站到一边，毫发未损。可是，她心爱的七孔螺蛳被远远地抛了出去，掉到了玉拉罕王后的旁边，王后一下就把七孔螺蛳藏进筒裙里，当王妃找过来，问有没有看见自己的头饰时，王后就指着芭蕉林里找东西吃的老母猪撒谎说："是戴在头上的那个螺蛳吗？不要找了，被那个老母猪'吧嗒'一声吃了"。

自从丢失了心爱的七孔螺蛳，王妃整天愁眉不展、茶饭不思，一天天消瘦下去，变得弱不禁风，美丽的容颜消失了，连自己都认不出镜子里的自己了。她非常思念征战远方的国王，可是，又怕国王回来看到自己憔悴不堪的面容。她已经无力与王后抗争，整天提心吊胆怕儿子被王后暗害，时刻感到危机四伏。有一天，趁着夜深人静，她背起熟睡的儿子，悄悄地离开傣王宫向着基诺山走去。不知走了几个白天、几个黑夜，渴了喝山泉水，饿了吃野菜野果。母子俩历尽千辛万苦终于回到了茨通寨，回到了傣渤国煦达小王子从未见过面的阿普阿匹（外公外婆）的家。

寨里的长老和乡亲们看见螺蛳姑娘带着儿子回来，都非常关心，给她们家送来了很多大米、野味和水果。全寨的女人都来看望她们母子，为她们母子俩的遭遇而难过，又为姊妹们的久别重逢而歌唱。回到家乡的　螺蛳姑娘也慢慢高兴起来，很庆兴自己把小王子安全地带到了阿布阿嬷身边，她相信自己亲人的寨子，在睿智的寨老们护佑下，小王子能够平安成长。第二天清晨，山寨还在大雾中沉睡，螺蛳姑娘看了又看熟睡中的儿子，深情地给古老的寨子鞠躬，叩谢乡亲们的恩情；然后顺着河谷走进森林深处，一直走到嘎里果箐的源头，在冒着甘美清泉的泉眼旁边，她停下来，慢慢地脱下华丽的王妃服装，摘下金银首饰放在一旁，双手捧起泉水连喝了三口。这时，一团浓浓的雾从泉眼处飘过，等浓雾散去，基诺山最美丽的螺蛳姑娘、勐渤国傣族国王最珍爱的王妃，就这样消失在森林里了。

国王凯旋时，天还是原来的天，地还是原来的地，王宫还是出征前的王宫；可是，不见了他钟爱的王妃，不见了心爱的王子，他感到从来没有过的空虚和孤独。心急如焚的国王张榜悬赏万金，通令全国寻找王妃母了俩人、他还亲自骑马直奔基诺山。当国王和他的卫队赶到基诺山茨通寨时，看到全寨人都

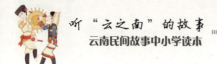

聚集在卓巴家的竹楼下，在准备一个祭祀螺蛳姑娘的仪式、大家陪同国王来到嘎里果箐的源头，只见泉眼依然"咕嘟、咕嘟"地冒着清水，王妃的衣服和金银首饰依然放在泉眼旁边。此刻国王感到口干舌燥，说不出话、哭不出声，便跪在泉水边，双手捧起泉水连喝了三口。甘美的泉水喝下去，国王就轻飘飘地晕倒了，他仿佛听到一声悦耳的螺哨，又仿佛看到王妃戴着七孔螺蛳头饰，身穿七色彩衣，由近及远向森林深处飘去。国王醒来时，感到耳清目明，他把自己佩戴的金银首饰和王妃的金银首饰一起投进了泉眼下面的龙潭里。并在泉眼旁跪下来，向着森林深处磕了三个头。然后带着王妃的衣服，领着煦达小王子返回了勐泐国王宫。

基诺族人民相信螺蛳姑娘没有死，是变成了女神。基诺山最古老的寨子茨通寨和巴坡寨的父老乡亲十分怀念她，每年都要在王妃吃水的泉眼旁祭祀。这个泉眼也被视为神泉，取名为"阿思喃波"。国王回到王宫后，整天思念王妃，吃不下饭，睡不好觉；煦达小王子更是整天指着基诺山哭个不停，喊着"要阿嬷、要阿嬷"，闹腾得整个王宫一片忧伤。玉拉罕王后更是心烦，于是，她买通几个大臣一起向国王进言："孩子还小，先送回基诺山他阿普阿匹家抚养吧，长大了再接回来。"国王也没有更好的办法，同意了王后和大臣们的建议，把煦达小王子送回他外公外婆家，并且宣布免除茨通老寨一切税费劳役，让全寨人共同抚养煦达小王子成长。

玉拉罕王后眼看王妃已死，小王子也被送走了，心里别提有多高兴了。她浑身轻松，对着镜子左照照、右照照总是觉得还缺少什么。她一个灵感想到了王妃平时戴的那颗会发出七色华彩的七孔螺蛳。她急忙找出来，学着王妃的样子把它戴到头上，再照镜子时，感觉自己变得年轻漂亮多了。王后心里高兴，话也就特别多，无论遇到大臣还是宫女，她都要问："我比那个死鬼王妃更漂亮吧？"大臣们都当面奉承："王后更漂亮多多啊。"而那些宫女们当面不敢说话，背后却撇着嘴嘲笑："脱毛母鸡还敢去比金孔雀，真是笑死人了。"说也奇怪，七孔螺蛳戴到玉拉罕王后头上以后，再也没有放射出光彩，它不但没有使王后变得更漂亮，而是使她变得日益丑陋起来，丰满的脸庞慢慢变得像盐水腌过的干瘪萝卜，皱纹像刀刻一样；粉嫩圆润的双手也变得像又黑又细的鸡爪子；身材慢慢变得佝偻，不时还散发出一种腥臭味。国王看见玉拉罕王后越来越像一个琵琶鬼，就下令把她赶出了勐渤国王宫。玉拉罕王后被赶出宫后，恼羞成怒，一把抓下七孔螺蛳恶狠狠地朝大石头摔去，只听"叮铃"一声，七孔螺蛳不但没有被摔碎，而是从七个孔里喷射出七色火焰，把玉拉罕王后团团围住烧成了灰烬。大火过后，七孔螺蛳从烟雾中化成一片彩云飘向基诺山。

光阴荏苒，时光如水，一晃十八年过去了。螺蛳姑娘的儿子煦达小王子已经长成了一个英俊武威的小伙子。他能文能武，一天能爬九座山，能够猎到九条马鹿。天上的飞鸟，地上的黄鼠，只要他箭一离弦，绝无虚发。他在七寨老的教导下，精通基诺族语言，能够熟练地咏唱九十九部基诺族古歌。在卓巴专门为他请来的大佛爷教导下，也精通傣族语言，能够流利背诵九百九十九卷贝叶经。他在阿普的主持下按照基诺族的习惯举行了成年礼，成为"尼篙左"（基诺族青年人专门活动的场所）最受欢迎的人。

这年国王得了伤寒病，全国的名医聚集王宫，费尽心力才医好了，他深感年老体弱，应该像其他老人一样念经敬佛了。

而自己的儿子也已经长大，应该从基诺山接回继承王位了。国王要接王子回宫继位的消息一传出，就遭到不少大臣的反对，特别是玉拉罕王后家的势力很大，认为煦达王子是基诺族王妃所生，又在基诺山长大，没有能力来治理勐泐国。

睿智的老国王为了平息舆论，也想借此考察煦达王子的才智，就出了一道难题。他让大臣四处张皇榜："谁能把鸡蛋从基诺山的茨通寨一直排到勐泐国王宫的门口，谁就当勐泐国的国王。"

王榜一下，很多能臣武将都去排鸡蛋。可是，所有的人都只能把鸡蛋排到江边，无法解决把鸡蛋排不过澜沧江的问题。刚把鸡蛋放在水上，就被湍急的江水冲得无影无踪，个个望江兴叹。茨通寨的七长老鼓励煦达王子也去揭皇榜排鸡蛋；可是，当鸡蛋排到澜沧江边，面对滚滚滔滔的江水也没有了办法。正在努力思考时，忽然，从基诺山飘来了一朵彩云，飘过煦达王子的头顶，掉下一个七孔螺蛳，霎时变成一顶金光闪闪的尖尖帽戴在煦达王子头上，王子头脑里纷乱复杂的思绪一下变得异常清晰。只见煦达王子沉着地把一个个鸡蛋打了个小小的孔，然后把蛋黄吸掉，再用金线把蛋壳穿起来，就顺利地排过澜沧江了。当煦达王子把鸡蛋排到勐泐国王宫门口时，老国王带领全部大臣出门迎接，并且双手捧着国王玉玺传授给了自己心爱的儿子，并且赐名煦达王子为"召西拉罕"。

煦达王子做了召西拉罕国王以后，勤政爱民，倡导各民族和谐相处；勐泐国从此没有了战乱，成为繁荣美丽、和平吉祥的国度。为了纪念基诺族的养育之恩，召西拉罕国王把母亲遗留的基诺族七彩砍刀布衣服裁了一长条，挂在王宫大殿的中柱上。从此以后，傣族人民上新房时，都要在中柱上挂上一条七彩砍刀布；在结婚或重大节庆的祭台上，摆放敬献神灵的酒葫芦时，葫芦口也要盖上用砍刀布拼成的基诺族螺蛳形状的尖尖帽，表示对王妃的崇敬和怀念。特别是勐泐国举行重大会议或者活动时，基诺族第一长老作为舅舅家来的贵宾，其座位仅次于国王的座位，要高于各勐土司和王公大臣的座位，这些习俗一直延续至今。

本文参照傣族民间赞哈唱词《西双飘》；刘怡、陈平编：《基诺族民间文学集成·扫基与召片领》，云南人民出版社1989年版。以及阿章收集的民间传说编写而成。

谷魂的故事

导读：这是一则风俗传说。故事解释了基诺族传统民俗"叫谷魂"的来历，提示人们，作为人们生活所依赖的粮食，无论新旧都应呵护。

相传很早以前，谷子有灵魂，是会飞的。基诺山有一个美丽富饶的寨子，寨子里有一个饶舌的老阿嬷（大妈），她家里很富裕，年年都有吃不完的谷子。

有一年的一天，收获新谷子的时间到了，老阿嬷又去打扫谷仓，看到陈年的谷子还堆在仓里，她一边打扫一边又唠叨开了："唉哟哟！你们这些惹人讨厌的陈年谷子呀，年年都要我来打扫，怎么就不会自己飞出去呢？你们不腾出地方，那么多的新谷子往哪儿堆啊？唉唉，真是烦死人了！"

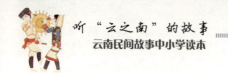

　　没想到这些埋怨的话音刚落地，负气的谷子就像长了翅膀一样，一刹那间就纷纷从谷仓里飞走了！老阿嬷一看可高兴了，一屁股坐在空空的谷仓里拍手笑着说："好啦！好啦！不用我动手打扫啦！陈谷子飞走了，新谷子好入仓啰！"可是，当她走出谷仓一看，堆放在外面的新谷子也跟着飞走了，只剩下光溜溜的篾巴。饶舌的老阿嬷吓傻了："唉哟！唉哟！真不该骂谷子哟！陈谷子飞走了，新谷子也被领着飞走了，以后一年到头吃什么呀！我们一家可怎么活呀！"老阿嬷又是哭闹又是喊叫，全家人也不知所措。

　　神通广大的白蜡泡（祭司）米里几德知道了，　　就来告诉老阿嬷："饶舌的阿嬷啊，这是你那不轻不重的埋怨得罪了谷魂，你家得宰牲赔罪呢！这样吧：你家杀三只鸡，再杀有三个拳头长的一头小猪，我带你们到谷地里去叫谷魂吧。"老阿嬷一家按照白蜡泡的话做了。果然，陈谷子和新谷子又都飞回来了。从此，基诺族人不再丢弃陈年的谷子，而是用来喂鸡喂猪，也就形成了基诺族人每年特有的"叫谷魂"习俗和仪式。

白佳林讲述；郑培庭记录。

彩虹的故事

　　导读：这个爱情故事歌颂了基诺族男女青年坚贞不屈、生死不渝的爱情。

很久以前，基诺山有个聪明美丽的姑娘叫车妞，她和本村的穷苦孤儿白蜡腰是好伙伴。他们两人同年同月同日生，两小无猜，形影不离。一起上山摘野果，一起下河摸小鱼，从小到大亲密得就像红花和绿叶一样难分开。

　　不幸的是当时的头人很坏。他看中了车妞姑娘，想方设法要拆散这一对年轻人，让车妞姑娘嫁给他那有智障的儿子。他仗着有权有势，多次想下毒手陷害白蜡腰，都因为小伙子聪明机智而未能如愿。恼羞成怒的头人干脆就捏造了一个莫须有的罪名，把白蜡腰抓来关在牢房里。

　　一天，自以为得计的头人和他的手下边大吃大喝边商量如何整死白蜡腰，把车妞姑娘强娶进家门。得意忘形的头人和他的手下喝多了，烂醉如泥地倒在火塘边，这时车妞姑娘悄悄地潜进了头人家，杀了看守，割断绳索救出了心上人。

　　白蜡腰被拴在头人家时，清楚听到了头人和手下商量着如何把自己整死，现在虽然被心上人救出来了，还是感到势单力薄，又没有说理处，于是就逃进了深山老林。在人迹罕至的深山老林里，到处弥漫着瘴气，毒蛇猛兽也很多。白蜡腰饿了靠野果充饥，渴了就喝山泉水，忍受着寒冷、孤独和寂寞的折磨，要不是有车妞姑娘不时来悄悄探望，白蜡腰就是再坚强也很难熬过这么艰难的日子。

　　三年后的一天，车妞带着盐巴又悄悄进山了，她是多么急切地想见到心上人啊！可是，找遍了曾经约定的几个地点都没有白蜡腰的身影，不祥的预感笼罩在车妞的心头，她忘记了危险、忘记了饥渴和疲劳，不停地在深山老林里寻找。到了第二天，终于在一条小河边上发现了奄奄一息的心上人。原来，他饥饿难耐，正爬到树上摘吃象耳朵果的时侯，两头大黑熊带着三个

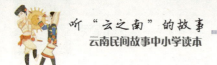
小熊仔也来吃象耳朵果；他被堵在树上逃不了，被大黑熊一巴掌打下树来，摔成了重伤。车妞姑娘看到心上人伤很重，再躲在深山就活不成了，冒着危险把他背回家里治疗。

俗话说，没有不透风的墙，不久，白蜡腰在车妞姑娘家养伤的事被头人知道了。一天深夜，头人和一群爪牙突然闯进车妞姑娘家，把他们俩抓去关起来；头人一天三番五次地来威逼：只要车妞嫁给他的儿子，就放白蜡腰一条生路，不然，他们两个都得死！可是，这两个有情人就是不答应。后来，头人和他的狗头军师商量出一条毒计：先整死白蜡腰，再强行霸占车妞姑娘。

在一个烈日炎炎的中午，头人派手下在寨子外面挖了一个大坑，再堆满柴草，然后把车妞和白蜡腰押到坑边，再次进行威逼！可是，他们得到的依然是坚贞不屈的誓言："我们相亲相爱！死活都不分开！"恼羞成怒的头人下令："点燃火坑！把白蜡腰推下去烧死！"眼看着烈焰吞没了白蜡腰，头人得意地对车妞说："聪明美丽的车妞姑娘，我放了你，回去准备准备，早早嫁到我们家来过荣华富贵的日子吧！"义愤填膺的姑娘大声喊道："呸！猪狗不如的东西！要我嫁进你家，白日做梦！"她勇敢地推开头人，跳进了燃烧着熊熊烈焰的火坑！气急败坏的头人跺着脚喊道！"死吧！死吧！把他们的尸骨分开埋在大路两边，死了都不准他们在一起！"

乡亲们迫于头人的淫威，只能含着眼泪把他们的尸骨埋葬在大路的两边。

一年后，奇迹发生了！左右两边的坟地里，同时长出两棵凤尾竹，其中一棵的竹稍向左弯，而另一棵的竹稍向右弯。每当清风轻佛，竹稍摇摇摆摆，交叉缠绕在一起，好似一对情侣在倾诉衷肠！奇迹发生的信息，迅速传遍了基诺山；村村寨寨的青年男女纷纷前来观看和祭祀，颂扬这对青年坚贞不屈的爱情，诅咒头人的罪恶行径。可恶的头人不知悔改，还要逆天而行，他下令把竹子砍掉；可是，大路两边的竹子，今天被砍掉两棵，三天后又长出来四棵；砍掉这四棵，三天后又长出来八棵；越砍越长，依然是竹稍左右弯过来，竹尖对着竹尖，竹叶靠着竹叶，在风雨之中亲密无间窃窃私语的样子。气急败坏的头人又下令："把竹子砍掉！把坟墓挖掉！"

挖坟墓的这天，晴朗的天空下起了毛毛细雨。忽然空中闪过一道耀眼闪电，雷声轰鸣，一下把恶贯满盈的头人劈成了八块！把头人家烧成了灰烬！这时，两座坟墓上同时冒出彩色的热气，两股彩色的气体袅袅婷婷、缠缠绵绵、弯弯曲曲地上升到天空，变成一道美丽无比的彩虹！人们知道，这是车妞姑娘和孤儿白蜡腰坚贞不屈的魂！从此，基诺族把自己纺织的洁白无瑕的砍刀布，改成了七彩的宛如彩虹的颜色，基诺族洁白的尖尖冒、衣裤和裙子，都要绣上彩虹一样的颜色，以纪念他们坚贞不屈、感天动地的爱情！

白佳林讲述；郑培廷记录。

谚语选读

◎ 雨大漫不过天，风大刮不倒山。

◎ 口渴箐不深，有心路不远。

◎ 独臂难举石，人多可搬山。

◎ 牛拿棍子教，人用嘴巴教。

◎ 勇敢的男人能狩猎，勤劳的女人会当家。

◎ 要品尝野味，就要上山打猎。

◎ 先种的谷子先收获，早种的果子早结果。

◎ 砍柴要砍青冈树，张口要说知心话。

◎ 没有诚实的狐狸，没有不吃人的狼。

◎ 弓是弯的，理是直的。

◎ 雷公先唱歌，下雨也不多。

◎ 蚂蚁搬家雨水到，蜘蛛结网天气晴。

谚语由左玉堂选编。

（王阿章　选编）

蒙古族

蒙古族简介

2010 年，全国蒙古族人口为 5,981,840 人，云南蒙古族有 22,624 人，其中男性人口 12,104 人，女性人口 10,520 人。玉溪市通海县兴蒙蒙古族乡是云南蒙古族的主要聚居地。其他散居于文山、红河、昆明、普洱、曲靖、西双

通海蒙乡那达慕大会 云南蒙古族摔跤手（王健 摄）

版纳、楚雄、大理、昭通等州（市）。

蒙古族语言属于阿尔泰语系蒙古语族蒙语支，而几百年来，云南蒙古语形成了与彝语等也有关系的独特的喀卓语（又译为卡卓语）。

云南蒙古族先民的主体是 1253 年随忽必烈征战云南后留在云南的将士后裔，元朝曾在通海曲陀关设置宣慰司都元帅府。随着元朝被明朝所取代，原驻曲陀关的蒙古族官兵逐步汇聚在玉溪市通海县杞麓湖西岸，少量分散在其他地区。云南蒙古族经历了从草原牧民到高原渔民、农民三个阶段 750 多年的变迁，所以形成了云南蒙古族既善于农耕和渔业，又善于土木建筑、手工艺等的民族特点。

云南蒙古族的主要节日有"鲁班节""那达慕""祭祖节"等。

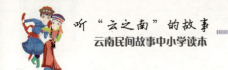
云南蒙古族的民间文学主要有民间传说、民歌民谣、神话故事、传说等。

神泉马刨井

> 导读：这是一篇古井传说。讲述了忽必烈元帅的战马在军乏马困之时，刨神泉救将士的故事。反映了蒙古族不屈不挠的精神和对马的崇拜，寄托了云南蒙古族对祖先伟业的崇敬，以及对那段历史的骄傲和惋惜之情。

云南省玉溪市通海县河西镇北七公里的古关隘——曲陀关，山势峻拔，茂林葱翠。东进通海，南抵桃园，西倚峨山，北接江川，四通八达，历来是兵家必争之地，因而成为元代滇南最高军事机构"宣慰司都元帅府"所在地。在曲陀关的半山坡上，有一口井叫马刨井，长年四季，泉水喷珠吐玉，清澈见底。

公元1253年，忽必烈①率十万蒙古大军征战云南到曲陀关，险峻的山道上荒无人烟。由于闯关夺寨，日夜兼程，所有的将领和士兵都非常疲乏。大家汗流浃背，气喘吁吁，口干舌燥，嗓子像要冒烟，人困马乏，行军非常困难。大队人马都想在阴凉处歇歇脚，喝喝水，休息片刻再往前征战。可是，荒山野道上，一无人家，二无水源，到哪里找水喝呢？将士们个个睁大眼睛，东张西望四处寻找，就是不见一口井，一滴水，风干日燥，焦渴万分，一个个都渴坏了，战马也没了力气。但是，来自草原的蒙古勇士们，同忽必烈元帅一样有着蒙古人的坚毅和勇敢。烈日之下，队伍依然整整齐齐，人马鸦雀无声，用坚韧不拔的

---

① 忽必烈（1215~1294年），成吉思汗之孙，元朝的开国皇帝。

意志，尽力克服征途中的困难。

就在寂静无声、无计可施的时刻，突然听到忽必烈的高头战马像发怒一般，在草地上扬蹄嘶鸣。长长的嘶吼声震得地动山摇，树叶哗哗作响。将士们不知道发生了什么事，都抬头去看忽必烈元帅的战马。只见忽必烈的战马前脚扬蹄，后脚蹬土，马蹄在地上不断翻刨。一瞬间，山腰古道上尘土飞扬，树摇地动。忽必烈元帅骑在马背上安详英武，毫不惊慌。马蹄很快刨出了一个小洼塘，不一会，一个深深的洼塘出现在大家眼前。只见洼塘中，泉水就像珍珠般奔涌而出，将士们欢呼起来。忽必烈命令人马立即饮用，一股股清泉流入将士们干渴的嘴里，滋润心田。由于马刨神泉，甘露解渴，大大激励了军心，将士们喝够饮足，精神抖擞，在忽必烈的带领下，蒙古将士们乘胜追击，日夺三关，夜占八寨，大获全胜，在曲陀关设立了宣慰司都元帅府。

从此，这里便有了一眼神泉，水源长年清澈旺盛，蒙古士兵们在塘边砌上围栏，人们把它叫作马刨井。当年，马刨井作为驻守曲陀关的宣慰司都元帅府的将士和家眷的生活用水。至今，马刨井仍然在曲陀关的群山丛林中，水源旺盛，清凉甘甜，清清泉水世世代代养育着蒙古族后裔，成为一代代云南蒙古族的生命源泉。

蒙古族乡亲们一直传唱着这样的歌谣：
红土高原上，
蒙古人的神泉马刨井，
是列祖列宗不肯闭上的眼睛，
陪伴着背井离乡，
远离草原的游子。

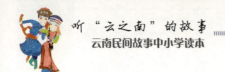

马刨井啊思乡的井，

那滴滴清泉，

是回不到草原的游子，

日积月累，

思乡的泪水。

七百多年来，思念草原的蒙古人，常常坐在马刨井旁的大树下，讲述自己的祖先怎样骑着战马，乘坐皮筏子横渡金沙江，从北方草原来到云南。他们讲起故乡的时候，眼睛里总是充满了泪水。每当看到马刨井的时候，一望无际的草原仿佛浮现在他们眼前。马刨井的甘泉，像草原母亲的乳汁滋润着在红土高原上繁衍生息的一代又一代的云南蒙古族人。

此文根据流传在云南通海县兴蒙乡的民间传说编写，刘辉豪记录；戴英改写。

阿日戈琪智斗可汗 ①

导读：这是一篇智斗邪恶的故事。故事通过讲述聪明勇敢的阿日戈琪，用高超的技艺和聪明才智，智斗昏君可汗的故事，启示人们，只要开动脑筋，正义便能战胜邪恶。

在很久以前，曾经有过一个像阎王般暴戾凶悍的可汗，非

_____

① 亦音译为 "可罕"。中国古代鲜卑、柔然、突厥、回纥、蒙古等族的君长称号。

常傲慢和残暴，人们都怕他怕得要命。这个可恶的可汗，从娘胎呱呱坠地，两条腿就瘸了一条，两只眼就瞎了一只，是一个独眼瘸腿的家伙。

草原的百姓们长期被他欺凌和压榨，对他深恶痛绝，骂他是个贪得无厌的狡猾狐狸。随着年龄的增长，可汗常常生病，身体越来越虚弱，想流芳百世的可汗为了显示他是至高无上的万民之首，日思夜想，怎样才能把他的模样遗留下来，等他去世后，让后代和百姓永远记住他的样子，以求名扬四海，流芳千古。

有一天，他突然想到了把他的样子画下来，人们看到他的肖像就会永远记住他。于是，可汗立即向全国发布旨令，派遣使臣召集全国各地技艺高超的画师，限期赶到京城为他画像。

半个月之内，全国各地知名的画师日夜兼程，赶赴京城来给可汗画像，谁也不敢抗拒。

全国所有的画师集聚在一起，可汗端坐在大殿上，画师们排队等候，轮流着给可汗画像。

第一个画师战战兢兢的按照可汗的真实相貌，一丝不苟认真作画，画得真是惟妙惟肖，栩栩如生，与可汗本人不差分毫，就像照着本人印出来的一样真实。呈递上去后，可汗看了怒不可遏，破口大骂道："你这个蠢驴一样不怕被宰的畜生！为何竟敢如此大胆的侮辱我？你是不是不想活了？"说罢，便令手下将画师推出宫外碎尸万段，以此杀一儆百，并向其他画师发出严重警告。

看到这种情况，其他的画师都吓坏了。有的吓得当场晕倒，有的吓得浑身颤抖，说不出话来。

叫到第二个画师时，惊魂未定的他吓得不知所措，暗自

思忖：如果按可汗的真实面目画，画得再像再逼真，也将重蹈覆辙，像第一个画师一样死路一条。可汗一定是讨厌和忌讳自己的缺陷，才会把第一个画师杀了，我不能再按他的容貌来画。如果把可汗画得英俊潇洒，像宝石一般的完美，把他的瞎眼画得像珍珠般明亮，放射出闪亮的光芒；把他的那只瘸腿画得健康强健，可汗一定会非常高兴。于是，他把画得英武俊美的可汗画像呈递上去，以为可汗看了会非常满意，不但可以避免惩罚还会得到奖励。

谁知凶残的可汗看了画像，不但没有一点笑容，脸色越来越难看，继而大发雷霆，把画像砸得粉碎，声色俱厉地怒吼着："你这个对君主阿谀奉承，谄媚讨好的无耻混蛋，把我画成这样，是在嘲笑我，讽刺我的不完美吗？把这个敢当众羞辱我的大胆奴才，拉出去施以酷刑。把他的眼睛挖了问他能不能看见？把他的腿打瘸了看他能不能走路？把他的胆挖出来让我看看到底有多大？再把他钉死示众，看看谁还敢嘲笑我？"

看到第二个画师的悲惨下场，画师们都吓得惊悚不已，纷纷躲到后面，都怕这不可避免的灾难降临到自己身上。他们苦思冥想，议论纷纷，如同惊弓之鸟。按照可汗的相貌真实的画吧，要被碎尸万段；弄虚作假美化他吧，也难逃悲惨的厄运。他们面对前面两个画师的悲惨遭遇，犹如惊弓之鸟，唉声叹气，愁眉苦脸，不断地祈求老天庇佑。

正当大家痛恨万恶的昏君，无计可施、绝望不已的时候，突然，一个熟悉的声音在耳边响起："我来画！"只见一个高大魁伟的矫健身影出现在大家眼前。"阿日戈琪！是阿日戈琪！"画师们仿佛找到了救星，看到了希望，悄悄地欢呼起来。

只见机智勇敢的阿日戈琪迈着稳健的步伐从容不迫地走向

可汗，他不慌不忙的觐见可汗，跪拜道："尊贵的君主啊！请您明鉴。您是草原上高飞的雄鹰，是百姓心中英雄的勇士，在宫殿内描绘您的肖像，无法再现您英勇善战的英姿，怎能把您的光辉形象描绘出来，展现在子孙后代的面前，流芳百世呢？"

可汗藐视地看着他，问道："难道你有什么好主意可以把我画得英武雄壮？"阿日戈琪从容不迫地说："尊贵的君主啊，以小民愚昧之见，草原的雄鹰，只有在辽阔的草原猎场上，才能显示洪福齐天的您弯弓射大雕的雄姿，才能让您稳如泰山的尊容永存于世。"

听了这话，不可一世的暴戾昏君终于露出了笑容，他当即下旨移驾猎场，并对阿日戈琪说，如果真的画得让他满意，将重赏阿日戈琪，如果画得不满意，将把阿日戈琪和所有的画师斩首示众。

听到这里，画师们的心又提了起来，他们在心里暗暗祈祷聪明的阿日戈琪能够有办法画好像，让可汗满意，救大家的性命。

到达猎场后，阿日戈琪请可汗手拿弓箭骑在马上，认真地画了起来。生死攸关，大家都屏住了呼吸，气氛异常紧张，大家都为阿日戈琪捏了一把汗。

不一会儿，阿日戈琪胸有成竹的请可汗下马休息，并把画好的画像呈给可汗审视。人们紧张地看着可汗，唯恐大难临头。只见可汗看到画像，凶恶的面孔渐渐露出了笑容，他哈哈大笑着连说："好！好！好！"大家紧绷的神经终于松懈下来，一起高呼："阿日戈琪！阿日戈琪！"

原来，阿日戈琪在描绘可汗射猎的画面时，把可汗那只瞎眼画成闭着眼睛张弓瞄射；把那只瘸腿画成弯曲着踩在马蹬上，既巧妙地回避了可汗的缺陷，又展现了可汗英勇善战、君临天

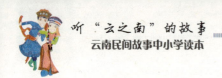

下的英姿。

可汗看了画像后，止不住的欣喜异常，夸赞阿日戈琪聪明伶俐，技艺超群，对君主无限的忠诚，于是，下旨重赏了阿日戈琪，并解散了所有画师。

阿日戈琪用部分赏银厚葬了前两位惨死的画师，把银子分给了他们的家属和画师们，骑马扬鞭告别而去。

从此以后，阿日戈琪智斗可汗的故事便在蒙古族百姓中流传至今。它告诉人们，只要机智勇敢，正义就一定会战胜邪恶。

王廷亮讲述；戴英整理。

鲁班先师和旃班的故事

导读：这是一篇节日的传说。传说生动地讲述了技艺精湛的鲁班师傅培育蒙古族手工艺术传承人旃（zhān）班的功绩，反映了历史上汉族文化与云南蒙古族文化和工艺的交流。

每年农历四月初二是云南蒙古族传统的"鲁班节"，鲁班师傅是木匠、石匠、泥水匠等工匠的祖师，蒙古族的手艺是从鲁班那里学来的。

蒙古族的能工巧匠，不仅人数多，工种全，而且技艺高，本领强，手艺精湛，远近闻名。据说这是鲁班师傅教给他的徒弟旃班，又由旃班把手艺教给蒙古族工匠的。

相传鲁班师傅经常被请到外地去盖房子，从早忙到晚，还要走路回家，非常辛苦。于是，他就用木头做了一匹木马，骑上去后，马就奔腾起来，很快就到了家。骑着它不论到哪里干活，都很方便。

有一次，鲁班被请到离家很远的地方造一座大桥，由于工匠人数太少，眼看雨季快到了，木料还差得很多。不赶在雨水到来之前把桥架好，要是被江里的洪水把桥墩的支架冲走，那将前功尽弃，给群众造成很大的损失。鲁班去山上，用木头做了许多木人，让他们和自己一起在山上伐木。

中午，鲁班的女儿到山上送饭，看见满山的人都在用力地砍树，几乎个个的模样都相同，不知道谁是她爹爹。姑娘只能大声地喊："爹爹，来吃饭了。"听到应声："来了！来了！"就是一个人也不见来吃。姑娘急得没办法，只好又把饭提回家里，并告诉她妈妈说："遍山都是砍树的人，个个模样都相同，我找不到爹爹。"母亲听了女儿的讲述以后笑笑说"你爹一定是做了一些木头人帮他砍树。小囡，木头人是不会淌汗的，你去看砍树的人，谁的头上和鼻尖在冒汗，谁就是你爹了。"

鲁班的女儿第二次把饭送到山上，果然在木头人中找到了鲁班，他正忙着用墨斗在锯断的圆木上弹线。只见他的墨线一弹下去，木料便"啪"的一声炸开了。线弹到哪里，就炸到哪里，决不走一丝一毫，非常精确，比人工用锯子改的还要平滑。鲁班见女儿送饭来，问她："姑娘，你是怎么找到我的？""妈妈告诉我，哪个人脸上和鼻尖上冒汗，哪个就是爹爹了。"鲁班听了高兴地说："你妈真是比我还聪明，你要好好跟她学，遇事只要多动脑筋，就能增加智慧，解决问题。"

大桥架起来要完工的那天，来了一个骑毛驴的老头，他就是仙人张果老。不过，当时人们都不认识他。张果老听说鲁班技艺高明，故意来试试他有多大本事。一匹小毛驴，从外表看，

云南蒙古族妇女（戴英　摄）

和农村里养的一样，但张果老倒骑着毛驴，重量就变得比一百头大象还要重。

老头走到鲁班面前说："听说师傅你造的桥非常坚固，我可以骑着小毛驴走过去试试吗？"鲁班说："老人家见笑了，您请过吧。"张果老的毛驴才把一只脚踏在桥上，桥就晃动起来。鲁班这才恍然大悟："啊！是张果老考验他来了！"他随手把一根量料的木尺，顶在桥下，告诉张果老说："您放宽心走吧！"张果老骑着毛驴走在桥上，如同在平路上行走一样。等他过完桥，赞赏的对鲁班说："你的手艺果然名不虚传！"话刚说完，人就不见了。人们跑到桥下去看，鲁班用来顶桥的那根直尺，被压成弯尺，所以，现在的木工用的弯尺，就是鲁班师傅传下来的。

鲁班德高艺精，所以拜师学艺的人很多。不管是哪个民族的学徒，他一律平等对待，不偏不倚。教的方法是以指点为主，靠自己去练。

蒙古族刚从曲陀关搬到凤凰山脚杞麓湖畔的时候，没有了草原，没有了牛羊，只能在杞麓湖边打鱼为生，过着苦难的日子。

蒙古族有一个聪明英俊的小伙子叫旃勤，听说鲁班师傅多才多艺，就去拜鲁班学艺。鲁班师傅不要一分报酬，尽心尽力地教旃勤各种各样的手艺。

有一次，他带着旃勤和弟子们盖一个大寺庙，要做九十九根大柱子。料子下好了，一遍遍地数过了，但是，到了立柱那天却偏偏少了一根。上山采料已经来不及了，大家都非常着急。只见鲁班师傅不慌不忙地把碎木渣聚起来，和着汗水搓成了一根柱子。柱子立好之后，除了他，谁也看不出哪根柱子是木渣搓成的。

　　旃勤跟着鲁班学手艺，很舍得吃苦，又爱动脑筋，又尊重师傅，鲁班毫无保留地把所有的技艺都传授给他。别人学三年，他只学了两年就出师了。出师回家之前，旃勤去向师傅告别，感谢他的教育和栽培。鲁班送给旃勤一本《木经》，对旃勤说："在我的徒弟中，你学得最认真刻苦，我年纪大了，这辈子做木匠的经验都记在这本书里，你带回去好好研究吧，带领你的同胞们，用手艺谋一条生路。日子会稍好一些，你是我的学徒，以后，你就叫旃班吧。"旃勤满含热泪，拜别恩师，从此改名旃班，回到故乡收徒传艺。

　　旃班得到师父真传不仅在木工的锯、砍、推、刨、凿、粘、雕上样样精通，就连石工、泥工、竹工等技术也样样在行。村里的蒙古汉子们都跟着旃班学会了各种工艺，蒙古族工匠的手艺，远近闻名，越来越得到人们的厚爱。

　　有一年干旱，几个月没有下雨，稻田被火辣辣的太阳晒得开了大裂。杞麓湖里虽然有水，但是水低田高，无法把水提上来灌田。旃班的心和群众一样着急，后来，他想出了办法，要做木的龙骨水车灌田。他的妻子见他日以继夜的专心研究，把眼睛都熬红了，就对他说："不要白忙活了，白费工是小事，熬坏了身体也抽不上水来，让人笑话的。"旃班说："为了乡亲们，我一定要把水车做成才行。"果然，水车终于被

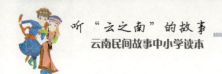

遍班造出。所以，蒙古族现在用的木头龙骨水车，大龙头是七个木齿，小龙头是六个木齿。

通海县秀山上要建盖"涌金寺"的时候，遍班已经是年过花甲的人了，但他仍然带领着蒙古族的能工巧匠们，在山顶施工。正要立房子那天，工地上来了个放牛老倌，他就是张果老，不过大家都不认识他。张果老是来考鲁班的弟子——遍班的，试试他的技术到底如何。放牛老倌坐到遍班旁边说："师傅，听说你们今天要立房子，柱子都准备够了吗？"遍班对这个多事的老倌笑笑说："柱子不准备够，怎么立房子呢？就是比柱子小得多的材料，我今早都检查三遍了。"老倌说："好了，那我就坐在一边看看。"谁知道竖柱竖到最后一根时，遍班一量，柱子不明不白地短了一截，差两尺多！工地上做工的人们都感到很奇怪，十分着急，又都没有办法。放牛老倌洋洋得意地坐在一旁等看笑话。遍班考虑了一下，叫人到厨房里面抬来一盆米汤，四平八稳地走到一堆锯末旁边，把米汤倒了进去，然后用脚搓了几下，就卷成了一筒柱子。人们抬到短着的那棵柱子上，粘上去一看，不粗，不细，不长，不短，和别的柱子一模一样。等大家忙着把柱子竖立好，再去看那个放牛老倌时，早已经不见了人影，连他旁边吃草的牛也无影无踪了。这时大家才明白："今天是张果老来考手艺了。"工人们都为遍班师傅的超群技艺感到无比高兴。

慕名来找遍班拜师学艺的人很多，总是这批走了，那批又来，不管哪个民族的人来学习，他都平等对待，不偏不倚，教艺的方法也是和师傅鲁班一样指点为主，自己去练。与鲁班不同的是，遍班每年的四月初二才收徒弟，因为这天是鲁班送给他《木经》的日子，每到这一天，遍班都要向新收的徒弟进行锯、砍、推、刨、凿、粘的技艺表演。因此，每年的四月初二这天，真是人山人海，非常热闹。为了弟子们能看到鲁班师傅的容貌，㤭班师傅就用最好的檀香木精雕细刻了一座鲁班师傅的像，放在讲堂里，以此鼓励学徒努力学习各种技艺。

后来，㤭班年老去世了，云南蒙古族每年的四月初二都集中到村中的庙里做会，过鲁班节。不论泥工、木工、石工，凡是在外做活的，不论路有多远，都必须在四月初二以前赶回来参加这个节日。鲁班节过后正值五月农忙，男人们留在家中帮忙，直到栽插结束，工匠们才又外出做工。有一首情歌这样唱道：

　　栽秧花开六瓣头，

　　哥要出门妹莫留，

　　鲁班本事学回来，

　　情投意合盖新楼。

云南蒙古族女子舞龙队祭龙表演（林启龙　摄）

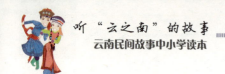

　　另外，按照蒙古族的风俗习惯，每家人要在正堂屋里摆上一平升米，米上插一把戥子①，一把弯尺，既念鲁班和旃班二位祖师平等平身的高贵品德；又祝愿自己的新房子在鲁班弯尺的顶立下，永远坚固。房子盖好以后，主人就把这一升米和一套新做的衣服，送给木匠师傅，祝他的品德永远像鲁班、旃班一样高尚，技艺也像鲁班、旃班一样精良。这种风俗，一直流传到现在。

　　鲁班是汉族人民勤劳智慧的象征，这位神奇的大师，让蒙古族在自己的民族中超然不群地矗立起自己民族的民间工艺师——旃班，让民间工艺之花在全国各地竞相开放。通海秀山上争奇斗艳的亭台楼阁是民间建筑艺术的集中体现，秀山清凉台内有鲁贤祠纪念鲁班。"规矩可做千秋法，方圆堪为万世师"，蒙古族人民代代以鲁班为典范，用从旃班那里学来的手艺，勤劳，智慧，走向繁荣致富之路。

　　　　　　　　　　　　杨进书、华美仙讲述；崎松记录。

　　选编自《云南蒙古族民间文学集成》中《鲁班和旃班》，云南人民出版社 1988 年版。

---

　　① 戥（děng）子：测定贵重物品或某些药品重量的小秤。

谚语^① 选读

◎ 人须幼时就教养，马须小时就训练。

◎ 恶狼就是披上紫色的袍子，裹的也是那黑色的心肝。

◎ 水草肥美的地方鸟儿多，心地善良的人朋友多。

◎ 财色双贪伤礼仪，朝夕起风败节季。

◎ 好马在于养，好苗在于榜^②。

◎ 过了河别忘桥，渡了江别忘船。

◎ 锅底能把东西染黑，坏心能把自己害死。

◎ 肥羊骏马多了好，闲言乱语少说好。

◎ 黄金旁边的红铜也发光，好人旁边的坏人也变好。

◎ 山的装饰是树木，人的装饰是学问。

（戴英　选编）

---

① "谚语"的蒙语汉语音译为"锥日喔格"。

② 榜（pǎng）：用锄翻松土地。如：榜地；榜麦苗。

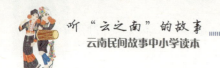
德昂族

德昂族简介

　　德昂族是云南省特有民族。德昂族属南亚语系民族，根据

2010年统计，我国德昂族总人口为20,556人，其中云南为20,186人。1985年以前德昂族被称为崩龙族，1985年，根据本民族意愿更名为德昂族。

　　德昂族笃信南传上座部佛教，传统节庆有泼水节、入雨安居节、出雨安居节、烧白柴、做摆等。泼水节也称浇花节，2008年被收入进国家级第二批非物质文化遗产名录。德昂族在漫长的生活和劳动中，

德昂族青年在敲本民族特有的水鼓（王超 摄）

创造了许多具有本民族特色的丰富多彩的文学艺术，其中包括创世神话史诗、民间故事、传说、诗歌等，几乎每一种文化事项背后都伴随着不止一个的民间故事和传说，从民俗、节日、服饰、雕塑到建筑，民间故事和民间传说是这些文化事项起源、样貌、程序不容置疑的依据，凡事皆以民间故事

为依托，可以说，德昂族的民间故事和传说是其传统文化习俗的根基，其创世神话史诗《达古达楞格莱标》2008 年被收入我国第二批非物质文化遗产保护名录，德昂族的民间文学通常以民歌为载体加以传唱。

达古达楞 ① 格莱标 ②

导读：《达古达楞格莱标》是德昂族创世史诗，2008 年收入国家级非物质文化遗产名录。故事讲述天界一棵小茶树上的一百零二片树叶化身成五十一对男女，下到人间，战胜了千难万险，创造了山川河流和动植物，其中最小的一对男女结成夫妻，繁衍下了人类的祖先。

很久很久以前，天界一片繁华，到处长满了发着翡翠一样光芒的茶树，片片茶叶成双成对地长满了树枝。这些茶树可不是普通的茶树，他们是孕育万物的神树，就连日月星辰也是这些茶树上的茶叶精灵变化而成的。金灿灿的太阳是茶果放变成的；银色的月亮，是盛放的茶花；数不清的满天星斗，是眨着眼茶叶；洁白的云彩，是茶树的披纱飘散；璀璨的晚霞，是茶树的华丽衣裳。

然而与此形成鲜明对比的是荒芜的大地，这里空茫茫一片荒凉，什么都没有，没有水、没有石头和泥土、没有动物、没有植物、也没有人，只有轰隆隆的雷声和呼呼不停地吹着的风。

① 达古达楞：德昂语，意为阿公阿祖。
② 格莱标：德昂语，意为不能忘却的故事。

天界里的茶树们看到了大地的荒芜，他们非常心痛，他们多想让大地也像天界一样美丽，茶树们日思夜想，希望能够想出一个办法让大地也繁华起来，想啊想，想了三百六十五年，还是找不到答案，一棵小茶树想得入迷，以至于忘记了吃饭，忘记了睡觉，脸色发黄，身体日渐消瘦，但是依然没有想出一条妙计。小茶树很失望，怨恨天庭的不公平，小茶树的怨气惊动了智慧之神帕达然①。帕达然把茶树们叫来跟前，询问他们："你们有什么疑问就对我讲，千万不要胡思乱想，因为邪念会带来灾难。"茶树们脸色发白，纷纷低下了头，由于担心惹怒了智慧之神而浑身颤抖、冷汗直流，他们纷纷下跪，祈求智慧之神的原谅。

然而那棵因过度焦虑而脸色发黄的小茶树却纹丝不动地挺起腰杆直立着，她抬起头望着帕达然，问道："尊敬的帕达然啊，为什么天上如此繁华？而地下却如此凄凉？我们为什么不能到地下生长？"

帕达然双手合十，声若洪钟地回答道："因为地上没有光亮，一片黑暗，到处都是灾难，如果要下凡去到地上将会受尽苦难，并且永远不能再回到天上。"

茶树们都被帕达然的话吓住了，谁也不敢出声，只有那株焦黄的小茶树勇敢地站出来，她说："尊敬的帕达然啊，只要大地永远常青，我愿意去把苦水尝。"

帕达然暗自称赞，他也是多么希望能够有勇士站出来，使大地变得生机勃勃，于是他决定试探一下小茶树的决心和勇气，他说道："小茶树，你可要想仔细了，地上可不像天上清平吉乐，

---

① 帕达然：德昂语，意为智慧之神、万能之神，也译作佛祖。德昂族信奉南传上座部佛教，帕达然是他们心目中至高无上的尊者。

不像天上那样舒适安康。如果下到地上去，那么将会有一万零一条冰河、一万零一座火山和一万零一种妖怪等着你，你将要遭受一万零一次磨难。"小茶树低下头，眨了眨眼睛，沉默了片刻之后抬起头来，用坚定语气对智慧之神说道："尊敬的帕达然，请你相信我的决心。"智慧之神见小茶树主意已定，决定帮助小茶树实现愿望。

帕达然刮起一阵狂风，霎时间天空电闪雷鸣，大地沙飞石走，天门被打开，狂风中小茶树的身子被撕碎了，一百零二片叶子被卷了起来，狂风中只见小茶树上的叶子变成了五十一个精悍的小伙子和五十一个美丽的姑娘。

姑娘和小伙子随着风沙在天空飘荡，他们被大风扬起的沙子迷住了眼睛，什么也看不见，在黑暗中相互碰撞，找不到方向。他们失声痛哭起来，哭声惊动了天界的朋友们，大家赶紧跑来帮忙，太阳搬出了金钵，月亮端出了银盘，星星射出了光芒，大地被照得一片明亮。

姑娘和小伙们高兴地相互拥抱在一起，跳舞歌唱，他们欢喜的眼泪撒到地上，一滴眼泪化成一条小溪，一串眼泪变成一条小河，眼泪越聚越多，竟然汇聚成了汪洋大海。

这汪洋大海终于淹没了大地，海面波涛汹涌，巨浪滔天，姑娘小伙们找不到落脚的地方，他们只好随风飘荡。几万年过去了，太阳疲惫了，月亮疲倦了，星星也睁不开眼了，大地再次陷入黑暗。五十一对姑娘和小伙子眼看就要跌下海洋，他们连忙呼救："天上的亲人帮帮我们，请给予我们温暖和力量。"呼声震动了天庭，太阳、月亮和星星醒了过来，大家一起想办法。想了九万九千九百九十九年，终于想出一条妙计。

大家认为只有齐心协力，轮流担任起照明的任务才能战胜

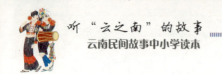

黑暗。太阳妹妹胆子最小，就负责职守白天，月亮哥哥胆大身体壮，就晚上带着星星弟弟职守。从此黑夜与白天分开，大地永葆光明和温暖。

黑暗退去，但是滔天的洪水还在泛滥，帕达然决定亲自出马，他伸个懒腰把地震出千万条裂缝，让水往地缝里流淌；他打了个哈欠唤来风，卷起山一样高的茶叶，冲开天门，茶叶驾着清风所到之处洪水退去，终于现出了散发着茶叶的清香的肥沃土地。

这时帕达然出现在云天上：他宣布："天要分南北西东，地要有河谷山川，帕达然要有个洗澡的地方。"于是，大地留下九湖十八海，挨近海的土地平展，离很远的地方耸起一座座高山，离海最远的西天下，是世界最高的地方。

地下洪水退尽，天空一片瓦蓝，然而恶魔又出来肆虐，恶魔们有三个头六只手，四只眼睛八双脚，大地再次遭殃，五十一对兄弟姐妹勇敢地站了出来，与妖魔战斗，还大地以平安。只见红魔吐出烈火熊熊，白魔喷出浓雾蒙蒙，黑魔布下瘟疫阵阵，黄魔撒出毒雾茫茫，烈火烧到了兄妹们，他们被浓雾迷了眼，瘟疫笼罩之下姑娘、小伙被病毒穿心。兄弟们倒在地上，姐妹逃回天上，再次请出朋友们帮忙。

日月星辰助战，月亮化成银弓箭，太阳变成金剑，星星变成刺芒，姐妹们又请来清风，只见金剑把烈火射灭，清风把浓雾驱散，刺芒把乌毒溶化，瘟疫在闪电中消亡。大地又恢复宁静，像水洗过一样清净。

姐妹用山泉一样动听的声音呼唤着兄弟们，温柔地抚摸他们，渐渐地兄弟们有了热气，睁开了眼睛，他们直起了腰，站立了起来。

兄弟姐妹们跳起了庆贺的舞蹈，唱起了欢乐的歌谣，此时地下的魔尸趁人们欢庆胜利的时候又爬起来作恶，飞起来搅得天昏地暗。兄弟姐妹又被包围，他们赤手空拳勇敢迎战。兄弟在地下还击，姐妹飞在空中助战。战斗持续了九万年，魔尸才统统死亡，兄弟姐妹们把魔尸埋葬。大地恢复安宁。因为魔尸的浸染，从此土壤的颜色分为黑白红黄。

　　然而此时的大地仍然是一片光秃秃，兄弟姐妹都很苦恼，怎样才能让大地一片繁荣呢？帕达然告诉茶叶兄妹："要舍掉身子大地就会有衣裳。"

　　兄弟姐妹顿时醒悟，割下身上的皮肉，搓碎了撒到地上。大的变成树，小的变成草，细细的筋变成青藤，弟兄姐妹们的汗水和鲜血在草木上，变成了绚丽的花朵。从此大地绿草如茵，高大的龙竹和各式树木长满了山谷和平地。

　　兄弟姐妹们把鲜美的颜色洒给百花，百花有红、有白、有紫、有黄，唯独留给茶花的颜色最普通，碧绿的花托，嫩黄的花蕊，洁白的花瓣。兄弟姐妹们请来太阳和月亮，把茶果碾成粉末，撒到百花上，茶粉所到之处结出百果，有酸有甜，而茶果只留下苦涩的味道。茶叶兄妹牺牲自己成全大家的美德，永远受到世人的称赞。

　　然而快乐的日子持续了没多久，突然一阵黑风横扫大地，把相亲相爱的兄妹吹的四下分散。姐妹被吹到空中，弟兄被打在地下，黑风狞笑着走了，云天隔断的兄妹只能远远相望。姐妹们眼睛泪汪汪地哭诉道："难分难舍的哥哥哟，江河里流着共同的泪水，草木上附着共同的皮肉，百花里洒着共同的血汗，青石上留着共同的誓言，竹篷下埋着共同的理想。再死再生九万次，也要紧紧贴在你身上。"

兄弟们望着天上，深情诉说相思之苦："骨肉相连的姐妹哟，早上望你望得眼睛花，白天望你望得碎断肠，黄昏望你望得面憔悴，晚上望你望得心发慌，三更望你望得脖子僵。再生再死九万次，也要像茶花茶果命相连。"

兄弟往上跳想抓住亲人，姐妹把云彩向下按，想够着亲人，但是过了很多年，兄妹还是隔云望。于是姐妹把云彩搓成线，要拉弟兄上云端；弟兄搬土堆高台，要接姐妹下凡尘。然而一阵风吹过云彩搓成的线断了，一场大雨兄弟们垒起的高台轰然倒塌，一切付之东流。所有想到的办法都用尽了，弟兄们耗尽力气，在森林中静静歇息。

最小的弟弟达楞①最贪玩，扯下一根青藤绕成圈，套小草、套树枝，向上一丢竟然套住了云彩，达楞灵机一动，用尽力气把藤圈往天上丢去，藤圈套住了小妹亚楞②，亚楞落在了地上。

达楞套下亚楞的奇迹，提醒了躺着的弟兄，大家连忙劈开荆棘扯下青藤，编成结实的藤圈。终于五十个姑娘回到了地上，兄弟姐妹重又团圆。团聚后的兄妹到江河里嬉戏，看到静静的河水过于孤单，就把泥巴洒进水里，变成鱼虾蟹蚌。兄妹来到山林，草木和岩石拉着兄妹讲述自己的孤单和凄凉，兄妹就用泥巴变成百兽和百鸟，于是山林有了欢歌，百兽围着兄妹跳起舞，百鸟绕着兄妹歌唱。歌声拨动兄妹的心弦，大家一起舞蹈歌唱。五十个姐姐玩得尽兴解下了套在身上的藤圈，只有最小的妹妹亚楞，忙着向达楞倾诉爱情把藤圈留在了身上。没想到五十个姐妹一下子飞了起来，只有亚楞留在了地上。

五十个姐姐上了天，五十个哥哥哭断肠，只剩下达楞和亚

---

① 达楞：男人的祖先。

② 亚楞：女人的祖先。

楞在岩洞居住下来。太阳出了又落，月亮缺了又圆，达楞和亚楞有了儿子和姑娘，人丁兴旺起来。岩洞住不下了，人们学会了建盖房屋，学会了种植和饲养禽畜。为了歌颂祖宗的恩情，人们学会了制作芦笙、吐良、口弦和大鼓，学会用黄铜制作钹和铓，人们用这些精美的乐器演奏出动听的乐曲。

达楞和亚楞的子孙生长在四面八方，由于水土不同吃的不一样，于是有了不同的肤色和不同的语言，分成了各个不同的民族。各民族都是一个祖先传下，亲弟兄要永远友爱互相帮忙。未来的道路很远很远，还会有千难万险，为了开拓新的生活，《达古达楞格莱标》的故事永远不能忘。

赵拉林译、唱；陈志鹏记录、整理。

选编中参照德宏州文联编：《崩龙族文学作品选》，德宏民族出版社 1983 年版。

茶叶的故事

导读：故事讲述德昂族的王子在一次外出游玩期间，天神赐予他了一包茶叶，王子将茶叶带回家，盲人老奶奶用茶叶擦拭眼睛，重见光明。从此，德昂族同胞家家种植茶叶，茶叶成为德昂族同胞生产生活的重要组成部分。

很久很久以前，德昂族为躲避战祸住进了大山，有了自己

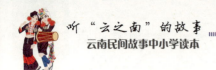

的王子①，王子的权力很大。有一天从东方来了一名年轻的勇士，名叫姐苏，王子很喜欢姐苏，便将自己的女儿嫁给了姐苏。一次，姐苏想去昆仑山游玩探宝，于是王子派了五百名兵丁作为随行，跟着姐苏出发了。姐苏一行人走着走着遇到了一条大河，河面宽广，河水湍急，于是，姐苏下令随从砍伐树木造船渡过河流。兵丁们砍树的砍树，造船的造船，热闹的举动惊动了天上的玉皇大帝，玉皇大帝担心万一姐苏所带的兵丁渡河成功后到达昆仑山可能会破坏山中宝物，戕害珍奇异兽，于是，就派了两位天神前去阻拦。两位天神下凡后发现姐苏一行的船已经造好，并开始渡河，连忙变成一男一女两位老人，划着木筏子在河面上拦住姐苏一行，装作什么都不知道询问姐苏："你们这么多人这是要去哪儿啊？"姐苏回答道："我们要去昆仑山中寻宝。"两位天神劝诫姐苏说："这条河太宽了，根本渡不过去，你看，我们两个年轻时就开始渡河去往昆仑山，那时只有十四五岁，现已九十余岁，但是还没有渡到河对岸，你们还是折回去吧。"姐苏听了他们的话，便信以为真，当即率领着兵丁就折返了回来。两位天神见目的已经达到，便返回天庭去向玉皇大帝复命。玉皇大帝十分高兴，于是悄悄地将一包茶叶放入一只鸟的食囊中，并将鸟藏于姐苏要返回的山林中准备作为礼物送给姐苏。

姐苏一行回到岸边，只听见岸边树林里树枝被风吹得飕飕地响，晃动的非常厉害，姐苏等人觉得奇怪，于是顺着声音找过去，发现树下有一只死鸟，嗉囊②鼓鼓的，就把嗉囊取出带

---

① 王子：德昂族的头领称之为王子。

② 嗉囊：读作（sùnáng），鸟类消化器官的一部分，在食道下部。食物在嗉囊里经过润湿和软化，再送入前胃和砂囊，利于消化。

回家。到家后，王子问姐苏："你出去这么长时间，到过哪些地方，找到宝贝了吗？"姐苏将一路上的所见所闻跟王子讲了一遍，随即把鸟的嗉囊递给王子，王子打开一看，是一包茶叶种子，王子当时不知道茶叶种子是什么、有什么用处，于是向母亲询问，王子的母亲是一位盲人，用手摸了摸茶种，猜到："这可能是一种药材吧。"说话间，王子母亲的眼睛突然能看见东西了，于是茶叶被称为"牙有"①。

从此，德昂族家家种茶，茶叶在德昂族经济生活中占有十分重要的地位。据说，当初种下的茶树一直茂密地生长在山中，一些去过大山的人回来说，他们还见到过这些老茶树呢。

赵华江等讲述；杨秀芳译；赵国昌记录。

选编中参照德宏州文联编：《崩龙族文学作品选》，德宏民族出版社 1983 年版。该故事原载德宏州史志办编：《德宏文史资料（第 19 辑）》，1984 年版，第 75~76 页。

金鱼姑娘

导读：该故事运用拟人化的手法，讲述了金鱼姑娘帮助善良的人获得了幸福，阐明了正义终将战胜邪恶的道理。

从前，有个贪心的老头养了三个儿子。这一年，老大十七岁，老二十五岁，老三只有十三岁，贪心的老头就已经非常嫌弃他

---

① 牙有：德昂语，眼睛亮了的意思。

们只会吃饭不会挣钱了，于是便盘算着要把三个儿子打发出去挣钱。

一天晚上，他把三个儿子叫到火塘边，对他们说："你们现在都长大成人了，要自己养活自己了。明天你们都出去找活挣钱，三年后，每人给我交十两银子。"说完，给每人发了三两银子，第二天一早就催促他们上路了。

老大向南走，走到一个铁匠家，他把三两银子交给铁匠，拜师学艺，三年后，学成期满，老大带着挣来的十两银子回家了。

老二向北走，走到一个木匠家，他把三两银子交给木匠，拜师学艺，三年后，学成期满，老二带着挣来的十银子回家了。

贪心的老头拿着两个儿子带回来的二十两银子，火炭一样的黑心开了一朵牛粪一样的花。见老三还没回家，

德昂族青年男女在跳采茶舞（王超 摄）

他厉声骂道："没有教养的东西，出去这么长时间还不回来！你们为什么不约他一道回家？"老大老二听了直摇头。老头翻了翻白眼，大怒道："这小子不识好歹！从小到大，吃我的，穿我的，如今挣了钱，连个照面也不打。等他回来，要好好教训他一顿！"说完，要老大老二各自砍好一庹①柴，准备用来打老三，老大老二迫于老头的威力，不得已听从了老头的安排。

再说老三，离家后一路朝东走，走到一位老人的家里。老人无儿无女，但是为人正直，心地善良，并且精通武艺。老三待老人如同自己的阿爸，重活脏活抢着干。老人很喜欢老三，不仅教老三做农活，还把自己一身的好武艺传授给了他。三年过去了，老三把自己挣得的银子留给了老人，只扛着一袋米回到了家。

进了家门，老头看见老三只带回来一袋米，带领老大老二拿着柴就向老三头上打来，说时迟那时快，老三眼明手快，把打来的柴都挡了回去。

老头叫老大老二接着打，但老大老二再也不肯对亲兄弟下手，气得老头胡子直翘，眼见老三武艺了得，老头盘算着另想辙来整治不听话的老三。

晚上，老头跑到国王那里去挑拨离间，说老三的坏话。国王认为老三武艺高强，将来定是自己的心头大患，于是派人将熟睡中的老三捆了，准备丢到江中去喂鱼。半路上老三醒了过来，挣脱绳索，打跑了捆他的兵丁。老三满心悲凉，恨这个心狠手辣的父亲，气两个不明事理的哥哥。他跑进森林，独自一人唱起了悲伤的歌：

---

① 庹：读作（tuǒ），成人两臂左右平伸时两手之间的距离，约合 5 尺。

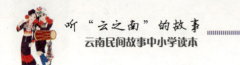

亲生的阿爹、阿哥啊，

为什么变得狼样凶恶？

啊，是那万恶的金钱！

他看到水塘中一条金鱼在自在地游来游去，想到自己苦难的遭遇，又唱道：

美丽的金鱼啊，

为什么我如此孤苦伶仃？

你若听得懂我的话，

能否陪伴在我身边？

金鱼听了，跳出水面，柔声说道："善良的阿哥啊，把我带回家吧，我会陪伴在你身边。"老三听了金鱼的话，心里的伤痛好了许多，就用装了水的芭蕉叶小心翼翼地把金鱼带回家。每天给金鱼换水，每天给金鱼吃好吃的饭菜，对着金鱼诉说自己的心事。

日子一天天过去了，有一天，老三干完活回到家中，发现桌子上摆满了香喷喷的饭菜，一连七天，天天如此。老三心生纳闷，是哪位好心人给我做的饭菜呢？他决定一探究竟。

这天早上，老三佯装下地干活，出了家门后，就又悄悄地折返回来，躲在屋外，过了一会，他看见水缸中的金鱼变成了一位美丽的姑娘站在灶台前开始帮他做饭，老三看的呆住了，禁不住轻声问道："金鱼姑娘啊，你为什么有福不去享受，而要来到人间受煎熬？"金鱼姑娘深情地回答道："好心的阿哥，世上哪有不成林的树，我愿意陪伴你，去战胜世间的邪恶，相爱到老。"

从此以后，两人相亲相爱，结为夫妻。

狠毒的国王知道了这件事，非常嫉妒老三，又垂涎于金鱼姑娘的美貌，心生歹念。他明明知道宫殿对面的蛮弄山没有水，却叫人把老三捆来，命令老三第二天天亮之前必须在蛮弄山上修建一个澡堂，否则就把老三全家处死。老三回到家中，双眉紧锁，金鱼姑娘见了忙问他出了什么事，老三把国王的话重复了一遍，金鱼姑娘听了，不禁大笑道："这有什么了不起的！今夜鸡叫一遍时，你带上绳子和犁架，到我住过的水塘边等着；等鸡叫两遍的时候，会有一头水牛到那里去洗澡，你就把它拴住，套上犁架，直往蛮弄山犁去。天亮以前，澡堂就会建好。"

老三照着金鱼姑娘所说的做了，果真，太阳出来前，澡堂就建好了。

国王来到澡堂边，以为自己的眼睛花了，拼命够下身子往水里看，一不留神，掉进水里淹死了。

狠毒的国王死了，真是大快人心，老百姓敲锣打鼓，拥戴老三做了新的国王。从此以后，老三和金鱼姑娘过上了幸福的生活，金鱼姑娘帮助老三把国家治理得国富民强。

李腊翁口述；杨忠德翻译；杨忠德、张承源整理；

原文出自德宏州文联编：《崩龙族文学作品选》，德宏民族出版社1983年版，第62~71页。

浇花节的传说

导读：这是一则节日传说。德昂族的浇花节即泼水节，2008年被纳入国家级非物质文化遗产民俗项目类别。关于浇花节的米历，德昂族民间

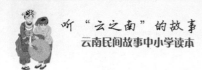
有许多的传说故事，这一则歌颂了敬老爱老的传统美德，颇具代表性。

传说很久以前，德昂山寨有一个勤劳善良的妇女，在儿子两岁时死了丈夫。虽然家境贫寒，但她十分宠爱儿子，给他取名阿佛。十几年过去了，阿佛长得像结实的青冈树一样，而妈妈却累得像弯了腰的酸杷果①树，苦瞎了一只眼。阿佛见妈妈又老又笨做不了什么，就常骂她。有一年清明节后第7天，阿佛在山上砍火地②，突然"噗噜"③一声，一只老鸹④从一棵野樱桃树上飞了出来，他捡起一块石头扔过去没打中，过一会儿，老鸹又飞回来了。阿佛仔细一看，只见它含着一条虫正喂一只又老又瘦的老鸹。啊！这就是"老鸹含食报娘恩"呀！阿佛见此情景，又羞又愧，心如刀割，连连责骂自己连老鸹都不如。这天，他妈妈又饿又病，昏头昏脑地为儿子做完饭，拄棍提篮，向山上走去。两脚又软又颤，一跤跌在青石路上，昏过去了。待她刚醒来，想到儿子一定饿了，又挣扎起来，一步一滴血地走呀，爬呀。不幸的是，因为妈妈身体太虚弱，等阿佛赶到树下时，妈妈已经断气了。阿佛痛哭不止，把妈妈埋在树下，用长刀在树上刻了阿妈的像并每天送饭到这里忏悔。后来风吹雨淋，木像褪色，阿佛就取下木像拿回供在正屋内。每年清明后第7天，就把木像端来用花蘸水洗擦净。从那以后，德昂族就有了浇花节。

---

① 酸杷果：形似番茄，又称"鸡嗉子果"，褐黄色，也椭圆形，桑科。
② 砍火地：意为开荒。
③ "噗噜"：读作（pūlū），象声词。
④ 老鸹：读作（lǎo·gua），乌鸦的俗称。

张承原记录。

选编中参照德宏州文联编：《崩龙族文学作品选》，德宏民族出版社 1983 年版。

谚语[1] 选读

◎ 腰上箍着藤圈的姑娘靠得住。

◎ 河里有多少沙子，人类就遇过多少魔鬼；青树有多少叶子，人类就受过多少苦难。

◎ 狂风吹不倒大青树，大火烧不死绿芭蕉。

◎ 跟群的黄牛老虎怕，离群的黄牛老虎咬。

◎ 好孩子不必天天说，锋利的刀不必天天磨。

（陈瑞琪　选编）

---

[1] "谚语"在德昂语中称为"格额冈"。

水 族

水族简介

  水族是云南省世居少数民族之一。水族人民自称其族名 "虽" (suī)，汉字译为 "水" (shuǐ)。族内称为 "水家"，族称最早见于明代邝露著《赤雅》一书，"水亦獠类"，说明水族是由 "骆越" 的一个支系发展而来。

  根据 2010 年第六次全国人口普查统计，我国水族人口有 411,847 人，云南水族有 8834 人，男性人口 4789 人，女性人口 4045 人。云南水族主要聚居区在富源境内的古敢水族乡。

  水族语属汉藏语系壮侗语族侗水语支。水族有自己的文字 "水书"，生活中通用汉语汉字。水族在宗教信仰上信奉原始宗教，在他们所信奉祭祀的诸神中，与禳灾纳福、安居

水族 "吞口" 表演（尹杰　供图）

乐业、六畜兴旺、稻谷丰收密切相关。

　　水族是我国最古老的稻作民族之一，创作了丰富多彩的稻作文化。水族的民间艺术丰富多彩。其中舞蹈有"吞口舞"，源于"吞口"的传说；"狮子舞"源于唐僧西天取经的故事；"木叶琴舞"是水族男女青年增进感情交融的舞蹈；"梳妆舞"是一对水族男女青年追求婚姻自由的舞蹈；"竹竿舞"是反映水族人民生产稻谷过程中的舞蹈。水族有许多富有本民族文化精神的传说故事。

祖先的传说

　　导读：这是一篇祖先神话故事。认为水族是从太阳升起的地方来的，因此，水族姑娘出嫁时，要瞧着东方。这个故事反映了远古允许同辈男女婚配的族内婚习俗。在我国神话中也有伏羲和女娲既是兄妹又是夫妻的神话。

　　在远古时代，水族地区洪水泛滥，仅剩下兄妹俩，九天玄女不忍心，劝兄妹俩成婚，留下人种。开始兄妹俩死活不依，说这事是天理难容的事。九天玄女说：如要留下人种，就得撕破脸皮。妹妹提出一要隔条河穿针，结果穿成了；妹妹又提出，要隔两座山滚磨，两扇磨也合拢了；妹妹提出最后一个要求，要求太阳做媒，月亮做伴娘，太阳、月亮都答应了。妹妹羞涩，太阳说：哪个敢笑话你，我太阳的金针戳他的眼睛。在兄妹结婚的那一天，月亮做伴娘，送给一把青白布细伞，最后兄妹成婚。

　　结婚后，生下的婴儿为一团肉，兄妹俩把肉团分成小块，

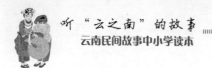
于是每块肉团便成了水族各姓的祖先。

"祭龙节" 的传说

导读：这是一则节目传说。这个阿祖救小金鱼的故事，反映了水族先民与水息息相关，也反映了水族先民对龙的崇拜，以及做善事有好报的观念。

在富源县古敢水族乡的补掌村有一个清澈的龙潭，这里是水族祭龙的圣地。

相传，在遥远的水灾泛滥年代，在这片土地上，毒水横流，水家无法种植水稻，鸭鹅难以生存，于是只能靠上山打猎为生。有一位被水族称之为神射手的阿祖上山撵獐子，他撵啊撵，撵到龙潭边，见到一条大水蛇追咬一条小金鱼，小金鱼用乞求的目光看着阿祖，阿祖顿生悲悯之心，说时迟，那时快，手起刀落斩断大水蛇，小金鱼得救了。

这条被救起的小金鱼是石山脚龙潭龙王的小闺女，她对阿祖说，为了报答你的救命之恩，阿爹说了要金要银都随你。阿祖说："我要的是水家风调雨顺，五谷丰登，望龙王爷开慈悲之心。"

就在这龙潭边小金鱼化作一位美丽的姑娘，阿祖如同进入仙境，两人对唱起来，情深深、意切切，并说来年这一天，小妹定会和你阿祖对唱山歌。姑娘还告诉阿祖，每年的这一天定要杀猪祭祀龙潭。

水族的 "祭龙节" "对歌节" 定在农历的三月第一个属蛇

的日子，这就是它的由来。

"吞口"的故事

导读：这是一则风俗传说。"瘴疠"是古代南方地区病疫的简称。水族人民传说的"吞口"传说，反映了水族人民在缺医少药的古代，祈求鱼"大王"的力量来帮助他们战胜病疫的古俗。

如你没有到过富源古敢水族乡补掌村，你对"吞口"一定感到陌生。

古敢水族乡补掌村委会一带水家人悬挂的"吞口"，还真有一个故事。

传说很早以前，在补掌、热水、大寨一带，由于气候炎热，烂塌子丛生，易发瘴疠，这一带的水族人民死亡过半。于是寨中族老到补掌河源头龙潭祭祀，他们杀猪宰鸡，乞求龙潭龙王显灵，驱赶瘴疠，保佑平安。就在这一天夜里，守祭坛的人突然听到龙潭里锣鼓喧天，唢呐悦耳，一条金鳞银甲，眼如铜铃的大鱼冒出水面，尾随它的鱼称之为"大王"。对龙潭美景流连忘返，鱼"二王"告诉它此地瘴疠横行，"大王"应早归龙宫，确保平安。鱼"大王"听了哈哈大笑，我要变成"吞口"，"一毒降一毒，毒毒是怪物，以毒攻毒，以邪压邪"。于是它变成了一个人身、狗耳、凸眼、宽鼻、獠牙、咧嘴、伸舌、口含利剑的"怪物"。于是，水族人民一传十，十传百，讲"吞口"是神灵，是驱赶瘴疠的舍身。后来水家人根据不同情况，有邪则挂"吞口"，无邪则不挂。

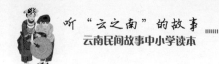
五谷的传说

导读：这是一则起源神话。五谷源于猫狗的传说，反映了水族对与人相依为命的狗与猫的敬重之情。

伏羲造人烟后，没有五谷，人只能吃树皮。玉皇大帝派牛马二王到民间，它们将民间的疾苦报告了玉皇大帝。玉帝就派猫狗二将军去北海偷五谷粮种，狗在尾巴上偷到几粒良种背着猫翻山越岭，狗越走越饥渴，顺地一倒，尾巴上的五谷抖落一地，于是后来长出了五谷。因此，富源水族在过节日时，吃饭前总是先打饭喂猫狗，以表示感谢它们带来五谷。

鱼化龙

导读：这是一则地名传说。"鱼化龙"的故事反映了水族人民与水的密切关系。而龙是水族人民信仰的司水神灵。

在富源县古敢水族乡，有一个美丽的传说，称之为鱼化龙。《徐霞客滇游日记》曾对此有记述，徐霞客本人也在鱼化龙住宿过。

郎姓是水族的大姓，据他们说在明洪武年间（1368～1398年），从红水河随明军将军征战而到现居住地。

有一年冬春季节，这个寨子发生了干旱，郎姓老祖四处寻找水源。他们找啊找，想到在茂林深处下，崖石有滴水的地方一定会有水源，他们果真寻到一处崖石湿湿的，大家说就在此处挖水吧！怎么挖水呢，郎姓族长说：这还不容易，我们把山里的柴砍下，用火烧石，等石头烧裂了，一块一块地橇下。功夫不负有心人，铁棒也能磨成针。他们烧了三年，在山岩下撬出了一个洞，清清的山泉喷流而出。这一天正是霞光万道的早上，雄鸡啼鸣，一条美丽的小金鱼从洞里游出，越变越大，向他们示意和祝福。郎姓族长说，你是不是要变成一条龙，这条小金鱼说：我就要由鱼变成龙，保佑这股清泉长年万代不枯竭。这就是"鱼化龙"的传说，因此有了"鱼化龙"这个寨名。

直到现在，这股清泉仍在静静地流淌。

垮里寨的爱情故事

导读：这是一则爱情故事。故事反映了一个水族姑娘不以貌取人，以善良纯朴的品格作为寻偶标准，歌颂了宁死而坚贞不渝的爱情。

垮里寨原意是夸你寨，意为这个寨子受人称赞。

在这个村里，有一个美丽的爱情故事。有一位山歌唱得如喜鹊那样美妙的姑娘，美丽又善良，百里之内的富家子弟、水族儿郎都非常喜欢她，常以对山歌、媒婆提亲等方式向喜鹊姑娘提亲。可喜鹊姑娘一点也不动心，她家门槛被提亲的人快踩烂了。她母亲说："女儿，你到底喜欢谁呀"。喜鹊姑娘语出石破天惊，"我喜欢村里的陈大力"。此事一传十、十传百，喜鹊姑娘所喜欢的是村里一个相貌平平的人，家里又十分贫穷。但喜鹊姑娘不顾父母的反对，村里人的冷眼，每当月亮升起时，

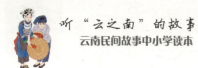

在清溪的小河边，一棵酸枣树下，常常与陈大力对唱情歌。

在水族村寨近百里的地方，有一位员外的儿子早已对喜鹊姑娘垂爱。当他听说喜鹊姑娘要嫁给一个相貌平平的男子时，十分恼火，要求他父亲派几个家丁，把喜鹊姑娘抢来当媳妇。于是他父亲派人去抢喜鹊姑娘。喜鹊姑娘与陈大力在酸枣树下痛别。但第二天早上，人们发现，在酸枣树下系着一根红布带，

水族妇女（尹杰 供图）

下面系着喜鹊姑娘，水族寨子沉浸在悲哀之中，为喜鹊姑娘的忠贞爱情流泪。

姐弟开河

导读：这是一则山川传说。姐弟开河的故事，反映了水族居住地与南、北盘江有关。块泽河，黄泥河流域是今富源水族的主要聚居区。

在很早以前，水族居住在一片汪洋大海里，龙宫里有一位残暴的龙王。它每天要用十个人的心作早点，要十个人的肝做早饭，十个人的血当酒喝，十个人的眼睛当下酒菜。不仅如此，这位龙王还用他的魔力殃及水乡，他呼风唤雨，下碗口大的冰雹打坏庄稼。

龙女、龙子看到水乡人民被龙王随心所欲糟蹋的情况，劝说龙王不能行恶，龙王说我就是要行这样的恶，使人间知道我龙王爷的厉害，这样人才会崇拜我。龙女龙子想到龙王无非是居住在水里，没有水龙王你哪有龙宫，只要劈山开水，把龙宫水放干涸，它就是一条干龙。于是龙女到天宫中向玉皇大帝请教如何才能使龙宫的水放干涸，龙女的善良与诚心感动了玉皇大帝，玉皇大帝教龙女如何开山劈石，如何放水。龙女随后回到人间，与弟弟约好一起放水。龙女一甩衣袖，山自动让开，说水流到哪里就流到哪里。水流到了黄泥河，流到了南盘江、三江口已经半天了，而龙女怎么也不见弟弟的身影。

龙女的弟弟是一个棋迷，当他正准备呼风唤雨，穿越一座高山时，看见有两位高僧在下棋，他看得如痴如醉，忘记了开河之事。拂晓的鸡鸣声，使他惊醒，再开河道已经来不及，于是朝宽阔的水面一头扎下去，朝西边开凿暗河，从地下把水引入块泽河。龙女不见弟弟，一下子全明白了，也随之跳入洞中。

选编中参照了晏国光撰：《云南富源水族》，国际文化出版公司 1995 年版。

谚语选读

◎ 清水不裹浑水，好人不裹坏人。

◎ 大不过理，肥不过雨。

◎ 不是划船匠，莫在河边站。

◎ 眼睛是根线，心头有杆秤。

◎ 大路不平众人踩。

◎ 吃人的不怕，只怕害人的。

◎ 半夜只有冷水露水，天亮才见马牙霜。

◎ 穷了莫跌志，富了莫痴狂。

◎ 只要心宽，不怕屋窄。

◎ 出门满把抓，进门在分家。

◎ 娘有爷有，不如自己有。

◎ 养牛知牛性，养马知马性。

◎ 人到无求品自高。

◎ 称平斗满，钱饱货足。

（潘春　选编）

独龙族

独龙族简介

　　独龙族是云南省特有民族，是我国人口较少的民族之一，也是云南省人口较少8个特有少数民族之一，是中缅两国跨境而居的世居民族。据2010年全国人口普查统计，云南独龙族人口有6353人，男性人口3096人，女性人口3257人。独龙族主要居住在云南省怒江傈僳族自治州贡山独龙族怒族自治县独龙江乡的独龙江两岸。此外，在怒江上游西岸隶属丙中洛乡双拉村委会的小查拉村、维西县的齐乐乡和西藏自治区察隅县的察瓦洛地区也有零星居住。

独龙族文面妇女（李金明　摄）

　　独龙语属汉藏语系藏缅语族，语支归属未定论。1983年，创制了拉丁字母独龙族新文字。独龙族属于古代氐羌系统的民族，独龙族自称"独龙阿昌"。他称有"俅人""俅帕""洛""曲

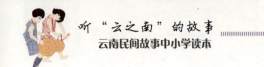
洛"等。1952 年，根据本民族的意愿，正式定名为"独龙族"。独龙族保持着比较古老而纯朴的生活习尚和道德思想，"尊老爱幼，助人好客，"有"路不拾遗，夜不闭户"的美誉。

蚂蚁分天地

导读：这是独龙族的一则创世神话。它反映了独龙族先民对宇宙万物产生的初始认识。

从前，天和地是连在一起的，人们在"木格当"圣地搭起一道九级的梯子，上天下地，来来往往，很方便。

一天，有个叫嘎木的人要上天，来到梯子旁边。这时，一只大蚂蚁也来到梯子旁边，见嘎木脚上套着的藤蔑脚圈，有红的、蓝的、黑的，光彩夺目，很羡慕，就说："你的脚圈给我吧！"嘎木见蚂蚁的脚又瘦又长，就说："我的脚圈是人戴的，你戴不成。"接着，嘎木就登上梯子上天去了。大蚂蚁得不到脚圈，又气又恨，在地上自言自语地说："我看你怎么下来！"说着就走开了。

到了晚上，蚂蚁就把梯子下的泥沙掏空了，只听见"轰"的一声巨响，梯子倒塌下来。天，一下子升得老高了；地，一下子被梯子戳出一个大窟窿。

嘎木在天上高高兴兴地行走着，突然听见巨响，觉得自己在的地方变得高高的，回头一看，地离自己远远的，梯子不见了。他很着急，心想地上的龙竹是最高的了，就请求龙竹："龙竹啊！

请你直起身子，救我下来地上吧！"龙竹听见求救，直起高高的身子，但还是够不上。嘎木又想，藤子是最长的了，就请求藤子："藤子啊！请你竖起来，救我下来地上吧！"藤子听见求救，伸直长长的身子，但还是够不上。

从此，天和地就这样分开了，嘎木留在了天上。后来，变成了天神，掌管着人间的庄稼和野兽；人们怀念嘎木，一旦秋收完毕，忘不了他就用酒肉和粮食等祭品祭祀他。这便是祭天仪式的由来。

刺鬼

导读：这个是一篇狼外婆型故事。与汉族的《熊外婆》相似，或许是同源或各民族相互传播的故事。

古时候，独龙江边住着一家人，可怜的母亲早已失去了丈夫，带着两个男孩种包谷度日。

秋天，包谷快成熟了，母亲担心包谷被猴子偷吃，就吩咐兄弟俩去看守包谷地。兄弟俩到了地里，发现在他俩讲话时，有人也跟着讲话；他俩唱歌时，也有人跟着唱歌。回到家里，兄弟俩说地里有鬼，可是母亲正忙着煮酒，怎么也不相信，还责备他俩是想回家来喝酒呢。

后来母亲到地里看守包谷，被鬼吃掉了。鬼变成母亲的模样，来到了门口。两兄弟听到有人敲门，就叫敲门的人把手伸进来看。鬼戴上母亲的手镯伸进来，想把门骗开，可是弟弟发现"母亲"的手上长满了毛，不敢开门。鬼很狡猾，急忙把手

上的毛拔光,又伸进来给兄弟俩瞧。哥哥信以为真,不听弟弟劝阻,把门打开了。

"母亲"进了屋,便对兄弟俩说:"从今天起,你们两个每天晚上轮流跟我睡。"弟弟察觉"母亲"有些反常,怎么也不跟"母亲"睡。

晚上哥哥被鬼吃掉了。弟弟觉得不妙,就装作解小便要出屋去。鬼在弟弟的身上拴了一根线才让他出去。弟弟出了门,顺手抓了一根长矛,连忙爬上一棵梨树。鬼半天不见弟弟回来,就跟着线出来找,抬头一看,只见弟弟正在大口大口地吃梨子呢。鬼也想吃梨子,叫弟弟快摘给她。弟弟说:"这梨子真好吃,阿妈快张开嘴,我这就丢给你吃。"

等鬼一张开嘴,弟弟便用长矛挑了一个梨子,狠狠地戳进鬼的嘴里,鬼被刺死了。可是,鬼的血溅到了梨树的半腰,弟弟怎么也下不来,一直在梨树上待了九天九夜。月亮上的仙女飞来救弟弟,连人带树一块儿接到了月亮上。现在,月亮上还能看到那棵梨树呢!

山鼠与老虎

导读:这是一则动物故事。解释和描写老虎和山鼠相貌特征。

老虎的身上原来没有花纹。它看见山里各种各样的野兽和飞鸟都有一件花花绿绿的衣裳,心里很羡慕,就去请精细的小山鼠给它身上画花纹。

小山鼠喜欢热心帮别人做事,老虎一请,也就去了。它采来各种山花的颜料，照着树叶子的图案，细心描呀，画呀，给老虎身上画了一件美丽的衣裳。

老虎是个忘恩负义的家伙，一见自己的衣裳画好了，就想把山鼠吃掉。它趁小山鼠不注意的时候，猛扑上去，可是小山鼠因为身子小，一惊就从虎爪下滑走了。

从此，小山鼠身上留下了三道血痕。小山鼠也由此得了新名字，叫小花鼠。

老虎同火赛跑

导读：这是一则寓言。故事告诉人们应谦虚做人，不能狂妄自大。

山里住着一只狂妄自大的老虎，它认为天底下再也没有什么可以敌得过自己的了。一天，它来到山坡上，要与一堆火苗赛跑，火同意了。比赛开始了，火却一动也不动。老虎便问它："你怎么还不跑呢？"

火说："我等大风，大风一吹，我们就开始赛跑。"老虎也同意了。老虎不相信火能跑过它，便吹吹胡须，满不在乎地躺在草丛里。突然，山坡上刮来了一阵大风，吹得山坡上的草丛像河里的波涛一样翻滚。老虎一看抢先就跑，可是，火乘风势，一会儿就窜到老虎的前面，将老虎严严实实地包围起来。在熊熊的烈焰中，老虎来不及叫唤一声就被活活烧死了。

天神彭格彭请客

导读：这是个充满情趣的独龙族动物故事。

相传，有一次，天神彭格彭剽牛请客，地上走的麂子、马鹿、松鼠、狐狸等各种各样的野兽，都穿着花花绿绿的节日盛装赶来赴会；天上飞的除雪鸡外，锦鸡、花雉、百灵、孔雀等各种各样的飞禽，也叽叽喳喳地唱着歌来参加宴席。

在主人的场院里，大家围着牛，唱起剽牛歌，祝愿来年丰收；随着铓锣的节奏，跳起了剽牛舞，祝愿主人家来年更加幸福。当大家在舞场里正跳得热烈的时候，雪鸡来了，只见它穿着白花点点镶嵌的衣裳，拖着五彩缤纷的长衣尾，个个见了都赞不绝口，你推我拉地把它拥进舞场。有漂亮的雪鸡助兴，大家跳呀、唱呀，你拥我挤，欢乐的气氛一浪高过一浪。一向不拘小节的麂子，一不留神踩到雪鸡姑娘的长衣尾，雪鸡只顾向前，长衣尾就被踩掉了。看见雪鸡秃了尾巴，大家都笑得前仰后合。麂子在一旁感到自己太鲁莽，心里害羞极了，双手抱着两颊躲到别处去了。从此，雪鸡变成了秃尾巴的鹌鹑，那不好意思见人的麂子，

祭天仪式中独龙族男子在举碗祷告（李金明　摄）

红着脸，两颊也羞得又瘦又长。

火石取火

导读：是一则文化起源神话。这个故事解释了火种的来源，讲述了人类取火工具的由来，即火石取火。

远古，洪水滔天后，大地上只剩下兄妹俩。他俩没有火，吃肉时，哥哥彭吃生的，妹妹喃不敢食生肉，只得用太阳光烤晒后吃。有一天，他俩见一只苍蝇突然飞到跟前，用前脚和后脚一上一下不停地相搓，搓着搓着，突然搓出火烟来。妹妹乐得"扑哧"地笑出声来，结果火烟吹灭了。那只神蝇再次搓脚，又搓出火花，兄妹俩谨慎地把火种保留了下来，从此，人间才有了火，这就是火石取火的由来。从此后，人们就模仿神蝇用两块石头相碰撞而取火，独龙族称这种取火工具为"掐玛"，用来取火的石头称为"掐玛龙"。

槿棕树的由来

导读：这是一则植物故事。故事反映了独龙族对植物的逐步认识。

据说很久很久以前，独龙江畔有一个很出色的独龙猎人。有一次，他到山上去打猎，从早到晚在山上寻找猎物，找呀

生长在独龙江地区的橦棕树（李金明　摄）

找，怎么找也找不到一只猎物。猎人又累又饿就昏倒在原始森林里，不知过了多长时间，他才迷迷糊糊地苏醒了过来。正在这时，他发现离他不远处有一只很漂亮的马鹿，他拉弓把马鹿打中了。过了一锅烟的工夫，马鹿就倒地奄奄一息了。猎人很高兴，把马鹿翻过来，要剥皮砍肉，正要下刀时，马鹿流着泪水对猎人说："你不要杀我，不然谁来养育我的子女呢？"正在这时，离他不远处的两只小马鹿也朝他大叫："你不要杀我们的妈妈！"

善良的猎人不忍心，就把马鹿放了。真奇怪！奄奄一息的马鹿，顷刻间变成了美丽漂亮的中年妇女。妇女对猎人说："我是天上的神母，领着两个儿女来人间欣赏美景。"这时，猎人才恍然大悟，原来马鹿是神母变的。神母对他说："你是勤劳勇敢、心地善良的人，我赠送给你'阿楞西'，把这个就种在箐沟和山坡上，它很快就会长大成为大树。长成大树后，你把它砍倒，然后捣成细碎，用水揉洗沉淀，晒干后变成雪白的淀粉，人就可以食用充饥了。"说完这番话，她们母子三人就无影无踪了。

猎人回到家里后，遵照神母吩咐把种子撒在家乡的箐沟或山坡上。转眼间，漫山遍野长满了董棕树。

从此，独龙江两岸就有了槿棕树。每当遇到灾荒年，人们就用槿棕粉充饥，槿棕树就成为"救命"的粮食树了。

说谎的狗

导读：这则动物故事，以勤快的猪和懒惰的狗说明了人世间勤与懒这样一个事实。

古时候，猪和狗在一块儿生活，而且都能跟人说话。猪很勤快，整天在地里劳动，用嘴巴翻动土块，耕作土地。狗很懒，它不但东游西荡，还嘲笑猪说："你这么卖力地干活，主人只给你吃包谷皮和野菜。我呢，只为主人看守门户，却跟主人一道吃好东西。"

猪一听就火了，它想，原来是这么回事，以后我不干活啦，让主人自己去干吧。于是，猪便跑到树荫下睡觉去了。狗一见猪不干活了，就急忙跑去对主人说："猪整天只想睡觉，什么活也不干，如果不信，你快去瞧。"主人一看，果然如此，就把猪给杀了。可是，主人不久就发现狗经常撒谎，就把狗的舌头拉出了一半。从此后，狗就不会说话了。

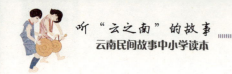
蛇的把戏

导读：该寓言故事揭示了 "恶有恶报，善有善报，害人害己" 的因果报应的道理。

蛇东窜西窜，到处都在打坏主意。有一天，蛇窜到水边，看见青蛙在小水沟里东跳跳，西蹦蹦，好不自在，于是，蛇的坏主意又来了。它悄悄地把上面的水堵了起来，只给青蛙留下一个小小的地盘，然后又悄悄地把身子移过去，把头往后一缩，准备张开大口，扑向天真可爱的青蛙。蛇的鬼把戏被树上的乌鸦看见了，正当蛇缩头的时候，乌鸦把拦水的土块一拨，"哗" 的一声，大水冲了下来。蛇不但没有吃到青蛙，而且由于自己来不及逃命，反而被大水冲走了。它那害人的把戏最终却害了自己。

富裕的精灵

导读：这则生活故事揭示不靠父母，勤劳致富才是幸福的道理，告知人们别 "啃老"。

从前，有一个富人，他有三个姑娘，大姑娘叫喃，二姑娘叫琳，三姑娘叫恰。富人看着自己的姑娘们一天一天长大成人，自己一天一天衰老下去，免不了为她们今后的日子担忧。于是，他把姑娘们叫到跟前，想考考她们的志向。他先问大

独龙族文面姑妈与侄女（李金明　摄）

姑娘："喃，你以后想做什么？"大姑娘说："要守着阿爸的'省那姆'①，不让它丢失。"富人听了很满意，又问二姑娘："琳，你以后又想做什么？"二姑娘说："我要靠阿爸的'省那姆'过幸福日子。"富人听了很满意，又问三姑娘："恰，你以后想做什么？"三姑娘说："我要自己寻找'省那姆'，过自己的好日子。"富人听了很不高兴，说："世界上哪有不要阿爸阿妈财产的人。既然你这样，阿爸就打发你走吧！"于是，富人给了三姑娘一匹马、三升粮、三碗银子，叫她离开了家。

三姑娘带上粮食和银子，骑上马走了。马驮着三姑娘，一出门就"嘚嘚嘚"地往前飞跑，越过高山，走过坝子，踏过百花盛开的草地，掠过竹林掩映的村庄，马不停蹄地向前跑着，三姑娘的肚子饿了，也无法下马找吃的。天晚了，马驮着三姑娘来到一个前不挨村后不挨店的荒山坡上停了下来。三姑娘想，

---

①　"省那姆"：独龙语，指带来富裕的神奇精灵。独龙族认为，有了这个精灵，就有财富，没有这个精灵，就会贫穷，精灵跑了，就会倾家荡产。

这不是住店的地方，要赶马继续往前走，但很奇怪，不管怎么抽打，马还是不走，它见一个草棚，就往草棚走去，停在门口。三姑娘见天色已晚，便下马来，正当她准备走进草棚时，草棚里走出来一个老妈妈，赶忙上前阻止说："姑娘，这不是富人歇脚的地方。"三姑娘说："我不是要找舒适的地方住，请你不要嫌弃远方来的行人，让我借住一宿吧！"

老妈妈见她说话很有礼貌，便叫她进来。三姑娘进屋，见火塘边上坐着一个身强力壮的小伙子，只见他忙着把野菜拌包谷的饭端到她的面前，嘴里只说："吃吧！吃吧！"三姑娘在这贫苦人家的热情招待下住了一宿，临别，为了报答他们的恩情，她把银子递到老妈妈手上，说："老大妈，你留着买点衣服和油盐吧！"老妈妈拿着银子，左看右看，疑惑地问："姑娘，这个能买东西吗？"三姑娘说："这是银子，是值钱的东西，你可以缺什么买什么。"老妈妈说："这算不了什么，在我们这里不稀罕，山后面多得是，不信，让孩子领你去看看吧。"

三姑娘感到奇怪，跟着小伙子来到山后的洞穴里，果然见到很多银子，两人搬回来一大堆。三姑娘不走了，跟小伙子一起拿银子到街上，换了很多牛、羊、猪、鸡，又买了很多衣服和油盐，把草棚也掀了，盖了一所大瓦房。三姑娘和小伙子也成了亲，穷苦的人家一下子变得富裕起来。

过了不久，三姑娘准备了很多礼物回去看望阿爸。回到娘家，她告诉阿爸说："我找到'省那姆'了，它给我们找到了很多金银财宝，请你去看看。"阿爸不相信，说："姑娘不靠阿爸的'省那姆'怎么能有福气？"无论三姑娘怎么说，阿爸还是不相信，也不肯去。二姑娘说："阿爸不去，那我跟三妹去一趟吧。"二姑娘来到三姑娘家，果然是大富户。三姑娘给她一驮银子、一驮布匹。二姑娘回到家中，把亲眼见到的一切告诉了阿爸，阿爸听了很高兴，决定也去看一看。

阿爸到的这一天，三姑娘沿路铺起了花花绿绿的地毯，把阿爸接到自己的家里。阿爸看到这一切，感到三姑娘有出息，说："孩子，你做得对，人只要有心，就可以找到'省那姆'了，幸福是靠自己闯出来的。"

星星姑娘

导读：这是一则爱情故事。故事曲折地表达了对美好生活的向往和对幸福生活的追求。

在独龙江边住着一个年轻的猎人。一天，他来到山上打猎，只见山顶有一潭清澈的泉水，天上的白云、空中飞翔的山鹰，全倒映在水潭里。山里的野牛、岩羊、麂子，都跑来这里饮水。青年猎人见到此情景，可高兴啦，从此以后，他常常守候在水潭边的树丛中打猎。

有一天，他突然发现一个十分美丽的姑娘，唱着歌儿来水潭边取水。青年猎人喜出望外，急忙跑过去抓住姑娘的手，请求姑娘做自己的妻子。姑娘羞涩地挣开了猎人的手，亲切地对猎人说："我是天上的星星姑娘，如果你真心实意要我做妻子，就在这里等我九天九夜。"话毕，姑娘就一阵风似的飞回天上去了。

青年猎人听了姑娘的话，决心在水潭边耐心等待。一连过了八天，只见到水潭边饮水的各种禽兽来来去去，却不见星星

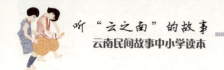

姑娘的影子。到了第九天夜里，青年猎人由于等得太疲倦，不知不觉倒在水潭边睡熟了。这时，星星姑娘欢欢喜喜地来到水潭边，可是只见青年猎人正在呼呼大睡，怎么叫唤也不醒，星星姑娘以为猎人爱自己的心不真，又飞回天上去了。等青年猎人一觉醒来，即再也见不到星星姑娘的面了。老人们说，如果青年猎人能与星星姑娘结婚，那么以后的人将会既漂亮又聪明。因为青年猎人没能同星星姑娘结婚，所以，后来的人就有的长得美，有的长得丑，有的聪明，有的笨一些。

谚语[①]选读

◎ 饭不好，只是一顿。妻娶不好，一辈子受苦。

◎ 嘴上说的比蜜甜，心里想的比毒药还毒。

◎ 想吃的话，去干活。想穿的话，去找钱。

◎ 河水不涨时要架桥，天不下雨时搭仓房。

◎ 老人面前不说脏话。

◎ 去做客，不要调戏主人家的狗，被狗咬着会羞死人。

◎ 说话要想好才说，说错了话会招来杀身之祸。

◎ 自己觉得与别人平起平坐，事实上却与别人高出一头。

◎ 清早，雾往江头移动，是个晴天；雾往江尾移动，则有雨。

（李金明 选编）

---

① "谚语"在独龙语中读为"投机卡秋"。

后　记

　　这本《听"云之南"的故事——云南民间故事中小学读本》的问世凝聚了很多人的心血，是一个集体劳动的成果。在选编过程中，我们请了云南各个民族或长期研究某一民族的资深学者来选编各民族的经典故事。他们非常认真地进行了选编，从众多脍炙人口的经典故事中认真精选，除了自己收集整理的故事文本外，也广泛地征求本族资深学者和民间文化人士的意见，也从各种好的版本中选编最具有代表性的故事。同时，鉴于本书的读者对象为中小学生，因此，大家对所选的一些文本，也进行了适当的文字润色。各民族的选编者，也尽力去联系所选文本原故事的讲述者和整理者，征得他们的认可和同意。由于有些原编者和整理者一时联系不上，选编者也按照我国在写作中文献引用的规范和相关规定，如实注明了所引故事的整理者、讲述者的名字，以及登载这些故事的出版社的出版物名称、出版年份，乃至页码等，所以，本书注录格式无法做到统一。我想，这本旨在对云南省小学生、初中生进行云南省少数民族民间文学进行初步普及的读物，虽有不周到之处，但一定会得到大家的理解和谅解。

　　本书的责任编辑刘诚林先生以及文化传播工作者郭垒先

生从这本书的策划到具体的选编乃至问世，付出了极大的努力和心血，谨此代表所有的选编者表示感谢。云南省长期从事民族文学研究的资深学者左玉堂先生也做了大量审读和编辑书稿的工作，也谨此致谢。

编　者

2015 年 10 月 20 日